DUMONT

Die Erzählfigur in ›Blutbuch‹ identifiziert sich weder als Mann noch als Frau. Aufgewachsen in einem Schweizer Vorort, lebt sie nun in Zürich, ist den engen Strukturen der Herkunft entkommen und fühlt sich im nonbinären Körper und in der eigenen Sexualität wohl. Doch dann erkrankt die Großmutter an Demenz, und das Ich beginnt, sich mit der Vergangenheit auseinanderzusetzen: Warum sind da nur bruchstückhafte Erinnerungen an die eigene Kindheit? Wieso vermag sich die Großmutter kaum von ihrer früh verstorbenen Schwester abzugrenzen? Und was geschah mit der Großtante, die als junge Frau verschwand? Die Erzählfigur stemmt sich gegen die Schweigekultur der Mütter und forscht nach der nicht tradierten weiblichen Blutslinie.

Dieser Roman ist ein stilistisch und formal einzigartiger Befreiungsakt von den Dingen, die wir ungefragt weitertragen: Geschlechter, Traumata, Klassenzugehörigkeiten. Kim de l'Horizon macht sich auf die Suche nach anderen Arten von Wissen und Überlieferung, Erzählen und Ichwerdung, unterspült dabei die linearen Formen der Familienerzählung und nähert sich einer flüssigen und strömenden Art des Schreibens, die nicht festlegt, sondern öffnet.

Kim de l'Horizon

Blutbuch

Roman

DUMONT

Inhaltswarnung:
Dieser Roman enthält explizite Darstellungen von Rassismus und ethnifizierten Stereotypen. Bitte achten Sie beim Lesen auf sich, da diese Inhalte belastend und retraumatisierend sein können.

Zitatnachweis:
S. 96/97, 109: Mani Matter, »Es git e Bueb mit Name Fritz«
© Matter + Co. Verlag, Bern / Zytglogge Verlag, Schwabe Verlagsgruppe AG, Basel

FSC www.fsc.org
MIX
Papier | Fördert gute Waldnutzung
FSC® C083411

Das bei der Produktion dieses Buches entstandene CO_2 wurde durch die Finanzierung von Klimaschutzprojekten kompensiert:
climate-id.com/17531-2110-1001/de

Oktober 2023
DuMont Buchverlag, Köln

Umschlaggestaltung: Lübbeke Naumann Thoben, Köln
Umschlagabbildung: © ColoArt/Shutterstock
Autorjfoto: Anne Morgenstern
Make-up: Sebastian Ryser
Outfit: Caroline Schöbi & Dilan Kuas
Satz: mittelstadt 21, Vogtsburg-Burkheim
Gesetzt aus der Chaparral Pro
Druck und Verarbeitung: CPI books GmbH, Leck
Gedruckt auf säurefreiem und chlorfrei gebleichtem Papier
Printed in Germany
ISBN 978-3-8321-6717-2

www.dumont-buchverlag.de

Für meine Meere

Wann immer wir denken, dass wir Erinnerungen produzieren, sind wir in Wirklichkeit mit Formen des Werdens beschäftigt.

Gilles Deleuze & Félix Guattari

We're all born naked and the rest is drag.

RuPaul

Ich bin verwurzelt, aber ich fließe.

Virginia Woolf

Es ging nie darum, wie ich aussehe,
Es ging immer darum, wie du dich fühltest.
Du erträgst es nicht zu sehen:
Wie ich mir hier in deiner Scham ein Zuhause eingerichtet habe.

Alok Vaid-Menon

Prolog

Beispielsweise habe ich »es« dir nie offiziell gesagt. Ich kam einfach mal geschminkt zum Kaffee, mit einer Schachtel Lindt & Sprüngli (der mittelgrossen, nicht der kleinen wie üblich), oder dann später in einem Rock zum Weihnachtsessen. Ich wusste, oder nahm an, dass Mutter es dir gesagt hatte. »Es«. Sie hatte »es« dir sagen müssen, weil ich »es« dir nicht sagen konnte. Das gehörte zu den Dingen, die mensch sich nicht sagen konnte. Ich hatte »es« Vater gesagt, Vater hatte »es« Mutter gesagt, Mutter muss »es« dir gesagt haben.

Andere Dinge, über die wir nie sprachen: Mutters riesiges Muttermal auf dem linken Handrücken, die Schwere, die Vater – wenn er von der Arbeit heimkam – ins Haus schleppte; wie einen immensen, nassen, vermodernden toten Hirsch ins Haus schleppte; dein lautes Schmatzen, deinen Rassismus, deine Trauer, als Grossvater starb; deinen schlechten Geschmack, wenn es um Geschenke geht; die Liebhaberin, die Mutter hatte, als ich etwa sieben war, den silbrigen Ohrenring, den Mutter von ihrer Liebhaberin zum Abschied bekommen hatte, der wie eine lange Träne von Mutters Ohrläppchen bis fast an ihr Schlüsselbein reichte, als sie ihn noch anzog, um Vater zu provozieren; die unzähligen Stunden, die ich damit verbrachte – wenn ich mich unbeobachtet fühlte –, den Ohrenring von einer Hand in die andere gleiten zu lassen, den Ohrenring so in die Sonne zu halten, dass er flammende Muster an die Wände warf, meine unendliche Lust, diesen Ohrenring anzuziehen, meine unsägliche innere Stimme, die mir das verbot, meinen unendlichen Wunsch, einen Körper zu haben, Mutters unbändigen Wunsch, durch die Welt zu reisen. Wir sprachen nie über Politik oder Literatur oder die Klassengesellschaft oder Foucault oder darüber, dass Mutter die Matur auf dem zweiten Bildungsweg abbrach, als ich auf die Welt kam. Wir sprachen nie darüber, dass du einen Bart gekriegt hast, als du mit Mutter schwanger warst, dass das »Hirsutismus« heisst, wir sprachen nie darüber, wie du das behandelt hast, ob du dich rasiert, gewachst oder die dunklen Haare mit der Pinzette ausgerissen hast, ob du Antiandrogene nimmst, um das Testosteron – das dein Körper »im Übermass produziert« – zu unterbinden, und wir sprachen nie darüber, wie du angeschaut wurdest, wie sehr du dich geschämt haben musst, wir sprachen sowieso nie über Scham, nie über den Tod, nie über deinen Tod, nie über deine wachsende Vergesslichkeit, wir sprachen sehr oft über die Familienalben und über jedes einzelne der Bilder darin, allerdings sprachen wir nie darüber, wie lächerlich Grossvater auf diesen Fotos aussieht, die er mit seiner Burschenschaft aufgenommen hat, wie komisch sie ihre Brust plustern und breitbeinig in die Kamera grinsen; wir haben nie über das Mädchen gesprochen, das bis zu einem gewissen Alter durch die Fotoalben geistert, meistens an deiner Hand, manchmal an einer der Hände deiner fünf Brüder, nein, wir haben nie darüber gesprochen, wohin diese jüngste Schwester namens Irma verschwunden ist. Wir sprachen nie darüber, ob es für andere Familien auch so anstrengend ist, so zu tun, als wären sie wie die anderen Familien, wir sprachen nie über Normalität, nie über Heteronormativität, Queerness, wir sprachen nie über Klasse, die sogenannte »Dritte« Welt und die geheimen Geflechte der Pilze, die viel grösser und feiner sind als in unserer Vorstellung, wir sprachen nie über all die Wege, die diese Welt bereithält, die sie uns bereithält, um vor uns selbst davonzulaufen, die gewundenen Wege, die im Schatten grosser Pappeln liegenden Wege, die öden, endlosen Wege, die diese Welt umspinnen, wie ein Faden einen Fadenknäuel umspinnt, aber wir sprachen über die Wege, die alle zusammen »Jakobsweg« heissen.

Vor einigen Wochen sassen wir auf dem Sofa, du hast mir eines der Fotoalben gezeigt. Ich habe mich gezwungen, dasselbe Interesse vorzutäuschen wie die letzten zehn Male, als du mir dieselben Fotos mit denselben Kommentaren erläutert hast. Wir schauten uns ein Foto deiner Mutter an, auf dem sie schwanger mit dir ist, ein Foto, das mich die ersten Male überrascht hat, weil da einfach eine nackte Frau zu sehen ist, in einem kleinbürgerlichen Familienalbum von 1935. Plötzlich hast du deinen Redefluss unterbrochen, mich angeschaut und gefragt: »Warum bist du eigentlich nie da?«

Ich sitze hier an meinem Schreibtisch in Zürich, ich bin sechsundzwanzig, es wird langsam dunkel, es ist einer dieser Abende, die noch Winterabende sind, während mensch schon eine Vorahnung von Frühling riecht, ein samtiger Geruch: von Bodnant-Schneeballblüten, übertrieben süss und weissrosa; von Menschen, die wieder beginnen zu joggen und ihren Schweiss durch die viel zu sauberen Strassen tragen. Ich jogge nicht. Ich sitze hier und kaue meine Fingernägel, trotz des Ecrinal-Bitternagellacks, ich kaue, bis der weisse Rand abgekaut ist und noch weiter, ich dränge den weissen Rand beständig nach hinten. Vor einem halben Jahr habe ich diesen ultralangweiligen Job im Staatsarchiv angenommen, ich stecke den ganzen Tag zwischen Regalen tief unter der Erde, katalogisiere Krankenakten längst verstorbener Patient*innen, ich spreche mit niemenschem, bin zufrieden, bin unsichtbar, lasse meine Haare wachsen, gehe nach Hause und setze mich hierhin, an meinen Schreibtisch, von wo aus ich die Buche im Nachbargarten sehen kann, von wo aus mir die Erinnerungen an die Blutbuche kommen, unsere Blutbuche, die grosse, rotlaubige Buche in der Mitte unseres Gartens. Ich schreibe. Wenn meine Freund*innen Dina und Mo, die auch irgendwo sitzen und schreiben, mir schreiben: »Kommst du was trinken?«, dann schreibe ich nicht zurück. Ich versuche zu schreiben, und wenn ich nicht schreiben kann, wenn ich im Wattenmeer der Vergangenheit versinke, dann rasiere ich mich, dusche und fahre mit dem Fahrrad in die Aussenbereiche der Stadt, in die Aussenröcke, wie die Engländer*innen sagen, ich suche die Tankstellen und Fussballplätze ab, ich tigere vor den Gyms auf und ab, die Grindr-App ist meine bleiche Fackel in der Nacht der Agglomeration, sie weist mir den Weg zu den Männern, die ich suche, die ich brauche, die ich mich brauchen lasse, von denen ich mir hinter dem Fahrradhäuschen den Rock hochschieben lasse und die ich sich in mich hineinschieben lasse, schnell und gefühllos, ich habe ja genug Gefühle, ich brauche nicht noch mehr davon, ich brauche endlich mal einen harten cut von ihnen. Ich verschwestere mich mit dem rostigen Gitter des Vorort-Gym, an dem ich mich festkralle, beim nächsten Mal verschwestere ich mich mit dem Geländer des ausgestorbenen Tribünenaufgangs, das mir Halt gibt, und last, but not least pralle ich mit der Wange so lange an die Pausenraumtür des Securitas, bis ich von meinen Gefühlen zurück in mein Fleisch gestossen bin, dann gehe ich nach Hause, Samen noch in und Geruch von fremdem Mann an mir, ein warmes Gefühl in meiner leeren Mitte, das mich für die Dauer des Heimwegs auffüllt. Hier gehe ich aufs Klo, rasiere mich wieder, Achseln, Beine, Scham, ich fürchte mich immer vor der Möglichkeit, nachts aufzuwachen und nach jemensch anderem zu riechen, dann gehe ich noch mal aufs Klo, um auch den restlichen Samen aus mir zu entlassen, dann duschen, mit Bimsschwamm abrubbeln, eincremen. Meine Haut ist irritiert vom vielen Rasieren. Dann setze ich mich zurück an den Schreibtisch, in das Blickfeld der Buche, und ich merke erst jetzt, dass ich schon diese ganze Zeit an dich schreibe. Und wenn ich nicht schreibe, dann lese ich oder denke an die Möglichkeit, meinen Körper auf den Jakobsweg zu geben, ich denke an die Möglichkeit, zu gehen, bis ich an nichts mehr denke oder nach Santiago de Compostela gelange oder ans Meer, und ich denke an die Möglichkeit, das alles nicht zu tun.

Wir sprachen nie darüber, dass du eines Nachmittags nicht mehr nach Hause fandest und Mutter einen Anruf von der Polizei erhielt. Wir sprachen nie darüber, dich in ein Heim zu geben, und als du einen schlimmen Schub hattest vor einem Monat und in einem Rehazentrum aufgewacht bist und gefragt hast, wo denn der Balkon hin sei mit der Aussicht über Bern, da hat Mutter gesagt: »Aber den haben sie doch abgenommen, der war nicht mehr sicher.« Da hast du gesagt: »Ach ja, stimmt«, und hast etwas zu laut über dich selbst gelacht und dann von den Geranien auf dem Balkon gesprochen. Ich habe Mutter gehasst für ihre Feigheit, dir nicht die Wahrheit zu sagen, ich war erst genervt und dann gerührter von ihrer plötzlichen Sorge um dich, als ich es sein wollte. Plötzlich ist sie die *caring daughter,* aber ich nicht, dachte ich, mich kriegst du nicht zur *caring daughter,* Mutti, und habe mich noch kälter von Mutter verabschiedet als sonst. Wir sprechen nicht über die hohe Wahrscheinlichkeit, dass du in den nächsten sechs Monaten einen weiteren Schub machen wirst (»sie wird einen Schub *machen*« – diese Ärzt*innensprache, als würdest du das bewusst machen), und wir sprechen nicht über die hohe Wahrscheinlichkeit, dass dieser Schub den Rest deines Erinnerungsvermögens tilgen wird.

Jetzt ist es Nacht, und ich stelle mir vor, wie auch du am Fenster deines Zimmers in der Reha stehst und der Nacht ins Gesicht schaust. Ich spüre, wie du langsam verschwindest. Liebe Grossmutter, ich möchte dir noch schreiben, bevor du ganz aus deinem Körper verschwunden bist oder keinen Zugriff auf deine Erinnerungen mehr hast.

Ich möchte dir sagen können, dass ich mich vor dir fürchtete, dass beispielsweise ich damals das Glas Himbeermarmelade zerschlagen habe, die du frisch gemacht hattest und von dem du dachtest, dass Mutter es zerschlagen habe, und Mutter auch tatsächlich mich beschützt hat, die Schuld auf sich genommen hat und du sie aufs Gröbste zur Schnecke gemacht hast. Ich habe deswegen bis heute ein schlechtes Gewissen, euch beiden gegenüber. Ich möchte wissen, was mit meiner Grosstante Irma geschehen ist, mit dem Mädchen, das an deiner Hand durch das Familienalbum geht und dann verschwindet. Ich möchte verstehen, wie es war, du zu sein: eine gewöhnliche Frau des unteren Mittelstandes in der Schweiz des 20. Jahrhunderts. Ich möchte verstehen, wieso ich kaum Erinnerungen an meine Kindheit habe, und wenn, dann nur an dich. Ich möchte eine Sprache finden, in der ich dich fragen kann: »Wo sind die Meinigen?« Ich möchte wissen, wie diese Scheisse in unsere Adern kommt.

Du warst zu laut, zu fordernd, zu grob, du hast nie zugehört, du hast mir Geld geschickt und den Satz dazugeschrieben: »Du weisst, du kannst mich jederzeit besuchen.« Es tut mir leid, dass ich so ein schlechtes Grosskind bin. Ich bin zu fein, um fein zu sein.

Liebe Grossmutter. Wenn ich an dich denke, denke ich an all die Dinge, die wir uns nie sagen konnten und nie sagen können. Ich erinnere mich daran, dass du immer voller Stolz die Wörter gebraucht hast, die das Berndeutsche vom Französischen übernommen hat, und ich kann den Stolz zwar nachvollziehen, aber er ist mir auch höchst unangenehm. Denn das Französische wurde uns durch Napoleon gebracht, es war die Besetzungssprache, es war die Sprache der kultivierten, aber barbarischen Kriegstreiberjungs. Er hat uns die Sprache gebracht und einige

Gesetze, und im Gegenzug hat er den in ganz Europa berüchtigten Staatsschatz Berns gestohlen. Einige Hundert Milliarden waren das, auf den heutigen Schweizer Franken (vom franc!) umgerechnet. Er tilgte damit seine Schulden und finanzierte seinen Ägyptenfeldzug. Ich weiss, das sind jetzt meine weissen Privilegientränchen, und wir sind ja selbst seit Ende des 19. Jahrhunderts Weltmeister*innen in Hochfinanzräubereien. Aber Napoleons Raubzug machte die Schweiz Anfang des 19. Jahrhunderts zu einem Land mit sehr hoher Emigrationsrate und hatte steuertechnische Auswirkungen bis ins 20. Jahrhundert: Zuvor wurden nämlich Berner*innen nicht besteuert. Es ist also komisch für mich, dass du stolz die Früchte des Mannes trägst, der eine Mitschuld an deiner Armut trägt.

Spuren Napoleons, die noch heute in deinem Sprachgebrauch zu finden sind:
dr Nöwö – der Neffe – le neveu
ds Fiseli – der Sohn – le fils
dr Potschamber – der Nachttopf – le pot de chambre
ds Gloschli – glockenförmiger Unterrock – von cloche
dr Gaschpo – der Blumenübertopf – le cache-pot
ds Lawettli – Waschtuch – von laver

Du hast von Madame DeMeurron erzählt, dem Berner Stadtoriginal: die erste Frau in der Schweiz, die ein Auto fuhr, eine Patrizierin, die sich fast nur in französischen Ausdrücken prononcierte, um zu zeigen, wie vornehm sie war. Die auch das R nicht rollte wie die Gerber aus dem lumpigen Mattequartier, sondern schön hinten aussprach, à la francaise. »Schaffed Iir no oder sid Iir scho öber?« Arbeiten Sie noch oder sind Sie schon jemand?, hast du sie zitiert, das R hinten ausgesprochen, völlig übertrieben, und du hast gelacht und deine Zähne gezeigt. Ich habe die

Sentenz nicht verstanden. Wie soll mensch denn gesellschaftlich aufsteigen, wenn mensch nicht arbeitet? (Ich hatte noch nicht verstanden, dass fettes Kapital nur geerbt, nicht erarbeitet werden kann, entgegen der Tellerwäscher*innenmär, die wir einander mit dem Nestlé-Löffelchen reinbuttern.) Du beginnst, alles zu vergessen, was nicht vor deinem fünfzigsten Geburtstag geschehen ist. Du verschwindest. Das Französische aber bleibt dir. Ich denke daran, wie nahe ich mich dir fühle, wenn ich dir schreibe, und ich denke daran, wie fern ich mich dir fühle, wenn ich dich sehe. Wie du davon sprichst, einmal nach Santiago de Compostela zu gehen, wie glücklich das deine Mutter und Maria machen würde und wie du – nach dem langen, langen Weg – glückselig in den Atlantik springen würdest, mitsamt Kleidern. Ich denke daran, wie du ununterbrochen sprichst, von irgendetwas, von den Rabatten im Supermarkt Migros, von den Tagen, an denen es doppelte Cumuluspunkte gibt. Deine Angst vor der Stille. Ich erinnere mich daran, wie du mich – um nicht mit dem Verlust klarkommen zu müssen – ständig gehütet hast nach dem Tod von Grossvater. Nein, falsch, nicht ich erinnere mich. Das ist Mutters Erinnerung.

In der Sprache, die ich von dir geerbt habe, in meiner Muttersprache also, heisst »Mutter« MEER. Mensch sagt DIE MEER oder MEINE MEER, aus dem Französischen abgeschielt. Für »Vater« PEER. Für die »Grossmutter« GROSSMEER. Die Frauen meiner Kindheit sind ein Element, ein Ozean. Ich erinnere mich an die Beine meiner Mutter, ich erinnere mich daran, sie zu umarmen, an ihr hochzuschauen und zu sagen: DU BIST MEINE MEER. Ich erinnere mich an ein Gefühl des Daheimseins und an ein Gefühl des Vollkommenumgebenseins. Die Liebe der Meeren war so gross, mensch entkam ihr nicht, entkommt ihr nicht, mensch schwimmt ein Leben lang, um aus den Meeren herauszukommen.

In der Sprache, die ich von dir geerbt habe, in meiner Meersprache also, gibt es nur zwei Möglichkeiten, ein Körper zu sein. Das Aufwachsen im Gaumen der deutschen Sprache zwang mich stets in diese Kindergartenzweierreihe hinein.

In der Sprache, die ich von dir gelernt habe, in meiner MOTHER TONGUE, weiss ich nicht, wie ich von mir schreiben kann. Da sind Mutters Zunge drin und deine Augen und ich – meine – ich meine – mein Körper, meine Körper, meine Körperlichkeit? Da ist dieses schreibende Ich, und dann ist da das Kind, das ich war, das vor dem Zweierreihenzwang steht und noch hindurchmuss. Und ich bin durchdrungen vom Kind, so wie der Mond in seiner Gänze von der Erde handlos gehalten wird, aber im Schreiben muss ich zwischen uns unterscheiden, weil mich sonst die Kindheit, weil mich sonst der Kinderkörper, weil mich sonst die Flut aus Vergangenheit fortspült.

Ganz so einfach ist es aber auch in der Meersprache nicht: Es sind da nämlich kleine Umwege hineingetreten oder eher Abwege – die Frauen waren Gegenstände. Anstelle von MEER verwendeten alle Erwachsenen – selbst die Mütter – sächliche Artikel: das Mami, das Mueti, das Grossmami, das Grosi. Aber nicht nur die Mütter, alle Frauen waren sächlich: das Anneli, das Lisbeth, das Regini. Und auch die Kinder waren Gegenstände, süss und winzig wie Mokkalöffelchen: das Mineli, das Hänneli, das Hansli. Ich erinnere mich, dass mich diese Vergegenständlichung wütend machte. Ich wollte kein Gegenstand sein, ich wollte ein Mensch sein und gross; und gross zu sein, bedeutete, ein Geschlecht zu haben, ein männliches. Als Frau drohte einem, ein Gegenstand zu bleiben oder ein Ozean zu werden. Das wollte ich nicht.

Wenn ich an dich denke, Grossmeer, dann denke ich an das Migros-Restaurant, in das du mich immer eingeladen hast, wenn du mich in ein »Restaurant« einladen wolltest, ich denke an das Urmeer, dem die ersten Bakterien entsprangen, das ziemlich genau siebenunddreissig Grad Celsius warm war, ich denke an Meer und an das Leben, das sie für mich aufgegeben hat, und an das Leben, das du für Meer aufgegeben hast, ich denke daran, dass du gerade aus dem Rehazentrum entlassen wurdest, dass du vermutlich wieder auf deinem Balkon stehst und wütend auf die halb vertrockneten Geranien schaust, und ich denke an all die Texte, die ich dir nie geschrieben habe. In einem von ihnen geht eine bärtige Dame den ganzen Weg von Ostermundigen nach Santiago de Compostela. Auf halbem Weg trifft sie einen jungen Menschen, auch mit Bart, mit breiten Schultern, tiefer Stimme, Rock und Kajal, und sie sprechen über nichts, sie gehen schweigend nebeneinanderher in Richtung Meer, und zwischen ihnen treiben die Überbleibsel, das Schwemmgut ihrer langen, im Halbdunkel liegenden Spuren.

1
Die Suche nach Schwemmgut

Grossmeer, iss mich nicht.

Ich will das weibliche Geschlecht nicht, das mir bei der Geburt zugewiesen wurde. Ich will das männliche Geschlecht aber auch nicht, das die transsexuelle Medizin mir verspricht und das der Staat mir am Ende gewähren wird, wenn ich mich so betrage, wie es sich gehört. Ich will das alles nicht.

Paul B. Preciado

Die Binarität der Geschlechter ist wie ein Partygast,
di*er ankommt, bevor du überhaupt den Tisch gedeckt hast.

Alok Vaid-Menon

Die Wunde ist das Land der Heilung.

Tabita Rezaire

I think you have to take me for me.

Harry Styles

Grossmeers Hände

Grossmeers Hände waren Tiere. Sie bewegten sich unablässig. Sie waren Mäuse in ihrer Rastlosigkeit, haarlose Mäuse, mit Haut, so rau wie aufgeplatzter Asphalt. Sie waren Spinnen in ihrer Gestalt, aufgebuckelte Beingetüme; gefangen in ihrer rauen Haut suchten sie unentwegt einen Ausweg aus Grossmeer, tasteten wie Blinde, die noch nicht lange blind sind. Sie packen Erdäpfel und häuten diese gierig. Greifen sich das Mokkalöffelchen, um Zucker in die Kaffeetasse zu hieven – ja, die Bewegung ist ein Hieven. Es ist eine fremde Bewegung, die nicht zu diesem Gegenstand passt, als hätte Grossmeer das Ernten von Erdäpfeln direkt auf das Schaufeln von Zuckerkristallen übertragen. Die Hälfte der feinen Kristalle landet darum auch immer auf dem rot-weiss karierten Tischtuch. Das Mokkalöffelchen: ein Gegenstand in einer Fremdsprache für diese Hände. Die lächerlich schönen Verzierungen und Schnörkel an seinem Stiel. Überflüssig. Überfluss. Als ich in einem Disneyfilm eine behandschuhte Pariserin sah, die distinguiert zweifingrig (mit Daumen und Zeigfinger, der kleine Finger abgespreizt) ein Mokkalöffelchen zum Teetässchen führte, nahm ich den Abstand wahr. Die Lücke zwischen Grossmeer und der Welt, in die ich wollte. Grossmeer grapschte sich das Mokkalöffelchen wie eine Schaufel, mit der ganzen Faust. Die arthritisch verdickten Gelenke erinnerten mich immer an die verzauberte Dornenhecke im Disneyfilm *Dornröschen*. Diese knorrigen Verdickungen. Hundert Jahre Erstarrung.

Ich erinnere mich daran, dass Grossmeers Hände in mich hineinfassten. In meiner Erinnerung sind Grossmeers Hände so allein mit sich; die eine greift ständig nach der anderen, und dann krallt sich die andere die eine, sie suchen ununterbrochen, suchen etwas zum Halten, packen meine Kinderbeine und Kinderarme und streicheln sie unbarmherzig. Ich erinnere mich nicht an meine Kinderbeine und Kinderarme, ich erinnere mich nur an das Gefühl einer grossen Rauheit und an das Wissen, dass ich hinhalten muss, dass Grossmeer das braucht.

Grossmeers Füsse

»Ich habe Männerfüsse«, sagte Grossmeer immer, stolz, verteidigend, entschuldigend, undeutbar. Grossmeers Füsse waren riesig, der grosse Zeh war eine kleine Faust, und sie hatten diese seitlichen Schwellungen, die sie seufzend Hallux nannte. Ich hatte immer Angst, dass dort ein weiterer Zeh aus der Haut schlüpfen will. Ich lernte an Grossmeers Füssen, dass Körperteile Wesen sind, die gegen einen arbeiten, die nicht dasselbe sind wie mensch selbst, die ein anderes Geschlecht haben, eine andere Spezies sein können. Und dass die Gefühle, die mensch dem Körper gegenüber hat, vielleicht im Körper anfangen, sich dann aber im ganzen Raum ausbreiten.

Grossmeers Stoffe

Auf allen Möbeln lagen Tücher, Tischtücher, Läufer, Stoffe und Textilien irgendwelcher Art, und ständig verrutschten sie. Gehäkelt, gestrickt, bestickt. Das Sofa war von einem riesigen weissen, handgehäkelten Überwurf bedeckt. Grossmeers Stolz. Jedes Mal, wenn ich als Kind auf dem Sofa sass oder auch nur das Sofa berührte, musste Grossmeer den Überwurf neu richten. Er hatte perfekt zu sitzen. Grossmeer ging ständig von einem Zimmer ins nächste, um all die Tücher auf Tischen, Tischchen, Kommoden, Sekretären und Gestellen zurechtzurücken. Sie stimmten nie. Sie verdeckten die ganze Wohnung, und sie stimmten nie. Ich glaube, für Grossmeer waren diese Stoffe der ständige, lästige, lastenreiche Beweis, dass sie nicht mehr arm war. Aber ihre Hände waren immer noch viel zu grob, um diese feinen Deckchen zurechtzuzupfen.

Grossmeers Truckli

Ich erinnere mich an Grossmeers Kästchen: ihre TRUCKLI. Seit Grosspeer tot war, reiste Grossmeer um die Welt und sammelte kleine Kästchen aus Holz, Stein, Glas, Elfenbein, Plastik, Knochen, Draht, Stahl, Kupfer, Silber, Bernstein, Leder, Filz. Die Kästchen standen überall in ihrer Wohnung auf den Tüchern, und sie waren allesamt leer und geschlossen. Ihre Leere beunruhigte mich. Wenn Meer und Grossmeer zusammen Kaffee tranken, ging das Kind durch die Wohnung, auf einen Kontrollgang, ging an den Truckli vorbei, wie mensch an Leuten vorbeigeht, die einem etwas Böses wollen. Mensch geht schnell, ohne den Eindruck erwecken zu wollen, dass mensch schnell geht, und mensch schaut sie an, ohne dass sie sehen, dass mensch schaut. Die Truckli haben zurückgeschaut. Es zuckte mir in den Fingern. Ich spüre noch heute die Leere der Truckli in dieser feinen Wulst, wo die Nagelhaut zur Fingerhaut wird. Wenn ich mir die Nägel lackiere, übermale ich sie immer, obwohl das ja nicht zum guten Ton gehört, zum guten Lackierer*innenton, DER NAGELFALZ IST AUSZULASSEN, aber mir kommt dieser Falz oft wie eine Welle aus Vergangenheit vor, die sich in einer Bucht bricht. Eine Botin aus dem Zweistromland, die ich übertünchen möchte.

Als Kind war ich besessen von der Idee, heimlich Dinge in diese Truckli zu legen, egal, was: Kiesel, Blätter, Haare, einen abgebissenen Nagel – nur damit etwas darin läge. Aber ich wusste, dass das absolut verboten war, und ich wusste auch, dass die Grossmeer genau wüsste, wer das unausgesprochene Verbot missachtet hätte.

Ich spürte die Dinge, ohne sie zu verstehen. Ich spürte, dass die Truckli innere Räume der Grossmeer waren, die sie ausgelagert hatte. Die Truckli waren die Komplizinnen der Grossmeer; ich wusste, dass sie kleine Bröckchen ihrer Leere abgeschnitten hatte und diese darin aufbewahrte. Die Grossmeer trat freundlich auf, aber es galt, ihren grossen Schatz unter keinen Umständen anzufassen. »Eines Tages wirst du alles erben«, sagte sie, und das war stets eine Drohung.

Das Kind

Ich schreibe von »Grossmeer«, als wärst du eine Romanfigur, Grossmeer. Als wärst du nicht unentwegt in mir, als könnte ich eine Distanz zu dir herstellen. Aber ich brauche diese Haltung. Ich muss über dich verfügen können wie über eine Figur, sonst schreibe ich die Dinge nicht, deretwegen ich schreibe. Ich wollte in der Vergangenheit schreiben, aber die Bruchstücke rutschen mir in die Gegenwart und wieder zurück, verschwimmen.

Ich erinnere mich kaum an mich als Kind. Oder vielleicht meine ich: Ich erinnere mich kaum an den Körper des Kindes. In der Zeit, über die ich schreibe, habe ich noch keinen Körper. Viel eher als an einen Körper erinnere ich mich daran, eine Wahrnehmung zu sein, eine Feinheit unter den dräuenden Bäuchen, zwischen den Beinen der Erwachsenen wie zwischen Stämmen eines Urwalds umherirrend, eine Zartheit auf den rauen Dingen, dem Asphalt, Grossmeers Haut. Mich gab es nicht; es gab mein

Rennen, aber es gab keine Beine; es gab den Wind, den mensch beim Rennen spürt, aber kein Gesicht und keinen Nacken, die diesen Wind fühlen können; es gab die jauchzende Freude, die das Rennen auslöst, nicht aber den Bauch, in dem sich das Jauchzen kräuselt. Körper, das hatten die anderen. Ich erinnere mich an Grossmeers unheimlichen, faltigen Körper, ich erinnere mich an Peers Oberschenkel und an seinen Penis, ich erinnere mich an Meers Brüste und an ihre Haare. Es ist, als hätte ich Zugriff auf einige Fotografien, nicht aber auf die Kamera, in deren Gehäuse die Fotografien lagen.

»In deren Gehäuse«. Was für eine doofe Metapher, diese Kamerasache. Ich merke, ich schleiche um die eigentlichen Dinge herum und greife auf bis auf den Stängel Abgelutschtes zurück. Und was ist das Eigentliche?

An meine Zähne erinnere ich mich, die Milchzähne, die sich jedoch wie Fremdkörper im Körper anfühlten und dann auch eines Tages zu wackeln begannen und die mensch sich entreissen konnte. Eine weitere Ausnahme sind die Zehen, die – wenn mensch nachts aufwacht – nicht ganz unter der Decke stecken und die mensch vor den Monstern, die unter dem Bett lauern, verstecken will. Das allnächtliche Dilemma: Entweder bringt mensch die Zehen in Sicherheit und zieht sie unter die Bettdecke zurück; wenn du das aber nicht langsam genug machst, dann kann es sein, dass die Monster auf deinen ganzen Körper aufmerksam werden und diesen fressen. Oder mensch lässt die Zehen draussen, dann fressen die Monster diese bestimmt, aber merken nichts von deinen restlichen Gliedern … Ein unlösbares Dilemma.

Beides – Zehen und Zähne – sind Körperteile, die ich verloren habe und die auf wundersame Weise nachgewachsen sind.

Grossmeers Mund

Grossmeers Mund war eine Landschaft in ständiger Bewegung, im Zeitraffer. Sie redete ununterbrochen, und wenn sie nicht redete – weil sie trank oder ass oder fernsah –, machte ihr Mund alle erdenklichen Geräusche, wie schmatzen, husten, räuspern, Luft scharf einziehen, prusten, geräuschvoll die Lippen lecken, mit der Zunge die Zahnzwischenräume abtasten und allfällige Essensreste herauspulen.

Grossmeer trug immer Lippenstift, eine Altfrauenfarbe zwischen Signalrot und Barbiepink, der auf die Zähne abfärbte, was sie sich mit einem Taschentuch aus weisser Baumwolle und präzisen, harten Bewegungen abwischte. Der Lippenstift verschwand, und sie trug ihn immer neu auf, aber er zog sich beständig zurück – ein Meer bei Ebbe. Die feinen Falten spalteten die Lippen: Risse in einer spröden Felswand. Das Kind fragte sich, wie so etwas kommt, es stellte sich vor den Spiegel, hielt sich mit beiden Händen die eigenen, glatten Lippen fest und war sich sicher, dass die Lippen der Grossmeer aus Unachtsamkeit zerrissen waren. Dies würde ihm nicht geschehen. Es würde achtgeben, dass seine Lippen nicht zerreissen, nie, es würde sie festhalten. Über Grossmeers Lippen waren kleine Löcher, wo die dunklen Barthaare gewachsen waren während ihrer Schwangerschaft mit Meer. Das Kind wusste: Was Grossmeer am Leben hielt, war ihr Mund, diese rastlose Maschine.

Grossmeers Zähne

Grossmeer warf nie ein Stück Brot fort. Sie kaufte frisches Brot, wenn das Kind zu ihr kam. Sie gab dem Kind das frische Brot. Sie selbst ass das harte. ES GIBT KEIN HARTES BROT, KEIN BROT IST HART. Das harte Brot krachte zwischen ihren Zähnen. Grossmeer war so stolz auf ihre Zähne. »Meine Eltern haben mit dreissig schon alle ihre Zähne verloren«, sagte sie – betonte sie, wann immer es um Zähne ging, um Essen, Krankheit, Hygiene oder um früher. »Meine Meer war so stolz, dass sie uns den Zahnarzt zahlen konnte, das kannst du dir nicht vorstellen«, erzählte sie mit einem unheimlichen Lächeln, das die Zähne entblösste. Das Kind fürchtete sich davor, dass das Brot ihre wertvollen Zähne zerbrechen könnte. Immer, bevor Grossmeer hartes Brot ass, sprach das Kind mit ihm. Es nahm seinen Zauberblick hervor und seine stille Stimme und sagte: »Liebes hartes Brot. Bitte sei nicht zu hart zu Grossmeers Zähnen. Sie ist so stolz auf sie. Hier, schau, wie weich ich bin, wie fein, nimm ein bisschen von meiner Feinheit in dich, bitte.« Das Kind spannte sich an, seinen Bauch, machte einen Zauber dort, in sich, sammelte seine Feinheit in seinem Blick und träufelte dem harten Brot die Feinheit durch seinen Blick ein.

Grossmeers Zähne waren gross und weiss, wie die Berge, und sie blitzten ständig, da Grossmeer immer redete. Wenn das Brot zu hart war, stand Grossmeer plötzlich auf, Zunge auf dem Zahnfleisch, machte einen Teller mit Milch und einen Teller mit Ei und Salz und Pfeffer parat. Während des Fotzelschnittenmachens sagte Grossmeer kein Wort. Es war vielleicht das einzige Schweigen, das sie hatte. Das Kind wusste, es war seine Schuld, dass das Brot zu hart war. Es hätte sich besser anstrengen sollen. Es nahm sich vor, seinen Blickzauber zu üben. Zu Hause suchte es einen Stein, ging in den Hühnerstall, setzte sich vor den Stein und gab ihm all seine Feinheit. Es war sehr streng mit sich.

Grossmeers Fotzelschnitten

Wenn Grossmeer die Fotzelschnitten machte, das Brot scheibenweise erst im Milchteller aufweichte, dann in den Eiteller tunkte und schliesslich in Butter anbriet, fuhr Grossmeers Zunge wie ein Katzenschwanz über das Zahnfleisch, das blutete vom harten Brot. Das Kind bekam immer die ersten Fotzelschnitten. Grossmeer stellte die mit Enzianen bemalte Zimtzuckerdose auf das rot-weiss karierte Tischtuch; die Dose war ein Erbstück ihrer Grossmeer, das sie schon sechs Mal geflickt hatte. Der Leim bildete gelbliche Narben, die die Enziane zerstückelten. Das Mokkalöffelchen im schon angemischten Zimtzucker. Obwohl Fotzelschnitten das einzige Essen war, bei dem sich das Kind selbst Zucker nehmen durfte, mochte es sie nicht. Das Kind konnte noch so viel Zucker auf die Fotzelschnitten hieven, der bittere Beigeschmack blieb: Die Fotzelschnitten waren hier, anstelle von all dem Brot, das Grossmeer gefehlt hatte. Aber noch weniger als die Fotzelschnitten mochte das Kind Grossmeer während der Fotzelschnitten. Ich erinnere mich, dass das Kind wegschauen musste. Ich erinnere mich, dass das Kind die Fotzelschnitten anstarrte. Ihre eiige, gelbliche Haut, die Zuckerkörner darüber. Und dann auch noch Grossmeers Geräusche. Das Herunterwürgen, obwohl die Fotzelschnitten noch viel zu heiss waren. Das Schlingen und Schlürfen und Japsen und Schnaufen. Das Balancieren eines zu heissen Bissens auf den Zähnen, das Entblössen der Zähne, die Lippen nach hinten gezogen, der Bissen seitlich auf den Zähnen eingeklemmt – weil die Zähne nicht so temperaturempfindlich sind –, das Ausatmen der heissen Luft; dieses Hissen, das Warten, bis der Bissen etwas abgekühlt ist und sie ihn augenblicklich hinunterwürgen kann. Der Hunger, der älter ist als Grossmeer.

Das Kind liess Grossmeer nie allein in ihrer Hungereinsamkeit. Obwohl es sie nur ertrug, wenn es magische Dinge dachte. Heile, heile Segen. Glitzern. Verwachsen. Hex Hex. Es verstand in seinem Bauch auch die Farbe der Fotzelschnitten: dieses glatte Gelb, das dasselbe Gelb war wie der Leim, der die Zuckerdose zusammenhielt. Diese Verschwisterung von Leim und Fotzelschnitte. Es nahm der Grossmeer übel, dass sie ihre Zusammengeleimtheit immer so auf den Teller brachte, dass die Wörter für die Fotzelschnitten-Gefühle aber immer fehlten, und das Kind deckte sich das Fotzelschnittengelb mit Zimtzucker vollkommen zu, ein braun-weißes Tuch. Es wollte der Grossmeer sagen, dass es Fotzelschnitten nicht mochte, aber es spürte, dass das nicht ging, weil Grossmeer zwischen sich und den Fotzelschnitten nicht unterschied, so wie sie zwischen ihrer Hand und den Beinen des Kindes nicht unterschied.

Überbleibsel

Was das Kind umgab, war nie ausserhalb von ihm, es hatte keine Haut; die Welt ging in ihm aus und ein. Manchmal tauchen da Dinge auf, von denen ich gelernt habe, dass mensch sie *Kindheitserinnerungen* nennt, die sich äusserst intim anfühlen, die aber unpersönlich, kollektiv sind:

Das Lernen des Zählens von eins bis zwanzig.

Das Dankesagen, immer, ständig, und das Entschuldigungsagen.

Das höfliche Beantworten der Fragen: »Wie alt bist du?« Und: »Bist du ein Junge oder ein Mädchen?«

Das Spielen draussen, das Auf-dem-Rücken-Liegen im Gras, das Hoffen, dass es noch nicht dunkel wird, noch lange nicht dunkel wird, dass es nie dunkel wird, niemals, dass mensch immer durch dieses goldene Licht rennen kann, diese würzige Luft, in der der ganze Tag liegt wie ein Rosenkäfer in einer Pfingstrose.

Das Spielen von Spielen, von denen die Erwachsenen meinen, dass mensch sie mag und sie einem einen Gefallen tun, wenn sie diese mit einem spielen.

Das richtige Sprechen der Meersprache.

Das Schweigen, was *Bravsein* genannt wurde.

Die Angst vor Unbekannten, was *Fremdeln* genannt wurde.

Das Zurückhalten von Tränen, was *Starksein* genannt wurde.

Die Angst vor dem Schlafengehen; die Angst, nie mehr aufzuwachen, und die Angst, im Dunkeln das Augenlicht zu verlieren, ohne es zu merken (denn mensch sieht ja nichts). Dies wurde *mühsam* genannt.

Zum ersten Mal die Balance auf dem Fahrrad zu finden und das daraus resultierende Gefühl einer rasenden Euphorie, als wäre die ganze Welt aus Schokolade gemacht; das Gefühl, bis ans Ende der Welt fahren zu können, bis nach Amerika, um den Mond und zurück.

Weil ich diese Dinge erinnere, weiss ich, dass da mal ein Kind war, aber dieses Kind fühlt sich nicht an wie ich. Ich weiss nicht, ob die genannten meine Kindheitserinnerungen sind oder ob mir die jemensch erzählt hat und ich nicht mehr weiss, wer, oder ob ich die gelesen habe und nicht mehr weiss, wo. Ich versuche, über diese Zeit zu schreiben, die in mir fehlt, die in diesem Kind stecken geblieben ist. Vielleicht ist Heimat kein Ort, sondern eine Zeit.

Woran ich mich erinnere, am lebendigsten erinnere, ist Grossmeer. Es ist, als hätte sich mein Bewusstsein nicht so sehr darum gekümmert, mich festzuhalten, sondern Grossmeer. Meine Grossmeer heißt Rosmarie, und sie war ein Monster.

Körper: heute

Auch heute noch spüre ich meinen Körper nicht richtig, ich stosse mich andauernd, an Tischkanten und -beinen, offenen Türen und Schranktüren, ich werde angerempelt und remple an. Ich weiss nicht, wo ich anfange und wo ich aufhöre. Wenn ich koche, schneide ich mich oft, verbrenne mich und merke es zu spät. Wenn ich Käse oder Karotten raffle, raffle ich mich mit. Dann fehlt da Haut, fehlt Ich. Mein Körper, dieses Überbleibsel, transformiertes Uraltes, Materie, die schon unzählige andere Formen war: Steine, Erde, Pflanzen, Luft, Bakterien, Pilze.

Ich spüre meinen Körper nur, wenn ich ihn fortgebe, wenn ich ihn anderen anbiete, jemensch in mich eindringt, die selbst errichteten Grenzen meines Körpers durchdringt und sich dahinter hinterlässt. Ich habe nicht primär das Bedürfnis, Schwänze in mir zu spüren, ich habe das Bedürfnis, *mich* zu spüren, jenen pulsierenden Mantel um die Schwänze. Dieser Körper ist in der Lage, ausserordentlich grosse Dinge in sich aufzunehmen, wenn er sich entspannt, ohne den geringsten Schmerz zu empfinden. Schmerzen entstehen, wenn mensch sich gegen das Eindringende wehrt oder es aus sich herausstossen will. Ich habe mich nie dagegen gewehrt, wenn sich andere Körper in mich hineindrängten.

Ich sitze hier an meinem Schreibtisch und schreibe dir dies, Grossmeer, auf dem MacBook Pro, das ich mir vor acht Jahren mit deinem Weihnachtsgeld gekauft habe, ich sitze auf einem der Holzstühle, die du mir vermacht hast (du habest ja kaum je Gäste und brauchest nur zwei Stühle), ich sitze auf meinem Hintern, der vor einer halben Stunde von einem Mann penetriert wurde, den ich schon zum zweiten Mal getroffen habe, ein Mann, der knapp zwanzig sein dürfte und gemäss postkoitalem Small Talk Metzger ist, nach L.A. will, um Reggaeton zu machen.

Ich schreibe dir dies, Grossmeer, weil ich seit langer Zeit versuche, über meinen Körper zu verfügen, wie ich will: über ihn zu sprechen, wie ich will, ihn zu bewegen, wie ich will, und ihn zu geniessen, wie ich will. Zu sagen, dass es sich verdammt himmlisch anfühlt, gefickt zu werden, dass es sich teuflisch gut anfühlt, durch die Strassen zu gehen und zu spüren, wie das Sperma extrem langsam den Körper wieder verlässt, langsamer als Honig, langsamer als die Tannenzapfenmelasse, die du dir immer auf die letzte Fotzelschnitte träufelst. Dass es sich verdammt gut anfühlt, wenn der Samen, diese fremde Lust, zwischen die Pobacken rinnt und diese schambeladene Zone, diese nur in herabsetzender, gewaltvoller Weise benennbare Region unserer Körper spürbar macht. Wie unglaublich sanft und lebendig sich ein penetrierter Arsch anfühlt. Als wäre mensch ganz aus Seide gezimmert.

Ich schreibe dir dies, mit der Buche im Blick, und mir kommt wieder die Blutbuche, mir kommt eine ganz frühe Erinnerung, ich liege im Gras, du beugst dich über mich, und hinter dir der Himmel ist aus Blutbuchenlaub gemacht. Ich schreibe dir, um gegen die Verachtung anzuschreiben, die ich für diesen Körper empfinde, seit ich denken kann, und die vielleicht auch mitverantwortlich dafür ist, dass ich so wenige Erinnerungen an ihn habe. Wie ist etwas festzuhalten, das immer nachgibt, verschwimmt, zerfliesst? Ich schreibe dir dies, um gegen die *body negativity* anzuschreiben, die ich geerbt habe; vielleicht nicht von dir direkt, aber von der christlich-zentraleuropäischen Kultur. Es geht nicht um Schuldzuweisungen, es geht darum, die Fäden aufzudröseln, die uns gewoben haben: die Fäden, die uns unter Männlichkeit Leidenden zusammenknoten, die jede*n von uns in einem Kokon aus Schweigen, Scham und Scheinheiligkeit gefesselt haben, zu entwirren. Es geht darum, sagen zu können: Sexualität – egal, ob penetrative oder nichtpenetrative – ist etwas Grossartiges, und es geht darum, zu fordern, dass penetrierte Körper genauso wie penetrierende und unpenetrierte Körper Körper sind. Wir sind keine Gegenstände, wir sind weder Teufel noch Engel, wir sind stinklangweilige Wesen der Dämmerung wie alle anderen auch.

Ich schreibe dir dies, weil ich als Kind Angst vor dir hatte, weil ich spürte, dass du nie einen Körper hattest, weil ich immer noch wütend bin, dass du mich gebraucht hast, meinen Körper; wütend, dass du mich gehütet hast, mich gehalten hast, mich gestreichelt hast, um deine unverarbeitete Geschichte in mir abzuladen, wie deine Meer deinen Körper gebraucht hat und ihre Meer deine Meer gebraucht hat. Ich schreibe dir, weil es mich nur durch deinen Körper gibt, weil ich deine Fortsetzung bin und weil ich gewisse Dinge nicht mehr fortsetzen will. Ich schreibe dir, weil ich – wie Meer und du – nicht über die Dinge sprechen kann, die mich wirklich beschäftigen, ich schreibe dir, weil: Solange ich schreibe, spreche ich zwar nicht, aber ich schweige auch nicht.

Grossmeers Himbeeren

Ihre Rubine. Ihr Schatz wuchs im hinteren Garten. Grossmeer trug einen formlosen weissen Hut und verschiedene Körbe, die Chrättli. »Die Himbeerernte!«, sagte sie und lachte zu laut. Grossmeers Hände krabbelten flink über die Stauden. Das Kind traute sich nicht, fortzulaufen, weil Grossmeer dann hätte denken können, es würde vor ihr davonlaufen. Grossmeer erzählte wie jedes Jahr, dass sie in diesem Garten aufgewachsen sei, in dem jetzt das Kind aufwachse. Dass ihr Peer arbeitslos war. Dass jeder Quadratzentimeter des Gartens bepflanzt war. Dass mensch das Essen aus jedem Fleck des grossen Gartens herausgedrückt hat wie den Saft aus einem Apfel.

Grossmeer pflückt systematisch. Die schönen Himbeeren kommen in ein Chrättli, die werden verkauft. Aus den überreifen Himbeeren wird Himbeergeist gemacht. Aus den zerdrückten Himbeeren wird Kuchen, Sirup oder Marmelade gemacht. Die runtergefallenen Himbeeren kommen in das letzte Chrättli zu den zerdrückten Himbeeren, wenn sie noch schön sind. Wenn sie nicht mehr »schön« sind, das heisst, wenn sie »nur noch Fetzen« sind, isst Grossmeer sie auf der Stelle. Grossmeer isst nur die schimmligen Himbeeren. Es könne sein, dass man im Winter sonst genau an diese Himbeeren denke, die man nicht gegessen habe, nur weil sie ein bisschen schimmelig gewesen seien, und dann verfluche man sich und habe ein Loch im Magen, und dieses Loch kriege man sein ganzes Leben lang nicht mehr voll, egal, wie viele Himbeeren man esse. Grossmeer erntet Himbeeren, bis sie sich selbst nicht mehr sieht. Ihre Fingerbeeren haben sich in Himbeeren verwandelt: rot vom Saft und geschwollen von den Stacheln. Ihre Augen sind rot von den vielen Himbeeren, die sie mit dem Blick gegessen hat, aus Angst, dass sie eine Beere übersieht. Grossmeer, warum hast du so ein grosses Maul?

Grossmeers Hände, zum Zweiten

Als ich nun deine Hände wieder sah, Grossmeer, wie sie die Himbeeren pflückten, wie sie »flink über die Stauden krabbelten«, sah ich deine Hände auch wieder beim Stricken, deine Zeige-, Mittelfinger und Daumen; diese ratternde, klappernde, klackernde Textilmaschine, die sich rastlos um sich selbst dreht, aus losen Fäden feste Gewebe hervorzaubert; diese Maschine, die wie ein von deinem Körper losgelöster Körper Fäden knüpft, die wie das Maulwerkzeug einer Spinne arbeitet; eine Spinne, die ihre Fäden zu einem engen Kokon um ihr Opfer spinnt, bevor sie dieses aussaugt. Wobei – nein, falsch, die Spinnen spinnen ihre Fäden doch mit ihrem Hinterteil, das Bild, das mir da gekommen ist, ist also schief. Oder hat es doch seine Berechtigung, waren deine Strickhände nicht tatsächlich ein zweiter, eigenständiger Körper, der gleichzeitig Maul und Hinterteil war, der gleichzeitig gefressen und produziert hat, während du die *Tagesschau* schautest, während du mich beobachtetest, während du mir dieses verbotest, jenes befahlst?

Gebannt hat mich dein Stricken. »Bestrickt«, Zwinkerzwinker, Subtilitätsalarm. Ich wollte unbedingt auch das Stricken lernen. Aber Meer wollte es nicht, konnte es nicht, sagte sie zumindest. »Das ist so eine Mädchenscheisse. Während die Jungs Sport hatten, mussten wir stundenlang Strickmuster üben. Und während die Männer die Welt machten, Entscheidungen fällten und alles Wichtige, mussten die Frauen zu Hause sitzen und die Männerkleider flicken. Ich habe das Stricken sofort nach der Schule verlernt, ich kann dir das nicht beibringen.« Deshalb hast du, Grossmeer, mir das Stricken beigebracht. Ich sitze auf deinem Schoss, deine Arme halten mich, deine Hände umschliessen meine Händchen, deine Finger ziehen, stülpen, knüpfen den

Faden, er kommt von links und geht nach rechts, ich spüre den Faden unter meinen Fingerkuppen durchfahren, und wie ich dir das schreibe, auf dem Computer schreibe, spüren meine Finger das Stricken, sind sie ganz umgeben von deinen rohen, groben, harten Fingern, Spinnenbeinen, deinem Maulwerkzeug, deinen Hinter-, Vorder-, deinen Teilen, ich bin Teil von dir; im Stricken, im Schreiben – ohne Unterschied – bin ich mit dir verbunden.

Grossmeers Fernseher

Ich erinnere mich, dass nur Grossmeer einen Fernseher hatte. Ich erinnere mich an die Kämpfe des Kindes mit dem Peer. *Dornröschen, Schneewittchen* und *Bambi* versus Fussball, Skirennen und Leichtathletik. Ich erinnere mich an die Drohung: WENN MAN ZU LANGE FERNSEHEN SCHAUT, BEKOMMT MAN VIERECKIGE AUGEN. Für die Erwachsenen galt diese Gefahr nicht, ihre Augen erinnerten sich stets an ihre Form. Nach jedem Film rannte das Kind ins Bad. Es traute dem Spüren seiner Finger nicht, es musste die Rundheit der Augen im Spiegel überprüfen. Einmal, als es *Die Schöne und das Biest* schaut, wird ihm schlecht, und seine Augen beginnen zu schmerzen. Es ist sich sicher, dass dies die Verwandlung der Augen ist. Es setzt sich auf den Boden vor dem Fernseher und schaut in den Spiegel über dem Sofa. Der Spiegel ist rund, es schaut den Film über diesen Umweg. Mit diesem indirekten Schauen wähnt es sich in Sicherheit. Der indirekte Blick ist immer sicherer. Im Schreiben über die Grossmeer versteckt sich ein Schreibenwollen über die Meer.

Grossmeers Wohnung

Grossmeers Wohnung ist der Ort meiner Kindheit, der mir am klarsten in Erinnerung ist, klarer als das Haus, in dem ich aufgewachsen bin und wo ich eigentlich mehr Zeit verbracht habe. Ich habe mich immer vor Grossmeers Wohnung gefürchtet. In ihre Wohnung zu gehen, war, wie in einen See zu steigen. Stumpfes, in dünnen Strahlen hereinfallendes Licht. Schichten vergangener Zeiten, die mensch aufwirbeln kann, aber nicht ablegen. Dicke Vorhänge und dunkle Möbel, Masken aus »exotischen« Ländern, mit echten Haaren und Kuhzähnen. Jedes Geräusch war gedämpft: Die Wohnung war voller dicker Teppiche, sogar an den Wänden. Und überall Kleider, vor allem Jacken, in jedem Zimmer war mindestens ein Kleiderständer, und sie hatte zwei Garderoben. Es war, als würde sie viele Leute erwarten, die sie einkleiden wollte. Aber es kam nie jemensch ausser uns.

Das Kind fand jeden Gegenstand in Grossmeers Wohnung fürchterlich, richtiggehend hässlich. Diese »exotischen« Masken an den Wänden, die Perserteppiche, die schweren Möbel aus dunklem Holz, die Truckli von überall auf der Welt, die wenigen Gemälde in pseudoimpressionistischer Manier. Heute denke ich, dass Grossmeer mit dieser Einrichtung ihren Klassenaufstieg kommunizierte. Sie war ein armes Bauernmädchen gewesen, hatte – je nachdem, ob mensch Irma mitrechnet – fünf bis sechs Geschwister, ihr Peer war arbeitslos gewesen und hatte in Ostermundigen – damals noch ein Dorf ausserhalb von Bern – eigenhändig das Haus gebaut, in dem Grossmeer, Meer und auch ich aufgewachsen sind. Grossmeer war eine schöne junge Frau gewesen, und sie war durch ihre Heirat aufgestiegen. Ich verstehe erst jetzt wirklich, wie sehr ihre Einrichtung markiert, wie viel und weit sie reisen konnte, welche Länder sie alle gesehen hat, welch kostbare Gegenstände sie dabei auch noch erwerben konnte. Dass das Kind die Einrichtung hässlich fand, tut mir jetzt sehr leid.

Nichtsdestotrotz, ihre Wohnung war für mich stets mit einer unerträglichen Leere aufgefüllt, als würde sie in einem ihrer Truckli leben.

Grossmeers Orte

Gewisse Orte und Räume verbinde ich mit Grossmeer. Die meisten davon sind Räume der aufstrebenden Mittelklasse, und viele von diesen sind durchdrungen vom grossen Credo ihres Lebens: zu sparen.

Altfrauencoiffeursalons mit einem bemühten Wortspiel als Name (z. B. Die vier Haareszeiten, Jacqueline's Haarmonie Salon, Hairzig, Atmosphair, Schau Hair, Kamm back, Touch ma Haar), dem Geruch von billigem Haarspray in der Luft, mit biederen Heften für die Frau (*Annabelle, Für Sie, Donna, Schweizer Illustrierte, Glückspost, Emma, Mein schöner Garten, Zeit für mich*), Orchideen auf dem Fensterbrett und Trocknungshauben. Obwohl ich keine konkrete Erinnerung daran habe, Grossmeer begleitet zu haben, fühle ich mich ihr nahe, wenn ich einen solchen Coiffeursalon sehe. Sie hatte lange Jahre eine Dauerwelle.

Zölle. Über die Grenze gehen, um einzukaufen (»Es ist einfach alles so billig, weisst du, und auch gar nicht schlechter«), und dann beim Einreisen in die Schweiz die Mehrwertsteuer zurückerstattet bekommen.

Kioske, und genauer: der Lotterie-Stand. Die Hoffnung, einmal das grosse Geld zu machen. Obwohl sie keine finanziellen Nöte mehr litt. Das immer gleiche Personal dort: Leute, die in Cafés die Zuckertütchen von fremden Tischen mitnehmen.

Wohnungen, die in den Siebzigern gebaut oder eingerichtet wurden. Wie viele Familien, die zu ein wenig Geld kamen, leisteten sich Grossmeer und Grosspeer eine Ferienwohnung in den Bergen. Dunkles Holz, schwere, dunkelbraune Ledersessel mit Noppen, Nierentischchen, übergrosse Lampen mit einem langen, beweglichen Arm, den mensch über das Sofa ziehen kann beim Lesen, Tapeten oder Wand-Plättli in diesen Gelb-Orange-Braun-Tönen mit Kreismustern oder abstrahierten Blumenmustern. Das Orange von Ovomaltine-Verpackungen.

H&M-Filialen. Sie begleitete das Kind, und später den Jugendlichen, oft in diesen Laden, wenn es zu Besuch war. Sie wollte ihm etwas schenken. Ich weiss nicht, ob andere Kleiderläden zu teuer waren oder ob sie kaum andere Läden kannte, die Kinderkleider herstellten.

Friedhöfe. All die Male, die das Kind die Grossmeer zum Grab von Ehemann und Urgrossmeer begleitete. Das Grab ihres Sohnes Nico, der auf demselben Friedhof beerdigt war, besuchte sie nie.

Der Raum, der am meisten mit Grossmeer verbunden ist, ist der Supermarkt Migros. Ihr Leben drehte sich, auch wenn sie jetzt genug Geld hatte, hauptsächlich ums Essen, und sie ging fast täglich in die Migros. Sie schaute immer, wann Rabattaktionen anfingen, und ging dann am ersten Tag der Aktion gezielt auf die Jagd. Sie ging in die Migros, da diese billiger sei als ihre Konkurrentin Coop. Die grossen Einkäufe tätigte sie am Donnerstag, da es dann doppelte Cumuluspunkte gibt. Als mir ein Freund erklärte, dass diese Donnerstage eine Strategie seien, um die Wochenenden zu entlasten – und die einzige Gruppe, die donnerstags tagsüber einkaufen kann, ist natürlich die der Rentner*innen –, lachte ich zuerst, dann wurde ich traurig. Ich hatte das Gefühl, dass Grossmeer manipuliert wurde, ohne dass sie es merkte. Als ich sie fragte, ob sie wisse, weshalb es am Donnerstag doppelte Cumuluspunkte gebe, sagte sie: »Na ja, irgendwann muss es ja doppelte Punkte geben.«

Grossmeer ging mit dem Kind oft ins Migros-Restaurant. Es ging immer gerne mit. Es gab ihm ein Gefühl von Daheimsein. Das Essen ist nicht wirklich gut, dafür billig. Noch heute schaue ich immer gebannt in das Migros-Restaurant hinein, das in meiner Nähe steht. Die meisten Kund*innen sind Rentner*innen, Bauarbeiter*innen, Alkoholiker*innen. Ich ertrage es allerdings nicht, hineinzugehen, es erinnert mich zu sehr an Grossmeer. Ich habe mir vorgenommen, dass ich einmal dort essen gehe, wenn Grossmeer gestorben ist.

Vom Verkleiden

Grossmeer hatte einen ganzen Schrank voller Kinderkleider, Mädchenkleider. Es waren alte Kleider, weisse und rosa Röckchen, Rüschchen, bestickte Säume, Haarschleifchen, weisse Söckchen. Es gibt eine Phase, in der das Kind noch sehr klein ist – ich weiss nicht mehr, wie es angefangen hat –, eine Phase, in der es immer zu diesem Schrank geht und sich Kleider herauslegt, auf das grosse Bett der Grossmeer, ein Outfit zusammenstellt und anzieht, während die Grossmeer in der Küche wartet. Wenn das Kind zufrieden ist, geht es zur Küche, klopft an, die Grossmeer sagt: »Wer ist es?« Das Kind stolziert mit grossen Schritten hinein, wirft den Kopf zur Seite, als hätte es lange Haare, und die Grossmeer verwirft die Hände vor Bewunderung: »Wie schön du bist, nein wirklich, wie wunderwunderschön«, und das Kind dreht sich wie auf einem Laufsteg, zeigt sich, wirft verführerische Blicke und Kusshände, dann zieht es sich um, nächstes

Outfit. Das geht etwa drei, vier Outfits so zu und her, dann sagt die Grossmeer, dass es Zeit für eine Geschichte sei. Ich glaube, das Kind war nie glücklicher als in diesen Momenten und liebte Grossmeer nie inniger, als wenn diese – vor Verzückung eine ganz hohe Stimme – die Schönheit des Kindes lobte. Wenn das Kind wieder seine ursprünglichen Kleider anzog, sagte die Grossmeer: »Das sagst du der Meer nicht, gell, das ist unser kleines Geheimnis, gell.« Sie zwinkerte dem Kind zu. Das Kind zwinkerte zurück.

Ich weiss nicht, wie lange diese *Verkleidungsphase* bei der Grossmeer ging, es könnte ein halbes Jahr gewesen oder nur zwei, drei Mal passiert sein. Ich erinnere mich, dass Grossmeer einmal, als das Kind in den Mädchenkleidern in die Küche kam, sehr grob sagte: »Zieh dich um, das sind Mädchenkleider, du bist doch kein Mädchen.« Da traf das Kind eine ungeheure Scham, die schon lange gewartet hatte vor den Fenstern, vor der Tür, die nun schäumend hereinbrach. Es zog sich aus, so schnell es konnte, es war, als hätte alles Augen, die Wände, die Lampe, der Spiegel, eine Welle aus Scham klatschte an seine Glieder, eine Scham, die es schon von Weitem gespürt hatte, die es nur so lange von sich hatte fernhalten können, weil dies alles in der Wohnung der Grossmeer geschehen war: ein Raum ohne festen Aufenthaltsort, ein Schiff. Das Kind begann da seinen Hass auf die Grossmeer. Jahre später die Frage: Wessen Kleider sind das eigentlich? Und wofür hob Grossmeer sie auf? Oder für wen?

Holzwege im Sand

Es hat eine Verschiebung stattgefunden, seit ich dir schreibe. Langsam, Grossmeer, erinnere ich mich auch an andere Dinge, nicht nur an dich. Freigeschaufelte Dinge. Ich aber bin noch immer nichts Festes. Bin eine Sandbank, tarne mich als Insel. Die Gezeiten tragen mich ab, die Ebbe zieht mich fort, löst mich. Die Flut schwemmt Neues an. In unserer Familie haben immer alle allen die falschen Namen gesagt. Aus Versehen wurden die Frauen bei den Namen ihrer Schwestern, Meeren, Freundinnen gerufen. Die Männer bei den Namen ihrer Peere, Cousins, Grosspeere. Meer hat sich immer zu Tode genervt, wenn du sie Ida-äh-Rosmarie-äh-Irma nanntest. Aber Meer selbst hat mich dann auch Nico-äh-Hans-äh-Kind genannt. Und ich habe auch schon damit begonnen, unwillentlich. Ich suche Wege in mich hinein, in das Körpergedächtnis. Ich habe diesen Text schon zigmal angefangen, ich habe Plots konstruiert, bis mir übel wurde. Aber das geht nicht, diese Ploterei, vorgetrampelte Pfade im Sand. Der Weg muss im Gehen entstehen.

Ich schreibe schnell, aber schreibe ich schnell genug? Ich habe heute mit dir telefoniert, Grossmeer. Obwohl du jetzt wieder zu Hause bist, warst du sehr verwirrt, wusstest nicht, wo du bist. »Was habt ihr mit der einen Geranie gemacht?«, hast du gefragt. »Meer hat sie zu sich genommen, um sie aufzupäppeln«, log ich. »Kannst nicht du sie nehmen? Bei ihr überleben sie nicht. Weisst du noch, als sie mir alle Geranien hat vertrocknen lassen, Bub?« Ich bejahte. »Bitte nimm du sie.« Ich habe eine vage Zusicherung gemacht. Du weisst nicht, dass ich keinen Balkon habe, du warst ja noch nie bei mir.

Grossmeers Geranien

Grossmeers Geranien waren überall. Nein: Grossmeers Geranien *sind* überall. Sie wuchsen und wachsen auf ihrem Balkon, in Rabatten, sie überwuchern die Landschaften meiner Erinnerung. Grossmeer liebte ihre Geranien, Grossmeer sprach mit ihren Geranien, wie mensch zu kranken Babys spricht. Das Geranienflüstern war das einzige Flüstern, das Grossmeer hatte. Chüschele ist Berndeutsch für »flüstern«, was nah an Bäschele und Häschele ist, verhätscheln, pflegen, übersorgfältig umsorgen. Grossmeer hatte sich eine ganz eigene Stimme für die Geranien wachsen lassen, eine Zärtlichkeit, die ich sonst nicht mit ihr verbinde. Einmal, als Grossmeer auf Reisen war und Meer nach den Pflanzen schauen musste, ist ein Geranienstock eingegangen. Ein einziger, von vielen. Grossmeer tobte. Meer schwieg. Ich kann mir nicht vorstellen, dass Meer nicht eifersüchtig war auf die Geranien. Sogar das Kind war eifersüchtig auf die Sorge der Grossmeer um die Geranien.

Grossmeers Geranien waren ebenfalls ausgelagerte Stücke ihres Körpers. Sie hatte nur die roten, nie die rosaroten. Wenn Grossmeer Salat zubereitete, mengte sie immer dünne Scheiben Karotten oder Randen darunter, die sie mit einer Raffel raffelte, an der sie sich fast jedes Mal schnitt. Sie spürte nicht, wo sie aufhörte. Dann rief sie laut aus, das Blut lief aus ihr heraus, ich sah in sie hinein. Diese feinen Scheiben ihrer Haut, ihres Inneren waren genau wie die Geranienblüten: blutrote, rüschchenhaft zusammengebundene Bündel.

Grossmeer schaute täglich mehrmals nach ihren Geranien. Ihr Fleisch, ihr wucherndes Fleisch. Leuchtend; schon von Weitem waren die Geranien sichtbar, wenn mensch beispielsweise mit dem Zug in Bern einfuhr. Grossmeers ins Sichtbare gehängtes Fleisch, das wuchs, jedes Jahr üppiger. *Hier, mein Körper.* Ihre ganze Einsamkeit goss sie in diese Blumen hinein.

Bern vergibt für die schönsten Geranien der Stadt einen Preis, den Grossmeer zweimal gewann. Ein biederer Preis für Hausfrauen, die zur Schönheit des Stadtbildes beitragen. Was sie das erste Mal gewann, weiss ich nicht mehr, das zweite Mal gewann sie eine Schürze mit einem Bären drauf. Sie brauchte sie nicht, sie hatte viele Schürzen, uralte, rot-weiss karierte, blaue, rosarote, die nie kaputtgingen. »Du kochst doch gerne, brauchst du keine Schürze?« Ich war achtzehn, ich war *in a very different place* und sagte: »Aber Grossmeer, ich will doch keine Schürze, das ist doch was für Frauen.« Sie sah mich erstaunt an. »Du hast recht, wie dumm von mir.«

Ich betrieb verdeckte Ermittlungen und schrieb meine Maturarbeit über die Geschichte der Geranie. Ich zeichnete ihre Herkunft nach, wie sie aus dem südafrikanischen Hinterland mithilfe der Niederländischen Ostindien-Kompanie nach Europa kam, wie sie eine Modeblume wurde, ein exotisches Juwel in den Anwesen der Kolonialherren, wie sie später massenweise angebaut wurde, um ihre Essenz für die Parfümproduktion zu extrahieren, wie sie über Deutschland in die Schweiz kam, wo sie schliesslich vom nationalistischen Diskurs vereinnahmt wurde: rot wie die Flagge und widerstandsfähig wie das Volk. Ich fühlte mich Grossmeer sehr nahe bei der Recherche, eine wortlose Nähe über Umwege.

Die unsichtbaren Dinge

Einmal war das Kind mit der Meer im Bus, und eine dickleibige Frau stieg ein. Das Kind begann opernhaft zu singen: »Aaah, ich bin so dick, ich bin so fett, ni-hiemand findet mich nett ...« Die Meer riss das Kind am Arm, um es zum Verstummen zu bringen. Als sie mit zusammengepressten Zähnen sagte, dass das unangenehm für die dicke Frau sei, sagte das Kind neunmalklug: »Aber ich habe ja gesagt, dass ich fett bin, nicht sie.« Die Meer sagte: »Ja, aber die Frau weiss genau, dass sie damit gemeint ist.« Das Kind war überwältigt von dieser Vorstellung. »Wie kann sie das wissen?« Es stellte sich die Wörter, die es gesungen hatte, sehr materiell vor, kleine Wolken, die sich nicht in Luft auflösen, sondern umherschwirren und der Frau zuflüstern: »Du bist gemeint mit ›fett‹.« Und auch danach verschwanden sie nicht.

Ich denke, dass das Kind auf diese Art und Weise die Dinge wahrnahm, von denen die Erwachsenen nicht sprachen. Es hatte ein Gespür, eine Stimmgabel, die mit den Dingen mitschwang, die es nicht sah. Die vergangenen Dinge, die Gefühle, die umso präsenter waren, weil mensch nicht davon sprach.

Die Kindheit fühlt sich an wie ein toter Hase an einem Feldwegrand, der langsam von Ameisen, Fliegen, Bakterien und Pilzen zersetzt wird. Dieses Gefühl von Dingen, die verschwinden, obwohl es gar kein Verschwinden ist, sondern eine Verwandlung, ein Übersetzen von Körper in anderen Körper, von Hase in Wurm, in Fliegen, in Welt, von Gegenwart in Immer-da-seiende-Vergangenheit, von Geschichten in Schweigen, von Grossmeer in mich.

Spinnen

Im Keller unseres Hauses waren Spinnen. Sie krochen aus den Ecken, Abflüssen, Bodenspalten. Meer ging nie ohne Besen in den Keller. Meer, die die Spinnen erschlug, mit dem Besen, oder mit dem Staubsauger aufsaugte. »Ich wache manchmal nachts auf«, sagte Meer, »und stelle mir vor, wie die Spinnen Nester bauen im Staubsauger. Die Kinder der aufgesaugten Spinnen kriechen in der Dämmerung aus dem Staubsauger.« Die ganz grossen verbrühte sie mit heissem Wasser. Die Grossmeer sagte: »Die Spinnen sind im Boden unter dem Haus. Sie sind älter als wir. Du kannst so viele töten, wie du willst, sie werden überleben.« Die Spinnen warten, bis die Menschen verschwunden sind.

Die Angst vor Grossmeer

Grossmeer war immer unberechenbar und konnte aus dem Nichts wütend werden, fuchsteufelswild. Grossmeer war ein Drache.

Als das Kind in die Pubertät kommt, wird es ein er, ein Jugendlicher, und der Jugendliche hat ein Autogespräch mit der Meer. Er ist siebzehn, die Meer Anfang vierzig. Sie wohnen seit etwa zehn Jahren in Winterthur. Die Meer sagt, dass sie Bern vermisse, seit sie fortgezogen seien, dass sie Bern vermisse wie einen Körperteil. Der Jugendliche sagt: »Dann geh doch öfter nach Bern.« Die Meer sagt, das gehe nicht. Einmal sei sie nach Bern, einfach so, für sich. Ohne der Grossmeer zu sagen, dass sie in der Stadt sei. Natürlich sei sie der Grossmeer über den Weg gelaufen, mitten in Bern. Dass die Grossmeer sie VERNICHTET habe. Die Meer erzählt eine Erinnerung: Sie ist fünfzehn, sie knutscht mit einem Jungen hinter der Schule. Als sie nach Hause kommt, weiss sie sofort, dass die Grossmeer es weiss. Sie sieht Grossmeer noch gar nicht, aber sie spürt es. Als wäre die Wohnung eine Feindseligkeit geworden. Dann steht die Grossmeer da. »Du bist nicht mehr meine Tochter.« Die Meer erzählt das, und ihre Stimme zittert, und ihre Augen sind erstarrt. Der Jugendliche spürt eine ungeheure Angst. Er sagt: »Ja, aber du warst noch nicht erwachsen. Jetzt bist du erwachsen. Du kannst doch tun, was du willst.« Die Meer schreit den Jugendlichen an: »Eben nicht, du hast keine Ahnung, wie das ist, wie sie ist, Grossmeer, sie kann fürchterlich sein, nein, ich kann nicht nach Bern, solange sie dort ist, ich kann nicht nach Bern, ohne sie besuchen zu müssen. Sie ist eine Spinne, sie hockt in der Stadt, in ihrer dunklen Ecke, und spinnt ihr Netz über die ganze Stadt. Darum bleiben wir der Stadt fern.« Da versteht der Jugendliche, dass für die Erwachsenen ihre Kindheit auch noch nicht vorbei ist.

Vor nun schon neun Jahren begann ich, über dich zu schreiben, Grossmeer. Ich suchte nach einem magischen Schreiben, nach einer Zaubersprache, in der ich deine Geschichte auf hexerische Art und Weise ausdrücken könnte, weniger Text als vielmehr Lebendiges. Ich suchte und verlor mich in Sprachakrobatik, ich schrieb in einer endlosen Spirale.

Vor vielleicht fünf Jahren gestand ich mir ein, dass ich mich beim Schreiben im Kreis drehte und mit dir sprechen musste. Ich ging auf dich zu (obwohl ich dich nur selten besuchte) und sagte, dass ich mich für deine Vergangenheit interessierte und eventuell einen Text über dich schreiben wolle. Ich befragte dich zu deiner Kindheit und Jugend. Was für Interaktionen zwischen Männern und Frauen möglich waren, wann du das erste Mal eine Orange gegessen hast, wann du das erste Mal in einem Supermarkt eingekauft hast etc. Ich stellte fest, dass du dich an fast nichts erinnertest. Du lachtest, verwarfst die Hände und sagtest: »Ich weiss nicht.« Oder: »Das ist so lange her, weisst du, wie lange das her ist?« Es erschreckte mich. Ich war von der landläufigen Annahme ausgegangen, dass sich alte Menschen noch sehr gut an ihre Kindheit und Jugend erinnern können. Das einzige Thema, zu dem wir immer zurückzirkelten, war die erste Rosmarie, deine älteste Schwester, die vor deiner Geburt gestorben war. Aber auch hier hast du dich ohne Ende wiederholt. Wie schön die erste Rosmarie gewesen sei. Du hast (unbewusst?) für deine Meer gesprochen: Wie schlimm es sei, ein Kind zu verlieren. Die Betonung, dass du nicht nur den gleichen Namen trägst wie die erste Rosmarie, sondern dass du auch am gleichen Tag zur Welt gekommen bist, einfach einige Jahre später. Als ich dich fragte, wieso du am gleichen Tag zur Welt kamst, obwohl es zu früh war, zucktest du mit den Achseln.

Das erste Mal, dass ich dich besuchte, um mit dir über deine Kindheit zu sprechen, brachte ich ein Truckli Lindt & Sprüngli (ein kleines). Auf dem Weg zu dir kam es mir aber cheap vor, schäbig, unpersönlich. Ich lief über den Markt in Bern, und da waren diese abgeschnittenen riesigen, überzüchteten, dunkelvioletten Hortensien. Hortensien haben immer zu mir gesprochen. Sie haben etwas Barockes, so eine Übertriebenheit, mit der ich mich ganz gut identifizieren kann. Als ich diese Hortensien sah, schienen sie mir das absolute Gegenteil zu sein von deinen Truckli: eine üppige Fülle. Ich kaufte eine, aber weniger für dich, ich kaufte die Hortensie mehr für mich, als Waffe gegen die Leere in deiner Wohnung. Du zeigtest tatsächlich keine grosse Freude, du nahmst sie entgegen, bedanktest dich und begannst sofort, von deinen Dingen zu erzählen, Nachbarn, Probleme mit dem Computer, Steuern, die Ausländer.

Letzte Woche besuchte ich dich bei dir zu Hause, zum ersten Mal, seit du aus der Reha entlassen wurdest. Wir tranken Kaffee, du hast monologisiert. Plötzlich sagtest du: »Komm, ich muss dir etwas zeigen.« Du führtest mich in dein Wohnzimmer, zur Kommode, die mit einem weissen Tuch bedeckt ist, auf der ein kleiner (aber doch beachtlicher) Teil deiner Truckli steht. Und da, inmitten der Truckli-Armee, stand die Hortensie. »Schau!«, sagtest du, »die Blume, die du mir mal geschenkt hast! Sie ist immer noch schön, und ich schaue sie jeden Tag an.« Ich berührte die trockenen, papierenen Blätter der Hortensie. Sie knisterten. Da stand meine Waffe gegen die Leere, Jahre später, inmitten der Truckli. Ich beugte mich sehr nah an die Hortensie, damit du meine Tränen nicht sahst. Ich nahm mir vor, dich öfter zu besuchen und dir Blumen zu bringen, die gut trocknen. Hortensien, Schleierkraut, Strandflieder, Lavendel, Astern.

Grossmeers Reden

Mensch konnte nie ein richtiges Gespräch führen mit dir: Du hieltest Monologe, und wir hatten zuzuhören. Du sprachst über die kleinsten Dinge, regtest dich über die Nachbarn auf, die die Wäsche zwei Tage lang in der Waschküche hängen lassen, über die Velofahrer*innen, die auf dem Trottoir fahren, über das Wetter, die *Chaoten*, die die Stadt vollsprayen, die *N–*, die Drogen verkaufen, etc. (Immer dieser Rassismus, auch so ein Stück Vergangenheit, das noch stark in die Gegenwart fliesst.) Dein Reden war ein Wasserfall, ein white noise, um alles, was dir wirklich naheging, auszublenden. Dein Reden hasst das Schreiben, es ist das genaue Gegenteil des Schreibens: Es versucht, in seiner Masse alles, worum es geht, zu verdecken. Dein unablässiges Reden ist eine Sprachlosigkeit. Ich glaube, es ist genau dies, was das Schreiben vor langer Zeit in mir ausgelöst hat.

Meer hat dieses Reden geerbt. Sie hielt unangefochten das Sprachzepter in unserer Familie – wenn du nicht da warst. Ihr bestimmtet das Klima unserer Familie: Mensch sprach laut, möglichst laut, um die anderen zu übertönen. Mensch erzählte nie Geschichten über sich oder die Vergangenheit, mensch sprach nie über Gefühle. Ihr wart dominant, viel »männlicher« als Peer, in einem stereotypen Sinn des Wortes. Er war fein, sensibel, zeigte seine Gefühle, hörte zu und nahm sich zurück. An ihn habe ich jedoch nur eine einzige Erinnerung:

Weihnachten, das Kind ist vielleicht fünf. Es bekommt verschiedene Geschenke. Als alle Geschenke ausgepackt sind, zückt der Peer noch ein letztes Geschenk, ein kleines, und streckt es dem Kind hin. Der Peer hat auch ein Kärtchen geschrieben, das er ihm vorliest. »Mein lieber Sohn. Jeder Junge braucht ein Messer, und jeder Schweizer Junge braucht ein Sackmesser. Ich liebe dich sehr. Dein Peer.« Im Schweizer Sackmesser ist der Taufname des Kindes eingraviert. Ich versuche immer wieder, das Messer zu verlieren. Ich verliere viel, aber dieses verdammte Messer nicht, es taucht immer wieder in einer Schublade oder Tasche auf, wenn ich es verloren geschafft glaube.

Mein Körper: euer Körper

Wenn es ein Gefühl aus meiner Kindheit gibt, das ich noch genau kenne, dann ist es das Gefühl, dass mein Körper nicht mir gehört. Dass er für andere, für anderes da ist und nicht für mich, um darin zu sein. Ich war immer so ein Möbel, ein Kommödli für Ausrangiertes. Ich weiss nicht, wie, aber die Erwachsenen haben ihre Dinge, Themen, Probleme in mir deponiert: das Fühlen, das unerwünscht war, die Ängste, das Mannsein, das Frausein, die Wunden. Kann sein, dass diese Dinge auch einfach so herr*innenlos rumlagen, dass ich sie eingesammelt habe, dass ich sie selbst in mich hineingestellt habe. Kann sein, dass mir niemensch befohlen hat, dieses Erbe anzunehmen, kann sein. Nichtsdestotrotz wusste ich, dass es sich nicht gehört, dass diese Gefühle so ohne Körper im Raum stehen. Ich hatte immer ein extrem genaues Wissen, was sich gehört und was nicht, ohne dass mensch es mir sagen musste, und ich hatte immer eine unmenschliche Scham, wenn jemensch etwas tat, das sich nicht gehörte.

Dass ich ein Möbel war, wurde mir auch gesagt. In der Meersprache ist ein ungezogenes Kind tatsächlich ein Möbel: »Du bisch es Möbu!«, wurden wir beschimpft. Ich verstand damals nicht, dass es ein Synonym für »Schlingel« ist. Ich habe an die Sprache geglaubt, ich habe ihr geglaubt.

Ich vermute, Meer war als Kind ein ähnliches Möbel wie ich. Sie erzählte mir, dass ihr ununterbrochen gesagt wurde, dass sie ein Mädchen sei. Dass sie in der Schule nicht gefördert wurde, weil sie ein Mädchen war, dass sie angefasst wurde, weil sie ein Mädchen war, dass von ihr erwartet wurde, dass sie schweigt oder leise spricht und Röckchen trägt und Kinder gebiert. Ich vermute, dass Meer sich schon ziemlich früh umgebaut hat, dass sie sich zu einem Archiv gezimmert hat für alle Frauen, die Gewalt erfuhren. Sie hat die Geschichten und Gefühle gesammelt und in sich aufbewahrt, so viele, dass ihre eigene Geschichte keinen Platz mehr in ihr hatte.

Kann sein, dass ich so geil darauf bin, fremdes Material in mir aufzunehmen, weil ich es schon immer geübt habe. Kann sein, dass ich schon in meiner Kindheit trainiert habe, mir möglichst viel, möglichst Fremdes einzuverleiben. Es bereitet mir auf jeden Fall die grösste vorstellbare Lust, als reine Abladestation benutzt zu werden. Ich liebe die Erniedrigung, ich werde so richtig feucht, wenn man mich wie die billigste Nutte behandelt. Und noch viel mehr geilt es mich auf, wenn ich sehe, wie sehr man mich erniedrigen muss, wie sehr ich in meiner physischen Machtlosigkeit die gesamte psychische Kontrolle über ihre Geilheit habe. Nichts macht mich williger, als zu spüren, wie sehr sie von meiner slutiness abhängig sind, um ihre Schwänze hochzukriegen. Sie sagen: ICH BESORGE ES DIR, aber in Tat und Wahrheit besorge ich es ihnen; ich besorge ihnen einen Körper, an dem sie sich ihre Männlichkeit besorgen können. Und nichts geilt sie mehr auf als ihre eigene Männlichkeit. Ich schenke ihnen während unseres Zusammenstosses das wichtigste Attribut ihres Geschlechts: die Macht über Anderes.

Monster, Zwischenwesen

Ich erinnere mich, dass du eine riesige Pflanze hattest in deiner Wohnung. Sie streckte sich hoch bis zur Decke und war so schwer, dass sie mit Stecken und Fäden festgehalten werden musste. Ihre Blätter waren gross wie mein Kopf, und es waren Hände. Als ich Meer fragte, wie diese Pflanze heisse, sagte sie: »Monstera.«

Ich wusste immer, dass du und Meer Monster seid, auf der Suche nach einem Ort, wo ihr eure Samen, eure Sämlinge hineinlegen könnt. Ich wusste immer, dass ich eine Tasche bin, ein Aufbewahrungsort, das ist meine Aufgabe hier. Ich wusste es nicht in diesen Worten natürlich, ich wusste es mit der Meersprache, bevor ich es verstand. Der Satz »Du bisch es Möbu« sagte es mir. Ich wusste, dass du Magie kannst, und wenn ich dich nicht genug liebte, würdest du mich zum Verschwinden bringen. Du würdest mich winzig machen und in eins deiner Truckli stecken, und dort würde ich zur Leere werden. Ich wusste, dass du nachts mit der Monstera verschwimmst, dass du – wie ich – näher an Pflanzen als an Menschen bist. Dein Name sprach mit mir, Rosmarie, und ich hörte den Rosmarin in unserem Garten, und ich dachte, wenn ich zur Blutbuche würde, wäre ich sicher, könntest du mich nicht sehen. Ich wusste noch nicht, wessen Baum die Blutbuche ist.

Aber ich wusste, dass du nicht bei den Pflanzen aufhörtest. Dass du dich, wenn ich in einem anderen Raum war, manchmal in eine Spinne verwandeltest, eine winzige Spinne, die ich nicht sehen konnte, die mir überallhin folgte und ihre unsichtbaren Netze spannte, in denen sie all die Luftwesen fing. Und aus uns hast du das Licht getrunken.

Gestern war ich bei dir, Grossmeer, und du hast mir wieder von der ersten Rosmarie erzählt, dasselbe wie immer. Wie schön sie gewesen sei, wie schlimm das für deine Meer, dass du am selben Tag geboren – ich glaube, es ist nicht übertrieben, zu sagen, dass du dich um die erste Rosmarie herumgebaut hast wie eine Wendeltreppe um einen Brunnenschacht. Eine leere Mitte. Deine Körpersprache besteht aus einem Alphabet mit nur diesen Buchstaben: R, O, S, M, A, I. Kein E, denn deine Sprache ist bloss eine gesprochene, verkörperte.

Du hattest einen kleinen Schub »gemacht«, deshalb habe ich dich gestern besucht (Meer hatte es mir *sehr* ans Herz gelegt). Als ich merkte, dass du dich zuerst nicht an meinen Namen erinnertest, war ich nicht schockiert. Dann plötzlich warst du wieder klar, und wir spielten Normalität. Ich stellte eine kalte, analytische Neugierde in mir fest: Was wirst du als Nächstes vergessen? Woran wirst du dich bis zum Schluss erinnern? Sagt das etwas darüber aus, wie wichtig dir die Dinge sind? Ich prüfte dich. Erstaunt stellte ich fest, dass du dich nicht mehr an Santiago de Compostela erinnertest, an die Bedeutung, die dieser Ort für dich hatte. Ich musste fast lachen. Wie absurd. Ich hätte gedacht, dass dir deine Religiosität bis zum Schluss bleiben würde, dass das so eingebrannt und eingeübt ist, dass es noch da ist, wenn »du« schon weg bist.

Ich erinnere mich daran, dass Meer viele Bücher las, ausschliesslich über Frauen. Es war, als würden ihr die fehlen, Geschichten von und über Frauen. Sie las sehr viel über die Geschichte der Hexen. Meers Lieblingshexe war Catherine Repond, die in Fribourg hingerichtet woden war. Das Kind hat sich immer genervt über Meers Geschichten von Hexen. Das waren ja gar keine richtigen Hexen, die können ja nicht zaubern, wenn sie sich nicht befreien können. Und auch wenn das Kind keine weiteren Details hören wollte, bestand Meer darauf zu sagen, was mit den Hexen gemacht wurde. Wie ihr Körper inspiziert wurde, gefoltert. Weil ihr Körper nicht ihnen gehöre, sondern dem Teufel – so die Folterer. Der Teufel versteckte sich immer in den Haaren, weshalb die Hexen am ganzen Körper rasiert wurden. Er versteckte sich in diesem komischen Knubbel über dem Schlitz der Frau, weshalb auch dieser weggeschnitten wurde. Erst kürzlich habe ich begonnen, die blutige Spur der Hexen, die mir aus meiner Kindheit geblieben ist, zu verfolgen. Ich habe die Geschichte der Catherine Repond nachgelesen:

Catherine Repond war schon alt und eine Bettlerin und lebte mit ihrer Schwester zusammen. Eines Tages wurde sie vom Landvogt festgenommen. »Man sagt, du seist eine Hexe«, sagte der Landvogt. Repond verneinte. »Zeige mir deine Füsse, ich möchte sehen, ob das Hexenfüsse sind«, befahl der Vogt. Catherine Repond zog ihre Stiefel aus. »Was ist mit deinem linken Fuss passiert?«, fragte er. »Eines Herbsttages sammelte ich Holz im Wald«, sagte Repond. »Da überraschte mich ein Gewitter. Ich suchte in einer Scheune Unterschlupf, unerlaubt. Da erwischte mich der Bauer. Und schnitt mir alle linken Zehen ab.«

Der Landvogt wusste aber die wirkliche Wahrheit. Auf einer Treibjagd hatte er einmal einen Fuchs erwischt, ihm einen Bolzen durch den linken Fuss geschossen. Der Fuchs aber war trotz der Verletzung davongesprungen. Viel schneller, als Füchse sonst davonspringen. Da wusste der Landvogt: Catherine Repond ist eine Hexe. Sie war dieser Fuchs. Sie kann ihre Form ändern. »Genau«, sagten die Bürger von Gruyère, »manchmal ist sie auch eine Maus und kriecht durch unsere Keller. Wenn wir ihr kein Essen geben wollen, wird unsere Milch sauer oder der Käse wird nicht hart oder die Kinder sterben.« Im Jahr 1731 wurde die fast siebzigjährige Catherine Repond in Fribourg dreizehn Mal »verhört«, gefoltert, zum Beispiel an den Schultern aufgehängt mit einem »quintal« (fünfzig Kilogramm) an den Füssen, und schliesslich erdrosselt und verbrannt.

Was von Catherine Repond geblieben ist, habe ich im Gerichtsschreiben nachgelesen:

»Vom 19. Juli 1731. Inventar der Möbel, die man im Haus der zwei Schwestern Marguerite und Catherine Repond von Villarvolard gefunden hat.
Im geheizten Zimmer:
- zwei Dutzend Fiolen, d. h. kleine, leere Fläschchen
- eine grosse und eine kleine Glocke
- drei Messer
- drei Salzbrote
- zwei Schüsselchen und zwei Becher
- ein Spinnrad
- ein grosses Kissen
- zwei kleine Kopfkissen
- eine schlechte Bettdecke von kleinem Wert
- ein Überzug für ein grosses Kissen
- zwei kleine Leintücher von Werg im Bett
- zwei schlechte Truhen aus Tannenholz

- noch zwei Betttücher von Werg
- sechzehn alte, schlechte Hemden
- ein Paar ganz neue Strümpfe von weissem Tuch
- drei Bilder Unserer Lieben Frau

In der Kammer nebenan:
- ungefähr acht halbe Köpfe Korn, Greyerzer Mass
- ungefähr ein Kopf Gerste und drei Viertel Mehl
- ein wenig getrocknete Früchte, d. h. getrocknete Äpfel und Birnen
- sieben Schneidbrettchen
- ein altes Messer
- ein minderes Buffet
- ein Gefäss für die Butter
- ein grosser Korb voll von Stücken von altem Brot
- hundert Garnknäuel
- zwei schlechte Körbe, um Erde zu tragen

In der Küche:
- ein Kupferkessel, der 6 oder 7 Pfund wiegt
- ein Kochkessel
- ein Kästchen
- ein Ofen und ein Kochtopf aus Kupfer
- ein Hafen aus Eisen
- ein Ofen aus Eisen, nicht viel wert
- dreizehn Schüsselchen aus Ton
- vier Hauen
- eine Gabel
- zwei Hacken
- ein javilon, das Ganze in die Kammer neben der geheizten Kammer getragen

In der kleinen Kammer neben der Küche gibt es:
- einen ganzen Schinken oder Speck
- ungefähr ein Dutzend Pfund geschmolzene Butter
- ein Stück geschmolzenen Goldes
- gewisse Gefässe aus Holz.

In dem erwähnten Haus gibt es auch noch gewisse andere schlechte Sachen, seien es Gefässe oder Lumpen, die es nicht verdienen, aufgezeichnet zu werden, und ausserdem einen Tisch aus hartem Holz und einen Kesselhaken.

Ihr Haus ist umgeben von gehacktem Holz fast bis zum Dach.«

Alles, was von Catherine Repond geblieben ist, sind die Dinge, die sich die »Leidtragenden« unter den Nagel gerissen haben, das Inventar ihrer Gier – und die leere Stelle: das Fehlen von Catherine Reponds Geschichte, wie sie selbst sich erzählt hätte. Das Ich, zu dem wir keinen Zugang mehr haben. Wir haben nur noch dieses »SIE«.

Grossmeers Baum

In unserem Garten gab es viele Bäume. An die Bäume kann ich mich am besten erinnern, und der Baum, an den ich mich am allerbesten erinnern kann, ist die Blutbuche. Sie war gross und hatte einige tiefliegende Äste, sodass mensch ihr gut ins Geäst steigen konnte. Ich fühlte mich ihr verbundener als den Menschen. Sie hatte etwas Monströses, Zwitterhaftes: Sie war eine Mischung aus einem Tier und einem Baum. Sie war ein Dazwischen, trank Blut. Das Kind sprach mit der Blutbuche. Es sass unter ihrem roten Laub wie unter einer zweiten richtigen Haut. Wenn die Sonne hineinschien, war das Laub eine Haut von innen. Das Kind bat um Lektionen. Die Blutbuche wusste so deutlich, wie das Existieren geht, wie eine eigene Gestalt zu finden, ein Körper auszufüllen ist. Wie mensch sich nicht vertreiben lässt aus seiner Haut. Wie ein Gewitter, wie der Winter zu bestehen ist. Einmal sagte das Kind Grossmeer, dass die Blutbuche sein Lieblingsbaum sei. Ihren Blick werde ich nie vergessen. Ein Bündnis. »Das ist mein Baum«, sagte Grossmeer. »Er ist genau gleich alt wie ich. Mein Peer hat ihn gepflanzt, als ich auf die Welt kam, für mich.«

Liebe Blutbuche, wie wird mensch eine Blutbuche? Wie wird mensch so gross und stark wie du? Wie wehrt mensch sich gegen all diese Namen, die einem ständig gegeben werden, wie wehrt mensch sich gegen das Bärli, das Schätzli, das Häsli und das Käferli?

Die Lektionen der Blutbuche waren: Dastehn. Das Laub abwerfen. Ausharren. An neuem Laub arbeiten. Ausschlagen. Verwandeln. Die Menschen waren viel bedrohlicher als die Monster unter dem Bett und im Schrank. Sie hatten immer diesen Körper, und das Monströse an diesem Körper war, dass das nie einfach eine Form war, um in der Welt zu sein, sondern dass er immer ein Geschlecht hatte, nein, ein Geschlecht *war* – ein Mann ODER eine Frau.

Ich vermute, dass es mich auch darum ins Schreiben zog, weil das Schreiben eine einzige Wellenlinie ist, eine von weither kommende Woge, die lange vor mir begonnen hat und lange nach mir weiterfliessen wird. Weil das Element der Sprache das Flüssige ist. Das Träge, das Tiefe, Latente, das Tragende, Mitreissende, Anbrandende, das Ertränkende, Speichernde, Leben Gebende, Unerschöpfliche, Spiegelnde, Monster Beherbergende, Auflösende. Weil ich immer ein Wasser war, mein Körper immer spürte, wie sehr er ein Fliessen ist, ein In-Bewegung-Sein.

Mir scheint, dass in der Körpersprache der Männer ein altes Erbe weitergegeben wird, das in der Angst gelernt, im Wettkampf geübt und im Krieg gesprochen wird. Noch heute erfüllt es mich mit Entsetzen, wenn ich dieser Sprache begegne. Wenn junge Männer auf mich zukommen, mit dieser Aggression in den Schultern, mit dieser Breite im Schritt, mit dieser Sicherheit, in ihrem Körper richtig zu sein, dieser goddamn-cocky Brunft-Brüll-Sprache der Glieder, des Dominierens, Überwältigens, Verdrängens, BÄMM, HIER BIN ICH, DAS IST MEIN RAUM. Wenn ich dieser Körpersprache begegne, werde ich etwas sehr Leichtes. Diese Körper entsetzen und faszinieren mich. Ich kann nicht sagen, dass sie mich nicht anziehen. Dass ich mir diese Sprache nicht manchmal anziehe – wenn mich niemensch sieht – und sie geniesse. Der Körpersprache der Frauen fühle ich mich näher. Ich frage mich oft, wie ich mich bewegen würde, wenn ich auf einer Insel ohne Menschen unter Tieren aufgewachsen wäre. Wahrscheinlich würde ich mich tierhaft bewegen, kuhhaft, schlangig, mäuselnd oder multianimalisch. Hier aber, in dieser Insellosigkeit, in diesem Immermittendrinsein, im Binaritäts-Faschismus der Körpersprachen, sprechen meine Glieder ein Kauderwelsch, ein zerkautes Elfisch, ein zerbroken Dringlisch, ein in Wirrnis hin und her torkelndes Dazwischen und Damit.

Ich weiss nicht, wie ich mich sonst formulieren könnte als: Ich weiss keine Sprache für meinen Körper. Ich kann mich weder in der Meersprache noch in der Peersprache bewegen. Ich stehe in einer Fremdsprache. Vielleicht ist das mit ein Grund für das Schreiben, für dieses zerstückelte, zerbrösmelnde Schreiben. Dafür, dass aus meinen Händen nur Bruchstücke kommen, deren Kanten so versplittert sind, dass sich daraus keine schöne, smoothe, packende, glatt polierte Geschichte bauen lässt. Vielleicht ist dieses Schreiben die Suche nach einer Fremdsprache in den Wörtern, die einem zur Verfügung stehen. Der Versuch, einen zungengrossen Unterschlupf in das Bestehende, in das Vererbte hauen, gross genug, dass mensch darin tanzen kann.

Unsere Geschichte

Liebe Grossmeer. Ich habe versucht, unsere Geschichte zu –. Bis hierher ist es eine Collage aus Fetzen geworden, eine Assemblage aus Treibgut. Ich merke, dass ich das Kind von Meer und dir bin und weniger das Kind von Peer: Ich habe euer Vermeiden des Geschichtenerzählens geerbt. Peers Familie war immer ein Gegenmodell zu deiner Linie: Bei ihr werden ausschliesslich die Geschichten der Vergangenheit erzählt. Ich sage nicht, dass das besser ist. Es hat etwas Zwanghaftes, wie in der Familie von Peer das Erlebte zu Narrativen geformt wird. Und natürlich wird auch nicht alles erzählt, sondern ausgewählt.

Es ist naiv, zu denken, dass die Geschichten, die wir uns immer wieder erzählen, nichts mit uns machen, dass sie uns nicht machen, und es ist ebenso naiv, zu denken, dass diese Geschichten kein Eigeninteresse haben. Ich glaube, dass sich diese Geschichten um uns herumbauen, dass wir die Welt durch ihr Alphabet hindurch wahrnehmen. Und ich glaube daran, dass die Geschichten, die wir uns nicht erzählen, auch uns selbst nicht, noch einmal eine ganz andere Geschichte sind.

Eine Erinnerung: Beim Bruder meines Peers, mit Peer und Oma, ihrer Meer. Ich vielleicht vierundzwanzig Jahre alt. Wir tranken und schwiegen. Wir tranken lange genug, um das Schweigen zu durchqueren. Plötzlich: ein Gefühl von Lammfell im Zimmer. Ich wusste, jetzt ist es gleich so weit, und ich ging aufs Klo, nur um rauszugehen. Ich musste daran denken, dass es im Oberländnerischen, in dem mein Peer erzogen wurde und das er nur noch mit seiner Meer und anderen Oberländner*innen spricht, keinen Genitiv gibt. Dieses Bergvolk sagt nicht: HANSENS VATER, sondern: DEM HANS DER VATER. Als Kind hatte ich das nie verstanden. Verhältnisse und Beziehungen waren für mich immer unklar, wenn ich bei Peers Familie war. Die Menschen verschwammen.

Noch heute ist so ein Satz ein kleines Zuhäuselchen für mich, und wenn ich »sie haben keinen Genitiv« schreibe, schäme ich mich. Bin ich dieses Stadtstudentchen, das über die Bauern in den Bergen so pseudokluge Sachen sagt und in einer anderen Sphäre lebt? Ich schäme mich, und gleichzeitig bin ich wütend auf die Scham, die ja nie etwas Persönliches ist, die mensch in uns installiert hat, um die Bergbauern* bei den Bergbauern* und die Stadtstudentchen bei den Stadtstudentchen, die Körper in den Kleidern und das »Geschlecht« im Privaten zu behalten.

Das Zurückkommen ins Zimmer zu Peer und meinem Onkel war wie das Überstülpen eines Handschuhs, der mit sehr feinem Lammfellfutter ausgekleidet ist. Und Peer schenkt sich nach und beginnt: Dass Bruno und Hans, seine besten Freunde, an einem Augustmorgen zu ihm gekommen seien, gefragt hätten, ob er auf den Roten Finger mitkomme. Dass er sonst immer mitgegangen sei zum Klettern, dass das Klettern ihre Art gewesen sei, dem Tal zu entkommen. Dem Tal die Enge, die sich einem so um den jungen, frisch bebarteten Hals schnüre. Dass er bis heute nicht wisse, warum er nicht mitgegangen sei, dieses eine Mal, ob er Aufgaben gehabt habe oder was. Aber er sei ja neunzehn gewesen, aus der Schule, er wisse es nicht mehr. Du warst zwanzig, sagte Oma. Neunzehn, sagte Peer. Sie schauten sich an. Es ist meine Geschichte, sagte der Peer. Ich war dabei, sagte Oma.

Auf jeden Fall seien Bruno und Hans nicht nach Hause gekommen an diesem Abend, und da seien ihre Eltern zu ihm gekommen, mit zwei Bergführern, und da sei er mit, weil nur er gewusst habe, wo genau sie hin seien, weil das ihre geheime Route gewesen sei, weil man da die beste Aussicht habe, vom Roten Finger. »Weil, da siehst du auf den Aletschgletscher, an die Blüemlisalp und in den Oeschinensee hinein.« Dass sie an ein neu gefallenes Geröllfeld geraten seien, dass er es da schon gewusst habe. Dass sie gesucht hätten, bis es eingenachtet habe. Dass einer der Bergführer, die mit ihnen mitgekommen seien, plötzlich alle zusammengetrommelt und gesagt habe, es sei nun schon fast ganz dunkel, sie sollten ein Feuer machen und etwas ruhen. Dann mit der Morgendämmerung weitermachen. Dass der Peer kein Auge zugemacht habe. Dass der Bergführer, der sie zusammengetrommelt habe, zielgerade zu einer Stelle gelaufen sei, als es zu grauen begonnen habe, dass da dem Bruno seine Kleider gelegen hätten. Dass der Peer gedacht habe: Was liegen denn da dem Bruno seine Kleider, so blutig und zerschränzt? Bis er gesehen habe, dass es nicht nur die Kleider gewesen seien, dass das Bruno gewesen sei. Dass sie weiter oben Hans gefunden hätten. Dass dem Hans der Oberkörper aus dem Geröll geschaut habe wie eine Kerze aus einer Hand, unversehrt. Dass der Unterkörper darunter gelegen habe, vollkommen verdreht, wie eine Haarlocke gewickelt. Fast abgetrennt. Dass der Hans sonst fast unversehrt gewesen sei. Der Unversehrtheit ihre Unheimlichkeit.

Peer hat diese Geschichte nicht nur an diesem Abend erzählt. Er hat sie schon oft erzählt, nach Beerdigungen, auf Geburtstagsfeiern, bei Taufen, Pensionierungen, Einweihungen, Abschlüssen, Diplomfeiern. Es ist das erste Mal, dass ich seine Geschichte aufschreibe, und wie ich sie aufschreibe, merke ich, dass er die einen Stellen immer genau gleich erzählt. Die zentralen Stellen: Bruno und Hans stehen in seiner Tür, die Seile über der Schulter: Kommst du auf den Finger? Die Eltern von Bruno und Hans in der Tür: Sie sind nicht nach Hause gekommen. Das neu gefallene Geröllfeld unter dem Finger. Dem Bruno die Kleider, die sein Körper sind. Dem Hans seine scheinbare Unversehrtheit.

Diese Stellen sind immer gleich. Die Beschreibung der Körper am allergleichsten. Die Ränder der Geschichte aber, die sind immer ein wenig anders, als veränderten sie sich mit jedem Mal.

Als fransten sie aus und als knüpfte Peer sie neu zusammen bis zum nächsten Mal. Was er an dem Tag tat. Was er trug. Details, wie das Wetter oder Pflanzen oder Gesprächsfetzen. Wer im Suchtrupp alles dabei war. Mir scheint, dass mensch mit den zentralen Stellen seiner Geschichte nicht mehr viel machen kann. Dass die immer schon fertig erzählt sind, bevor mensch sie erzählt hat. Dass die zentralen Stellen einen haben, dass mensch ihnen ausgeliefert ist. Dass sie dich erzählen und nicht du sie. Dass mensch aber an den Rändern seiner Geschichte noch sehr viel machen kann. Dass mensch sich an den Rändern seiner Geschichte gegen die Geschichte wehren kann.

Im Gegensatz zum Peer kommst du, Grossmeer, nicht aus dem Oberland, sondern aus dem Mittelland, wie wir sagen, aus den Niederungen; im Gegensatz zu Peer erzählst du deine Geschichten – wenn du etwas über die Vergangenheit erzählst – immer von Anfang bis Ende genau gleich. Wie schön die erste Rosmarie war. Wie beliebt sie war. Wie sie gestorben ist. Wie deine Meer sie vermisst hat. Du erzählst Sätze, die eine Ferne in sich haben, die etwas Geschlossenes sind, wie deine Truckli, Sätze, die du fortlegen kannst. Nur deine Hände. Sie erzählen unablässig. Das Schaben deiner rauen Häute aufeinander ist ohrenbetäubend.

Deine Hände waren für mich immer die grauenvollsten Tiere auf der ganzen Welt. Nicht weil sie mich bedrohten, weil sie mich packten und streichelten. Sondern weil ich immer spürte, dass ich ihre Geschichte erbe. Dass sich diese Erzählung schon in meinen Körper übersetzt hat und nicht herausfinden wird, wenn ich nichts mache, wenn ich nichts aus ihr mache, wenn ich sie nicht verwandle. Lange Zeit habe ich dieses Erbe ausgeschlagen. Ich wollte nicht zu deiner Familie gehören, ich wollte nicht dein*e Nachkomm*in sein. Aber mensch kann nicht heimkehren, wenn mensch sich seinem Erbe verweigert. Und das Schreiben ist in der westlichen Kultur, seit Odysseus, immer der Versuch, ein

Zuhause zu finden, das es vielleicht schon nicht mehr gibt, das es vielleicht erst noch zu erzählen gilt. Das Medium, das Odysseus trägt, ist gleichermassen das Meer wie auch die Sprache. Der Gott des Meeres hat ihn verflucht, deshalb dauert Odysseus' Heimreise zehn Jahre. Als die Götter sich endlich entscheiden, dass er nach Hause gehen kann, muss er erst noch einmal alles durchleben, noch einmal einen Zyklus durchlaufen: Er erzählt, was ihm geschehen ist, der Krieg, die Irrfahrten; er erzählt, um eine Zukunft zu haben, um dorthin zurückzukehren, wo er nicht mehr zu Hause sein wird.

Ich habe bisher weniger Erinnerungen an Meer gehabt als an dich. Aber ich will mich erinnern. Ich werde mich jetzt hinsetzen und das Schreiben, diese Dachluke im Nebel der Dinge, öffnen und schauen, was kommt. Weil, was ich nicht erzähle, isst mich.

Was ich bis jetzt aufgespart habe: die Geschichte vom Johannisbeerbrot, vom Meertrübelibrot, wie du sagst. Ich habe sie aufgespart, weil sie keine Erinnerung ist, weil du sie immer noch erzählst. Die Geschichte von der ersten Rosmarie ist vielleicht dein cornerstone, der Referenzpunkt, auf den sich alles, was du erlebst, zurückbezieht. Aber sie ist eigentlich keine Geschichte, sie ist ein Fakt, und nach all den Jahren hast du immer noch nicht genug Souveränität darüber, dass du eine Geschichte daraus machen kannst. Die Geschichte vom Meertrübelibrot hingegen ist wirklich eine Geschichte, und vielleicht mag ich sie deshalb. Mir scheint, das wäre eigentlich die einzuschlagende Richtung, um loszukommen von den Dingen, von denen mensch nicht loskommt.

Deine Geschichte vom Meerträubelchenbrot

Früher, als der Himmel noch wirklich blau gewesen ist und die Leute arm, hat man sich geholfen. Man hat genau gewusst, wer wo im Quartier wohnt, wer mit wem wann wie verkehrt, wer die Wäsche über Nacht hängen lässt, und man hat sich geholfen. Ja. Man ist sich zur Hand, weil alle haben alle gebraucht, niemand hat ohne niemand gekonnt. Ein paar Strassen von uns hat eine alte Hexe gelebt, sie ist hässlich gewesen und gemein, und niemand hat sie eigentlich gemocht, und man hat ihr aber trotzdem geholfen. Ich habe sie besonders nicht gemocht: Sie hat mich einmal bei meiner Meer verrätscht, als ich hinter einen Strauch gepinkelt habe. Meine Meer hat mich geprügelt, weil hinter Sträucher pinkeln tun Mädchen nicht, nie, das gehört sich nur für Buben. Weil man sich aber geholfen hat, hat mich meine Meer ab und zu zu ihr geschickt, ihr zur Hand zu gehen, und so bin ich also einmal zur Hexe, und sie hat mich zum Bäcker geschickt mit einem Batzen. Ich bin also zum Bäcker und hab ein Pfünderli geholt. Als ich es der Hexe brachte, hat sie nicht Danke nichts, ist in ihre Küche, hat was rumhantiert, ist zurückgekommen. Sie hat mir den Mürggu, den Anhau des Pfünderlis, abgehauen und mit Meertrübelikomfi bestrichen. Früher, als Krieg gewesen ist und man so viele Münder hatte und immer Hunger und nie Geld, hat man Essen geschenkt. Ich habe das Meertrübelibrot genommen, habe nicht Danke nichts, bin um den Block und habe eine solche Wut auf meine Meer gehabt, dass sie mich zur Hexe geschickt hatte, denn ich habe gewusst, dass sie die Hexe genauso wenig gemocht hat und dass ich nur zur Hexe habe gemusst, weil ich nur ein kleines Mädchen bin und nie nichts gegen meine Meer habe tun können, ich bin so wütend auf die Welt gewesen, dass ich nur als kleines Mädchen da gewesen bin, dass ich nicht hinter die Büsche pinkeln gedurft habe, und die Meertrübelikomfi hat mich so an die Hexe erinnert, mit ihrer schwabbeligen Backe, dass ich das Meertrübelibrot auf ein Misthaufen. Und ich sage dir, ich sage dir, diesen Abend bin ich im Bett gelegen, mit einem Loch im Bauch, meertrübelibrotgross, und ich habe mich verflucht, habe ich mich, ich habe an die Meertrübelikomfi gedacht, ihren Glanz, an die frische Kruste, knackig, aber noch nicht hart, an das weiche Innere vom Brot, und ich denke immer noch daran und verfluche mich noch, dass ich es damals weggeworfen habe, aber was hätte ich sonst tun können für meine Wut? Ich habe etwas müssen tun.

2 Die Suche nach der Kindheit

Von den Dingen, die nur noch mein Körper weiss.

Wir sind alle zutiefst verletzt worden. Wir benötigen Regeneration, nicht Wiedergeburt, und die Möglichkeiten unserer Rekonstitution schließen den utopischen Traum, die Hoffnung auf eine monströse Welt ohne Gender, ein.

Donna Haraway

Wir sind alle bloss Mutationen, und ich denke, dass jede einzelne Mutation gefeiert gehört.

Arca

Ein Zauberspruch ist eine Geschichte, die wir uns selbst erzählen und die unsere emotionale und psychische Welt prägt. Der Gegenzauber ist einfach: Erzähl eine andere Geschichte. Und wenn wir unsere eigenen Geschichten mit genügend Intensität und Fokus erzählen, so werden wir anfangen, sie zu glauben, und andere werden es auch. Wir werden den Bann brechen, der uns fesselt.

Starhawk

Das Frau-/Tier-/Insektwerden ist ein Affekt, der fließt, wie das Schreiben, es ist eine Komposition, ein Ort, der zusammen mit dem anderen konstruiert werden muss, d. h. in der Begegnung mit dem anderen.

Rosi Braidotti

Das Haus

Da ist das Haus. Ums Haus der Garten. Der Garten ist am Leben. Der Garten erinnert sich an alles. Er übernimmt das Erinnern für die Menschen. In Haus und Garten lebt das Kind. Oder eher: In Haus und Garten wohnt das Kind. Oder eher: In Haus und Garten existiert das Kind. In Hausundgarten ist es auf der Welt. In Hausundgarten überdauert es. In Hausundgarten nistet es. In Hausundgarten wird es grösser. In Hausundgarten ist es vorhanden. In Hausundgarten hält es sich bedeckt. In Hausundgarten schleicht es sich durch Hausundgarten. In Hausundgarten wird es Hausundgarten. Hausundgartenhausundgarten. Hier ist das Kind auf tausend Arten.

Es sitzt im Haus beim Fenster. Scherenschnitte liegen rings um es herum. Mit dem Sackmesser gemacht. Löcher in das Schwarzpapier gekratzt. Das Kind benutzt das Messer oft. Damit der Peer es sieht. Sieht, dass es das Messer braucht. Jetzt steht das Kind. Es schaut ausm Haus hinaus. Es schaut den Tag an. Der Tag strauchelt durch das knappe Abendlicht. Quer durchs Agglоquartier. SABINÄLIII. MAUROOO. LAURAAA. Die Häuser rufen Befehle in den Himmel. Der Tag rutscht in die Buchsbaumbüsche. Die Buchsbaumbüsche sind piekfein, kreisrund. Sie bewachen den Anfang der Strasse. Wo die Hauptstrasse in die Quartierstrasse einbiegt. Links und rechts stehn sie. Wächter der Lieblichkeit sind sie. Schauen, dass alles mit rechten Dingen zugeht. Sie werfen ihre Schatten weit von sich. In die Nachhausewege rein. Diese Schatten sind nicht zu Spässen aufgelegt. Wenn die Familienväter aus der Stadt kommen. Mit ihren angeschleppten Arbeitsgesichtern. Und in das schöne Familienquartier zurückwollen. Die Heilewelt betreten wollen. Müssen sie ihren Stadtkörper abziehen. Und unter die Vorortswächter leeren. Wie man den Regen aus Gummistiefeln leert. Bevor man die gute Stube betritt.

Die Nacht isst Stück für Stück alle Gegenstände:
die soldatisch senkrecht steckenden Zäune
die absolut genau rechteckigen Gemüsebeete
die supersauberen Gartenhäuschen
die massenweise hängenden Vogelfutterbomben
die gedüngten hochgeknüpften Kletterrosen
die hohlen Körper der Gartenzwerge
die Aussicht auf Nichteinfamilienhäuser weit weit in der sogenannten Ferne

Das Haus ist vollgestellt mit Orchideen. Diesen pinken, weissen, plastikhaften. Auch den mit Lebensmittelfarbe blau gefärbten. Sie stehn dem Haus zum Hals hinauf. Bei jedem Besuch bringt die Grossmeer eine. Damit der Besuch einen Grund hat. Meer giesst die Orchideen nicht. Sie stellt sie in die Ecken. In den Keller. Unters Sofatischchen. Trotzdem leben sie. Trotzdem überleben die. Sind das eigentlich Geister.

Laternen fressen gelbe Stücke aus der Nacht. Aus den Einfamilienhäusern fällt das Familienleben. Es fällt gelb in die Einfamilienhausvorgärten. Die Nacht ist klein. Doch die Stadt ist kleiner. Sie ertrinkt zur Gänze in der Nacht. Die Familienmenschen ertrinken im Schein der IKEA-Küchenlampen. Ihre Träume ertrinken in den Kürbissuppentellern. Die Mütter ertrinken in ihrem Kinderglück. Die Väter ertrinken in ihren hellblauen Hemden. In den orchideenblauen Hemden. Sind die eigentlich mit Lebensmittelfarbe angemalt. Die Väter. Die Abendessen. Die Einfamilienhäuser. Damit sie aussehen. Wie Väter, wie Abendessen und wie Einfamilienhäuser. Sind das eigentlich Lebendige.

Im letzten Licht entrinnt das Kind dem Haus. Das Sackmesser wie ein Schwert vor sich. Die Hand verdeckt den eingravierten Namen. Es läuft zur Blutbuche. Es kriecht ihr unters Laub. Die Nacht stülpt sich über alles. Ein fetter Nachttopf. Hier ist es sicher. Hier ist es unsichtbar. Hier ist es da. Da öffnet sich dem Haus ein Fenster. Eine Platzwunde in der Stirn des Hauses. Das Fenster schreit die Kindernamen des Kindes. BÄRLI! CHÄFERLI! MÜSLI! BÄRLIMUTZ! MUNGGECHNOPF! SCHNÜGELIBUTZ! Die Namen drohen in der Luft. Dann schlagen sie zu. Sie ziehn das Kind aus seinem Versteck. Sie zwingen es zum Satz: »Hier bin ich.« Und dann auch noch: »Ich komme. Ich komme ja zurück ins Haus.«

Die Meersprache vermischt Haus und Hals. Haus heisst nicht »Haus«, sondern »Huus«. Nur der Hals heisst hier »Haus«. Dieses Haus ist Meers und Grossmeers Haus.

Die Schwalbe

Das Kind geht von der Schule nach Hause. Es nimmt Umwege. Damit es länger unterwegs ist. Die Umwege kennen das Kind. Die Stelle, wo der Beton ein Mund ist. Die Stelle, wo im Zaun 'ne Latte fehlt. Das Kind sieht das Haus von Weitem. Es steht in Flammen. Die Grossmeerstimme. Feuerfauchen. Das Kind nimmt einen weiten Umweg. Es geht zwischen Burgen aus Beton. Der serbische Metzger mit den Messern. Der Thailänder mit den Orchideen. Der Käseladen mit den Schweizerkreuzen. Das Nagelstudio mit dem Geruch. Die Masseurinnen mit dem Lächeln. Der Elektroladen mit dem Einteilermann. Der Coiffeur ohne Haare.

Das Kind wohnt nicht an einem Ort. Es wohnt vor einem Ort. Am Bahnhof halten keine Züge. Sie rasen ungebremst in die Stadt hinein oder in die Welt hinaus. Sie wirbeln das trockne Laub hinauf. Das Kind steht im Windstoss der Züge. Es stellt sich vor, wie es sich an einem Zug festhält und mitgerissen wird. Und an einem ganz andern Ort landet. Es dreht sich um. Die Ortstafel ruft ihm nach: OSTERMUNDIGEN. Das Kind geht ins Parkhaus. Es geht zur Regenbogenwand. Die »Freudenstahlen unserer Primarschüler«. Den »Strahlen« fehlt das R. Hat Meer gesagt. Unterm wackeligen Regenbogen stehen Kinder ohne Finger. Über allen fingerlosen Kindern schwebt die Schwalbe. Es setzt sich vor die Schwalbe. Es erzählt ihr seinen Tag.

Heute war ich ein Esel. Ich sprach nur mit I und A. Anna war wieder das Einhorn. Tamara wieder die Fee. Ich muss noch ein besserer Esel werden, um auch eine Fee sein zu dürfen. Ich habe aber schon viel Feenkraft. Mehr als Tamara auf jeden Fall.

Es stellt sich vor, wie es zur Schwalbe in den Beton geht. Im Beton ist es wie im Wasser. Und alle Leute werden kommen. Und endlich erkennen. Das Kind ist eine Wasserfee, und sie werden sich selber doof finden, dass sie es nicht vorher erkannt haben, und sie werden so viele Tränen für das Kind weinen, dass die ganze Welt ein Meer ist. Und dann wird der Beton sich auflösen. Und es wird mit der Schwalbe schwimmen. So, jetzt gehör ich aber nach Hause. Es wird schon dunkel, liebe Schwalbe. Bis morgen.

Das Kind bleibt vorm Haus stehn. Der Drache wütet immer noch. Plötzlich steht der Peer neben dem Kind. »Na. Wieder mal Drachenzeit?« Das Kind nickt. Der Peer nimmt das Kind an die Hand.

Peer

Der Peer ist winzig. Der Platz im Haus ist begrenzt. Peer muss Platz machen. Peer passt ganz in Meers Faust.

Meer und das Haus sind verbandelt. Meer wird das Haus von Grossmeer erben. Urgrosspeer, Meers Grosspeer, hat das Haus gebaut. Das Haus kroch aus Urgrosspeer. Wie Meer aus Grossmeer. Im Haus sein = in Meer sein. Die Wände sind Häute. Die Gänge haben Hände. Die Türen sind Münder. Jedes Astloch ein Aug.

Manchmal sitzt der Peer breitbeinig auf dem Sofa. Die Breitbeinigkeit kommt aber nicht gratis. Er muss ein bisschen von sich abschneiden. Er schneidet sich drei Stunden Stimme ab. Dafür lässt ihm das Haus einen Moment Breitbeinigkeit.

Meer ist ein Friedhof. Sie trägt alle Frauen der Welt in sich. Durchs Lesen steigen die Frauen in Meer. Sie sind meistens eine Million Kilogramm schwer. Jede Einzelne. Meer trägt in sich:

Elisabeth Kopp
Jeanne d'Arc
Virginia Woolf
Anne Lister
Lady Di
alle Frauen unter Schleiern
alle Frauen aus den Textilfabriken Südostasiens
alle Frauen aus dem Frauengefängnis Hindelbank
alle Frauen aus Afrika
alle Hexen der Geschichte Europas,
vor allem Anna Göldi
und Catherine Repond.

Diese Frauen sind echt sauschwer. Beim Lesen muss Meer Diät machen. Sie sitzt im speckigen Sessel und isst nicht. Stopft

Frauenunglück in sich rein. »Mein Körper meint immer noch, er müsse Fett ansammeln für die Brut«, sagt Meer. Die Brut, weiss das Kind: Das sind die jungen Kaninchen. Es ist ganz gerührt. Dass Meers Körper Fett sammelt. Für die längst toten Kaninchen von Urgrosspeer. »Aber Meer«, sagt das Kind. »So kommen wir nirgends hin mit dir. Für jeden abgesparten Erdapfel ein trauriges Frauenleben. Diese Rechnung geht dir nicht auf.« Das Kind sagt es nicht Meer direkt. Wenn das Kind mit Meer sprechen will. Zieht es Barbie Meers altes Pischama an. Legt Barbiemeer auf den speckigen Sessel. Wenn Meer arbeitet. Und sagt: »So, Liebes. Jetzt tu ich dir die Hühner heim.«

Die Meer erzählt dem Kind: »Von meinem Peer bin ich das Lieblingskind gewesen. Alle Eltern haben eins. Du kannst froh sein, du bist Einzelkind, bei dir gibts kein Wählen. Ich habe dem Peer überall bei Aussensachen geholfen: beim Gartenfuhrwerken, beim Holzhacken, beim Reparieren vom Haus. Mein Bruder hat den Dreck gehasst, die Erde. Ich habe den Dreck geliebt, die Erde. Die Erdapfelernte ist Weihnachten und Geburtstag zusammen gewesen. Meine Hände haben genau gewusst, was ist ein Stein, was ein Erdapfel. Meine Hände sind keine Mädchenhände gewesen.

Einmal im Monat gehörte ein Huhn geschlachtet. Vor dem Schlachten hat der Peer sich herumgeschleppt. Die Stimme ist ihm weg. Er hat sich geräuspert, als wollte er etwas sagen, aber er hat nie was gesagt. Wenn es so weit gewesen ist, hat die Meer aus dem Haus gerufen: WIRD'S BALD ODER MUSS ICHS SELBER MACHEN, DU HUSCHELCHEN. Dann hat sich der Peer zum Hühnerstall gequält. Ich bin bei ihm gewesen, weil ich gespürt habe, dass ich das muss. Er hat immer ganz schnell gehackt und dann das Huhn losgelassen und sich die Augen zugehalten. Ich habe kein Mitleid mit dem Huhn gehabt, die haben so kleine Augen. Ich habe einen ungeheuren Schmerz für meinen Peer gehabt, weil ich gesehen habe, wie weh es ihm tut. Einmal habe ich gefragt, warum er nicht aufhört mit dem Schlachten. Er hat gesagt, dann würden ihn sein Peer und der Peer der Meer im Himmel auslachen. Dann habe ich ihn umarmt, und dann habe ich das Blut geputzt, das das herumrennende Huhn überall verspritzt hatte. Es ist noch warm gewesen. Und nachher, von da an, habe ich die Hühner geschlachtet und mir die Hände gut geputzt, damit Grossmeer es nicht merkt, dass ich es gewesen bin, die da schlachtet, und nicht der Peer. Ein anderes Mal hat mir der Peer eine Schaufel geschenkt. Ich habe sie überallhin mitgenommen. Sogar ins Bett. Wir haben uns verstanden, ohne zu sprechen, ich und der Peer. Wir sind uns sehr nahe gewesen. Im Körperlichen auch. Es hat sich verändert, als ich in die Pubertät gekommen bin, fraulich wurde. Einmal bin ich auf seinem Schoss gesessen, wie ich es immer getan hatte. Da ist die Grossmeer gekommen und hat geschaut. Da hat mich der Peer fortgestossen. Ich bin auf den Boden geknallt. ›Du bist jetzt zu alt für solche Gespässe.‹ Dann hat er angefangen, solche Sätze zu streuen, wie belanglos fallen zu lassen. Wie Fürze. Oder Schneckenkörner zum Schneckentöten. ›Frauen sind gefährlich. Frauen können dich zum Teufel machen.‹ Der Peer hat unbedingt gewollt, dass mein Bruder das Gymnasium macht. Er hat ihm sogar Nachhilfestunden gezahlt. Vom Lebendigen abgespart. Am Abend hat er mit ihm gelernt. Er hat immer gefragt, wie es ihm in der Schule geht. Als ich ins Alter gekommen bin, ist es keine Frage gewesen. ›Wozu solltest du ins Gymnasium? Das schaffst du doch nicht. Das ist hinausgeschleuderte Kohle, du wirst heiraten und Kinder kriegen.‹ Ich habe eine Lehre gemacht und angefangen, zu arbeiten. Und als ich genug zusammengeschaufelt hatte, habe ich mir selbst die Erwachsenenmatur finanziert. Meer ist eispickelhart zu Peer gewesen, um ihm etwas entgegenzusetzen. Er ist auch eispickelhart mit ihr gewesen. Ich habe immer gewusst: Ich werde nie so eispickelhart wie Meer.«

Die Meer streicht dem Kind über den Kopf. »Mein Bärli.«

Blutbuche

Mit Grossmeer und Meer im Garten. Grossmeer spricht und spricht und spricht. Grossmeers Sprechen wirft Wellen. Sie hat schneeweisse Gischt um den Mund. Meer schwimmt. Das Wasser geht ihr bis hier. Das Kind schaut in den Garten. Da sind: Blutbuche, Hühnerstall, Baumnussbaum. Ihnen geht das Wasser auch bis hier. Grossmeer liegt allen Menschen in den Ohren. Sie hält es bei sich nicht aus.

Das Kind hat Angst vor Grossmeer. Dass sie sich wieder in den Drachen verwandelt. Das Kind hat eine Idee. Ich werde dich abzeichnen, sagt es der Blutbuche.

Es nimmt einen braunen Stift für den Stamm. Einen roten Stift für das Laub. Es zeichnet der Blutbuche sehr viele Blätter. Die Blätter sind Ohren. Es schenkt die Zeichnung der Grossmeer.

Grossmeer: »Oh, vielen Dank, eine süsse Zeichnung, lieb von dir, und dann hat er mir tatsächlich nichts gesagt von diesem Motorrad, und jetzt stellt er das Motorrad ständig in den Keller, und was soll ich machen, soll ich ihm sagen, nein, Monsieur, so geht das nicht, und die andere Nachbarin von oben, das glaubst du nicht, die hat schon wieder …«

Es geht zur Blutbuche. Ich habe dich abgezeichnet, sagt es.

Aber du hast mich falsch abgezeichnet, sagt die Blutbuche.

Meine Blätter sind keine Ohren. Zeichnest du immer Dinge, die nicht da sind?

Aber Grossmeer braucht mehr Ohren, sagt das Kind.

Kannst du ihr nicht zuhören?

Wenn ich ihr zu lange zuhöre. Dann schwappt Grossmeer über. Dann bewohnt sie mich. Ihre Stimmen, sagt das Kind.

Irgendwo müssen die doch wohnen.

Aber doch nicht in mir, Blutbuche. Ich bin noch so klein. Wenn ich so gross wäre wie du. Blutbuche. Du kannst einfach wachsen. Niemand bestimmt deine Form. Ich möchte sein wie du.

Das Kind beisst sich ein Stück Fingernagel ab. Es kommt viel Nagel weg. Da ist ein Loch im Finger. Es tropft sich aus dem Finger. Es tropft sich auf die Blutbuchenwurzeln. Es sickert unter die Wurzeln. Die Blutbuche trinkt es.

Vielen Dank, kleines Kindchen. Willst du wirklich werden wie ich?, fragt die Blutbuche.

Das Kind nickt. Eine Wurzel der Blutbuche dreht sich empor. Es ist eine dicke, wulstige Wurzel. Die Wurzel stösst sich dem Kind in den offenen Finger. Die Blutbuche spritzt sich dem Kind unter die Haut.

Meer

Meer hat drei Häute. Die erste Haut ist aus Frau. Sie wäre gern ein Mann geworden. Sie wollte aggressiv sein dürfen. Studieren. Keine Kinder haben dürfen. Gleichzeitig hasst sie die Männer. Sie baut den Garten zu einer Festung. Am Zaun entlang wachsen Eiben. Dunkel und dicht. Ein Schutzwall gegen aussen.

Meers zweite Haut ist aus Reden. Das Reden ist eine Rüstung. Eine geerbte Haut.

Meers dritte Haut ist aus zähem Vergessen. Darunter trägt sie ein Truckli.

Meer arbeitet jeden Tag. Sie schneidet Haare. Sie ertrinkt in den Haarwellen der Kunden. Sie hat viele alte Frauen. Meers Arbeit ist eine riesige Dauerwelle. Die Dauerhaarwelle hat kein Ufer. Wenn das Kind einen Wunsch frei hätte. Es würde sich wünschen, dass allen Menschen auf der Welt die Haare ausfallen. Damit Meer nie mehr arbeiten muss.

Meer macht Überstunden. Die Arbeit steckt in Meer bis zum Haaransatz. Sie ist ein Hautsack gefüllt mit Müdigkeit. Wenn sie ihre Augen schliesst. Sieht sie alle abgeschnittenen Haare. Die Hinterseite ihrer Lider ist ein Riesenpelz. Deshalb sind die Lider sauschwer. Und sie fallen ihr ständig zu. Und Meer fällt in ihr geblümtes Kissen. Das Kind macht Lärm. Damit die Meer nicht ins Kissen fällt. Denn es braucht das Kissen. Und Meer reisst die Augen auf. Und ist wütend. Und die Augen sind leer. Leer wie Grossmeers Truckli.

Sobald Meer eingeschlafen ist. Stiehlt das Kind das geblümte Kissen. Vorsichtig, wie man einer Tigerin Tigerbabys klaut. Es büschelt Meers Kopf zurecht. Meer ist so erschöpft, sie merkt nichts. Es zieht sich die verbotenen Zauberschuhe an. Verschwindet hinter dem Meertrübelistrauch.

Wieso wird Grossmeer immer ein Drachen?, fragt das Kind.

Frag uns nicht, kleine Assel, sagen die Kissenblumen. Wir können gar nicht sprechen, wir haben …

Plötzlich erstarren die Blumen. Die Blätter des Meertrübelistrauches knacksen. Das Kind wendet sich zum Haus. Ein kühler Hauch. Etwas ist erwacht. Ein Ruck geht durch die Erde. Die Fenster sind angelaufen und weinen. Das Haus ist schon bläulich. Das Kind weiss, was geschieht. Es spürt Meer durch die Hauswand hindurch. Meer verwandelt sich. Es beginnt bei den Augen. Ihr Blick wird ein Eiszapfen. Ihre Pupillen eine schwarze Härte. Die Kälte breitet sich aus. Ihr Mund wird dünn wie ein Haar. Ihr Körper hart wie ein Fels. Dann ist sie die Eishexe. Verstecken. Eine Eisschicht überzieht alles. Wände, Böden, Schränke, Gläser, Fenster, Staubknäuel, Himmel. Hausundgarten ist eine Tiefkühltruhe.

Das Kind will hinter den Hühnerstall. Aber vom Haus aus gefriert der Boden. Breitet sich aus wie eine weisse Blutlache. Eine schnelle, harte Welle aus Kälte. Sie erreicht das Kind auf halber Strecke. Es kann sich nicht mehr bewegen.

Die Eishexe öffnet ein Eisfenster. Sie schreit. Ihre Stimme ein Nagel auf schwarzer Tafel. Das Kind hört nur die Stimme. Sie fährt durch das Kind. Es versteht nur wenige Wörter: Stöckelschuhe, arbeiten, müde, Saugoof.

Abschotten
Sich einigeln
Sich isolieren
Sich vergraben
Sich verkriechen
Sich verschanzen
Sich entziehen
Unterkriechen
Unterschlüpfen
Wegtauchen

Sich verkrauchen
Unterschlupf gewähren
Sich lieber die Zunge abbeissen
Für sich behalten
Hinter dem Berg halten
Hinunterschlucken
In seinem Herzen verschliessen
Kaschieren
Maskieren
Überspielen
Unterdrücken
Verhalten
Verschleiern
Verschlucken
Verschweigen
Nicht sehen lassen
Nicht zeigen
Tarnen
Verhüllen
Übertünchen
Ummanteln
Verdecken
Vergraben
Verborgen halten
Verbergen

O du grosses Wort, VERBERGEN. Du bedeutest so viele Dinge. Du versteckst sogar Berge in dir. Kannst du mich auch in dir verstecken?

Der Kampf gegen die Eishexe

Damit die Meer aus der Eishexe auftaut. Muss man extrem mutig sein. Man muss zur Eishexe hin. Wie man durch Eisstürme nach Hause geht. Man muss eine Hand der Eishexe nehmen. Die Hände sind eiskalte Spinnen. Wie 'n ganzer Winter in einen Handschuh gepackt. Und dann muss man einfach da sein. Man darf sich nicht einfrieren lassen. Wenn man sich einfrieren lässt, stirbt man. Man muss eine Wärme in sich tragen. Wie eine weite, weite Wüste. Das Auftauen dauert lange. Es beginnt immer zuerst im hintersten Garten. Der Eiszauber schwindet. Die Kraft der Eishexe schrumpft. Das Eis tritt den Rückzug an. Das Eis kriecht zurück in die Eishexe. Die Pflanzen tauen nass und schlaff auf. In den Zimmerecken bleibt das Eis noch lange. Die Eishexe zieht sich unter Meers Häute. Das Auftauen dauert am längsten im Gesicht. Man darf nicht in die Augen schauen. Die sind noch sehr lange eiskalt. Der Blick ist ein Faustschlag. Die Hände sind noch lange feucht.

Das Auftauen ist ein kleiner Zauber. Weil er so langsam ist. Aber es ist der wichtigste aller Heilzauber. Von denen, die das Kind kann.

Wenn Meer aus der Eishexe auftaut. Kann sie noch stundenlang nicht sprechen. Sie ist ein trockenes Stück Brot. Schleppt sich durchs Haus. Schlägt sich an Kanten. Sie krümelt sich ab. In der Meersprache heisst »krümeln« BRÖSMELÄ. Meer brösmelt sich ab. Das Kind sammelt alle Meerbrösmeli. Manchmal versteckt es sich unter dem Bett. Hier legt es die Brösmeli aus. Es zeichnet Meers Gesicht mit ihnen.

Woher kommt die Eishexe?, fragt das Kind.

Das dürfen wir nicht sagen, sagen die Brösmeli.

Wieso nicht?
Wir können gar nicht sprechen.
Wieso nicht?
Wir sind nur Krümel. Wir haben keine eigene Stimme.

Wenn das Kind einer Fee begegnen würde. Und einen Wunsch frei hätte. Es würde der Meer einen Funken wünschen. Der nie ausgeht. Den sie sich in die Brust hängen könnte. Der immer warm wäre. Dann würde sie den Auftauzauber nicht brauchen.

Einmal sieht das Kind hinter die Eishexe. Kurz nach dem Auftauen. Alles ist aufgetaut ausser den Augen. Dann tauen sie auf mit einem Blinzeln. Sie regnen der Meer über die Haut. Sie sagt nichts. Sie umarmt das Kind. Ihre Augen fliessen ihm auf die Stirn. Und als es hochschaut. Sieht das Kind hinter die ausgetropften Augen. Da wäre noch eine ganz andere Hexe. Eine Wasserhexe. Mit einer ganz anderen Art, zu zaubern. Aber. Sie steckt in einem Eisblock. Sie steckt in diesem Schutzzauber fest. SO. JETZT ABER DIE WÄSCHE. MACHT SICH AUCH NICHT VON SELBER.

Grossmeer macht ein

Grossmeer kommt ins Haus. Sie verarbeitet den Garten. Sie macht ein. Frühling Sommer Herbst. Quittengelee. Hagebutten-Konfitüre. Äpfel mit Zimt. Kohl zu Sauerkraut. Räben. Bohnen. Rosenkohl. Am liebsten macht Grossmeer Himbeeren zu Sirup. Sie schnürt sich die Schürze möglichst eng. Schnürt sich das Blut ab. Das grosse Abtropftuch voller Himbeeren vor ihr.

Grossmeers Arme verschwinden ellbogenabwärts. Die Himbeeren sehen aus wie Körperinneres. Grossmeer trinkt die Himbeeren mit den Augen. Sie betrinkt sich an den Himbeeren. Jedes Blinzeln ein Schluck. In dieser Himbeerfreude wird Grossmeer übermütig. Sie kocht literweise Wasser. Lässt es erkalten, filtert den Kalk ab. Dann giesst sie alle Orchideen des Hauses. Das Kind beobachtet sie von unter den Tischen. Die Grossmeer giesst hämisch.

Der Keller des Hauses steht voller Einmachgläser. Marke BÜLACH. Manchmal geht das Kind durch die Reihen. Das ist verboten. Es könnte etwas runterfallen. Das Kind fährt über die kühlen, grünen Bäuche. Die BÜLACH-Gläser haben dicke Bäuche. Ihre Hälse sind engstmöglich geschnürt. Das Eingemachte wird nicht angefasst. Das Eingemachte ist für den Winter. Für den HARTEN WINTER. Der HARTE WINTER ist immer der kommende. Und er hat es auf uns abgesehen.

Einmal schleicht das Kind durch den BÜLACH-Wald. Hinter ihm ein Geräusch. Es erschrickt. Im Umdrehen fällt ein Glas Kirschen. Da steht Grossmeer in der Tür. Das Kind steht in der Kirschlache. Sie gluckern noch. Die Früchte liegen wie blinde Kinderaugäpfel da. Grossmeers Augen sind glühende Kohlen. Sie geht nach oben. Das Kind wartet. Als sich die Wohnungstür schliesst. Geht es nach oben. Die Kirschen haften am Kind. Seine Fussabdrücke sind aus dem Kinderaugapfelsaft. Die Orchideen stützen sich über ihre Plastiksteckchen. Sie recken ihre Hälse. Ihre Köpfe tun schön und weiss und unschuldig. Aber sie sehen alles. Jeden Misstritt. Das wird noch Folgen haben, Kind. Das wird schwere, unmerklich schwere Folgen haben.

Besitz

Abendessen. Grossmeer redet. Meer auch. Peer schweigt. Das Kind ist da. Es spürt in sich die Blutbuchenwurzel wachsen. BLUTBUCHE ist das längste Wort der Welt. Länger noch als BAUMNUSSBAUM oder MEERTRÄUBELCHENSAFT. Kein Satz der Meersprache hat Platz dafür. Das Kind geht in den Garten. Der Herbst ist ein Backpapier vor der Sonne. Der Herbst bringt die Bäume zum Verrosten. Sie werden rot und braun. Sie fallen sich ab. Das Kind sitzt in der Blutbuche. Wie in einer Kathedrale.

Fränzi Bethli Jörg und Jürgli

Peer hat mir eine Geschichte erzählt, sagt das Kind. Die Geschichte vom Fränzi und vom Bethli. Das waren zwei Schwestern und ein Herz. Sie lebten diesseitig vom Berg. Da wurde Fränzi verheiratet mit Jörg. Jörg holte Fränzi nach änet vom Berg. Er machte ihr einen Sohn. Der Sohn hiess Jürgli. Fränzi aber vermisste ihre Schwester Bethli. So war Jörg Bethli holen änetem Berg. Aber statt sie zu Fränzi zu bringen. Brachte er sie in den tiefen Wald. Dort tat er ihr eine schrecklichste Gewalt an. Dann haute er ihr die Zunge ab. Damit sie ihn nicht verraten konnte. Und hielt sie im Waldgefängnis bewacht.

»Ein Sturm war gekommen auf dem Berg.« Sagte er seinem Fränzi. »Der Sturm hat Bethli vom Berg gespült.« Fränzi war mit Trauer aufgefüllt. Bis über ihren Rand. Bethli, im Waldgefängnis, war aber gescheit. Sie verlangte, wenigstens weben zu dürfen. Bethli wob eine Schürze für Fränzi. In die wob sie heimlich ihre Geschichte. So, dass es nur Fränzi verstand. Bethli bat einen Wächter, die Schürze Fränzi zu bringen. Jörg sah nichts Verdächtiges darin. Fränzi aber verstand die Schürze. Sie befreite ihre Schwester. Zusammen töteten sie Jürgli. Weil Jürgli war die Verlängerung von Jörg. Von der Jörgischen Blutslinie. Mehr als Fränzis Sohn. Das war so früher. Bethli und Fränzi kochten ihn. Fränzi gab ihn Jörg zu essen. Jörg ass ihn. Als er fertig war. Zeigte Fränzi ihm den Kopf von Jürgli. Jörg zog das Schwert. Verfolgte Fränzi und Bethli. Gott konnte der Gewalt nicht länger zuschauen. Er verwandelte alle in Vögel. Bethli in eine Schwalbe. Fränzi in eine Nachtigall. Jörg in einen Wiedehopf.

Die Blutbuche sagt: Du musst mir deine Geschichte erzählen, um zu werden wie ich. Das ist nicht deine Geschichte.

Die Birken atmen aus. Ihr Atem ist weiss. Die Birken atmen Nebel aus. Er schwappt grauslig an das Kind. Er verschwimmt mit seiner Haut. Die Haut öffnet sich. Das Kind schwappt gegen Einfamilienhäuser, Pappeln, Strassenlaternen. Es schwappt bis an den Rand dieser Welt. Das dunkle Waldlicht reicht ihm zum Hals. Die Blätter fallen papierig in das Nebelkind. Sie fliehen vor dem Winter. Ich werde euch aufbewahren, liebe Blätter.

Das Kind geht zum Baumnussbaum. Dort war früher der Erdapfelacker, sagt Meer. Das Kind geht zur leeren Stelle. Hier war einmal die Trauerbuche. Jetzt ist hier nur eine Delle. Nicht einmal ein Loch. Die Trauerbuche. Sagt Grossmeer jeweils und sagt nichts mehr. Ansonsten erzählt Grossmeer ständig vom Garten. Jede Nacht muss Grossmeer den Garten pflügen. Und sie darf immer noch keine. Einzige. Himbeere. Essen. Grossmeer hat den Garten gegessen. Und das Kind weiss vom Garten. Dass er auch Grossmeer gegessen hat. Die Nacht bricht aus den Buchsbaumbüschen. Die Tiernamen des Kindes werden gerufen.

Mann oder Frau, oder wie das Kind sich wünscht, mit den Zauberschuhen davonzufliegen, und wie es das Menschsein übt und das Körpersein und wie es nicht weiss, was es werden will, aber sich auf jeden Fall danach sehnt, nicht hässlich zu werden

Das Kind steht im Elternschlafzimmer. Vor ihm die Lederschuhe von Peer. Sie haben einen speckigen Glanz. Sohlen wie Holzbretter. Fettzüngig. Sauer. Schwer. Rissige Münder, wo sie sich biegen. Wenn der Peer diese Schuhe anzieht. Zieht er sich auch ihre Münder an. Legt er seinen Mund ab. Hat er keine Sprache mehr. Er hat nur noch die Körpersprache, die die Schuhe vorgeben. Diese grobe Eckigkeit in den Bewegungen. Peer zieht die Schuhe nur selten an. Die Schuhe sind für HOCHZEITEN, BEERDIGUNGEN und SPEZIELL. Oder wenn es ihm die Meer befiehlt. Die Zauberschuhe von Meer sind aus Feinheit, Weichheit. Wenn sie die Schuhe anzieht. Laufen ihr die Schuhe durch den Körper. In ihr Lachen hinein. Das Lachen klappert auch mit Absätzen. Die Schuhe von Peer ziehen dich in die Erde hinein. Aber das Kind versteht den Peer schon. Er möchte auch mal andere Münder haben. Die Zauberschuhe jedoch. Sind so schön. Dass sie fliegen können. Das Kind fürchtet sich. Dass Meer mit ihnen davonfliegt. Dabei will es selbst das tun.

Das Kind geht ins Badezimmer. Es räumt den Spiegelschrank aus. Die Wimperntusche. Der Lidschatten. Der Lippenstift. Die Nagelschere. Die Feile mit den zwei Stärken. Es dreht den Lippenstift, bis das Rote kommt. Der Rasierschaum. Die Rasierklingen. Das Aftershave. Der Nagelklipser. Es steht vor dem Spiegel im Eingang. Es spielt Peer: Es zieht sich den Joggingkörper an. Das Hüpfen. Die Arme locker an der Seite. Es zieht sich den Fussballkörper an. Das Breitsein. Das Plötzlich-Losrennen. Die Verwandlung der Schultern in Doppelschultern, Schrankbretter. Das Sich-in-den-Schritt-Fassen. So: Hmrgrmpf. Einfach nicht mit Buchstaben gesagt. Sondern mit Gliedmassen. Das Dastehen. Hände auf der Hüfte. Das Ausrufen: »Hee, das war Foul! Einwurf, Einwurf! Eckball! Scheisse! Schwuchtel!« Die Stimme aus der Hüfte. Es zieht sich Peers Feierabendkörper an. Das Schlurfen. Das Sich-selbst-liegen-Lassen wie eine Schneckenspur. Das Tasche-Hinstellen. Der Blick wie ein Sonntagabend im Januar.

Jetzt spielt es Meer: Es zieht sich den Gartenkörper an. Das Bücken mit dem geraden Rücken. Das rasche Haare-zusammenbinden. Das leise Selbstgespräch. Es zieht sich den Arbeits- und Streitkörper an. Die Rüstung: die Eisschicht um die Haut. Die Stirnfalte. Die verschluckten Lippen. Die Stimme wie ein Messer. Es zieht sich Meers Ausgehkörper an. Der Körper aus Teig. Weich und beweglich. Das langsame Haare-hinter-die-Ohren-streichen. Das leichte Kopfneigen. Den Hals präsentieren. Den Oberkörper durchdrücken. Das Gewicht auf ein Bein verlagern. Nicht zu laut reden. Der Ausgehkörper ist das Gegenteil des Fussballkörpers.

Das Kind fragt sich. Wann muss man sich entscheiden. Ob man Mann oder Frau wird? Es posiert oft vor dem Spiegel. Aber nie zu lange. Es hat Angst. Dass auch der Spiegel seinen Körper behält. Das Kind weiss: Es darf kein Mann werden. Meers Liebe ist riesig. Meers Liebe ist grösser als das Land. Ein ganzes Leben reicht nicht, um aus Meers Liebe herauszukommen. Meers Liebe ist ein Ozean. Und sie hat eine einzige Küste: die Männlichkeit. Meer sagt: »Wenn Jungs Männer werden. Gehen sie wie Affen. Werden sie so grob. Bekommen sie Akne. Ist ihr Gesicht so ungleichmässig. Zerbricht ihnen die Stimme. Werden Frauen nur Gegenstände für sie.«

Es darf aber auch keine Frau werden. Was würde der Peer. Aber Frauen haben so schöne Haare. Und sie dürfen sich schminken. Und sie dürfen farbige Stoffe tragen. Und sie dürfen singen. Und sie dürfen Hosen UND Röcke tragen. Und sie dürfen weinen, so viel sie wollen. Aber Männer haben schöne haarige Beine. Und schöne tiefe Stimmen. Und sie dürfen rülpsen.

Das Kind muss sich bald entscheiden. Die Leute fragen. NA DU. WAS BIST DENN DU? BUB ODER MEITSCHI? Es schaut die anderen Kinder an. Die meisten haben sich schon entschieden. Sie stehen in der Zweierreihe und schauen erwartungsvoll. Das Kind fragt sich: Wie funktioniert diese Entscheidung? Ist das ein magischer Vorgang? Muss man es der Sprachmeer sagen. Die dir im Körper sitzt. Und sie gibt dir einen Zauberspruch. Den musst du so oft sagen. Bis der Satz dir ins Fleisch wächst. Bis der Satz verfleischt. Einkörpert. Überblutet. Das Kind geht in den Hühnerstall. Erfindet sich Hexensprüche. Das ist aber Verwandlungsmagie. Das ist anders als die Heilzauber. Die Heilzauber hat es schon immer geübt. Für Meer. Und Grossmeer. Verwandlungsmagie ist aber eine ganz andere Wissenschaft.

Brauen brau ich braue mir den Zaubertrank
Brauen brau ich bin nicht krank
Brauen brau ich bin jetzt ohne Klau und Bau
Ich bin genau jetzt eine Frau!

Nein, ich – Hokus Pokus Zauberbann, ich werde jetzt zum Mann. Mua! Grr. Gross. Stoss. Boss. Hmpf. Stmpf. Stumpf. Ich bin kein Sumpf. Wie man sehen kann! Ich bin ein Trumpf! Wie sehr sieht man mir an, dass ich bin aus Mann!

Ähm nein, liebe Sprachmeer. Bitte bitte bitte mache mich zur Frau ich möcht nicht gehen wie die Affen und ich möchte nicht grob werden und mein Gesicht soll gleichmässig bleiben und meine Stimme soll nicht brechen und Frauen sollen keine Gegenstände werden für mich
ich bitte dich

Aber alles tut mir au
In mir bin ich eine Sau
Das weiss ich ganz genau
Jeder Muskel ist zu flau
Was bei andern echt ist
Ist bei mir zu wasserblau
Aber über mir ist Himmel immer mausegrau
Ich lange nach dem Hilfetau
Doch Ostermundigen ist superrau

Und nein, ich bin kein Jammerjan
Ich bin drauf und dran
Zu werden im Geheimen ein Don Juan
Ich gehe dann zur Air Force One
Und trainiere mich zum Alles-sein-kann
Irgendwann bin ich mit Leben dran

Liebe Sprachmeer, schau
Momentan bin ich ein Chihuahuau
Ich sitze vorm TV
Wie vorm Goldabbau
Schaue ständig die *Sportschau*
Die Körper dort sind wow
Aber möchte sein kein Tyrann
Ich möchte sein: Das-Kind-das-dem-Eishexbann-entrann

Aber hab ich kein Know-how
Ich schwimm im Meer wie eingebüxter Kabeljau
In meinen Händen ist ein Megastau
Aus Vollradau
Und Feingespann
Das ich nicht abspann kann
Ich möchte werden Super-Pfau
Und haue alle in die Pfann
Ohne dass ich hau
Denn ich bin ein Oberfun
Den Grenzen sag ich Ciao
Ich schnalle mir das kleine Können an
Das Alte ist miau!

Grossmeers Gehäute

Grossmeer hat fünf Häute. Die erste Haut ist aus Reden. Das Reden ist eine Rüstung. Die Rüstung schützt sie vor ihren anderen Häuten. Die anderen Häute sind aus erster Rosmarie. Bis auf die letzte Haut. Magenhaut. Hungerwand. Grossmeer isst oft bei ihnen zu Hause. Meer und Grossmeer kämpfen dann miteinander. Sie reden gegeneinander an. Es geht darum, wer lauter spricht. Der Peer ist in seinen Häuten verschwunden. Das Kind muss zuhören. Irgendjemand muss ja zuhören. Was würde sonst mit den Menschen geschehen, wenn niemand zuhört?

Wenn Grossmeer und Meer reden. Wachsen ihre Münder über ihre Lippen. Wachsen ihre Münder über Kinn und Nase. Die Münder stülpen sich über ihre Schädel. Ihre ersten Häute sind ins Offene gekehrt. Das Innere glänzt wie rote Futterseide. Zwei Schlünde. Abgründe. Abgrün. Grauen. Zerren. Schreissen. Die zwei Mahlströme reissen das Kind entzwei. Welchem soll es seine Ohren schenken? Das Kind wird unsichtbar. Es schwindet. Es ist an einem schmalen Ort. In der Luft. So dünn wie Papier. Wie der Spalt zwischen Einbauschrank und Wand.

Schwalbe

Hallo, Schwalbe. Manchmal möchte ich doch lieber ein Junge sein, das fühlt sich besser an, und ich möchte laut sein und diese coolen Käppchen tragen dürfen und dreinschlagen dürfen. Ich habe heute Anna geschlagen, und dann hat sie geweint und gesagt, Einhörner schlagen nicht, und ich habe gesagt, Feen furzen auch nicht, und du furzt trotzdem, und ich wäre sowieso lieber die Fee, Einhörner sind doof, sie können nur dastehn und schön sein. Tamara hat gesagt, dass ich keine Fee sein kann, weil ich schlage, also bin ich böse, und dass es keine bösen Feen gibt. Aber es gibt böse Feen, böse Feen sind nämlich einfach junge Hexen, und wenn sie älter werden und mächtig, dann sind sie Hexen.

Peers Gehäute

Peer studiert die Geschichte von Meer Erde. Er steckt so tief in ihren Gesteinsschichten. Manchmal kommt er tagelang nicht heraus. Der Peer hat dann sieben Häute. Die erste Haut ist aus totem Hirsch. Die zweite aus Schweigen. Die dritte Haut aus Granit. Die vierte aus Schwere. Die fünfte Haut ist Kindheit. Die sechste aus Gottesangst. Die siebte Haut ist aus einer Zartheit. Die Zartheit ist die Zartheit eines Edelweissblütenpelzchens.

Manchmal sitzen Meer Peer Kind beim Essen. Manchmal fragt Meer den Peer etwas. »Wie war dein Tag?« Bis die Frage zu Peer durchgedrungen ist. Durch die sieben Häute gesickert ist. Hat die Meer schon den Abwasch gemacht. Das Kind zu Bett gebracht. Raucht im Garten eine Zigarette. »Mein Tag war gut.« Sagt der Peer der Küche.

Wenn Meer die Eishexe überkommt. Und der Peer schnell genug ist. Packt er das Kind. Und flieht mit ihm in den Hühnerstall. Er setzt das Kind auf die Knie. Und er erzählt dem Kind eine Geschichte. Der Peer muss eine Geschichte erzählen. Um seine Angst zu verdecken. Seine Angst vor der Eishexe ist riesig. Sie ist immer grösser als er. Das Kind hat immer Mühe. Sich auf die Hühnerstallgeschichten zu konzentrieren. Es wünscht sich einen Wunsch für Peer. Es wünscht ihm ein innerliches Sackmesser. Ein Messer im Bauch. Damit er seine sieben Häute aufschneiden kann. Von innen.

Wenn der Peer zu viel Kälte erwischt hat. Und vor sich hin starrt. Sagt das Kind: »Erzähl mir die Geschichte von der Tierhaut.« Dann erzählt der Peer die Geschichte des Pergaments. Dass man das früher aus Tierhäuten gemacht hat. Dass man das statt Papier benutzt hat. Dass das sehr teuer war. Dass man deshalb immer die oberste Schicht ausradiert hat und eine neue Geschichte draufgeschrieben hat. Dass man aber nie ganz alles ausradieren konnte. Dass sich die Haut an alles erinnert hat.

Meistens überspringt es eine Generation

Meer, Grossmeer und Kind sitzen im Garten. Das Kind darf in Urgrosspeers Herbarium blättern. Es darf das Herbarium nicht allein anschauen. Der Urgrosspeer hat alle Pflanzen selbst gesammelt. Meer trägt einen Rock. Ihre Beine sind voller Krampfadern. Es sind kleine blaue Schlangen unter der Haut. Wenn man draufdrückt, bewegen sie sich. Grossmeer hat keine einzige Schlange unter der Haut. Woher kommen Meers Schlangen? Meer starrt immerzu auf Grossmeers Beine. Meers Blick wird eine Bohnenstange. Meer trägt kaum je Röcke. Röcke sind so Frauensachen. Damit die Männer uns zwischen die Beine greifen. Meer trägt sonst immer Hosen.

»Du kommst nach meiner Meer«, sagt Grossmeer. »Sie hatte auch so grobe Hände. Sie war auch so aufbrausend.« Blick auf Meers Beine. »Sie hatte auch so viele Krampfadern. Das kommt vom Temperament. Du solltest sanfter sein. Eine Frau soll sanft sein.« – »Ich bin nicht Grossmeer. Und du bist ja selbst nicht sanft«, sagt Meer. – »Ich habe ja keine Krampfadern«, sagt Grossmeer. – »Ich bin sanft zum Kind«, sagt Meer. »Sanfter als du zu uns.« – Grossmeer lacht. »Man wählt sein Erbe nicht«, sagt Grossmeer. »Meistens überspringt es eine Generation.«

Die Stimme

Die Verwandten sind da. Onkel, Tanten, der ganze Kuchen. »Na, wie geht es dir, Kind?« Das Kind will etwas sagen. Es spürt den Blutbuchensämling im Bauch. Er wächst. »Du bist ein ganz

Scheues, was?« Es spürt seine Stimme. Etwas Spitzes in der Brust. »Wieso fremdelst du denn? Brauchst doch keine Angst zu haben.« Das Kind rennt in sein Zimmer. Es nimmt die Wasserfarben, Marke Caran d'Ache. Es möchte diese Dinge malen, die da in ihm sind. Die Stimme und den Blutbuchensprössling. Es zeichnet sich. Es nimmt einen schwarzen Stift für die Stimme und einen grünen für die Blutbuche. Es gelingt nicht. Das Kind wird wütend. Nichts gelingt ihm je. Es kann die Dinge nicht zeichnen, wie sie sind. Meint: wie sie für kleine Zauberkinder sind. Gemalt sieht alles immer so falsch aus. Vor Wut isst es die Wasserfarben. Sie sind weich und trocken und bitter.

Das Kind rennt zur Blutbuche. Seine Stimme hängt ihm weit zum Mund heraus. Viel zu laut. Es zückt das Sackmesser und schneidet sich die Stimme ab. Sie windet sich im Blutbuchenlaub. Ein gehäuteter Aal. Sie hat keine Augen. Aber sie hat alles gesehen. Das Blutbuchenlaub zittert. Es raschelt. Die Blutbuche hat eine Stimme wie tausend Geflüster. Das Kind läuft sich über. Es weint Wasserfarben. Sie mischen sich auf seinem Gesicht. Sein Gesicht ist eine wirre Palette. Es rinnt sich in allen Farben über das Kinn. Es möchte sich die Stimme zurückstopfen. Aber die Farben sind getrocknet. Sein Mund ist zugetrocknet. Wo der Mund war, sind jetzt farbige Streifen. Viel zu farbige.

Das Blutbuchenlaub zittert.

Fürchte dich nicht, kleines Tierlein, sagt das Blutbuchenlaub. Lass deine Stimme hier. Wir werden sie verwahren. Wenn du gross genug bist, kannst du hierherkommen. Und deine Stimme zurückholen. In einer schwierigen Situation muss man sich manchmal aufteilen.

Es hackt mit dem Sackmesser ein Loch unter die Blutbuchenwurzeln. Es legt seine Stimme hinein. Wenn ich gross bin, denkt das Kind. Werde ich zurückkommen. Und die Stimme wird mir alles sagen. Die Stimme hat ihre eigenen Augen. Es deckt seine Stimme zu. Das Blutbuchenlaub zittert. Das Zittern geht durch den Blutbuchenstamm. Das Zittern geht durch den Boden.

»Bärli, komm, Bärli, wo bist du, Essen. Was hast du denn gemacht? Hast ja den ganzen Garten an den Händen. Und die Sonntagshosen verdreckt. Schäm dich. Das Essen ist nur für Kinder mit sauberen Händen.«

Eine Hühnerstallgeschichte

»Deine Meer hat es nicht einfach, weisst du. Sie arbeitet für uns, während ich studiere. Das ist anstrengend. Zudem hat deine Meer eine Gabe.« Der Peer holt Luft. Auf seinem Schoss ist die Gartenschere. Sie ist riesig und rostig. Er hält sich fest an ihr. »Die Toten suchen sie auf. Sie ist ihnen nah. Sie versteht sie. Die Toten, die noch da sind, wollen nämlich reden. Sonst wären sie weitergegangen. Nicht alle können die Toten verstehen. Deine Meer versteht sie aber. Hat ein feines Ohr. Und sie sieht sie. Sie hat Augen, wo andere keine haben. Aber deine Meer will ihre Gabe nicht. So eine Gabe ist auch eine Verantwortung. Wenn man versteht, muss man auch zuhören. Wir haben es heute viel besser. Als unsere Toten. Sie haben gekrampft. Damit wir es einmal besser haben. Man wählt seine Gaben nicht. Eine Gabe ist immer auch eine Aufgabe.«

Die Eisblumen an den Hühnerstallfenstern verblühen. Das Holz knarzt. Das Eis beginnt, sich zurückzuziehen. Die Eishexe löst ihren Eiszauber. Das Kind sagt nichts. Vorsichtig gehen sie aus dem Hühnerstall.

Als sie im Haus sind, umarmt die Meer das Kind. Ihre Arme sind schon überraschend warm. Das Kind meidet aber ihre Augen, die immer noch voller Eis sind. Plötzlich sagt die Meer: »Es tut mir leid, dass ich manchmal so kalt bin.« Die Meer trägt das Kind nah an sich. »Ich möchte dir eine Geschichte erzählen. Als ich noch Kind gewesen bin, habe ich ein Plüschtier gehabt, das ist mein allerliebstes Ding auf der Welt gewesen. Wenn ich es bei mir gehabt habe, ist mir alles gelungen. Es ist ein Teddybär gewesen. Dieser ist schon sehr alt gewesen: Er hatte einer Tante gehört, der Irma. Ich hatte den Teddybären bei uns auf dem Dachboden gefunden. Der Teddy ist staubig gewesen, und ihm hat ein Aug gefehlt. Grossmeer hat gesagt: ›Den musst du aber selber waschen.‹ Ich habe den Teddy also selber gewaschen mit Gallseife in der Regentonne draussen beim Hühnerstall. Ich habe den Föhn genommen und den Teddybären geföhnt, bis er trocken gewesen ist. Dann habe ich ihn genommen und bin in den Garten. So, wie ich dich trage. Der Teddybär hat aus seinem einzigen Aug geschaut, wie frisch geboren. Und so bin ich durch den Garten und habe ihm die Welt gezeigt.« Das Kind schaut die Meer mit grossen Augen an. Die Meer trägt das Kind durch die Dämmerung. Sie schaut weg. Sie schaut in ihre Geschichte hinein.

Die Meer bringt das Kind zu Bett. »Das Ende vom Teddy.« Meer seufzt. »Der Teddy ist schon so alt gewesen, seine Haut aus Leinen ist fadenscheinig geworden, sie hat angefangen, sich aufzulösen. Ich bin sehr vorsichtig mit ihm umgegangen, aber habe ihn halt überallhin mitgenommen: in die Schule, auf den Sonntagsspaziergang, auf die Toilette, überall. Es hat bei seinem Mund angefangen. Plötzlich ist er aufgerissen, und sein Inneres ist rausgequollen. Er ist mit Bohnen aufgefüllt gewesen. Die Bohnen sind in den Dreck gekullert. Die Grossmeer hat gesagt: ›Mach kein Gescheiss.‹ Ich habe sie gebeten, Teddy zu flicken. Grossmeer ist gut im Flicken, das weisst du ja. Sie hat ihr Leben lang Socken geflickt, Pullover, Jacken, Hosen. Es wäre ihr ein Einfaches gewesen, Teddy zu flicken. ›Den kann man nicht mehr flicken. Du warst nicht vorsichtig. Du warst so grob.‹ Ich habe Teddy nie wieder gesehen.« Die Meer schaut das Kind an. Ihr Blick jagt dem Kind ein Grauen ein.

Die Meer singt dem Kind noch sein Lieblingslied:
»Es git ä Bueb mit Name Fritz
U dä cha renne wi dr Blitz
U dä cha renne wi dr Blitz
Är rennt, dä unerhört Athlet
So schnäll, dass me ne gar nid gseht
So schnäll, dass me ne gar nid gseht.«

Das Kind beschliesst, unsichtbar zu werden. Eine konstante Unsichtbarkeit zu werden. Damit es nicht mehr so unerträglich ist. Damit es nicht mehr so schwer ist. Nicht mehr so viel Raum einnimmt. Damit Meer ihre Matur fertig machen kann. Unsichtbar werden, nicht verschwinden. Das Verschwinden wäre wahrscheinlich schwierig für Meer. Das Unsichtbarwerden aber wäre eine Entlastung. Ich verspreche es dir, Meer. Ich werde unsichtbar.

»Und will er gäng isch grennt bis jitz
Het ne no niemer gseh, dr Fritz
Und ig sogar, dr Värslischmiid
Und ig sogar, dr Värslischmiid

Muess zuegä: Villicht gits nä nid
Muess zuegä: Villicht gits nä nid.«

Die Stimme der Meer lullt das Kind ein. Ihre Stimme sickert in sein Körperchen. Es knüpft sich die Stimme an die Stelle, wo seine war. »Guet Nacht, Bärli.«

»Meer?«
»Ja, Käferli?«
»Warum fehlt Peer so oft?«
»Seine Seele steckt eben in seiner Kindheit fest. Wie in einem Maulwurfgang.«
»Meer?«
»Was?!«
»Steckt deine Seele in der Kindheit fest?«
»Na, hör mal. Wer hält denn bitte diese Familie zusammen? Wer hält den Karren am Laufen? Ich kann mir das nicht leisten. Schlaf jetzt endlich.«

Warze

Die Meer badet das Kind. Sie singen zusammen. Die Wände werfen die Stimmen verknäuelt zurück. Das Kind verstummt, um sich wieder zu hören. Da spürt es den Blutbuchentrieb. »Was hast du denn da?«, fragt die Meer. »Was sind das für Knubbel?« Das Kind zieht den Fuss unter das Wasser. Die Meer zerrt den Fuss hoch. »Warzen«, sagt die Meer. Das Kind widerspricht nicht.

Am Tag darauf kommt die Grossmeer. Sie bringt einen Sack aus der Apotheke. Das Kind muss die Socken ausziehen. »Dornwarzen«, sagt die Grossmeer. Die Meer hält den Fuss fest. Die Grossmeer zückt einen Stift. Sie drückt den Stift auf den Fuss. Er ist so kalt, dass er heiss ist. Das Kind schlägt unwillkürlich aus. In Meers Gesicht. »Entschuldigung!« Zu spät. Meer zerbrochen. Die Eishexe im Anflug. Meer kämpft. Sie steht auf und geht. »Ich bin ganz lieb!«, ruft das Kind. »Ich schlage nicht mehr aus! Ich ziehe das Pischama immer ganz schnell an! Ich wecke dich nie mehr beim Mittagsschlaf!« Die Grossmeer schaut das Kind an. »Nun schau, was du angerichtet hast.« In ihrer Stimme lodert Feuer. Plötzlich versteht das Kind die Eishexe. Wie sonst kommt man gegen einen Drachen an. Wenn man sich nicht aus Eis macht. Der Stift zischt auf dem Fuss.

Eine Woche später sind die Warzen wieder da. Sie wachsen schnell. Sie schmerzen beim Gehen. Wie kleine Reissnägel. Sie drücken sich immer weiter rein. »Das sind keine normalen Dornwarzen«, sagt die Grossmeer. »Schau, wie braun die sind! Und so hart. Holzartig.« Die Grossmeer nimmt ein Messer. Hält es in eine Kerze. Das Messer wird schwarz im Feuer. Dann rot. Dann gelb. Dann schneidet es zu.

Meer beginnt, einen Trank zu brauen. »Sud« nennt sie ihn. Plötzlich hat sie einen Zettel. Woher hat sie den Zettel? Sie geht durch den Garten damit. Bückt sich über Kräuter. Reisst sie mitsamt Wurzeln aus. »Der Sud muss einen Mondzyklus lang kochen. Das ist ein Heilsud. Dann weichen wir deine Warzen darin ein. Dann schneiden wir sie heraus. Dann tun sie dir nicht mehr weh. Gell, Bärli.«

Meersprache

Die Meer macht Sirup. »Ist da Johannisbeere drin?«, fragt das Kind. Es bekommt einen Blick von der Meer. – »In der Meersprache heisst das ›Meerträubelchen‹«, sagt sie streng. »Woher hast du denn dieses Wort?« – »Die Lehrerin hat das Wort benutzt«, sagt das Kind. »Dass du mir aber nicht Berndeutsch verlernst. Berndeutsch ist nämlich deine Meersprache. Gäu?«

Das Kind hat ein Bild von der MEERSPRACHE: Sie ist eine riesige Spinne. Grösser als alle Berge aufeinandergelegt. Es nennt sie die SPRACHMEER. Wenn Babys auf die Welt kommen. Haben sie keine Zunge. Sie können noch nicht sprechen. Die Zunge kommt von der SPRACHMEER. Sie schneidet sich jedes Mal die Zunge ab. Wenn ein Kind geboren wird. Ihre Zunge wächst sofort nach. Sie ist an einem Faden an die Sprachmeer angemacht. Sie ist winzig. Die Zunge kriecht den Babys durch die Ohren. In den Mund. Wenn sie schlafen. Sie können sich nicht wehren. Und wenn man dann stirbt. Und unter die Erde kommt. Kriecht die Zunge einem aus dem Mund. Sie kriecht am langen, dünnen Faden zurück zur Sprachmeer. Deshalb bindet man den Toten den Mund zu. Damit die Zunge erst später zurückkriecht. EIN MENSCH IST NICHTS OHNE SEINE MEERSPRACHE. Die Meersprache ist kein Zuhause. Sie ist eine Drohung.

Die Geschichte von der Frau, die jemand werden wollte, oder die Geschichte, die das Kind der Blutbuche erzählt hätte, um eine Blutbuche zu werden, wenn es denn die Worte dafür gehabt hätte

Es war einmal eine Frau. Sie wollte aber keine Frau werden. Sie wollte jemand werden. Sie wollte die Matur machen. Und dann studieren. Um jemand zu werden als Frau, braucht man eine Rüstung. Sie schmiedete sich eine Rüstung aus Eisstahl. Es trug sich aber zu, dass sie einen Maulwurf kennenlernte. Der Maulwurf grub sich durch ihre Rüstungen. Bis ins Herz. Dort setzte er seinen Samen. So kam der Sämling auf die Welt. Er war halb ein Maulwurf und halb eine Frau. Die Frau verkleidete ihn als Kind. Das Kind lernte erst spät sprechen. Es musste zuerst schreiben lernen: Es schrieb jedem Wort ENTSCHULDIGUNG auf den Rücken. Seine Sprache war eine Entschuldigungssprache. Es fürchtete sich vor der Meersprache. Denn die Meersprache schaute mit den Meeraugen. Und die Meeraugen sahen nicht das Kind. Sondern den Grund, warum die Frau eine Frau wurde. Und nicht jemand.

Sieben Wörter

Das Kind steht zu Hause vor dem Spiegel. Es übt den Sportsitz des Peers. Wenn sie bei Grossmeer zu Hause sind. Schauen das Kind und der Peer Fernseh. Sie schauen Sport. Hände auf Oberschenkel. Ellenbogen raus. Möglichst viel Raum einnehmen. Die Schultern entspannt. Hin und wieder der Griff zur Hosenbeule.

Drücken. Kratzen. Zurechtrücken. Hmpf. Grr. Sich von nichts verzücken lassen. Der Peer nimmt sich bei jedem Besuch einen Körper voll Sport. Und rettet diesen harten Körper nach Hause. Einzig an der Eishexe zerbricht diese Hartheit.

Das Kind greift sich zwischen die Beine. Es rückt zurecht, was das Zeug hält. Es gelingt dem Kind nicht. Das Ganze bleibt ein Theater. Das Kind bleibt etwas Flüssiges. Manchmal muss es sich schlagen. Wenn es zu sehr hin und her mäandriert. Oder es beisst sich in den Arm. Oder es drückt eine Gabel in seinen Bauch. Oder eine Nadel unter die Fingernägel. Oder drückt den Handrücken an eine Wand. Und geht die Wand entlang. Damit es vom Wassersein zurück in seine Haut kommt. Es drückt sich ins Zugewiesene zurück. Wie man Mailänderliteig in die Keksform drückt. Am Schluss. Wenn es nichts mehr auszustechen gibt. Nur noch Teigreste gibt. In denen die Butter schon schmilzt. Es weiss, es ist nicht anständig. Fast geschmolzene Teigreste zu sein. Sich aus dem Menschsein zu verdünnisieren.

Das Kind versteckt sich zwischen den Himbeerstauden. Es spürt das Land. Das Land wächst lautlos. Der unsichtbare Kaiser geht unter der Erde. Er macht das Land. Er hat die Berge ausgehöhlt. Und plant dort seine Feldzüge. Er pflanzt das Licht in die Sonne. Und die Früchte in die Felder. Und das Leben in die Körper. Und die Milch in die Kühe. Und das Wasser in die Hähne. Und die Bärte in die Männer. Und die Brüste in die Frauen. Er streckt seine Hände nach dem Kind. Seine vielen rankigen, drahtigen, fleischigen, ausweglosen Hände. Es muss sich endlich entscheiden.

Liebe Himbeeren. Könnt ihr mir helfen? Die Kinder in der Schule machen sich lustig über mich. Manchmal bin ich ein Junge und manchmal ein Mädchen. Aber du kannst nicht beides sein.

Es wartet. Es geschieht nichts.

Und wenn ihr da keine Hilfe seid. Könnt ihr mich unter die Erde ziehen? Könnt ihr mich unsichtbar machen?

Das Kind spürt die Häuser rundherum. All die Einfamilienhäuser. Sie neigen sich über das Kind. Es spürt ihren vielfenstrigen Blick. Den Einfamilienhäuserblick, diesen rechtwinkligen, von Geranien umrankten Blick. Die Einfamilienhäuser quellen über vor lauter Familie. All diese Lieblichkeit. Diese grauenvolle Lieblichkeit. Meer Peer Kind fertig. Und es? Was wird aus ihm später? Wenn es kein Kind mehr sein kann? Die Himbeeren sind still. Das Kind berührt ihre langen Finger. »Himbeeren?« Sie antworten nicht. Die Kinderhand ist voller feiner Dornen.

Das Kind rennt ins Haus. Da ist nur Grossmeer. »Was ist denn los, Bärli?« Das Kind kann nur weinen. Es rennt in die Arme der Grossmeer. Ihre Haut ist faltig und fein. Als es sich beruhigt hat. Fragt sie noch einmal: »Was ist passiert, Käfer?« – »Die Himbeeren antworten mir nicht mehr. Normalerweise sprechen sie mit mir.« – »Normalerweise sprechen sie mit dir?« – »Ja.« – »Dann musst du dich nur etwas gedulden. Die sind etwas launisch.« – »Grossmeer?« – »Ja, Bärli?« – »Kannst du mir eine Geschichte erzählen? Aber sie muss wahr sein. Von früher zum Beispiel. Aus deiner Kindheit.« Die Grossmeer schweigt lange. »Ich kann dir nichts aus meiner Kindheit erzählen. Ich erinnere mich kaum an meine Kindheit. Ich erinnere mich nur an den Garten. Aber das habe ich dir schon alles gesagt. Ich kann dir von meinem Grosspeer erzählen. Der hatte siebzehn Kinder. Das war vielleicht eine Arbeit, siebzehn Münder! Da blieb keine Zeit fürs Geschichtenerzählen. Einmal beim Znacht sass da ein Mädchen. Mein Grosspeer fragte: ›Wer bist denn du?‹ Das Mädchen antwortete: ›Aber ich bin euer Kind.‹«

Das Kind schweigt. »Das ist ja. Traurig ist das.« – »Käferli«, sagt die Grossmeer. »Wieso machst du immer so kurze Sätze? Wieso brichst du immer deine Sätze so ab? Das ist doch nicht gesund, das.« – »Versprichst du mir. Dass du Meer nichts sagst? Großes Ehrenwort?« – »Ja.« – Das Kind nimmt seinen ganzen Mut zusammen. »Ich bin verzaubert. Die Eishexe hat mich verflucht. Ich darf nicht mehr als sieben Wörter. Auf einmal sagen.« Die Grossmeer stösst das Kind zu Boden. »Du solltest dankbar sein. Meine Meer hat mich nie umarmt.« – »Grossmeer, du musst mir helfen! Die Eishexe will meine Füsse abschneiden! Sie will sie in ihrem Zaubertrank kochen! Die Blutbuche will mir ihre Kraft geben! Aber das will die Eishexe nicht! Dann bin ich nämlich stärker als sie! Dann kann sie mich nicht mehr kontrollieren! Sie will mich forthaben. Dann muss sie nicht mehr kochen! Für mich waschen! Putzen! Einkaufen! Bügeln! Arbeiten! Schlaflieder singen! Mich mit Samthandschuhen anfassen! Krampfen! Flicken! Geburtstagskuchen backen! Fieber messen! Von der Schule abholen! Die Zahnfee spielen!« – »Du undankbarer Saugoof! Mit deiner kranken Fantasie! Geh in dein Zimmer!«

Die Orchideen und die Geschichte der Orchideen und die Knabenkräuter, die zu den Orchideen gehören und die der Urgrosspeer gesammelt hat, und der Wunsch des Kindes

Einmal gehen sie in die Berge. Peer Meer Kind. Peer und Meer streiten. Der Peer geht voraus. Das Kind nimmt Meer an die Hand. Die Hand ist hart wie ein Berg. Das Kind zeigt auf dies und das. Schau, wie schön, sagt es. Meer hat keinen Blick in ihren

Augen. Als sie sich hinsetzen, um zu essen. Hat die Meer wieder einen Blick. Der Blick ist ein Messer. Sie deutet auf eine rosarote Blume. »Das ist ein Knabenkraut«, sagt Meer. »Das war die Lieblingsblume deines Urgrosspeers. Weisst du, wieso es ›Knabenkraut‹ heisst?« Das Kind schüttelt den Kopf. Meer gräbt die Pflanze aus. Die Pflanze riecht nach Vanille. Sie hat zwei runde Knollen. Eine pralle, helle. Und eine runzlige, dunkle. »Weil sie Hoden hat«, sagt die Meer. Sie lacht wie eine Hyäne. »Die Männer sind so verliebt in ihr Geschlecht, sie meinen, die Natur will sein wie sie.« Die Meer schmeisst die Blume ins Gebüsch. Sie schmeisst dem Peer einen Blick an. Bevor sie weitergehen, sagt das Kind: »Ich muss pinkeln.« Es geht zum Gebüsch. Es packt die zwei Knollen in seinen Sack.

Zu Hause geht es in die Blutbuche. Es bleibt lange stehen. Bis die Käfer es für Blutbuchenrinde halten. Und die Amsel für ein Klo. Und die Blutbuche für einen Laubabladeplatz. Das Kind bleibt, bis es ganz unsichtbar ist. Dann geht es heimlich zum Herbarium des Urgrosspeers. Es findet die Pflanze. Urgrosspeer hat viele davon gesammelt.

Geflecktes Knabenkraut
Soldaten- oder Helm-Knabenkraut
Manns-Knabenkraut
Bleiches Knabenkraut
Purpur-Knabenkraut
Übersehenes Knabenkraut
Holunderknabenkraut

Darunter hat er geschrieben: »Knabenkräuter wachsen meist auf ungedüngten Feuchtwiesen. Die meisten Knabenkräuter sind mittlerweile selten in unseren Breitengraden, besonders das Holunderknabenkraut. (Dieses habe ich in Bayern gefunden.)

Lange Zeit hielt sich der Aberglaube, dass Frauen, die die saftigere Knolle essen, einen Knaben gebären. Bei den Griechen gibt es die Geschichte von Orchis, ein wunderschöner, jedoch ungestümer Jüngling, der einer Frau zu nahe kam. Der Zorn der Götter traf ihn sofort, er wurde von wilden Tieren zerrissen. Eine Göttin hatte jedoch Mitleid und verwandelte ihn in eine Pflanze. Sein wohlgestalteter Körper blieb über der Erde, nur die Hoden, die Wurzeln seiner Männlichkeit, die ihn auch zum Unheil bewegt hatten, wurden unter die Erde verbannt.

Orchideen sind eine junge Familie. Deshalb sind die Arten noch sehr instabil. Sie hybridisieren sehr gerne untereinander. Die Bestimmung ist deshalb nicht einfach.«

Das Kind versteht nicht viel. Es versteht »Feuchtwiese«. Das Kind versteckt die Knollen. Es legt sie unter seine Socken. Manchmal schaut es sie an. Bald ist auch die pralle Knolle schrumpelig. Eines Tages sind sie plötzlich verschwunden. Das Kind geht in den Keller. Es geht zu den Einmachgläsern. Es wirft ein Glas Kirschen zu Boden. Kirschen sind die Lieblingsfrüchte der Meer. Das Kind geht in den Garten. Es legt sich auf den Rücken. Es spürt die ganze Erde. Es verwandelt sich. Grr. Hmpf. – Nein. Fertig, Hmpf. Kein Grr. Un-Grr. Unger. Ungeheuer. Sumpf. Kommt. All ihr Gefährdeten. All ihr instabilen Arten. Ich bin eine gute Erde, ich bin ein Sumpf, eine Feuchtwiese. Kommt in mich. Ich behüte euch. Ich werde eine Frau werden. Und nur insgeheim werd ich einen Garten ziehen. Tief in meinem Bauch. Einen Garten voller Knabenkräuter, und diesen Garten wird niemand sehen. Und wenn ich sterbe und man mich begräbt, werden eure Blüten blühen. Ihr werdet aus mir heraussteigen und in die Welt hinausgehen, ihr werdet fast aussehen wie Menschen, und wenn man euch fragt: ›Wer waren eure Eltern?‹ Dann werdet ihr nichts sagen. Ihr werdet nach Vanille riechen. Und alle Unblumen werden euch pflücken wollen.

Ein Märchen

Ich war einmal ein kleines Kind, dem sind der Peer und die Meer fortgestorben, und das war so bitterarm, das hatte kein Kämmerchen zum Wohnen und kein Bettchen zum Schlafen und gar nichts mehr ausser den Kleidern am Körper und ein Stück hartes Brot in der Hand, es war aber gut und fromm, und so ging es im Vertrauen auf den lieben Gott, der alles sieht, der wirklich alles, alles sieht, und da begegnete ihm ein armer Mann, und der sagte: »Ach, gib mir was zu essen, ich bin so hungerig«, und da reichte das Kind ihm das Stückelchen Brot und sagte: »Gott segne dir's«, und es kam in einen dunkelen Wald, und es war schon düster geworden, da kam ein Kindelein und bat um ein Hemdelein, und das fromme Kind dachte: Es ist dunkle Nacht, da sieht dich niemand, du kannst wohl dein Hemd weggeben, und dann zog es das Hemd ab und gab es auch noch hin, und wie es so mutterseelenallein im Wald stand und nichts als Bäume da waren und es gar nichts mehr am Leib hatte, da kam ein bleicher Schemen, ein kleiner Geist, der sagte voll Bitterkeit, ein böser Ritter habe ihn erschlagen, nun habe er keinen Körper mehr und zu Hause aber warte sein kleines Brüderchen, das sonst niemanden habe, und das Gespenstchen bat sehr lieb um das Körperchen des kleinen Kindes, nicht um seinetwillen, sondern um des Brüderchens willen, und da gab das kleine Kind auch sein Körperchen hin, denn es hatte niemanden, nicht einmal ein Brüderchen, zum Umsorgen. Und wie es da unter den hohen Bäumen war und nichts mehr war und nichts mehr hatte ausser seiner Seele, da fing es an zu regnen, bis der ganze Himmel auf die Erde geregnet war. Und als die Erde ein einziges Meer geworden war, da löste sich das Kind auf und war ein Teil des Meeres. Und wenn es nicht gestorben ist, so ist es noch heute Teil davon, ein unsichtbarer Tropf im Meer.

Was sein Körper wusste

Meer war arbeiten. Jetzt liegt sie im Wohnzimmer. Erschlagen, wie sie sagen würde. Sie schläft so tief. Das ganze Sofa zittert ihren Atem mit. Das Kind sitzt im selben Zimmer. In der fernsten Ecke. Es macht »Scherenschnitte«. Kratzt Feenfunken ins Schwarzpapier. Es kratzt so vorsichtig. Dass es selbst nichts hört. Es macht einen Wärmezauber in den Funken. Es wird den Funken Meer geben. Damit sie gegen die Eishexe kämpfen kann. Es konzentriert sich ganz auf die Hexerei. Da fällt ihm das Sackmesser runter. Meer schreckt auf. Ihr Blick ist eine Faust aus Gletscher. Ist so hart. Dass der Kindskörper einen Schrei macht. Aber die Faust bohrt sich ins Kind. In seinen Mund. Dass der Schrei die Richtung ändert. Der Schrei rennt tief in seinen Körper. Das Kind rennt in den Garten. Der Schrei schreit durch alle Innereien. Sein ganzer Körper zittert. Es fällt in seine eigne Mitte. Es steht unter seinen Rippenbögen. Hoch wie Kathedralenpfeiler. Im Boden ist ein Loch. Im Loch eine Wendeltreppe. Unten an der Wendeltreppe ein Licht. Es ist ein winzig kleines Licht. Das Licht liegt sehr, sehr tief. Das Kind steigt hinunter. Es geht aufs Lichtlein zu. Da sieht das Kind auch, was es ist. Es ist sein Leben. Es nimmt sein Leben in die Hände. Es schöpft es aus der Tiefe wie eine Kaulquappe. Das kleine Leben drückt sich ganz nah an die Haut des Kindes. Da weiss das Kind. Weiss, was seine Innenheit schon immer wusste. Da nimmt das Kind seine grösste, seine allergrösste, feinste Zartheit hervor, gibt sie dem kleinen Lichtlein zu essen und sagt ihm: »Ich kann dich leider nicht hochnehmen, kleiner Funke, du musst dich weiter verstecken. Sie würde dich auslöschen.«

Das Kind schaut durchs Fenster. Meer ist wieder eingeschlafen. Es geht zur Kellertür. Es zieht seine Schuhe ab. Es zieht seine Socken ab. Es zieht seine Füsse ab. Es wird eine Unwahrnehmbarkeit. Es zieht durchs Haus. Nicht einmal die Orchideen sehen es. Es geht hinaus. Es geht zum Blutahorn. Nimmt ein Blutahornblatt. Geht weiter, nimmt ein Aprikosenblatt. Nimmt ein Baumnussbaumblatt. Nimmt ein Eschenblatt. Nimmt ein Blutbuchenblatt. Geht zur Stelle, wo die Trauerbuche war. Es gräbt ein Loch mit seinen Händen. Es legt hinein:

gewisse Zeichnungen
einige Wasserfarbenstifte
drei Scherenschnitte aus Schwarzpapier,
    unter anderem den unfertigen Feenfunken
das Wort VERBERGEN,
    mit allen seinen Bedeutungen
ungefähr sieben Mundvoll Spucke
die sechs gepflückten Blätter

Das Kind weiss, was sein Körper immer wusste. Meer will dem Kind ans Leben. Es hat sie enttäuscht. Es hat versucht, unsichtbar zu werden. Aber es gelang ihm nicht. Selbst unsichtbare Kinder machen Lärm. Selbst wenn es keine echten Menschenkinder sind. Selbst wenn es Menschenbärchen sind. Zweibeinhäschen Kinderkäfer ungezogne Möbel. Nun wird sie es töten wollen. Sie wird die Eishexe schicken. Sie wird sagen, es war die Eishexe. Unsichtbar zu werden, reicht jetzt nicht mehr. Das Kind wird nun beginnen, zu verschwinden. Und es weiss. Wenn der Verschwindungszauber nicht klappt. Dann muss es ganz weg. Sonst wird es weggemacht. Es gräbt seine wenigen Gegenstände zu. Dann singt es sein Lieblingslied. Es git ä Bueb mit Name Fritz. U dä cha renne wi dr Blitz. U dä cha renne wi dr Blitz. Är rennt, dä unerhört Athlet. So schnäll, dass me ne gar nid gseht. So schnäll, dass me ne gar nid gseht. Und will är gäng isch grennt bis jitz. Het ne no niemer gseh, dr Fritz. Und ig sogar, der Värslischmiid. Muess zuegä: Villicht giz nä nid. Muess zuegä: Villicht giz nä nid. Aber ich war hier.

Urgrosspeer

Der Umweg ist jetzt zum Heimweg geworden. Das Kind steht vor dem Haus. Der Garten ist eine Eiswüste. Es geht zur Blutbuche. Sie antwortet nicht. Sie ist eine Eisbuche. Das Kind möchte den Eiszauber lösen. Es beginnt, ein Feuer zu formulieren in seinem Mund. Doch bald schon hört das Kind auf. Es geht nicht. Wenn es die Blutbuche auftaut. Merkt das die Eishexe. Merkt sie, wie gut das Kind zaubern kann. Nicht nur den kurzfristigen Auftauzauber für Meer. Aber sie darf das nicht merken. Das Kind muss seine wahre Hexenkraft verstecken. Und im Verborgnen wachsen lassen. Bis es so stark ist, dass es die Eishexe bannen kann, wie sie die schwarze Spinne im Balken gebannt haben, mit einem einzigen Zauber, mit einem glühenden, all seine Magie bündelnden Bannspruch, der die Eishexe ein für alle Mal auftaut und die gefangene Wasserhexe befreit aus ihrer Eisstarre, aber an diesem

Befreiungszauber – das spürt es ganz genau – muss es noch lange Jahre schmieden und üben und formulieren, denn es weiss, dass es nur eine einzige Chance hat, der Eishexe direkt gegenüberzutreten und sein wahres Wesen zu entbergen, seine ganze Hexennatur zu zeigen, seine ganze Lebenskraft gegen sie anzuwenden. Denn wenn dieser Heilzauber nicht als Überraschung funktioniert, dann gletscherisiert die Eishexe auch das Kind. Dann wird es ein Eiskind.

Das Eis verzieht sich langsam. Wird ins Haus gezogen. Nach einer Weile kommt Meer heraus.

»Wo warst du«, sagt sie streng.

»Ich war hier«, sagt das Kind. »Woher kommt eigentlich der Winter? Wo ist der im Sommer?«

»Der Winter geht in den Süden, wie die Vögel. Und dann kommt er wieder hoch.«

»Und wir? Woher kommen wir?« Sie nimmt das Kind an die Hand.

»Dein Urgrosspeer ist zu siebzehnt gewesen, er der Älteste. Ein Bauernhaus im Appenzell. Er hat mir eine Fotografie gezeigt, ein Negativ: das Bauernhaus im Appenzell, ein Spielklötzchen auf einem Hügelzug vor Hügelzügen. Die Hügelzüge sind weiss, das Bauernhaus weisser, der Himmel dunkel, die Wolken schwarz. DAS HEIMETLI. Er ist zu arm gewesen, um eine Lehre zu machen. Mausbettelarm. Sein Peer ist in den Alkohol gegangen. Dein Urgrosspeer ist ins Süddeutsche, der Arbeit nach. Für zehn Rappen mehr die Stunde hat er die Stadt gewechselt. Er hat alles nach Hause geschickt, er hat die Rolle seines Peers übernehmen müssen. Er hat eine extreme Strenge gehabt. Deine Urgrossmeer hat den Urgrosspeer erst nicht heiraten wollen. Dann hat sie es doch getan. Wenn du echte Männerhände abtust, bist du entweder dumm oder blaublütig. Dann ist der Urgrosspeer arbeitslos geworden, Männerhand hin oder her. Urgrossmeer hat noch Arbeit gehabt, zwei Arbeiten: Seidenspinnerin und in der Schokoladenfabrik. Sie haben gespart. Dann haben sie sich dieses Stück Land gekauft.«

»Dein Urgrosspeer hat dieses Haus eigenhändigst gebaut, 1927, Wirtschaftskrise. Sie sind wieder Bauern gewesen. Der Garten und dein Urgrosspeer wurden eins. Man hat den Garten gepflegt, wie wir heute unsern Körper pflegen. Es ist immer die eine Frage gewesen: Wie überwintert man? Er hat die Beete mit Setzhölzchen und Schnur abgemessen, deine Urgrossmeer hat helfen müssen. Er hat ihre Beete mit dem Zentimetermass nachgemessen. Wenn es nicht genau gestimmt hat, dann hat er ihr das Beet vertrampt, und Urgrossmeer fing noch mal an. Dein Urgrosspeer hat einen Fruchtfolgeplan gemacht: welche Pflanze wo wächst. Er hat alles verzeichnet. Das Verzeichnis von den Erdäpfeln: welche Sorte, wie viel Kilo, das Verzeichnis von den Äpfeln, das Verzeichnis von den Hühnern. Das letzte Eierverzeichnis ist noch da.«

»Wo?«, fragt das Kind. Die Meer geht zum Hühnerstall.

»Hier sind die Namen der Hühner, hier die Wochentage. Und hier das Total der ganzen Woche, hier des ganzen Jahres. Zum Beispiel: Agatha hat in der ersten Woche drei Eier gelegt, Susi sechs. Susi hat mit Abstand am meisten gelegt. Susi ist Urgrosspeers liebstes Lieblingshuhn gewesen. Vreni fünf, Romy zwei, Emmy vier.«

»Wieso hört Romy hier auf?«, fragt das Kind. Es deutet auf die Mitte der Tabelle. »Sie ist alt geworden«, sagt Meer. »Wenn die Hühner alt werden, legen sie keine Eier mehr. Dann werden sie Suppenhühner. Man kocht sie. Vor den Hühnern haben sie Kaninchen gehabt, aber die hat der Urgrosspeer nicht töten können.

Sie sind zu niedlich gewesen. Deshalb haben sie dann Hühner gehabt.«

»Die konnte er töten«, sagt das Kind. Meer nickt. »Weil sie kleinere Augen haben«, sagt das Kind. »Dann sieht man nicht so ins Seelenwesen.«

Sie treten aus dem Hühnerstall. »Ich habe Urgrosspeer nur ein Mal weinen sehen, und zwar als Susi gestorben ist. Ein Fuchs. Urgrosspeer ist hier vor dem Hühnerstall gesessen, im Dreck, nachts. Er hat den Fuchs gehört, aber er ist zu spät gekommen. Urgrossmeer ist da gestanden mit der Laterne. Urgrosspeer ist da gesessen mit Susi auf dem Schoss. Die Hände voll Blut, es ist so viel Blut in so einem Huhn. Urgrossmeer hat gesagt: ›Ihr passt ja zusammen. Du und Susi. Du Heulsusi.‹«

»Und dann?«, fragt das Kind.

»Dann hat er sie so vermöbelt, dass sie in die Kur gemusst hat.«

»Im Keller sind flache Finger gehangen: aufgefädelte Bohnen. Im Gemüsekeller hat man die Erdäpfel vergraben. Einmal im Monat hat es Fleisch gegeben, und zwar am Zahltag. Aber kein gutes Fleisch, es hat Cervelatwurst gegeben, eine pro Mund. Das ist Luxus pur gewesen. Das Harte aber ist der Frühling gewesen, denn da hatte man alles aufgegessen und noch nichts Neues zum Ernten. Ausser Bärlauch Brennnesseln Lindenblättern Löwenzahn. Der ganze Garten hat herhalten müssen fürs Gemüse. Nur am Rand hat der Urgrosspeer ein paar Blumen erlaubt. Die Urgrossmeer hatte die Ränder zu beblumen, ein zweiter Zaun aus Tulpen Geranien Hyazinthen und Rosen: weisslich gelbe Blüten, wie Vanilletörtchen. Wie die gerochen haben. Nach dem Parfüm feinster Madammen.

Hier ist der Apfelbaum SUURGRAUECH gestanden. Hier der AARGAUER HERREÖPFU, hier die WINTERZITRONE, hier die FROU ROTACHER, hier der JONATHAN. Und hier das selbst gebaute Gewächshaus. Von den Tomaten und Himbeeren hat Grossmeer kein einziges Mal essen dürfen, die hat man dermassen brandschwarzteuer verkaufen können. Jede selbst gegessene Frucht ein Verlust.

Trotzdem, man hat kein Geld für den Arzt gehabt. Die Urgrossmeer ist oft krank gewesen. Sie hat diesen riesigen Kropf gehabt, ein Beutel aus Haut am Hals, gross wie eine Faust. Wenn sie mich auf den Schoss genommen hat, habe ich immer Angst gehabt, dass er aufspringt. Er hat mich an einen Babykopf erinnert. Nackt und ganz feine Haut. Ich habe gewusst, das hat mit Urgrossmeers Sätzen zu tun: Sie schluckt alle runter, davon hat sie so einen dicken Hals. Ich habe gewusst, wenn man das aufschneidet, dann gibt es eine unglaubliche Sauerei. All das Runtergeschluckte.«

»Deine Grossmeer hat acht Geschwister gehabt, davon zwei Tote. Die erste Rosmarie und die Totgeburt. Obwohl er scherenschleiferarm gewesen ist, hat dein Urgrosspeer für jedes lebendige Kind einen Baum gepflanzt:

Für Robert diese Birke. Für Phillip diesen Blutahorn dort. Für Benoit den Aprikosenbaum an der Hauswand. Für Moritz den Baumnussbaum. Für Hans-Peter eine Esche. Für Grossmeer die Blutbuche. Und für Irma eine Trauerbuche. Irmas Trauerbuche hat man aber gefällt. Sie ist dort gewesen, wo jetzt diese Delle ist. Ich weiss nicht, wieso die gefällt worden ist. Grossmeer spricht nicht darüber.«

»Wo sind Phillip und die anderen Männer?«, fragt das Kind.

»Robert: Herzinfarkt. Phillip: Indien. Benoit: Herzinfarkt. Moritz: verschwunden. Und Hans-Peter: Herzinfarkt.«

»Urgrosspeer hat sich für Pflanzen interessiert. Nicht nur Nutzpflanzen, auch schöne, Ziergehölz, Parkbäume und besonders für

Buchen. Rotbuchen Süntelbuchen Blutbuchen. Er hat die teuren Bäume bestellt, obwohl er es sich eigentlich nicht hat leisten können. Er hat einen Notbatzen bewahrt, den er vor Urgrossmeer geheim gehalten, mit dem er die Bäume bezahlt hat. Und die Geraniums. Er hat Geranium neben den Parkbäumen das Schönste auf der Welt gefunden. Wenn er nicht hat schlafen können, ist er durch das Quartier und hat selbstgezogene Geranien gepflanzt. In die Vorgärten, auf Kreiseln, unter Bänken, unter Büschen, am Strassenrand. Er hat die Schweiz das allertollste Land der Welt und die Schweizer die allertollsten Menschen gefunden. Man hat sich nicht mit anderen Ländern mischen dürfen«, sagt Meer. »Dein Urgrosspeer ist noch hier gewesen, ich habe ihn noch gespürt. Er ist noch im Haus gewesen, in den Pflanzen. Weisst du, die Dinge verschwinden nicht einfach. Ich habe ihn nachts im Gebälk gehört. Er hat ›zum Rechten‹ geschaut. Als wir frisch eingezogen sind, hat es manchmal an der Haustür geklopft. Man hat geöffnet, aber man hat niemanden gesehen. Ich habe gewusst, das ist er. Er hat so eine Bestimmtheit gehabt. Ein Gefühl wie ein alter Schürhaken in der Hand. Kalt und schwer und schnell gefährlich. Das habe ich auch immer vor der Tür gehabt. Einmal habe ich gerufen: WIR SIND JETZT HIER. DU BIST TOT. GEH WEITER. Danach hat er Ruhe gegeben.«

Zusammenfliessen

Einmal war das Kind mit Meer spazieren. Es weiss nicht mehr, wann das war. Es muss einmal geschehen sein. Sie liefen durch den Wald. Meer und das Kind. Es hielt Meers Hand. Und Meer auch. Sie hielt sich an ihrer Hand fest. Sie hatte Angst vor der

Eishexe. Die Hand war kein Körperteil. Sondern eine Brücke zwischen Eis und Kind. Aber dann war da der Wald. Er ging auf. Um sie herum. Dann war der Wald ein Lichtmeer. Aus Grün und Summen und Harz. Und Meer und das Kind liessen los. Aber sie wurden nicht fern voneinander. Und die Hand wurde wieder Körper. Und sie sprangen durch den Wald. Bis sie zum Fluss kamen. Und der Fluss war warm. Und er glitzerte. Und flüsterte. Und Meer und das Kind sprangen. Es war kühl, aber nicht kalt, und sie kreischten, und Meer tauchte unter, lange. Dann tauchte die Wasserhexe auf, nahm das Kind und tauchte es auch unter. Sie lehrte das Kind das Fliegen, das Dahinschweben über dem Flussboden. Das Öffnen der Augen, wo sonst keine Augen sind. Das Hinhören, auf das Kräscheln der Kiesel, das Trinken des Lichts, das Reden mit den Steinen, das Abschrauben der Haut, damit die Welt hineinkann, das heisst, damit das Wasser in das, was landläufig das »Innen« genannt wird, hineinströmen kann und die Pflanzen tränken, die im Kind wachsen, und das Kind spürte jetzt klar, was es vorher dumpf gewusst hatte: woher seine Kraft kommt. Dass das nämlich eine Wassermagie ist, ein Strömen, ein Fliessen.

Letzte Geschichte

Peer schweigt. Meer isst nichts. Peer isst. Meer schaut das Kind an. Peer schaut die Kalbsnierstücke an Senfsauce an. Die Kalbsnierstücke an Senfsauce sind glatt. Sie glitzern düster wie Schnecken. Das Kind isst die Kalbsnierstücke an Senfsauce. Sie kriechen heimlich rückwärts seine Magenwand hoch. Meers Pupillen kriechen in die Augenwinkel des Kindes. Meer, bitte iss mich nicht. Auf dem Tisch stehen Pfingstrosen. Sie trennen Peer und Meer und Kind.

»Ich möchte jetzt erwachsen sein«, sagt das Kind.

»Aber du bist ein Junge«, sagt Meer. Ihre Pupillen schwimmen glatt und glitzern düster. »Deine Warzen sind weiter gewachsen. Nach dem Znacht kochen wir sie. Der Sud ist bereit.«

Der Junge geht in den Garten. Er spürt die Blutbuche in sich. Er spürt sie wie Finger in seinen Füssen, wie feine, lange Klauen, wie Spinnenwurzeln. Sie durchbrechen die Fusssohlen. Der Junge steht unter der Blutbuche. Die Triebe fassen durch die Haut in den Boden. Sie beginnen, den Jungen festzuwachsen. Es wurzelt ihn an. »Eine letzte Geschichte, Blutbuche«, sagt der Junge. »Irmas Geschichte. Irma war das Lieblingskind des Urgrosspeers, die Kleinste, die Jüngste, die Süsseste, schöner gar noch als die erste Rosmarie. Deshalb liebte sie der Urgrosspeer über alles, und weil er sie über alles liebte, durfte sie nicht hinaus. Weil diese Welt, die macht dich kaputt. Urgrosspeer hat Irma beschützt, und wie er sie beschützt hat. Sie ging also nicht hinaus, sie verkehrte nicht mit den Männern, aber sie wurde trotzdem schwanger, mit fünfzehn wurde sie schwanger, und da stand plötzlich der Wagen vom Frauengefängnis Hindelbank da und nahm sie mit. Die Urgrossmeer liess am Tag darauf Irmas Trauerbuche fällen. Und Urgrosspeer weinte und sagte nichts mehr von Irma, nie mehr.« Der Junge zieht sich die Hosen runter und die Unterhosen. Er setzt das Sackmesser an und schneidet, mit einem Ruck. Er fliesst himberrot in den Boden. Die Blutbuche trinkt den Jungen.

3
Die Suche nach der Mutterblutbuche

Ey, Uropa, komm mit auf meinen »Trip« durch Europa.

Denn die menschliche Psyche ist ein Spiegel der Kultur. Die Beziehungen, die wir kennen, und die Institutionen unserer Kultur beruhen auf Macht-über-andere. Unsere inneren Landschaften sind also die Geschichten der Entfremdung, und sie sind bevölkert von Kreaturen, die dominieren oder dominiert werden müssen.
Aber die Macht-von-innen ist die Macht der Tiefe, der Dunkelheit, der Erde; die Macht, die aus unserem Blut, unserem Leben und unserem leidenschaftlichen Verlangen nach dem lebendigen Fleisch des anderen entspringt.

Starhawk

Und der beste Rat, den sie mir gaben, war, einfach weiterzuschreiben, yeah.

Frank Ocean

Die Hinwendung zu den Archiven ist keine Hinwendung zur Vergangenheit, sondern vielmehr ein Versuch, wieder handlungsfähig zu werden in einer Zeit, in der die Fähigkeit, sich kollektiv andere Formen des Seins in der Welt vorzustellen, zutiefst erodiert ist.

Kate Eichhorn

Bloody hell, bloody beech, bloody bitch, bloody fucking hell, die Wolle ist viel zu hell, diese Wolle ist doch wieder eins zu hell für den Pulli, den ich Grossmeer schulde, und jetzt ist auch noch die Wunde am Kiefer aufgebrochen, weil ich ständig an ihr rumfingere, und tropft auf diese scheisshelle Scheisswolle für diesen Scheisspulli, den ich Grossmeer versprochen habe, im letzten Winter versprochen habe, und jetzt ist Spätsommer, also eigentlich wäre es Herbst, dem Kalender nach wär's Herbst, aber der Sommer geht nicht, der ist gekommen, um zu bleiben, und ich bleibe auch, hier auf meinem Couchkontinent rumdarbend, und Grossmeer braucht diesen Scheissdreckspulli ja natürlich obviously auch überhaupt eigentlich gar nicht, was sie bräuchte, wär mal 'n HALLO WIE GEHTS ICH BIN DEIN GROSSKIND REMEMBER WE SPENT MY CHILDHOOD SUSÄMMN, aber das geht nicht, das geht eben gerade einfach nicht, denn ich darbe in dieser Sauhitze (das ist kein Grund, ich weiss, aber der Grund ist ja nicht in einen Denn-Satz zu packen), ich dorre also hier in meiner Wohnung, in diesem Rausch, diesem Cocktail aus Schmerzmedis, Gender-Pharmaka und der grünen Fee, denn ich bin krankgeschrieben, haha, krank und geschrieben, I wish geschrieben, ich habe jetzt diesen ganzen absurden Kochtopfsommer lang nach der Geschichte der Blutbuche gewühlt und versucht, über sie zu schreiben, und nichts hab ich geschrieben, nur gesammelt, und jetzt, wo Grossmeer in das Dinosaurierheim eingeliefert worden ist, jetzt, wo ich sie besuchen sollte und statt des Besuchens den pinken Pulli stricke oder zu stricken mich anschicke, jetzt (also am Wochenende), wo ich femme-butch bloody verprügelt wurde, wo mir Aggloschweine einen zweiten, stummen Mund am Kiefer geschlagen haben, jetzt, wo ich in der Zeit ertrinke und mich dope zupfeffere mit den Resten meiner Bar, jetzt, wo ich auf der fetten Mappe meiner Blutbuchenrecherche sitze, jetzt kann ich endlich anfangen mit dem Schreiben, mit der Blutbuche, mit diesem insanen Sommer. Aber sorry, alles der Reihe nach. Natürlich nicht der straighten, sondern der Ringel Ringel Reihe nach.

Vielleicht so:

Previously on bloodbook

1. Teil, »Die Suche nach Schwemmgut«: Check
2. Teil, »Die Suche nach der Kindheit«: Check

Dazwischen (während des Schreibens, als ich auf Recherchetrip bei Grossmeer war, den ich als Besuch getarnt hatte):

Grossmeer sieht meinen selbstgestrickten pinken Pulli und bestellt so einen bei mir.

Jahreszeit: warmest winter ever

3. Teil, »Die Suche nach der Mutterblutbuche«:

Dieser Teil wollte nicht kommen, es wollte keine Schreiblibido für ihn aufkommen (dafür andere Libidos), es wurde Sommer, ich liess den 2. Teil hinter mir, aber konnte die Blutbuche nicht hinter mir lassen, ich träumte ständig von ihr, ich traf in allen Gärten und Parks und öffentlichen Grünanlagen auf einmal BLUTBUCHEN BLUTBUCHEN BLUTBUCHEN, und die Frage kam auf, was dieser Baum eigentlich im Garten meiner Familie zu suchen hat, ob dieser Baum nicht pretty fancy ist, wenn er auf all diesen überkuratierten Grünflächen wächst, und wie es dann kommt, dass dieser pretty fancy Baum in unseren ja pretty poor Garten kam, wieso zum Beelzeboy mein Bauernurgrosspeer diesen teuren Baum in seinen Garten

pflanzte, wieso er den mitten in seinen Gemüsegarten pflanzte, in seinen Garten, der ihn doch ernähren musste, der zwar ziemlich gross war, der aber doch jedes Fleckchen Sonne brauchte, um möglichst ertragreich zu sein. Diese Blutbuchenfrage kam auf, und sie blieb. Und da meine Meere mir kaum Auskunft über meinen männlichen Urgrosspeer geben wollten und ich ja aus gewissen schon angetönten Gründen jetzt auch nicht das allerentspannteste Verhältnis zu Meer und Grossmeer habe, nahm ich mir die Blutbuche vor, denn zu ihr konnte ich forschen, ohne Umwege über angepisste Familienmitglieder nehmen zu müssen. Und so nahm ich mir diesen Baum vor, der so wichtig war in meiner Kindheit, von dem ich allerdings nicht den blassesten Schimmer hatte, was das eigentlich für ein Gewächs ist, wo das herkommt, wie das wächst und wieso das eben – wie ich plötzlich bemerkte – in so vielen Gärten und Parks anzutreffen ist.

Jahreszeit: another Jahrhundertsommer

3. Teil, »Die Suche nach der Mutterblutbuche«, zweiter Versuch:

Ich recherchiere tatsächlich und so richtig gewissenhaft die Geschichte der Blutbuche.

Derweil Grossmeer:

»Macht« einen Schub (vielleicht hat die Hitze doch auch mitgeholfen?), und sie kommt endgültig ins Heim.

Derweil ich:

Besuche Grossmeer nicht, recherchiere, recherchiere (Grossmeer wer? Schalalala), vergrabe mich in der Blutbuchenmadness, sammle alles, was ich zu diesem Baum finde, durchforste alle möglichen Räume des Wissens, um mir zu erklären, warum mein Urgrosspeer, der prähippe

Selbsternährer, diesen für ihn doch nutzlosen Baum kaufte, um vielleicht doch dem Kind, das ich war, näher zu kommen in der Annäherung an dieses komische Gebäum.

Jahreszeit: eigentlicher Herbst, heutzutage aber weiterhin über dreißig Grad, mit kurzem Unterbruch einer Überschwemmung

Ich in diesem Sommerherbst:

Habe nach einer grausamen Jahreszeit alles Wissen zu diesem Baum zusammengetragen, habe immer noch keine Zeile für diesen 3. Teil geschrieben, finde nichts mehr zur Blutbuche, aber dafür finden mich ein paar Fäuste. Eine Ärztin näht mich zusammen, damit ich wieder weiss, wo ich bin, von welchem Körper aus ich spreche, und jetzt sitze ich hier, auf meinem Pharmakon-Trip, und habe begonnen, DIESEN PINKEN PIMMELIGEN PULLI ZU STRICKEN, und habe zum dritten Mal die falsche (zu helle) Wolle gekauft, und statt des Strickens finde ich gerade schreibwärts den Eingang in den 3. Teil, den Blutbuchenteil, und da bin ich jetzt. Finito Burrito. Bzw. Anfang.

*

Mein Blutbuchensommer begann damit, dass ich vor etwa drei Monaten eine koschere Zimtschnecke bestellte. Na ja, es begann wohl vorher, nämlich als Dina mich anrief: »Hey, diese jüdische Bäckerei bei der Autobahnausfahrt, voll hip jetzt, das heisst, noch gerade nicht superhip, sondern erst so halber Geheimtipp-hip, es gilt, rasch zu handeln!« Und so ass ich meine erste koschere Zimtschnecke mit Dina, es war Anfang Sommer, die Sommerferienekstase der Kinder diffundierte in unsere trägen

Glieder rüber, wir sassen vor der Bäckerei, und es war irgendwie alles sehr juicy: die Zimtschnecke, das Wetter und wir (ich trug einen neuen Hosenrock, so Kimono-style, und Dina meine alte Breitschulterlederjacke). Die Crème de la Crème der Gen-Y-Hipsterei stürzte sich auf die vom immer nach neuen Plantagen suchenden Kapitalismus noch nicht ganz vereinnahmte Bäckerei, und ich und die aufgepumpten Schwuchteln ignorierten uns auf common ground, weil ich ihrer Mähdrescherart des Daseins ja entsagt habe. Ich sagte Dina, dass ich die koschere Zimtschnecke viel juicyer fände als die nichtkoscheren Zimtschnecken, die ich bisher vernascht hätte. Und fügte noch hinzu, dass ich mir unsicher sei, ob die juicyness nur grösser sei, weil Ausflug in jüdische Bäckerei und quasi Exotisierung. Und ob wir jetzt den Juden ihre Bäckerei weggentrifihipsterten. Und ob das sehr schlimm sei. »Keine Ahnung«, sagte Dina. »Ist wahrscheinlich so schlimm wie die appropriation deiner pseudo-samuraiigen fashion.« Ich nannte sie eine bitch, und sie nannte mich eine cultural appropri-geisha, und wir fanden uns so masslos geistreich und nervig hyperreflektiert wie Leif-Randt-life-Clowns, und dann waren wir uns auch schon wieder langweilig in unserem Selbsthass über unser wohlstandsverwahrlostes Weisssein, in dem es nur um Distinktion geht, in dem es nur darum geht, uns durch Konsum von den Ärmeren, Reicheren, Cooleren, Schwuleren, Wokeren, Differenz-Feministinnen, Weisseren, weniger Gebildeten, zu Rationalistischen, Artsyeren, Gen-Z-ieren, Weniger-um-Abgrenzung-Bemühteren abzugrenzen. Bei mir zu Hause erzählte Dina von ihrer neugeborenen Nichte, deren Lebenserwartung optimistisch bei zwölf Jahren liegt, sie erzählte von ihrer Mutter, die sich bei ihr ausheule, von ihrem Vater, der Dina seit jeher benutze, um seine Gefühle zu regulieren, und Dina zerknautschte wütend mein Sofadeckchen und erzählte von ihrem Wunsch, diese Kinderwut rauszuschreiben, und von ihrer Angst, das zu tun. Was würden die Eltern. »Wahrscheinlich werde ich das alles in Lyrik verstecken«, sagte Dina und weinte so stark, dass mir auch die Tränen kamen.

Wobei, dass alles mit der koscheren Zimtschnecke begann, das stimmt jetzt gar nicht. Es begann natürlich alles viel früher: Es war einmal ein Ich, Ich war einmal ein Es, ich bin einmal als Mensch geboren worden und aufgewachsen, ich bin einmal volljährig geworden und in die grösste Stadt meines Landes gezogen, und damals gab es ja nur zwei Geschlechter, also meinen Körper gab es damals noch gar nicht, und so stürzte ich mich eben neonfarbenen Schuhes in die Schwulenkultur rein, wo mein Körper – dachte ich – am ehesten ins Dasein kommen könnte. Ich hatte genug vom Menschsein, ich liess mir ein Fell wachsen, ich riss meine Kleinstadtfreund*innen aus, ich wollte niemenschen mehr kennen, wollte neu anfangen, ich zog einen Bannkreis um mich, in den mein altes Leben nicht eindringen konnte, ich verwandelte mich von einem small-town-baby in einen Otter, ernährte mich von Pornos und liess mich so lange ficken, bis ich wundgescheuert war und auch die Bepanthen-Plus-Salbe nicht mehr half und der Urologe mich schulmeisterlich und protestantisch zur Mässigung mahnte, ich frass die Nächte durch, ich schaute CZECH & LATINO & CUM IN ASS & SLUT & ASIAN & PUBLIC & PRIEST & BBC (BIG BLACK COCK) & TWINK & BDSM und und und, und dann habe ich mich weiterentwickelt wie die Pokémons, ich habe mir Muckis anprotreiniert, ich habe die Mondin angebetet, ich wurde ein Werwolf, ein Wenwolf, ein Wenfickeichheute-wuff, geile Herde süsser Ärschchen-Schäfchen, passt ihr nicht auf, so beiss ich euch auf. Putputput, kommt zu Daddy*mommy. Ich hüpfte in beballerter easyJet-oranger Aufgejazztheit zwischen Berlin und Zürich hin und her, machte Aderlass und gab mir das Mainstream-Gaydom beider Städte intravenös. Ich liess mir sogar einen Bart wachsen, und ich wachste mir sogar den Bart, und ich fand auch, dass Discomuskeln und hardbodies und sixpacks und Intervallfasten und Hüttenkäse und stahlglatt ausrasierte Nacken my life sind, ich wollte so eine zu Tode ästhetisierte Dolce-Gabbana-Tom-of-Finland-Schwuchtel sein. Ich wollte die Namen meiner Gefickten nicht wissen, aber ich zählte sie und liess sie mir alle paar Monate als Striche über meinen bubble but, meinen in unzähligen hot-ass-tutorials gestählten Arsch tätowieren, das Arschgeweih meiner Nümmerchen wuchs, die Samenbank des europäischen Hodenrudels säte sich unter meine Haut und wucherte meinen Rücken hoch, wie die Dornenhecke Dornröschens Turm bewuchert; ich wollte, dass jeder Neue, der sich an meinen Arsch machte, wusste, dass er nur ein weiterer Strich an der Kellerwand meines Arschgedächtnisses Lustfängnisses Körperarchivs ist. Strichanzahl = Fuckability = Selbstwert + Begehrens-Wert = Blicke × Ficke = (Style – Fettmasse) × (Grösse von Bizeps + Grösse von Schwanz + Bubblehaftigkeit von Arsch) ÷ Selbsthass. Und ich weiss, ich werfe jetzt all die Schwuletten in einen Topf und Verallgemeinerung gähn, und es ist eine zynische, aufgekratzte Erzählstimme, die da ganz plötzlich und angestrengt popliterarisch über diesen Teil schwubuliert, und dafür entschuldige ich mich auch, echt, entsorrygung, aber diese Zeit, die ich da erschreiben will, die ist mir zu nah, zu mäh & wäh, als dass ich aus dem Arsenal der Stimmen eine zulassen könnte, die sich nicht darüber lustig macht. Pardon, es ist einfach, ich schäme mich. Ich schäme mich für all das.

Vielleicht ist für meine frühen Zwanziger eine kurze kulturhistorische Einordnung angebracht: Im funkelnden Icing des urbanen Schwulseins drin, da kam's eben doch bloss auf die Stählernheit des gluteus maximus an. Das waren Träume von einer Übermännlichkeit, die es drüben, im Zentrum der Heterogesellschaft Ende der Nullerjahre, noch nicht gab. Der hochkuratierte Muskelkörper war lange Zeit Schwuchtelsache und kroch erst um 2010 aus dem Gayporn ins Zentrum. Ich war Teil dieser Subkultur, die keine Subversion war, die keine Frauen und nichts Weibliches duldete, und das wurde auch nicht versteckt bei den Mainstreamgaletten der Nullerjahre: NO FATS NO FEMMES NO ASIANS.[1] Und ich wäre dann wohl ein Bär geworden, wenn ich meinen Körper weiter angebaut, gezüchtet, wenn ich die Glieder weiter kolonisiert hätte, kolonisieren lassen hätte, Männlichkeiten, kommet rein in mich, ich bin eine fruchtbare Plantage, damelo muchacho. Aber dann war genug Heu unten, wie Meer sagen würde, dann wurde ich wieder krank, ich hatte ein Burnout, ich brach im Kraftraum zusammen, und ich konnte nicht mal mehr für mich kochen.

Ich wollte also raus aus dieser ultravioletten Lana-Del-Rey-Tristesse, diesen Poppers-Pop-Rave-verzehrten-Verlierungen, Doppelgäääähn. Und ich war ja auch tatsächlich nie schwul, weil Schwulsein geht ja nur, wenn mensch daran glaubt, dass es zwei Geschlechter gibt und dass mensch auf dasselbe Geschlecht steht; und dieses Schauermärchen von bloss zwei Geschlechtern, von zwei unschmelzbaren Gletschern, die genau das Gegenteil voneinander seien, das erzähle ich nicht weiter. Ohne mich, ihr Bäcker des Bestehenden. Ich sitze da am Rand eures übersubventionierten Spielfelds und halte mich irgendwie über Wasser. Ich arbeite, um der Mindesterwartung der Gesellschaft entgegenzukommen. Und ansonsten begleite ich diesen Wahnsinn, ich begleite uns schreibend, ich begleite uns schreiend, ich

1 »NO FATS NO FEMMES NO ASIANS« war die Einlasspolitik vieler Mainstream-Schwulenpartys bis in die Zehnerjahre: Wir wollen keine Fetten, keine Effeminierten und keine Asiaten. Nur Fickbares, bitte.

begleite das alles gleitend, am Boden der Ozeane aus Mikroplastik und Mikroaggressionen, meine Tintententakel ausgefahren, und ich sauge mit meinen Saugnäpfen allen Schrott ein, ohne es zu wollen, ich bin ein*e Zeug*in für diese Zeit, für diesen Körper. Ich bin da, aber ich mache nicht mit in eurem binär gecodeten Knallergame, Paintball-madness, Unterdrückungs-Funpark. Ich schlage das Erbe der protofaschistoiden Sexualität schwuler Männlichkeiten aus.

*

Was ich nicht ausschlagen kann und will, sind die Erinnerungen, und wenn ich »protofaschistoide Sexualität« schreibe, so erinnere ich mich an die Römer (bzw. an den guten alten Lateinunterricht), die ja die Grundfesten der faschistischen Ästhetik gelegt haben. Und wenn ich an die Römer denke, dann muss ich an die Kastanien denken, die ich mit dir sammelte, Grossmeer, und mit denen ich bei dir spielte: die Fruchtkörper, die sich in Essen verwandelt haben in meinen Kinderkochtöpfchen, die Himbeeren, Meertrübeli und Erdäpfel wurden, die warm wurden, Beerensirup und Auflauf wurden unter den Händen des Kindes; die Zauberkugeln, die einen Zufluchtsort pflanzten, wo auch immer das Kind mit ihnen spielte, die Fruchtkörper, die allerdings eines Tages ihren Zauber verloren, plötzlich nur noch schäbige Kastanien waren. Ich weiss nicht mehr, wieso, unter welchen Bedingungen diese Entzauberung geschah. Ich weiss aber, dass das Kind sehr wütend auf die Kastanien war, dass es ihnen die Schuld gab. Wenn ich nun aber heute an die Kastanien denke, dann denke ich, dass es nicht ihre Schuld war, dass vermutlich das Kind sein magical thinking verlor in jenem Moment, dass die glänzende Materie der Kastanien ebenso magisch war wie zuvor – dass Kastanien seit jeher magisch sind, dass jeder Baum männliche und weibliche Blüten trägt, dass sie tausend Jahre alt werden können, dass sie so magisch sind, dass sie jeden Herbst Heerscharen von Kindern verzaubern, dass sie die Römer*innen verzaubert haben, regelrecht abgerichtet und verwandelt haben, sich die Menschen einverleibt haben in ihrer Ausbreitung, dass ihre Magie die Artengrenze einschmolz, dass die Kastanienmagie sich die Beine der Kolonialist*innen anzog, dass die Kastanien mit den ausgeliehenen römischen Körpern durch ganz Europa liefen, sich überall anpflanzen liessen und an Orte kamen, an die sie ohne Beine niemals gekommen wären, dass sie im Gegenzug die armen Bergbauern beispielsweise im Tessin durch viele Winter am Leben hielten. Ich glaube, Grossmeer, dass ich als Kind glaubte, du habest meinen Zauberkastanien ihr Leben eingehaucht. Dies war stets ein tröstlicher Glaube.

*

Das war, was bisher geschah und zum *Blutbuch* führte. Ungefähr.[2] Und dann fragte ich mich nach dem Beenden des 2. Teils, wie weiterschreiben. Das *Blutbuch* war noch lange nicht fertig, das wusste ich, noch nicht fertig mit mir, und so bestellte ich mir, statt zu schreiben, eines frühen Feierabends eine Zimtschnecke und ein Olivenbrot bei der exotischen Bäckerei, ohne zu wissen, dass ich einen sexy Zimtschneckenüberbringer mitbestellte. Er trug diese Velokuriermontur, yummi Sporthose, darüber eine Kippa und darunter die enge, knielange Unterhose von Underarmour, die nun schon seit einigen Jahren en vogue ist. Filmisch abgespeicherter Moment. Jump-Cut-Hüpferei. Aug trifft Aug.

2 Für weiterführende Details empfiehlt sich »Die endlose Rose« von Kim de l'Horizon, Teil 4 des roman fleuve: »Die Suche nach der Empfindsamkeit«, in dem Kim tiefe, sehr tiefe Einblicke in Kims junges Erwachsenenalter gibt.

Slow-Motion-Raubkatzen-Blick. Wimpernaufschlag wie ein Blutmondaufgang. Irisierende Iris. Erkennen. Beim Geldgeben sah ich auf seiner linken Hand ein Muttermal. Husch husch und weg, verschwunden im Betongebüsch.

Cut. Close-up meines Handys. Ich auf der Grindr-App, die einem willige Männer in der Nähe anzeigt. Je näher, desto weiter oben im Feed. Einer hiess »Needygreedy27«. Needygreedy27 hatte ein langweiliges Profilbild: nur seine nackte, haarige Brust und Mokkalöffelchenfinger an einer Brustwarze, diese Geste wie im Doppelportrait *Gabrielle d'Estrées und eine ihrer Schwestern.*[3] Wenn kein Gesicht auf dem Profilbild ist, dann sind die Männer entweder hässlich, im closet (wie der Amikaner sagt für Ungeoutete) oder Lehrer, die zwar junge Jungs suchen, aber dann doch nicht unbedingt die eigenen Schüler. Da erkannte ich aber das Muttermal auf der Hand. Ich schrieb Needygreedy27 an. Wir haben ein wenig *gesextet;* was er mit mir, was ich mit ihm, das Übliche. Als ich schrieb, er solle zu mir kommen, hatte er eine Ausrede. Am Tag darauf dasselbe. Am dritten Tag wieder. Needygreedy27 war spätabends ständig online, ich sah, dass er keine achthundert Meter von mir entfernt wohnte, aber er war offensichtlich einer der Männer, die sich bloss ein paar Bilder schicken lassen zum Gute-Nacht-Abspritz. Ich ging raus, die Nacht zog mich an einer unsichtbaren Lederleine, ihr Blau war violett und fummelte in meinem Gesicht, es war kühl, war leer, war gierig, Schnitt, mein suchender Blick, Schnitt, gelbe Strassenlaternen, Schnitt,

3 Wobei ich mich da immer gefragt habe: Wo zum Fick sind die anderen Schwestern? Ist es die Näherin? Oder der nackte Torso im Bild im Bild? Und was ist das für eine »Schwester«, die die Gabrielle in die Brustwarze kneift? Ich bin auch eine Schwester, Gabrielle, me too, am sister, eine solche, sibling, blingthing, and I want to kneif you in the Brustwarze, oh sis!

meine Schritte auf dem Asphalt, Schnitt, Kontrollblick auf die App, mein Begehren geht mich spazieren, mich Strichfigürchen im malmenden Maul des Alls, ich schneide die Dunkelheit mit meinen aufleuchtenden Augen auf, Schnitt, ich bleibe stehen, meine Stimme sagt im Voiceover: »Bin ja nicht ganz, nicht ganz echt, meine Knochen rosten, ich brauche den Essig rauer Zungen, sonst schimmle ich binnen eines Tages, ich brauche die Gewitter greller Hände, die mir die Haut bürsten, immer, immer neu.« Schnitt. Ich stehe vor einem Haus. Close-up. Grindr zeigt das Profil von Needygreedy27. *Distance: 5 m*. The game is on, Jungchen. Tiger mama's come to chase you.

Als er am vierten Tag wieder eine Ausrede hatte, schrieb ich, dass ich wisse, wo er wohne und bei welchem Lieferdienst er arbeite. Wenn er nicht wolle, dass ich vorbeikäme und offensichtlich unangenehme Informationen kundtäte, solle er zu mir kommen, aber dalli, mu-tscha-tschi-tou, wie die Englischen sagen. Sofort schrieb er, ich müsse einfach was zu essen bestellen, er komme nur während der Arbeit. Zudem werde er mich nicht küssen.

An einem freien Tag bestellte ich um 10:13 Uhr wieder Olivenbrot und Zimtschnecke, und um 10:38 Uhr klingelte Herr Needygreedy27. Ich nahm das Brot, er kam rein, schaute füchsisch ins Treppenhaus, schloss die Tür. »Ich habe eine Viertelstunde.« Dann ging er auf die Knie, naughty boy, gleich da, im Flur, machte mich frei, dann sich, dann nahm er mich in den Mund. Ich starrte auf sein Muttermal, das mich an ein Buchenblatt erinnerte, wir stehen unter der Blutbuche, du reisst ihr ein Blatt ab und fährst mir damit über das Gesicht; das Blatt ist jung und hat ein ganz feines Pelzchen, es ist tausendmal sanfter, als deine Hand je sanft sein könnte, und trotzdem fühlt es sich an wie eine Verlängerung deiner Hand, und Needygreedy27 kam fast sofort. Er kam mit einer Lautlosigkeit, die geübt sein will. Da entschied ich mich, der Spur der Blutbuche zu folgen. Da kam ich auch. Er schluckte alles von mir. Das erstaunte mich. Dann stand Needygreedy27 auf, fragte nach dem Klo, wusch Hände und Mund und putzte sich vom Flurboden. Ich war fasziniert von seinen exakten Bewegungen. Junger Mann, dachte ich. Sie putzen Ihr während der Arbeitszeit ejakuliertes Begehren mit einer Gründlichkeit weg, die ihresgleichen sucht. »Wenn du jemandem was sagst, verprügle ich dich«, sagte er, irgendwelche Soap-Opera-Bullies imitierend. Er wollte wieder abhuschen. »Das war keine Viertelstunde«, sagte ich. »Willst du nicht noch ein Glas Wasser?« Misstrauisch nickte er. Ich wusste, dass ich bedächtig vorgehen musste. Wir setzten uns. Steif wie zwei Leguane im Winter. Ich wusste, ich darf ihm nicht in die Augen schauen. Das wäre zu nahe. Seine Hand lag auf dem Tisch. Scheiß schön. Ich sagte das Wort HITZE. Meine Hand näherte sich seiner Hand. Er sagte KLIMAWANDEL. Ich warf meinen Blick auf seine Haut und wollte ihn weichmachen durch meinen Blick, wollte ihn aufmachen und mich in ihn hineinlegen wie in einen vorgewärmten Schlafsack. Mein Blick näherte sich seinen Augen, umkreiste sie, stiess an ein Stück Eis, mitten im Gesicht des Mannes. Da stand er auf, gab mir businessmännisch die Hand und ging. Schnitt. Ich vor dem Spiegel. Drei verpasste Anrufe von Meer. Mein Daumen, der über der Rückruftaste schwebt. Das Wegstecken des Smartphones. Meine Finger, die den Lidstrich nachziehen, die schwarze Grenze stärker malen, damit die Augen nicht herausschmelzen. Schnitt. Ich allein zu Tische beim Essen. Das Olivenbrot noch warm. Die Zimtschnecke feucht. Blutbuche, ich mache mich auf deinen Weg.

Ich röscherschiere. Ich sammle alles, was ich zur Blutbuche finde. Ich weiss jetzt, dass die Buche »Mutter des Waldes« genannt wird, weil sie der wichtigste Laubbaum Europas ist und massgeblich zur Verbesserung des Bodens, unseres schönen, gesunden europäischen Bodens beiträgt.[4] Hauptsache Bodenstolz. Dass sie aber am Klimawandel leidet und ihre unbestrittene Nr. 1 in der europäischen Wald-Hitliste angreifbar wird.

Ich weiss jetzt, dass Blutbuchen »gewöhnliche« Buchen sind, dass die crazy motherfuckers sich aber ihr gewöhnliches Grün abmutiert haben, dass die Blätter sich weigern, den roten Farbstoff Anthocyan abzubauen, ich weiss jetzt, dass neben der Buche auch der Hasel, die Pflaume und der Ahorn solche anormalen Sachen machen, dass die Blutsform bei vielen Bäumen vorkommt, gehäuft aber bei solchen, die stark der Sonne ausgesetzt sind – dass das blutige Laub demgemäss ein Schutzzauber ist. Hmm, ich fühl dich, Blutlaub.

Ich weiss nach meinem ersten Recherche-Intervall auch, dass Buchen oft magische Bäume waren, dass es Zauber- und Teufelsbuchen gab, um die die unartigen Hexen bis zum Morgengrauen tanzten, ich weiss jetzt, dass mensch in Jeanne d'Arcs Prozess 1431 erwiesenermassen unabstreitbar höchstwahrscheinlich sogar fotografisch beweisen konnte, dass sie um eine Feenbuche getanzt ist, sicherlich auch noch nackt, oh indecent girl, und dass sie darum ganz zu Recht zum Tode durch Verbrennen verurteilt wurde. Wenn das nämlich alle Mädels täten. Huiuiui. Ausserdem war Jeanne not that girly, binär fraulich, sondern eher inter, aber das ist ein anderer Anti-Roman.

Der Hase Andreas schreibt in seinem Buch *Bäume. Tief verwurzelt*[5], dass das Buchenholz wie kein anderes Material für die Weitergabe von Wissen stehe, dass Gutenberg die Buchdruckerei mithilfe eines zum Buchstaben geschnitzten Buchenstabes erfunden habe. »Die glatte, silberfarbene Borke der Buche fordert

4 Urmi 1989.
5 Hase 2018.

geradezu dazu auf, hineinzuritzen und Botschaften zu hinterlassen. Ein kleines Stück von einem selbst, das da einem mächtigen Baum anvertraut wird, um es zu bewahren und zu hüten. Bereits vor Tausenden von Jahren schnitzten unsere heidnischen, germanischen Vorfahren bevorzugt in das Holz der Buche: Sie ritzten Sinnbilder, Zauberzeichen und magische Symbole. Es waren die Zeichen der kultischen Schrift der Germanen, die sie *runa* nannten: Geheimnis. Die Priester dieses alten Volkes nutzten sie für Schutzzauber, für magische Heilungen und Weissagungen.«[6]

Und obwohl ich mich in die Blutbuche verbeissen wollte, suchte mich bald ein netflixiger Pitch heim: »Aaron, ein junger jüdischer Mann, fuck-datet sich durch seinen grauen Alltag. Gottes Pfad ist schmal. Ein Pfädchen. Ist eigentlich ein Seil, gespannt über dem Abgrund des Fleisches. Sein Penis gehört schon seit seiner Bar-Mizwa seiner Familie. Nur auf seinem Lieferdienst-Mofa fühlt er sich wirklich frei. Als er eine Zimtschnecken-Nummer schiebt, gerät er in die Fänge einer Person, die ihn fasziniert und verstört. Immer tiefer gerät er in ihr Katz-und-Maus-Spiel. Doch was will sie bloss von Aaron? Und warum spricht sie ständig von diesem Blut-Dingsbums-Baum?«

Um diese Idee zu vertreiben, setzte ich natural Vollblutschriftsteller*in mich hin und schrieb: »Familie ist die Verbindung, die durch das Vererben persönlicher Traumata entsteht, Kultur die Verbindung, die durch das Vererben kollektiver Traumata entsteht.« Strich den pathetischen Satz gleich wieder. *Trauma* – so gut hab ich damals der leitenden Psychiaterin zugehört – nennt die Altgriechin ihre *Wunde*. Eine Wunde kann vieles sein, eine Beschädigung, aber auch zerrissenes Gewebe, etwas Entzweigeris-

6 Derselbe Hase.

senes. Gewebe, das zusammengehört, klafft auseinander. Ein Trauma zu vererben, bedeutet also, ein Auseinandergerissensein, ein Nichtverbundensein weiterzugeben, ein Fehlen von Gewebe.

Cut.

Ich sitze in der »Grünen Bibliothek« der Uni Zürich. Vor mir liegt ein staubiges Buch, ich versinke mit schwerer Hornbrille darin, und da steht, die Blutbuche stamme – cut. Die Beliebtheit von Blutbuchen im 19. – cut. Cut. Cut! Scheisse! Diese Film-Masche klappt nicht mehr. Dabei wollte ich mir DIE FINGER AUS DEM ARSCH NEHMEN, wie Meer sagen würde, oder ICH WOLLTE DIE HINTEREN NACH VORNE NEHMEN (die Hinterbeine), womit Meer AUF-DIE-TUBE-DRÜCKEN meint. Aber wenn ich auf die Erzähltube drücken will, wenn ich vorwärts machen will mit dem Endlichaufschreiben meiner Blutbuchensuche, dann stellt sich gleich die Sprache dazwischen oder die in der Sprache hingelegten, hinterlegten Körperteile, die herumgeisternden herrenlosen, damenvollen, menschenlosen, tiervollen Glieder, dann macht die Sprache was mit mir, obwohl ich doch was mit ihr wollte. Wenn ich schreibe: »Ich ziehe mir die Finger aus dem Arsch«, dann sind da nicht Wörter, sondern ich fühle hyperreale Finger, die in mir rumstochern (wie kamen die in meinen Arsch?), und wenn ich »die Hinteren« höre, dann schau ich runter an mir und sehe Hinterbeine, und sie springen nach vorne, vor meine Vorderbeine, und ich renne auf diesen vier Beinen (wie kamen die in meinen Körper?), und ich war doch eben noch in der Grünen Bibliothek, aber ich spüre den Sprachkörper, wie als Kind, wortwörtlich, korpkörperlich, ich habe massige Hinterbeine, habe Sehniges, Felliges und frage mich, ob meine Vorfahr*innen ein viel tieferes Bewusstsein für die Tierhaftigkeit ihrer Körper hatten – hatten die noch vier Beine? Und Meer und Grossmeer, die im Garten Kaffee trinken und sagen: SO, JETZT NEHMEN WIR ABER DIE HINTEREN NACH VORNE UND JÄTEN, und dann wachst ihr gen Boden, jätet krauchend, und euch wachsen Klauen, ich seh's doch genau, verarscht mich nicht, und wie kann ich meine story tellen, wenn da ständig so scheinbar Vergangenes dazwischenfunkt, scheinbar zusammenhanglos mir in die Speichen meiner Erzählkutsche hüpft, wenn meine Erinnerungsbilder sich mit anscheinend viel älteren Sprachbildern mischen. Und wer glaubt denn echt dran, dass die Zeit linear verläuft, das ist doch eine grausam absurde Kindermär, dieses Nacheinandergeschehen der Dinge, das Jetztsein der Gegenwart! Alles ist immer so grässlich gleichzeitig und verschlungen, so eine glatte, lineare, unfragmentarische Geschichte, die ist doch erstunken und erlogen! Und ich glaube übrigens auch nicht an Geister. Aber das hindert sie nicht daran, mich heimzusuchen. Und ich wollte ja nur, wollte doch bloss, wollte doch von meinem Sommer erzählen, in dem ich recherchiert habe wie ein rechter Mensch mit einem Ziel, wie Journalist*innen oder Wissenschaftler*innen, Menschen mit Methodik und Altersversicherung, wollte doch stolz auftischen, wie ich der Spur der Blutbuche gefolgt bin, wie ich das Netz durchforstet habe, die botanischen Gärten des deutschsprachigen Raumes abgegrast habe, die Deutsche Dendrologische Gesellschaft und die Gesellschaft Deutsches Arboretum geschröpft habe, Fachmenschen ausfindig gemacht und ihnen jede Unze Blutbuchenwissen ausgepresst habe und sogar mal zu Meer bin, um alles Material zum Garten zu durchforsten (seit sie unser altes Haus vermietet, hat sie alles von Urgrosspeer zu sich genommen, all die alten Werkzeuge, Quittungen, Fotos, Verzeichnisse).

Ich wollte, braves Schulkind, das ich bin, bad girl gone good, bad girl gone super anständig, ich wollte mir ein Wissen zusammenrechen, um in meine Birne zu kriegen, wie irgendein Unterschichtspapa anfangs des 20. Jahrhunderts dachte: Ja, so 'ne vornehme Blutbuche, die pflanz ich für mein Mädel in den Garten meines selbst gebauten Einfamilienhäuschens im schäbigen Agglomerationsquartier im Schweizer Mittelland. Was war das soziokulturelle Brimborium, das Urgrosspeer mit der Blutbuche verband? Nicht nur mit der Blutbuche, sondern auch mit all den anderen Bäumen, die er für seine Kinder pflanzte – dem Blutahorn, der Trauerweide und den anderen Ornamentgehölzen.

An dieser Stelle half, was an den meisten Stellen hilft: der Blick aus dem Fenster. Da sah ich nämlich einen dude, den ich als »geschmacklos« beschreiben würde, der vor seinem Maserati stand und auf jemenschen zu warten schien. Das Autoschild verriet, dass er aus der Provinz kam. Irgendwann hatte er offenbar genug gewartet, und er fuhr los. Es war obvious: Er wollte einfach in der Stadt mit seinem Maschinchen gesehen werden. Da fiel es mir wie Schuppen von den Augen: Die Blutbuche war so was wie der geleaste Maserati, die gefälschte Louis-Vuitton-Tasche beziehungsweise die cheapeste Rolex des 19. Jahrhunderts. Edle Parkbäume mussten für Urgrosspeer gewesen sein, was für Grossmeer Ferien in der Südsee, ihre Trucklisammlung und ihre perfekt sitzenden Deckchen und Tücher sind. Ich hatte nämlich gelesen, dass es im 19. Jahrhundert einen richtigen Hype um Parkbäume gab. Ganz besonders um Blutbuchen. Schuld dran waren wieder mal die rich kids, distinction distinction, wir sind fancyer als ihr. Wir, das sind die Bürger (ja, nur Männer), die sich Blutbuchen in den Garten hauten. Zuerst konnten sich nämlich nur Könige den Baum leisten, dann gab es den Trickle-down-Effekt, über die Gärten des Hochadels wucherte die Blutbuchensucht in den ranzigeren Adel und dann langsam in die Parkanlagen der neureichen Industrialisierungsgewinner. Die Mainstreamisierung der Blutbuche. Clässig.

Auf meinem wilden Ritt durch die Geschichte der Parkbäume geriet mir ein Gartenhistoriker in die Krallen, Clemens A. Wimmer sein Name. Ein ganz übler Bursche. Vordergründig schreibt er über die Entwicklung der Parkkultur in Deutschland, aber eigentlich nutzt er seinen wissenschaftlichen Text, um deftig einen abzuhaten über den Pöbel: »Ursprünglich war die Sammlung von Gehölzen eine Art botanischer Großwildjagd, ein exklusiver Sport, zu dessen Ausübung in großem Umfang Geld, Muße, Kennerschaft und Immobilienbesitz erforderlich waren und der daher für lange Zeit ausschließlich Landedelleuten oder privatisierenden Industriemagnaten vorbehalten war.«[7] Die Arboreten (botanische Gärten mit Fokus auf hübschen Bäumen) seien eine typische Erscheinung des 19. Jahrhunderts, als sich das Bürgertum herausbildete. Im Haus zeigte mensch seinen »Geschmack« mit gemalten Landschaften, im Garten mit gebauten Landschaften. Ganz Europa habe im 19. Jahrhundert die Kultivierung des Gartens zelebriert, so Wimmer. »Am Ende des Jahrhunderts hatte die Mode der Arboreten den bürgerlichen Hausgarten erreicht.«[8] Die typischen »bürgerlichen« Gehölze waren die Blutgehölze, allen voran die Blutbuche, die zu einem der beliebtesten Parkbäume avancierte.

Weil die ungebildeten Neureichen aber nur noch auf protzige Einzelpflanzen setzten, wurde die malerische Gestaltung der Gesamtanlage, der »künstlerische Entwurf«[9], immer mehr vernachlässigt. Wimmer lamentiert: »Kaum ein Park blieb ohne Blutbuchen, ja selbst in kleine Hausgärten wurden sie hineingequetscht. Es zeichnet sich ein jahrzehntelanger Kampf ab zwischen zur Mäßigung aufrufenden Gartenkünstlern und solchen, die das

7 Wimmer 1997.
8 Auch Wimmer.
9 Immer noch Wimmer.

Verbotene, Übertriebene dennoch taten.«[10] Somit fiel die Blutbuche in Ungnade bei Fürsten und Herzoginnen. (Verständlich, oder? Wer will schon das verräterische Signalrot von Louboutin-Sohlen, wenn er sich WIRKLICH exquisit einkleiden kann?)

Wimmer wimmert mit feinbetuchter Verachtung, dass ein jeder Pflanzen sammeln und bisschen damit rumprollen könne, sogar »Bürger und Frauen«[11] (sic (yes, so sick)), während jedoch nur der männliche Adel etwas von der Gartengestaltung auf Grundlage der Kunst verstanden habe. Er lässt natürlich auch die zeitgenössischen Geschmacklosen nicht aus: »Das Sammeln exotischer Gehölze und Sorten wurde von den unteren Bevölkerungsschichten aus dem bürgerlichen Villengarten der Gründerzeit in die Vorgärten und Grabbepflanzungen übernommen, wo es sich bis heute gegen künstlerische, heimatpflegerische und ökologische Ambitionen behauptet.«[12]

Der Gartenhistoriker, Bürger- und Frauen-Verachter Wimmer stört sich nicht nur daran, dass sich ab 1900 Ottilie Normalverbraucher*innen eine Blutbuche leisten können. Er verfolgt die historische Spur der Blutbuche quer durch die Gärtnereien, die sie züchteten, beginnend in Deutschland, dann über Frankreich und England nach Amerika. Irritiert hält er fest, dass der Botaniker Richard Weston in seiner Enzyklopädie behauptet, die Blutbuche stamme aus Amerika. Wimmer ist nicht der Einzige,

10 Ja, auch das immer noch dieser aufgeschlossene, antielitäre Mann: Schlimmer geht's nimmer.

11 Auch dies ist nicht von mir erfunden, sondern nachzulesen in diesem tollen Aufsatz.

12 Na? Von wem, denken Sie, ist dieses Inklusion hochhaltende Zitätchen? Richtig: von Schlimmer. Ich meine: Schimmel, äh, Pimmler. Entschuldigung, nein, sein Name war doch Schamhaartrimmer? Anti-Frauen-Zimmer? Mit-Armen-Sprech-Ich-Nimmer? Nein, nein, Sie wissen natürlich, wie er hiess. Empathie-Und-Gehirn-Dimmer.

den diese Behauptung stört. Ein gewisser Alfred Rehder vergoss bereits 1933 in den *Mitteilungen der Deutschen Dendrologischen Gesellschaft* Deutschtumtränchen. Empört stellt dieser Rehder fest, dass Weston in seinem botanischen Nachschlagewerk die – teutsche! – Blutbuche als »amerikanische« Buchenform bezeichnet. Die Blutbuche ist also nicht nur Projektionsfläche für Arme-Leute-Hass, sondern auch Anlass für nationalistische Narrative. Wimmer, Rehder, Weston: ein Boys-only-Club, in dem jeder die Blutbuche für sein jeweiliges Faserländ beansprucht.

*

Ich habe neue, dunklere Wolle geholt. Ich schlafe nicht, ich stricke, Grossmeer, ich stricke diesen Pulli für dich. Du sitzt bei mir, das heisst über mir, um mich. Du führst meine Hände. Die Nadeln sind zu gross und zu rutschig, aber deine Hände verschwimmen mit meinen, und die Kinderschürze, die wir für mich stricken, das Gewebe, das im Entstehen begriffen ist, scheint direkt aus deinen Fingern zu kommen. Es ist magisch. Du kannst Etwas aus dem Nichts schaffen. Ich sage es dir. »Das ist magisch.«

Meer hasst Stricknadeln. Ich habe sie nie stricken sehen. Und im Grunde wollte ich es sowieso immer von dir lernen, Grossmeer.

Ich stricke diesen Pulli, um bei dir zu sein, ohne bei dir sein zu müssen, ich stricke und sehe all die Tücher, die du selbst gestrickt, gehäkelt und bestickt hast, die Tücher, mit denen du – unbewusst? – der Welt zeigen wolltest: »Ich bin nicht mehr arm! Ich kann mir völlig überflüssige Gegenstände leisten.« Ich stricke, und ich frage mich, ob ich dich verraten habe, ob ich Menschen wie Wimmer nicht viel näher stehe als dir, ob ich in meiner Wohnung voller Bücher, ob ich mit meiner Körpersprache, mit meinen Kleidern, mit meiner Wortwahl, ob ich mit allen Dingen, mit denen »ich« »mich« ausdrücke, nicht nur meine Queerness ausdrücke, sondern auch meine Bildung, mein urbanes Dasein, ob ich damit nicht auch – unbewusst? – ausdrücken möchte, dass ich mein Vorortdasein überwunden habe, »aufgestiegen« und keine Kleinstadtschwuchtel mehr bin. Ich frage mich, wie viel meiner spezifischen »Queerness« wirklich essenzieller Ausdruck meiner ureigenen Persönlichkeit ist und wie viel dabei auch bloss die Verkörperung einer von den USA beeinflussten, metropolitanischen, weltbürger*innenlichen Queerness ist, mit der ich mich identifiziere – auch weil sie cool und edgy ist. Ich meine: Es gibt ja verschiedene Arten, queer zu sein, und ich habe DIESE Art gewählt. Oder, Grossmeer, anders gefragt: Wäre Urgrosspeer heute jung, wärst du heute jung – wo und wer wärt ihr in dieser Gesellschaft? Und: Ist mein ganzer Lebensentwurf nicht der Versuch, mich von denen zu distanzieren, die ihr heute wärt? Und bin ich darin nicht dem Wimmer unsäglich nahe? Jetzt habe ich eine Masche verloren.

*

Derweil ich das biologische, botanische, soziologische, klassistische, historische, nationalistische Wissen über die Blutbuche zusammensuchte, bestellte ich mir den Zimtschneckenboten regelmässig nach Hause, über vier Wochen. Es ging nie länger als eine Viertelstunde. Dann brachte aber plötzlich ein anderer Olivenbrot und Zimtschnecke. Drei Mal bestellte ich, bis ich begriff, dass Herr Needygreedy27 mich ghostete. Biiitch. Ich wartete vor seinem Haus und rauchte eineinhalb Päckchen Marlboro Red. Als er zum Haus kam, schaute er mich kurz an, dann lief er schnell hinein. Am nächsten Tag bestellte ich nochmals, er brachte meine Bestellung, schlug die Tür zu und würgte mich.

»Mach das nie wieder«, drohte er und schlug mich, dass mir die Ohren dröhnten. »Ich will dich nicht verraten«, hustete ich. »Ich will dich nur sehen.« Er öffnete seine Hose, stiess mich zurück und nagelte mich an die Wand. Dann weinte er. Ich hielt ihn, wie mensch ein krankes Kind hält. »Warum läufst du nicht fort?«, fragte ich. Er schaute mich verständnislos an. »Nur weil ich Schwänze mag, ist das noch lange kein Grund, den Ort und die Menschen, bei denen ich einen Platz habe, zu verraten, zu verlassen. Wo soll ich denn hin? In deine ach so tolle Kultur? Um jeden Abend alleine Fast Food zu fressen?«

Ich ging zur Arbeit, forschte zur Blutbuche, schlief, ass. Es war so eine Art Rumrennen in der grossen Faust, die eine kleine Faust ist, eine winzige eigentlich. Ich ging zu Fuss, damit sich die Faust nicht auch noch mit den Wänden der Busse verbrüderte. Die Luft war heiss und eng. Eine Schar blonder Jünglinge warf Bierdosen nach mir. Und dann warfen sie Steine. Und dann wurden die Steine grösser. Und dann blieben die Steine in der Luft, sie sassen mir im Nacken, sie trafen mich erst, wenn ich mich umdrehte. Und dann warfen sich die Steine selbst, bis in meine Träume hinein. Jede Nacht lag ich unter der Lawine. Es war dermassen heiss, die Häuser schmolzen aus ihren Wänden, und jede Strasse wurde zu einer Sackgasse.

Als Dina in den Chat von mir, ihr und Mo schrieb, ich solle mal was von mir hören lassen, was mich so beschäftige, schickte ich ihr die chronologische Liste der Blutbuchenzuchtformen, die mir ans Herz gewachsen war, die sich für mich wie ein Familienalbum las, ein Gang durch die Ahnengalerie:
»Liebe Dina. Eine Auswahl dessen, was mich gerade beschäftigt:
CUPREA, kupferfarben, 1811, erste Zuchtform

PURPUREA PENDULA, Hängeblutbuche, 1858, Potsdamer Landesbaumschule
ATROPURPUREA MACROPHYLLA, großblättrig
RIVERSII und SWAT MAGRET, beide besonders dunkel
PURPUREA TRICOLOR, 1873, Orléans
ROHANII, geschlitztblättrig, 1888 aus den Sorten QUERCIFOLIA und ATROPURPUREA im fürstlichen Garten Sichrow in Böhmen gezüchtet
ANSORGII, geschlitztblättrig, erzeugt aus ASPLENIFOLIA und ATROPUNICEA durch CARL ANSORGE in Hamburg, 1904
Es gibt heute über 15 Blutbuchensorten.«

Die Liste dessen, was mich gerade beschäftigte, die ich Dina aber nicht schickte:
STANTHEMAN, 20, Metzger, kleine Hände, grosse, dunkelrote Nippel, mein Sofa, kichert
MEATY DICK DADDY, 46, Bahnangestellter, tatsächlich meaty dick, seine Dusche, sein Küchentisch, sein Wasserbett, schreit HMPPPFJAJAJA
SLYTHERIN SLUT, 29, Franzose, arbeitslos, wahnsinnig zarte Ohrläppchen, mein Sofa, weint
JACK40, vermutlich älter, IT-Mensch, Hängehoden, sein Wohnzimmerboden, sein Sofa, sein Flur, sein Bett, sein Balkon, macht überraschtes Oh!
THAT ASIAN BOY, 31, Kolumbianer, Spanischlehrer, marmorhartes Sixpack, mein Sofa, mein Bett, mein Schlafzimmerboden, kann nicht kommen
TOMISDOM, 25, Bankangestellter, kupferfarbene Eichel, im Maisfeld, beleidigt mich beim Kommen, nimm das, du Schlampe, nimm, nimm, nimm

AY PAPI, 19, Spanier(*in?), Gymnasiast, absurd trainierter Bizeps, mein Flur, kommt nach zwei Minuten, entschuldigt sich

DADDY-D, 38, Österreicher, Salesmanager, Fussfetisch, sein Bett, hält Atem an

REAL MAN, 30, Bauarbeiter, besonders sehniger Schaft, Toitoi-Klo, sagt: Dein Arsch ist so weiss

RUDEBOY18, vermutlich jünger, Postbote in Ausbildung, sehr haarig, im Park, grunzt

Meine Blutbuchenmadness, mein Rückzug aus ... allem dauerte den ganzen Sommer. Ich lief ziellos umher. Die Hitze mischte sich mit der Stadt, ich liess mich in ihren Wellen treiben. Sie spülte mich in Oerlikon an, Treibholzkörper, ich lief durch eine Strasse, in der ich mal gewohnt hatte, der sogenannte Volksmund nennt sie »Balkanstrasse«, wobei »Balkan« sehr breit verstanden wird: Shisha-Bars und Kebab-Stände und arabische Coiffeure und viele nahöstlich aussehende Menschen (das heisst natürlich vor allem männliche Gewächse) ergeben alle zusammen »Balkan«. Im Abstand von zehn Minuten rasen junge Männer in Sportwagen die kurze Einbahnstrasse runter. Ihre dunklen Bärte sind so fadengerade rasiert, dass ein Pfeil daran abprallen würde. Ich zog in diese Strasse anfangs Studium, small-town-girly-me, die Mieten waren für Zürich anständig tief. Ich sass oft am Fenster, schaute auf das Volk hinunter und kam mir so viel klüger und besser vor, weil ich es nicht nötig hatte, mit Geschlecht oder Reichtum rumzuprotzen. Was ich nicht checkte und was mein mit haufenweise Bourdieu & Eribon angefuttertes Ich jetzt checkt: Natürlich protzte ich mit anderen Dingen rum in dieser Zeit – meiner Bildung, die ich ebenso mühsam erstand wie die Balkanstrassen-Gänger ihren Mercedes-Rolex-Bizeps-Glanz. Wir standen am Fenster unserer Student*innen-WG, rauchten (selbstgedrehte Zigaretten als weiteres Distinktionsmittel: keine grossen Zigarettenkonzerne unterstützen) und schauten wortwörtlich auf die jungen Männer hinab, schauten eher auf unsere schon vorgefertigten Bilder von ihnen, schauten auf die Körper, die keine Individuen waren, die alle gleich aussahen für uns, die aus den Vororten kamen und dachten, die »Balkanstrasse« sei schon Stadt. Männer, die sich genau wie ich mit den Insignien der Klasse schmückten, zu der sie gerne gehören wollten. Ihre Penisverlängerung war die Pferdestärke ihres Wagens. Meine Ego-Aufspritzung waren die Meter an Foucault, Bourdieu und Butler, die ich in meinem Büchergestell präsentierte. Wir spuckten auf das ökonomische Kapital, aber leckten das kulturelle Kapital umso gieriger auf.

Das war vor fast zehn Jahren gewesen. Danach hatte die Gentrifikation ihr Wunderwerk getan. Die Shisha-Bars waren verschwunden, die Coiffeure hatten echte Blumen in den Schaufenstern. Ich setzte mich in eine Hipsterbar und bestellte einen so angepriesenen »türkischen Kaffee« (doch noch). Er zog mir die Socken aus. Ich checkte die Männer aus. Meer schrieb mir eine SMS. »Grossmeer geht es schlechter, sie steht vermutlich vor dem grossen Schub.« Ich brauche eure Hände, boys, ich brauche eure aus Protein und Instagram geträumten Arme, ich brauche eure Zungen, Schwänze, Ärsche, Nippel, Läppchen, Lappen, Sabber, Glibber, Schäfte, Säfte, alles, ich brauche euer Rammeln, das ihr in euch selbst rammelt, weil ihr sonst vor Wertlosigkeit vergammelt, ich brauche eure boyness, hyperboyish boys, nehmt mich, räumt mich aus und füllt mich auf, mein Gaumen sei für euch ein Fussabtreter, ja, mein Gaumen, der so leer, mein Gaumen gähnt, kommt, füll mich auf, Grossmeer, du stehst vor mir, wir stehen auf deinem Balkon, du zeigst auf die Berge, die schneebedeckten Alpen, die hinter der Stadt aufragen, und du sagst: WIE SCHÖN GELL WIE SCHÖN, und ich rage knapp ans Geländer des Balkons und schaue die Berge an; es sind Zähne, weisse, kantige, riesige Zähne, und da verstehe ich, dass diese Welt ein Mund ist, dass dieses Hier der Unterkiefer ist und wir auf der Zunge der Lande leben, der Himmel ist der Gaumen, und wir werden verdaut. Die Welt frisst uns. Meer kommt und holt mich ab, bedankt sich bei dir, DANKE FÜR DAS HÜTEN, und das heisst auf Schweizerdeutsch: DANKÄ FÜR Z'GOUME, DANKE FÜR DAS GAUMEN, ich sitze im Auto, und das Wort GAUMEN redet mit mir, hat mir die Verbindungen aufgedeckt, und ich weiss jetzt, warum ich immer so leer bin, nachdem du mich gegaumt hast, Grossmeer: weil ich in einem Gaumen im Gaumen sitze, im grossen Weltgaumen und im kleineren Grossmeergaumen, und es ergibt einfach total Sinn, dass du mich verdauen musst, denn du bist schon so lange auf der Welt und schon fast fertig verdaut von ihr, und du brauchst mich, du brauchst meinen Körper, brauchst die Nahrung, und deshalb also bin ich so leer nach dem von dir Gegaumtwerden und mit dieser Leere so aufgefüllt, dass ich mich nicht mehr spüre, ich sitze mit Meer im Auto, und das Autodach von innen ist so rund gewölbt, und mein Blick entkommt all dem nicht, alles ist ein Gaumen, und wie kann mensch das sagen, Meer redet und redet und überfüllt mich, DRÖÖÖÖHN, eine Testosteron-Kutsche mit getönten Scheiben liess meinen »türkischen Kaffee« ervibrieren. Ich war froh darum.

Dass es doch noch so männlich zu- und hergeht wie damals, als ich hier wohnte, als die Grenzen klar waren, als ich nur ICH war und die Fleischlandschaften in den Schlitten noch SIE / DIE ANDEREN / VIRILITÄTS-DUMMIES waren, das gibt mir Halt. Der junge Barbesitzer erzählte mir stolz, dass er den türkischen Kaffee mache wie schon sein Opa, dass er der Erste in dieser Strasse sei, der auch »Leute wie mich« (Genderfuckers? Intellektuelle? Mehlkartoffeln?) willkommen heisse, dass er jetzt so viel verdiene, dass seine Grosseltern endlich nicht mehr arbeiten müssten. Ich nickte, als verstünde ich die Lebensumstände, die dazu führen, dass ihn das so stolz macht. Ich schaute auf seine goldene Omega. Sie hatte den Durchmesser meines Espressountertellers, aber sie hatte ein eher schlichtes Ziffernblatt. Schlicht compared to a Lady Gaga video. Ich fragte ihn anzüglich, wieso er keine Rolex trage. Er lachte. Sein Brustmuskel, streng bemessener Schützengrabenaushub des Geschlechterkampfes, zuckte. »Rolex ist für dumme dudes ohne Stil.« Dann zwinkerte er mir zu und bediente einen neuen Kunden. Auf Grindr hätte ich ihn angeschrieben. Er hätte ein Bild von sich gepostet, das mich scharf gemacht hätte. Er hätte ausgesehen wie die anderen, wie die Männer, die ich früher »Balkan-Machos« genannt habe. Ich hätte nicht gewusst, dass es zwischen ihnen auch feine Unterschiede gibt, Rolexträger und Omegaträger. Ich dachte an die elitären Bemerkungen des Gartenhistorikers Wimmer, dass die Blutbuchen »selbst in kleine Hausgärten hineingequetscht« worden seien, dass sogar »Frauen und Bürger« angefangen hätten, Ziergehölze zu sammeln, ich dachte an meinen Urgrosspeer als »dummen dude ohne Stil«, ein Möchtegern-Klassenaufsteiger, ich wurde rührselig, dachte daran, dass wir auf die »Balkan-Machos« runterschauen, wir arroganten rich kids ohne money-richness, aber unsere richness ist unsere Hautfarbe und unser zentraleuropäischer Name und die Erzählung, dass wir wie Pilze dem helvetischen Boden entwachsen seien. Ich dachte daran, dass wir uns über die protzige Männlichkeit der »Balkan-Machos« beschweren, über ihre frauenfeindliche Kultur. Seit ich nicht mehr hier wohne, gibt es political correctness, und wir sagen nicht mehr »Balkan-Machos«, aber wir meinen es noch, es sind immer noch »others«, und wir wünschen uns insgeheim immer noch, dass sie mit ihren behaarten Händen unsere schneeweissen, hasengleich zitternden Ärsche packen und mit ihren Stierhoden so lange an das Portal unserer Gedärme pochen, bis wir blind vor Schmerz und Lust ihrem fremden Samen Einlass gebieten in unsere hiesigen Niederungen.

Ich bezahlte und liess mich durch die Schluchten der Agglomerationsmännlichkeit spülen, ich trank die Brustmuskeln, rund wie Milchbrüste, hart wie das Leben, so männlich, dass sie weiblich sind, oh yes daddies, gebt mir eure Zitzen, Testo-Mamas (was spricht denn da für ein Ich, was sind das für Stimmen, die sich da manifestieren? Und was tun die da mit mir, wieso ist es so schrecklich verlockend, mich zwischen diesen verschiedenen Ichs aufreiben zu lassen wie eine Muskatnuss, mich wegraffeln zu lassen zwischen meinem Homo-Macho-Ich, meinem protestantischen Ich, meinem wässrigen Ich, meinem Eiskunstlauf-Ich, meinem Geschichtsstudiums-Ich, meinem Two-Spirit-Ich, meinen appropriierten Ichs, meinen More-than-human-Ichs, meinen Darmbakterien, meinem inneren Kind, meinen geschriebenen Ichs, meinem Voguing-Ich, meinem psychoanalysierten Ich, meinem Instagram-Ich, meinem zwangsheterosexualisierten Ich, meinem Arbeitnehmer*innen-Ich, meinem Sexdate-Ich, meinem prostituierten Ich, meinem schamanistischen Ich, meinem sadistischen Ich, meinem masochistischen Ich, meinem erfolgsgeilen Ich und meinen weissen, weissen, schneeweissen Privilegien-Ichs), ja, Testo-Mommies, ich bin ein ungezogenes, alpines Stück Dreck, und vor allem bin ich besoffen, während ich dies schreibe, ich sitze auf meiner Couch, ich habe an dem Scheisspulli gestrickt, habe mich an einem keltischen Zopfmuster versucht, habe fünf Stränge ins Gestrick genommen, aber ständig die Hilfsnadel verloren, vor allem beim Verkreuzen rutscht mir die ätzfeine Wolle durch die Finger, und ich suche ständig panisch alles ab nach fallen gelassenen Maschen, jetzt kann ich aber nicht mehr und habe den Scheisspulli zur Seite gelegt und mein Notizbuch genommen, es ist nun doch langsam Herbst geworden, die Blutbuchenjahreszeit liegt hinter mir, und darum kann ich jetzt darüber schreiben, drinkedridrunk as Fickedifunk, ich bin not that innocent, oh Misters, nein, ich bin sauvage, ich bin ein orage, ein Unwetter, aber ich behalte meine Blitze hoch oben, denn ich weiss, da in der Stadt, da kann ich meine Gewitterzellen nicht ausregnen, darum kommen wir für Fuckdates gern an die Ränder des Urbanen, da können die in uns geschrienen Schreie, die uns ein WIR einpflanzen, ohne dass wir es wissen, bevor wir es wissen können, da sagt das WIR, das nur durch ein viel zu glattes, plattes IHR entsteht: Ihr seid die unbetretbare Zone, die Farbe, mit der wir uns nicht mischen dürfen – so reisset denn die feinmaschigen Zäune unserer Tabus nieder und betretet uns schreiend, uns betreten Schweigende. Wir wollen eure Kopftücher nicht auf unseren Töchtern, wir wollen eure Männlichkeit nicht in unseren Söhnen, wohl aber heimlich in unserem Mund, aber bloss für eine Nacht, in der wir gegen unsere political correctness anstöhnen können, wir wollen eure Kraft in unserer Wirtschaft und unseren Lustzentren, wir wollen euer Fleisch, wir wollen euren Schweiss, wir wollen euch lecken, wir wollen euch träumen, wir wollen eure Körper, aber euch wollen wir nicht.

*

Ich war gestern Nacht in Grossmeers Wohnung. Sie war schon tot. Ich fürchtete mich. Als ich die Wohnungstür aufmachen wollte, fasste ich in eine Art Fleisch. Es roch nach Säure. Ich wandte mich um, Meer war da, führte den Finger zum Mund. Dann umarmte sie mich. Von den Wänden und Decken tropfte es. »Es ist zu spät«, sagte Meer. Sie liess mich nie mehr los.

*

Meer und Grossmeer lassen sich immer so ganz nebenbei über Urgrosspeer aus. Wenn sie über andere Leute sprechen, sagen sie manchmal: »Der ist fast so ein Patriarch wie dein Urgrosspeer« oder: »Dieses Pedantische kenne ich sonst nur von ihm«. Wenn ich dann aber nach ihm frage, weichen sie aus, sagen, ach, sie wüssten doch auch nicht mehr viel, »er ist schon lange tot«. Aber Grossmeer sagt dann oft, scheinbar zusammenhanglos: »Die jungen Frauen, weisst du, wenn die unverheiratet in Hoffnung waren, dann hat man die ins Hindelbank, ins Frauengefängnis. Mit den Giftmischerinnen und den Verrückten und den Hüsterischen.« Und Meer fügt hinzu, dass Urgrosspeer sich mehr über die Geburt ihres Bruders gefreut habe als über ihre Geburt. Weil Stammhalter. Den Namen weitersäen. Den Stammbaum weiterwachsen lassen. Aber leider war Nico unfruchtbar. Sagt Meer.

Der August hielt mich gefangen, ich ging früh zur Arbeit, machte keine Pause, und um vier radelte ich in die Bibliothek des Botanischen Gartens am Zürichsee, es waren Semesterferien, und die Grundreinigung war angesagt, es hatte mehr Putzkräfte als Studierende. Ich schaute stundenlang staubige Botanikbücher durch, kopierte Aufsätze und ordnete den Katalog der Blutbuchensorten nach neuen Merkmalen. Ich deinstallierte alle Sex-Apps auf meinem Handy, ich wollte mich ganz auf die Recherche konzentrieren. Ich gable weniger Typen in der freien Wildbahn auf, seit ich die Sandkastenförmchen der Geschlechter aus ihrem Sandkasten schmeiße. Zu gross die Gefahr, dass sie mit meiner Sauce aus Körperlichkeiten nicht klarkommen. Es ging ein paar Tage, dann hielt ich es nicht mehr aus und nahm mir einen Putzmann vor. Ich blies ihn auf dem Herrenklo, seine Hände rochen nach Putzmittel, sein Bauch war haarig, sein Penis eher klein, aber die Adern darauf traten gewaltig hervor, wie ein Schlangennest, das gegen eine zu enge Haut pulsiert.

Er hiess Farid, und wir hatten immer Sex, wenn ich in den Botanischen Garten ging. Er war so Ende vierzig, zeigte mir Fotos seiner drei Kinder und seiner Frau und sagte mir stolz, wie viel Geld er jeden Monat nach Hause schicken konnte. Weil er mal in England gelebt hatte, konnte er gut Englisch. Er mochte es, wenn ich ihm auf die Hoden schlug und wenn ich ihm sagte, was für ein toller Hengst er sei, wie gross sein Penis sei, dass ich sein Hund sei, dass er mich besamen solle. Nach dem zweiten Mal sagte er: »I like you, but your ass isn't so tight. You're too fucked. It takes long for me to come.« Ich sagte, dass es okay sei, wenn er lange brauche. Nach der ersten Woche fragte er mich, was ich hier jeden Abend täte, und ich sagte, dass ich über meinen »family tree« schriebe. Er verstand »Stammbaum«. Na ja, eigentlich schriebe ich über jemenschen, von dem ich mich verabschieden müsse. »A love story?«, fragte Farid. »Kind of«, sagte ich. Er mochte es, wenn ich meinen Mittelfinger in seinen Arsch steckte. Er beteuerte jedes Mal: »But I am not gay, you know, I just like the finger in the ass.« – »Of course.« – »I don't like the dick in the ass, you know.« Ich nickte, wie mensch bei der unwichtigen Lüge eines Kindes kulant nickt.

Ich führte Buch über unsere Nummern. Nach dem achten Mal setzten wir uns unter eine Linde. Ich wollte wissen, woher Farid kommt. Aber gleich fragte ich mich, ob das rassistisch sein könnte, ob ich ihn dann auf seine Nationalität reduzieren würde und nur noch an ihn als Syrer denken würde oder als Libanesen oder was er eben ist und ihn in meinem Archiv der gefickten Körper nicht als Farid, sondern als seine Nationalität ablegen würde. Da fiel mir auf, dass ich noch keinen Libanesen hatte in meinem Archiv, fuck und shit, dass mir das auffiel, fuckshit, und mir fiel ebenfalls auf, dass ich das niemals nie meinen um Antirassismus bemühten Freund*innen erzählen könnte, doublefuckshit, dass wir über Hormontherapien und transgenerationale Traumata sprechen, aber nicht über den Rassismus, den mensch uns mit dem Schnuller eingetrichtert hat und der nicht einfach aufhört zu wirken, auch wenn wir uns gegen ihn entscheiden, Tripple-fuckshit-Scham vor mir selbst, get out, du europäische Erziehung.

»Do you always have a lot of sex?«, fragte er.

»Yes.«

Stille.

»You're a bit arrogant for a half-woman. I'm just trying to help. I could be your father«, meinte er gutmütig.

»You? You helping ME? Take care of your own life, you closet fag.«

»I can take care of myself, don't worry about me.«

»I don't care enough for you to worry.«

»Ah, yes, okay.« Farid ging.

Mo hatte mir eine SMS geschrieben: »Wo versteckst du dich?« Ich antwortete nicht, ich ging zu den Büchern, las über die Entwicklung der Parkkultur in Europa, wühlte mich in die Renaissance und ihre italienischen Gärten, eine bella vita für die grandi uomini, ich ballerte mir die Kupferstiche der italienischen Fürstengärten rein und begann, es tatsächlich spannend zu finden, wie dieses gestrenge Gartenbild erst vom französischen Adel und schliesslich von jedem europäischen Bonzen imitiert wurde. Die Maxime war: Wasser und Pflanzen möglichst geometrisch und symmetrisch hinzubiegen. Hernach stürzte ich mich in die Epoche der Empfindsamkeit, in der ab 1750 der Englische Garten en vogue wurde: naturnäher als der italienische, wilder, als würde mensch eine »natürliche« Landschaft betreten. Aber natürlich wurde auch hier nichts dem Zufall überlassen, und »Natürlichkeit« ist ja immer Propaganda. Eigentliches Vorbild für die Gärten war nämlich nicht die sogenannte Natur, sondern die Landschaftsmalerei, also die schon vermittelte und gestaltete und imaginierte und gemalte Wildnis. Und dies war (endlich!) auch die Zeit, in der Blutbuchen rasant an Beliebtheit und Verbreitung in der westlichen Welt zunahmen. Bloodbeech, here we come.

Weil die gute alte Blutbuche den Siegeszug ihrer Verbreitung von Deutschland ausgehend angetreten hatte, forschte ich besonders nach der Entwicklung der Parkanlagen in Deutschland. Ich fand nicht viel, nur ein Buch, das sich mit der historischen Entwicklung befasst: Der *Umgang mit Bäumen* eines gewissen Landschaftsarchitekten namens Heinrich Friedrich Wiepking. Und jetzt. Krallt euch an euren nachhaltig produzierten Eames-Chair-Imitationen fest, Freund*innen der zeitgenössischen Zeit, Auftritt Wiepking, ein weiterer weepender King eines weiteren ertrunkenen Königreiches. Aber wir wissen ja: Was ertrunken ist, wird immer irgendwo angeschwemmt. Und was angeschwemmt wird, ist immer – read my lips: IMMER – unschön.

Der Wiepking schreibt über die geschichtliche und völkerkundliche Bedeutung von Bäumen. Er beginnt beim Dreissigjährigen Krieg. Nach diesem seien alle völlig ballaballa gewesen, hätten genug gehabt von Gewalt und Hunger und abgeschnittenen Körperteilen und fehlenden Familienmitgliedern (vor allem von abgeknallten Vätern). Darum hätten die Leute eine nicht zu bändigende Lust nach Schönem verspürt, so Wiepking, und das Schöne sei ihnen in Form von Gärten um die traumatisierten Seelen angelegt worden. Ein pittoresker Garten als Sinnbild des Friedens. Wiepking schreibt, dass – Achtung, ein weiterer teutscher Trippelname – der Fürst Leopold Friedrich Franz von Anhalt-Dessau den Englischen Garten nach Deutschland geholt und ihm seine »deutsche Ausprägung« gegeben habe. Der Fürst wurde zeitlebens »Vater Franz«, »Vater der Humanität« genannt oder mit anderen daddy issues ausdrückenden Kosenamen bestückt. Papa Franz liess viele Baumgärten errichten, er erschuf »einen der ersten grossen deutschen Naturgärten, ein Paradies der Bäume, den Park von *Wörlitz* und andere grosse Baumgärten im Dreieck zwischen Elbe und Mulde«.[13]

In Wiepkings *Umgang mit Bäumen* finden sich ausserdem mehrere Seiten zu unserem nationalen Überdichter Johann Wolfgang von zu und ab Goethe, der den Franz-Park von Wörlitz einige Male besucht hat. Wiepking zitiert den mit Halbgottesflor bekränzten Germanenbürger, der am 14. Mai 1778 aus Wörlitz an seine Geliebte Frau von Stein schrieb, wie unendlich schön es hier sei, wie unsäglich gerührt er, Goethe, sei, dass »die Götter dem Fürsten (Franz) erlaubt haben, einen Traum um sich herum zu schaffen«.[14]

Ich bitte um einen kleinen Vertrauensvorschuss: Das scheint jetzt alles random, aber Goethe und Parks wie jener von Volksbeschützer Franz werden wichtig sein, um zu verstehen, wie die Blutbuche im Garten meiner Familie landete. I swear! Und um Vaterkomplexe und Nationaldichter zusammenzuargumentieren, muss ich nun doch noch kurz über das klassische Kunstverständnis absenfen mittels Goethe, der mir stets Unbehagen bereitet hat. Einerseits misstraue ich seiner Meisterung von Sprache, dieser totalen Beherrschung von Wörtern, Klängen, Metren, Gattungen, Gesängen, Stoffen, Tropen, Themen, Sachen halt, Gesamtweltheit – da schwingt natürlich auch bissel Neid mit, aber es hat für mich auch immer gewisse totalitäre Tendenzen in der Klassik: die Idee, dass DER Autor vollkommene

13 Wiepking 1963.
14 Wiepking.

Souveränität über seinen Stoff hat, dass er »alles im Griff hat«, Form und Inhalt in absoluter Harmonie zusammendingsbumselt. Dass Kunst formvollendet und »schön« zu sein hat.[15] Mir kam

15 Und ja, ich weiss schon, dass auch die schwerfällige Literatur sich seit Goethe etwas bewegt hat. Dass es so was wie 'ne Postmoderne gab, die die althergebrachten Formen aufbrechen wollte, weil die Welt zu »fragmentarisch« und »komplex« geworden sei, als dass sie in geradliniger und hübscher Form beschrieben werden könne. Ich weiss, dass Heerscharen von Schreibenden sich an »klassischer« Kunst abgearbeitet haben. Dass die Grossväter und ihre Texte schon lange bespuckt, zerschnitten und neu montiert worden sind. Ich weiss auch, dass sich die Welt weitergedreht hat und noch fragmentarischer und überdrüberkomplexer geworden ist, und ich weiss, dass heutzutage selbst ein fragmentarischer Text zu geradlinig, zu logisch ist, um diese fragmentarische Welt darzustellen. Ich weiss, dass wir nun schon dreissig Jahre lang Wege suchen, um oben oder unten oder hinten aus der Postmoderne heraus- und in diese Gegenwart hineinzukommen.[15.1)]

Ich weiss daher schon, dass es zu simpel ist, die zerstückelte Welt in zerstückelten Texten darzustellen. Ich weiss das, denn die Postmodernist<u>en</u> sind schon lange zu Klassikern geworden – aber das würde jetzt ein wenig zu weit führen –, und die Leute, die der postmodernen Ironie und Metareflexivität entkommen wollten, sind selbst auch Klassik<u>er</u> geworden. Diese Autoren sind zwar von den Rändern her gekommen, aber sind nun selbst neue Zentren geworden, wie zum Beispiel – random Beispiel, denn sonst würde das jetzt echt zu weit führen, wenn ich das hier ausführen tät – David Foster Wallace, der mit seiner New Sincerity der Ironie der Postmoderne entkommen wollte. Wenn wir als Beispiel bei DFW bleiben, dann sehen wir – ohne allzu exakt hinzusehen, denn dafür fehlt in dieser Fussnote schlicht der Platz –, ja, in DFW sehen

15.1) Der Glaube, die Welt sei früher überschaubarer gewesen, war schon immer ein erlogenes Narrativ. Denn sie war nur so straight, weil sie aus einer einzigen gesellschaftlichen und globalen Position heraus betrachtet wurde (you know which). Zudem ist es kein Zufall, dass das, was heutzutage als »normale« und »neutrale« literarische Form gilt, der ROMAN eben, dass der sich zeitgleich zum europäischen Bürgertum bildete – zu dem das Bürgertum, das unter »fraternité, liberté, egalité« nur die Brüderlichkeit, Freiheit und Gleichheit der über fünfundzwanzigjährigen weissen Männer verstand. Männer, die mehr als drei livres Steuern bezahlten (was 1789 ungefähr ein Kilogramm Silber wert war – also ein ordentliches Einkommen hatten).

die Sprache der Klassiker immer wie Michelangelos Marmordavid vor: Viel zu smooth, zu gross, zu männlich und viel zu weiss waren diese Davids immer. Und völlig die Verhältnisse verdrehend: War David im Kampf gegen Goliath nicht der Kleine, Jugendliche? Wieso ist er zu einem Riesen geworden in dieser Darstellung? Und zurück zur Form: Was ist, wenn ein Inhalt nicht in einer »schönen« Sprache »gemeistert« werden kann? Oder was ist, wenn die Sprache aus ihrer Form fliesst oder in verschiedene Formen plumpsen will? Was ist, wenn die schon lange verstummten Münder in der Sprache auch ein Sagen haben? Was ist, wenn Sprachen eigene agencies haben, die Klänge selbst, aber ebenso die Themen, über die geschrieben wird – oder eher: MIT denen geschrieben wird? Wie sehen Texte aus, wenn nicht ein menschliches Meistersubjekt im Zentrum steht und die Welt begnadet ins

wir einen Sohn, der sich in seine daddy issues verbissen hat, der Papa Shakespeares Väterstück *Hamlet* weiterspinnt, dessen *Infinite Jest* sich zwar inhaltlich von den männlichen Ahnen loszusagen probiert, der aber genialistisch und hyperreflektiert im *Hamlet* und seiner Gewalt gefangen ist. Bei DFW lesen wir einen hamletianischen Text vom Titel bis zu den Vätern, die immer wiederkehren; von den Grossvätern, die die Väter ins Tennisspiel zwingen, in die Gewinnsucht hineintraumatisieren; von den Vätern, die wie bei Hamlet als Geister zur Heimsuchung kommen und verlangen, dass die Söhne bis zur Selbstaufgabe für den väterlichen Ruf kämpfen; von den Söhnen, deren Dasein nur ein Sohnsein ist. Also. Wenn wir die Väterei (fast) bis in die Gegenwartsliteratur verfolgen, wenn wir David Foster Wallace heute anschauen – denn alles andere würde an dieser schmalen Stelle nun wirklich zu weit führen –, dann sehen wir einen, der mit dem Vatertum aufhören wollte, der aber gerade in seiner Anti-Daddy-Haltung für viele Schriftsteller ein neuer Oberüberpapi geworden ist. Wenn wir bei DFW bleiben, dann sehen wir ein Wunderkind des 20. Jahrhunderts, das in seinen Texten (und nicht nur dort) die uralte Gewalt der Männer weiterspinnt. Vielen Dank für Ihre Aufmerksamkeit. Die Auseinandersetzung mit männlichen Ahnen ist notwendig, die Auseinandersetzung mit NUR diesen ist es nicht. Ich verkünde nun offiziell: Die Zeit der Väter ist hiermit an ihr Ende gekommen. Und wenn nicht an IHR Ende, dann zumindest an EIN Ende.

Förmchen goethet? Wie sehen Texte aus, wenn ich ebenso Teil der Welt bin wie die Texte, wenn ich keinen Punkt ausserhalb von Text und Welt habe, aus dem ich, alles überblicken könnend, sie durchleuchte? Ich glaube nicht an die Menschen als souveräne Agent*innen. Ich glaube daran, dass alle Materien ihre eigenen Wirksamkeiten haben, dass Geschichten und Themen und Materien ebenso wie Sprachen und Medien immer auch ein Wörtchen mitzureden haben. Dass sie sich selbst mitgestalten. Ich glaube, dass alles, was wir anschauen, zurückschaut, und der Blick des Anderen macht mindestens so viel mit uns, wie wir mit ihm machen. Ich glaube, dass das Magie ist: die Wirksamkeit aller Dinge. Und an diese Magie glaube ich.

Mist, ich hoffe, ich habe Sie nicht schon wieder vergrault, naughty me – naughty who? Naughty this, naughty text, der einfach nicht straight sein will, der sich einfach ständig unter meinen schlecht lackierten Nägeln wegdreht wegquengelt wegqueert. Aber keine Sorge, ich kann auch stringenter und jetzt superelegant zurück zu Goethe und Wiepking kommen. Jetzt wird es deftig, bleiben Sie dran! Wiepking, nachdem er ein paar Seiten über Goethes Besuch im Daddy-Franz-Park geschrieben hat, salbadert nämlich noch hinterher: »Die Blütezeit des deutschen Gartens ist heraufgekommen, die gleichzeitig auch die Blütezeit der Kunst der Baumgärten und die des deutschen Geistes ist. Gärtner sind sie alle, die die Welt des Geistes in der ›klassischen‹ Zeit bewegen! Sie schreiben sich zauberhafte Gartenbriefe und helfen sich brüderlich beim Gartenwerk.«[16] Es gelte, die Landesverschönerungskunst zu betreiben: »Gemeines zu veredeln und Niedriges zu erhöhen, wodurch künftig alle gesitteten Völker zu einer großen Familie vereinigt werden.« Ja, diese Rhetorik, die hatten wir

16 Wiepking 1963.

doch schon mal? Kastanientriebe. Braunes. Trugen die Braunhemden nicht ihr Braun, um die Verbundenheit mit dem Boden zu zeigen? Ich war immer noch in der Bibliothek und beantwortete die Nachricht von Mo nicht, ich hatte dieses Buch von Wiepking vor mir, und ich dachte mir: Ja, aber wait a minute, das kann doch nicht vor dem Zweiten Weltkrieg geschrieben worden sein? Und ich schaute nach und nein, es war nach dem Krieg publiziert worden. 1963. Und dann stalkte ich den Wiepking. Denn er hat das Wissen produziert, das mir zugänglich ist, das Wissen über die Entwicklung der deutschen Garten- und Parkkultur, und ich schwöre Ihnen, ich habe so gut geforscht, wie ich konnte, ich fand keine aktuelleren Sachbücher über diese Materie. Und nun also eine shorte, schauderige Vita:

Heinrich Friedrich Wiepking lebte von 1891 bis 1973. Er war Landschaftsarchitekt und ab 1934 Professor für Garten- und Landschaftsgestaltung. 1941 ernannte Heinrich Himmler den Wiepking zum *Sonderbeauftragten des Reichskommissars für die Festigung deutschen Volkstums*. Wiepking tanzte am liebsten zu Wagner und völkischen Narrativen. Er legitimierte die Überlegenheit der Arier damit, dass das Germanentum auch im Boden ist, in diesem deutschländischen Deutschboden, und dass deshalb die neu einverleibten Ländereien des Dritten Reiches ordentlich eingedeutscht werden müssen. Er schrieb 1942: »So unterscheiden sich die Landschaften der Deutschen in allen ihren Wesensarten von denen der Polen und Russen, – wie die Völker selbst. Die Morde und Grausamkeiten der ostischen Völker sind messerscharf eingefurcht in die Fratzen ihrer Herkommenslandschaften.«[17] Dass er ein ganz fescher Nazi war, hat ihm nach dem Krieg aber

17 Dieses schöne Zitat stellt uns Wiepkings Biografin Ursula Kellner zur Verfügung: Kellner 2016.

nicht sonderlich geschadet. Er wurde auch in der Bundesrepublik Hochschullehrer, war wie im Dritten Reich verantwortlich für die Ausbildung der Landschaftsplaner, erhielt Ehrungen, und ein Preis für Diplomarbeiten wurde nach ihm benannt. Er konnte seine faschistische Ideologie weiter verbreiten, wie eben auch in dem Buch *Umgang mit Bäumen* aus dem Jahr 1963, das ich in der Bibliothek des Botanischen Gartens Zürichs gefunden habe, einer Bibliothek der Universität Zürich. Vielleicht noch zwei traurige Funfacts zum Schluss: 1943 betreute er eine Diplomarbeit über die Begrünung von Auschwitz. Und 1952 half er bei der Landschaftsgestaltung der Gedenkstätte des ehemaligen Konzentrationslagers Bergen-Belsen.

Hmmpf. Gnrr. Phu. Okay. Danke. So weit zu Wiepking. Und jetzt? Grosser Skandal, ein Landschaftsarchitekt hat auch nach dem Zweiten Weltkrieg seine braune Kacke gekackt? Dass die Köpfe der Nazis nicht ausgedeutscht wurden, das ist ja bekannt, können Sie sagen. Jaja. Ich will mich ja auch nicht empören. (Nur ein bisschen.) Zuerst wollte ich den ganzen Kram zur Parkgeschichte streichen, um nicht mit dem Nazi umgehen zu müssen in meinem schönen Büchlein. Es gehöre ja nicht direkt zur Blutbuche, sagte ich mir. Aber das stimmt nicht. Das stimmt eben nicht, merkte ich. Gegen Ende August erinnerte ich mich an Meers Beschreibungen von Urgrosspeer: »Er fand die Schweiz das tollste Land der Welt«, all die piekfein gerollten Schweizerflaggen im Dachgeschoss, das Sturmgewehr, nicht im normalen Armeesack, sondern in einem mit Samt gekleideten Kasten, die Kupferstiche der Alpen, Seen, die Berner Tracht etc. etc. »Damals liebte man einfach sein Land«, sagte Meer, und ich glaube ihr fast, aber es fällt mir schwer zu begreifen, dass gut gebildete Menschen auch so fanatisch helvetisch waren. Mein Urgrosspeer war kein Nationalsozialist, aber ein Nationalist. Auch das erbe ich, und dieses

Erbe möchte ich benennen, um diesen Teil der Blutbuchengeschichte nicht zu verschweigen; um nicht vertuscht zu haben, wie sehr die Vergangenheit einfach so in die Gegenwart reinfuckt. Urgrosspeer hat die Blutbuche nicht zufällig in die Mitte des Gartens gesetzt.

Nach Wochen ohne eine Nachricht meinerseits tauchte ich bei Meer auf, hörte mir eine halbe Stunde lang ihre Tiraden über die Arbeit an, die Chemikalien, die ihr die Hände und den Geruchssinn kaputtmachten (im Grunde verstand ich aber nur die Obertöne GROSSMEER GROSSMEER GROSSMEER), ich sagte müde, sie solle doch endlich einer Gewerkschaft beitreten oder selbst eine machen und gegen die Beauty-Riesen ankämpfen (aber mit welcher Energie? Und mit welchem Wissen, how to form a workers revolution? Ich weiss, ich weiss), und schliesslich versuchte ich gar nicht zu vertuschen, dass ich eigentlich nur gekommen war, um die Sachen von Urgrosspeer durchzuschauen, die sie – seit sie unser nicht shabby-chic-charmantes Haus vermietete – zu sich genommen hatte. Innerlich dankte ich dem Urgrosspeer, dass er so ein Pedant gewesen war. Alles war feinstsäuberlich geordnet und beschriftet, mit dieser absurd schön andisziplinierten Schrift, die die Menschen damals alle hatten. Er hatte jede Hühnerfutterrechnung verzeichnet, und Meer, die schlecht wegwerfen kann, hatte alles behalten. In der Box »Garten: Bäume und Tiere« fand ich tatsächlich die Quittung der Blutbuche. Sie kam aus einer deutschen Gärtnerei. Gekauft: 1919.

Die Blutbuche wäre also nicht bei uns gelandet, wenn die deutsche Parkkultur nicht die deutsche Parkkultur gewesen wäre. Wenn die Blutbuche nicht den Status einer der schönsten Parkbäume errungen hätte. Wenn die deutschen Gärtner nicht so mit ihr gehandelt hätten und sie in die gesamte westliche Welt vertrieben hätten. Wenn es nicht dudes wie Wiepking gegeben hätte, die bestimmt haben, was ein schöner Garten ist, wenn es nicht dudes wie Goethe gegeben hätte, die die deutsche Lieblichkeit erschrieben haben. Wiepking und Goethe sind Stammväter der Blutbuche, ob ich es will oder nicht.

*

Ich sitze jetzt immer noch, das heisst wieder, innerlich ununterbrochen im selben Medikamentenrausch auf meiner Couch-Scholle im Schreibfluss treibend, und ich lege noch rasch ein Dafalgan nach. Oder zwei. Nach der Nazigeschichte musste ich mich ablenken von all dem shit, der mir so in mein Jetztsein reinfunkt, und darum ging ich zu einem Wald-Rave, ich ging mit Dina und Mo, und wir tranken früh und gingen dann mit dem Fahrrad den Berg hoch, und wir fühlten uns jünger als unsere Körper, und der Wald war lang, aber unsere angetrunkene Jugend war länger, und wir hörten den Rave sehr lange, bevor wir ihn sahen, wir folgten unseren Ohren, und dann sind wir plötzlich da und drin und alles ist belasert und wir trinken weiter, es sind erstaunlich viele Leute da und ich fühle mich erstaunlich wohl für die Menge an Leuten und dann haben wir uns verloren und ich trinke alleine weiter und dann steht Farid vor mir, im Gemenge der Hände, seine Hände in der Luft, seine Hände bestricken mich, sie rufen mich, umblitzt von rotem, blauem Laser und der Donner, der uns hierher geführt hat, marschiert rhythmisch durch unsere Glieder, führt uns aneinander und wir sind nur kurz im Schweissmeer und dann folge ich meiner Hand und meine Hand folgt Farids Hand, mein Blick auf seinem Rücken, sein Rücken im Wollpullover, sein Rücken im Halbdunkel, im Halbdunkel die Maschen, nur von Kerzenlicht angeleuchtet, meine Hand auf den Maschen schrumpft, wird ein Kinderhändchen, Grossmeer strickt und strickt und erzählt, wie ihre Grossmeer ihr das Stricken beigebracht hat, an den langen, dunklen Winterabenden war das Stricken ein Rettungsseil aus der Kälte, die wollenen Strumpfhosen, die aus den Händen der Grossmeer wuchsen, die Winde, die genau wussten, wo die Ritzen des Hauses lagen, die Kälte, die in den Nächten zu einer Schlange wurde, die überallhin kroch und mit ihrer Zunge aus Eis jeden Flecken Körper erwischte, der nicht bestrickt war; das Stricken als Wissen, wie mensch nicht kalt wird, wie mensch im Herzen des Winters lebt, ohne dass dieser gewinnt, und Grossmeer erzählt von einem Spaziergang, bei dem Meer ihre wollenen Socken aus Dummheit kaputtmachte und sie danach nicht flicken wollte, »sie wusste einfach nicht, wie gut sie es hatte, in dieser Wohnung mit der Zentralheizung, sie wusste nicht, was Kälte ist, sie wusste nicht, was Winter heisst: die Angst, dass einem ein Finger abfriert im Waschwasser«, und Grossmeers Hände sind Tiere, sind älter, sind die Hände aller Grossmeeren, im Halbdunkel der Zeiten, der Kerzen, die Hände sind überall, im Halbdunkel der Bäume, die die Zeug*innen unseres Rituals sind, nur ein schwaches Wetterleuchten aus Laser zeigt uns, wo wir sind, und so steht Farid vor mir, er steht stämmig vor mir, wie Gott ihn geschaffen hat, nur welcher Unterweltengott hat ihn geschaffen, eine korrekte Göttin war das sicher nicht – es muss eine menschengeschaffene Göttin gewesen sein, eine alttestamentarische, griechische, gemeine, denn sie wirft mir dieses goldne Lämmlein hin, seine dunklen Knopfäuglein stellen mich auf den Prüfstand, oh yummi piece of meat für mich Vegetarier*in, mit seinen Locken abgeschabter Düsternis, die Göttin des Anstands prüft mich, sie entreisst mir mein gut gezimmertes Über-Ich und schmeisst mir den Spiegel hin, Farid ist näher als ich, einzig seine Nikes trägt er noch, sein Gesicht hat er schon abgezogen, dirty boy, er ist reines Fleisch, er ist reiner Muskel, und über seinem Muskel ist er ganz bedeckt von schwarzer Schafwolle, ein unerträglich flaumiges Kleid, er sagt NIMM MICH ICH BIN DEIN, ich sage ICH BESITZE DICH, er sagt OH JA ICH GEHÖRE DIR, NIMM MICH EIN, ich stosse mich in seinen Mund, er würgt, DU DRECKIGE BITCH, ICH ÜBERNEHME DEINEN KÖRPER, seine Augen treten hervor, sie haben das Dunkle gesehen, diese Nachtbringer, DEINE EICHEL IST SO PRALL, OH GEBIETER, WIE BETENDE LIPPEN, er reibt seine Lippen daran, DEINE VORHAUT IST SO ZART WIE EIN AUGENLID, sagt er, ÖFFNE DICH UND SCHAU MICH AN, und er schiebt sie zurück, meine Vorhaut, bis an den Anschlag, er züngelt an der Narbe, die die Kuppel der Lust an meinen sündhaften Boden bindet, er ist eine Fackel, er schiebt sich meinen Penis so weit in den Mund, bis sein Hals dick wird, er zieht an der Vorhaut, bis sie brennt, ich brenne lichterloh, ich brenne weiss und blau und rot, meine Vorhaut reisst, er öffnet die Kathedrale des Schmerzes und ich trete ein, er zieht mir meine Vorhaut ab, er schält meine korrekte Haut ab und fördert meine zweite Haut zutage, ich wusste nicht, dass da noch so eine Machohaut liegt, er schält mich, ich bin seine Lustzwiebel, ich bringe ihn zum Tränen, er zieht mir die Haut über die Ohren, da lauert noch eine als Mann sozialisierte Körperschicht, ZIEH MICH AB, STÜLP MICH UM, er macht mich edgen, wir sind in die Salamanderhaut des Ozeans gehüllt, wir spülen in wüsten Wellen an das Ufer unserer Körper, ich bin am Kliff, ich greife ins Leere, dann hab ich ihm genug Handlungsmacht gegeben, JETZT MACH ICH DICH BETTELN, ich poltere über seine Grenzen, ich stürme durch die herrlich behaarten Hügel, ich stürme seine Gedärme, OH JA, ICH BIN DEINE FICKSTUTE, GIB ES MIR, seine Locken das Zaumzeug ihn ins Züchtige zu zügeln, meine Mannheit die Rute ihn ins Abartige zu hetzen, unsere Muskeln die Fähren uns in Bluteslande zu verschiffen, HEUTE NACHT BAUE ICH

MEINE SPROSSEN IN DIR AN, DU BIST MEINE PLANTAGE, ICH PFLÜGE DICH, ICH SÄE MICH IN DIE FURCHEN, DIE ICH IN DICH REISSE, ich verliere mich in ihm, zigfach, ich drücke ihm den Arm auf den breiten Rücken, ich beisse in seinen Schultermuskel, bis er schreit und blutet, OH ENTSCHULDIGUNG, er lacht und sagt NEIN, ENTSCHULDIGEN SIE SICH NICHT, OH LORD, wir reissen den Zaun des Anstands nieder, wir lassen die Gefilde unserer Erziehung hinter uns und galoppieren auf das verbotene Gebirge zu, ich schaufle Farid aus seinem Faridsein, ich grabe seine straffe Hügellandschaft um, ich schliesse seine Sprache mit meiner Hand, ich baue ihn um, ich entere das Raumschiff FARID, ich stürme ihn, ich renne die Stufen hinab, tief unter seine Meeresoberfläche, er heult, die zwei Muskelschlangen, die sonst brav parallel verlaufen, ranken sich um seine Wirbelsäule, sie zischen und wirbeln, er droht zu kommen, BITTE LASS MICH KOMMEN, ich schlage seine Arschbacke, diese Wange eines ungezogenen Bengels, WIE HEISST DAS? Er stöhnt BITTE LASST MICH KOMMEN, SIR, ich bremse, ICH BIN KEIN SIR KEIN LORD ICH BIN DEINE NEMESIS, ich reisse an den Zügeln, presse meine Stute an mich, schlinge meine Finger um seinen Hals, reisse ihm den Adamsapfel aus und schlucke ihn, ich öffne eine tiefer liegende Pforte, die selbst Farid nicht kannte, er schreit und zuckt zurück, mein Schaft schimmert dunkel im Dunklen, ich habe die hintersten Kammern aufgestossen und das Schwein Farid kann sich nicht mehr in seinen Enden halten, er läuft aus, seine im Verborgensten ausgebrühten Perlen kullern in rotem Glanz über meine Innenschenkel, SCHAU WIE SCHMUTZIG DU BIST, DU DRECKSARABER, LECK DEIN BLUT AUF, DU NIEDERER HUND. Stille. Schnaufen. Schauen. Mein Satz erschreckt mich, war das mein Satz, ich fürchte mich vor ihm. Sein Atem bebt Farid. Dann sagt er JA,

ICH BIN DEIN HUND, VERZEIH MIR, und er leckt seine Spuren von meinen Waden, er reibt seine Wangen an meinen blutigen Schenkeln, ich tue nichts, ich schaue, wie weit er geht, und er stülpt sein Gesicht über meinen mit Blutkot verschmierten Schwanz, er würgt, aber er zieht den Kopf nicht zurück, wir können nicht mehr zurück, Farid ist ein Feld aus saurem Klee und ich mähe ihn, er zieht die letzte meiner Häute von mir, ich lasse mein ganzes Laub fallen, ich ziehe meine Wurzeln aus dem Erdendunkel und ich reite ihn weiter weiter tiefer in den Untergrund in das was da in mir haust was mir graust meine letzte Hülle fällt ich fürchte mich wir sind Barken wir sind die Nachen der Nacht der Schlacht nein er ist ein Nachen ich bin ein Dreimaster ich rage weit auf ich bin zu einer Überfahrt angefahren bin jenseits meiner Kenntnis ich treibe auf dem Meer meines Begehrens meine Sturmflut wütet ich habe die andere Seite gesehen das lächerliche pflotschige teebeutelige Bimmeln meiner Glocken an seinen reisst mich davon das Piratenschiff Farid hat mir alle Rettungsboote abgerissen wir treiben auf den Wellenkämmen und wir sehen uns nicht wir reiten dieselben Wellen aber wir stossen uns in die Tiefe ich bin in Not mein Bauch wirbelt da sind keine Schmetterlinge da sind Raupen und sie haben sich verpuppt sie sind als Motten geschlüpft sie sind in die Fackel seiner Unterwürfigkeit geflogen DU HAST MICH VERHEXT und jetzt regt sich der Riesenkrake der Tiefe mein blindes Fleisch befiehlt meine Faust schiebt sich in seinen Mund jede meiner Fasern hat mich zurückgelassen ich bin ausgesperrt ich will das nicht ich will das tun nein nicht wer hat diese Feldmarschallsgewalt in mich gepflanzt wer hat dieses Zepter in mich genäht wer hat diese Granitsäule der Unterwerfungslust in mir aufgestellt wer hat diese Härte in mich gebrannt mit der ich sein weidenkätzchenzartes Versteck niederreisse wer hat diese Wörter in mein Ficken gescriptet woher spricht diese Niedertracht wie hat sie den Zugang zu meiner Innenstimme gehackt ich will dieses Begehren nicht wo ist der Zipfel von ICH der das alles wahrnimmt und sich nicht querstellt – WEINST DU? ruft ihm meine Stimme zu und er würgt an meiner Faust und ich entreisse mich und er sagt BITTE KOMM und ich sage BETTLE, HURENSOHN – BITTE BITTE BITTE ICH BITTE DICH und ich sage STÖHNE LAUTER und er stöhnt im Chor und meine Häute ziehen sich zusammen in völliger Überreife und sie faulen ab und ich gebäre die sicksten Sterne in Farids Bauch der Finsternis und er kommt auch und ich stehe da ohne Haut ich glimme aus.

Farid liegt da, er schwitzt aus den Augen. Ich stehe in unserer Asche.

»Aber ich heisse doch Thilo«, sagt Farid.

*

Ich habe neue Wolle gekauft für dich. Dunklere.

*

Ich hatte die Väter der Blutbuche gefunden, oder zumindest zwei Väter, aber die Mutter oder eine Mutter hatte ich auf meiner Spurensuche nicht gefunden. Das merkte ich, als ich bei meiner Recherche über die MUTTERBLUTBUCHE stolperte, die im Possenwald nahe der thüringischen Stadt Sondershausen steht. Ich las, dass sie die älteste bekannte Blutbuche sei, zum ersten Mal 1690 erwähnt, dass rund um sie elf jüngere Blutbuchen stünden, DIE ELF SCHWESTERN genannt, und dass von diesen die Blutbuchenzucht ihren Anfang genommen habe und alle heute existierenden Exemplare auf sie zurückgingen. Natürlich machte mich das ein bisschen misstrauisch. Alle Blutbuchen sollen eine Stammmutter haben? Ich suchte weiter, ich wollte wissen, wer begonnen hatte, die Blutbuche zu kapitalisieren. Nach einigen Anfragen bei Archiven und botanischen Gärten und Schlossbibliotheken in Thüringen stiess ich auf einen Artikel einer Heimatforscherin namens Hanna Nagel, der das fehlende Puzzleteil über die Anfänge des Blutbuchenhandels war. Sie schrieb 2018 im Provinzblättchen *Sondershäuser Heimatecho*, dass ein gewisser Oberlandesforstmeister Eduard von Michael Anfang des 19. Jahrhunderts der Erste gewesen sei, der die Blutbuche gezüchtet habe. Er nahm Samen oder aufgepfropfte Zweige von der Blutbuche und zog sie heran. Von Michael begann mit dem Vertrieb des Edelbaumes an Forstverwaltungen, Gärtnereien und Privatgärten. Der Handel zog immer weitere Kreise, und so sind von Sondershausen auch Sendungen nach Frankreich, England und Amerika abgegangen.[18]

Mithilfe von Nagels Quellenverzeichnis tigerte ich weiter durch die Blutbuchenmadness und fand heraus, dass es einen regelrechten Fetisch um die Mutterblutbuche in Thüringen gibt, wie auch einen battle darum, welche Blutbuche die älteste ist – denn es gibt mehrere in Europa. Nachfolgend finden Sie nun die Ausführungen dreier alter apfelblütenweisser Männer, die alle behaupten, die ihrige sei die älteste Blutbuche:

Da wäre einerseits Paul Friedrich August Ascherson, der Mitte des 19. Jahrhunderts behauptete, die Blutbuche bei Castellano in Südtirol sei die STAMMMUTTER aller heute lebenden Blutbuchen.

Ein anderer Blutbuchologe, Günther Lutze, trompetete dann Ende des 19. Jahrhunderts gegen Ascherson an: Die einzig wahre

18 Nagel 2018.

Mutterblutbuche sei jene aus dem Possenwald bei Sondershausen in Thüringen, dem Herzen Deutschlands. (Funnyerweise war Lutze selbst ganz zufälligerweise hoppsla strammer Thüringer.)

Diese thüringische Mutterblutbuche sei so beliebt gewesen, dass alle ihre Kinder geraubt worden seien. Lutze interessierte sich nämlich nicht nur für die wahre Echtheit der thüringischen Blutbuche als Stammmutter, sondern auch für ihre Sexualität, ich meine Vermehrung. Wie das eben wichtig ist bei blaublütigen Sippen. Zähneknirschend gab er zu, dass die aus den Samen gezogenen Blutbuchen weniger intense rotlaubig gewesen seien als die mittels Blutbuchentrieb aufgepfropften Exemplare. Also waren leider die blutsdirekten Sprösslinge weniger blutvoll als die asexuell vermehrten.[19] Dass die Kinder der Mutterblutbuche ganz hundskommune, ich will nicht sagen: langweilige, GRÜNLAUBIGE Buchen waren, das sei aber nicht der Mutterblutbuche ihre Schuld, verteidigte Lutze die Sondershausener Blutbuche. Neinein, schuld seien die anderen stinknormalen grünlaubigen Buchen, die um sie herumstanden und der zierdenvollen Stammmutter ihr niederes Genmaterial aufzwangen: »Dieser geringe Prozentsatz [von echten Blutbuchenabkömmlingen] ist eine Folge der Fremdbestäubung, welche die Mutterblutbuche, ringsum eingeschlossen von Exemplaren der gemeinen Buche, über sich ergehen lassen muß. Könnte man sie so isolieren, daß der Samenstaub anderer Buchen von ihr abgehalten würde, so wäre sicher Gewähr dafür geboten, daß die der Stammmutter entnommenen Bucheln nur wieder Blutbuchen erzeugen.«[20]

In einer für Lutze idealen Welt wäre die Blutbuche demnach einzig von ihresgleichen umgeben. Der Thüringer stellte seine

19 Was eben nicht ganz zur Blutslogik dieser Zeit passt: dass der ganze Bauplan eines Körpers in seinem Blut geschrieben stehe.
20 Lutze 1892.

Blutbuche fast zwanghaft als Stammmutter aller nachher verkauften Blutbuchen dar – eine Übermutter, die noch viel potenter wäre, wenn da nicht so viel unreines Gesindel an ihren Rockschössen hinge und ihr Genmaterial verunreinigte.

Aber alles hat bekannterweise ein Ende, auch mythische Überbäume wie die Mutterblutbuche. Offenbar litt sie bereits 1841 an Zopftrockenheit.[21] Ich las, wie sich Generationen deutscher Förster um sie mühten, ihr Pilze abkratzten und sie massenweise mit Rindvieh-Stallmist düngten. In den *Kyffhäuser Nachrichten* fand ich schliesslich ihren Nachruf aus dem Jahr 2017: »Es war wohl 1926, dass die Mutterblutbuche abbrach und jetzt nur noch ein kleiner Stumpf steht, der langsam zuwächst und schwer zu finden ist.«[22]

*

Ich suchte dann den echten Farid. Wir taten es müde. Dann gingen wir in die Cafeteria Kaffee trinken. Wir smalltalkten ziemlich schlecht. Ich fragte ihn, ob er viel Rassismus erfahre. Da lachte er, sehr lang und sehr laut und sehr hoch, und ich wusste, dass uns alle Biologiestudierenden anschauten, ich wusste, dass die alle jünger waren als ich, nicht viel, aber gerade genug, um sicherlich rassismuskritischer zu sein, und ich wagte nicht, mich umzuschauen, ich wusste, dass meine Frage auf dem Tisch lag, zwischen mir und Farid, meine dumme, well intended Frage, und ich wusste, dass ich sein Lachen nicht verstehen konnte, nicht interpretieren konnte, dass ich es nur als leere Stelle wiederge-

21 Für botanisch mittelmässig Bewanderte wie mich: Das heisst, dass ihr langsam der Wipfel austrocknete. Ich mit meinem Haarausfall kann diese Unannehmlichkeit gut nachfühlen. Mensch und baum wissen: Das ist der Anfang vom Ende.

22 *Kyffhäuser Nachrichten* 2017.

ben kann, als weisse Stelle, die von ihrer Weissheit verstellt ist. Er hörte abrupt auf zu lachen und erzählte mir, dass er in zwei Wochen nach Hause gehen werde. »Only home is home.« Ich solle doch vorher noch mal vorbeikommen. Damit war das Gespräch beendet.

*

Was on the other hand – um wieder mal vaselinig smooth umzuschlenkern – noch nicht ganz beendet ist, ist der Streit um die älteste Mutterblutbuche. Da führt nämlich noch eine Spur in die Schweiz. Die dritte und letzte Spur. Ich hatte ja, am Anfang meines Blutbuchensommers, einfach mal blind Material angesammelt, das ich nur langsam durcharbeitete, während ich immer weitersuchte. In meinem BB-Archiv (Blutbuche und barebacking) gab es einen Text eines gewissen Prof. J. Jäggi, den ich am Anfang meiner Geschichtswühlerei gefunden, aber gleich wieder weggelegt hatte. Jäggi schrieb 1894 ganze fünfunddreissig Seiten über »Die Blutbuche zu Buch am Irchel« (dem endlich ersten Standort in der Schweiz, jawohl, auch wir können mitblutbucheln). Allerdings verwendete er eine so ältelnde Sprache, dass ich mich abgetörnt anderen Blutbuchentexten widmete.

So kam es, dass ich mich erst Ende August durch diesen Text über die Schweizer Blutbuche biss. Jäggi widmet darin über zehn Seiten der Plausibilisierung, warum die älteste Blutbuche aus der Schweiz stamme. Ich staunte nicht schlecht, als ich zum ersten Mal von ihrem Standort las: Buch am Irchel, was ganz in der Nähe von Winterthur liegt, wo ich mit Meer und Peer wohnte, nachdem wir aus Grossmeers Haus ausgezogen waren. Jäggi nennt die drei bekannten Standorte natürlichen Vorkommens: der Stammberg bei Buch am Irchel (Schweiz), der thüringische Possenwald bei Sondershausen (Deutschland) und ein Wald über

Castellano in Südtirol (damals – bis 1918 – österreichisch). Diese genannten drei Lokalitäten hätten aber eine sehr ungleiche Berücksichtigung erfahren. Jäggi wutbürgert, dass die ausländischen Botaniker die Buche von Buch am Irchel »todtgeschwiegen und vergessen« hätten!

Zuerst war ich diesem Jäggi abgeneigt, glaubte, dass da einfach ein weiterer Nationalist die erste Blutbuche für sein Fleckchen Europa beanspruchen will. Allerdings kann er nachweisen, dass praktisch alle deutschen Botaniker die Quellen willentlich verfälscht haben, um den Ursprungsort Deutschland zu behaupten. So belegt er, dass es die Schweizer Blutbuche sicherlich schon 1480 gab, wahrscheinlich aber bereits 1089 eine da war (aufgrund des Wappens und des Ortsnamens). Jäggi streicht heraus, dass die Schweizer Blutbuche »an Alter die vermeintliche Stamm-Mutter des Hainleiter Forstes [Sondershausen in Thüringen] bedeutend übertrumpft und jedenfalls schon lange bestanden hat, als letztere noch in den Windeln lag«.[23] Somit könne die Sondershäuser Mutterblutbuche nicht Stammmutter aller Blutbuchen sein.

Überrascht stellte ich fest, dass Jäggi auch unelitäre Formen der Wissensproduktion geil fand und seinen wüssenschaftlichen Täxt mit Sagen der Buchener Anwohnenden würzte. Die wichtigste Sage geht so:

Fünf Brüder durchleiden eine Hungersnot. Frauen und andere Andere gab es damals ja noch nicht, das wurde erst später konzipiert – aber weil es eine Sage ist und sich eine solche mit jedem Erzähltwerden ja bekanntlich transformiert, sind es jetzt gerade drei transfeminine Geschwister geworden. Als die drei Geschwister dem Hungertod nahe sind, beschliessen sie, dass sich eins für die anderen opfern soll. Eigentlich will es das Äl-

23 Jäggi 1894. Kein Joke: »in den Windeln lag«.

teste tun, doch kommt das Jüngste ihm zuvor. Dieses ersticht sich, sein Blut versickert rasch im Waldboden. Aus Trauer will das Älteste in den Tod folgen, doch da beginnt die Buche, mit den Überlebenden zu sprechen. Ein Chor aus Knorren und der Stimme des Jüngsten. Sie überzeugt die Geschwister, den Körper des jüngsten Geschwisters zu essen, um zu überleben. Schliesslich können sie es über sich bringen und essen das eigene Fleisch. Sie überleben die Hungersnot – viele andere jedoch nicht. Und so beschliessen sie, den vielen Kindern, die in der Hungersnot ihre Eltern verloren haben, ein Heim zu bauen und ihnen als Eltern zu dienen. Als sie schliesslich sterben, umringt von ihren vielen nichtbiologischen Kindern, bitten sie darum, bei der Blutbuche begraben zu werden.

*

Ich frage mich, ob Urgrosspeer von der Blutbuche von Buch am Irchel wusste. Ob er die Blutbuche wollte, weil sie ein Zweig purster Helvetik war und es bloss keine Gärtnerei in der Schweiz gab, die diesen Baum verkaufte. Ja, vielleicht wusste er das, kann ja sein, dass die Kenntnis um die Blutbuche im Volkswissen überliefert wurde – und nur in der Wissenschaft »vergessen« wurde. Ich frage mich, wie er das Wissen um die Blutbuche von Buch am Irchel wohl interpretiert hat/hätte. Mensch kann ja sagen: Die älteste Blutbuche stammt aus der Schweiz (was zu stimmen scheint) – die Blutbuche ist etwas genuin Helvetisches. Und mensch kann auch sagen: Die Blutbuche kommt in allen deutschsprachigen, vermutlich sogar in allen zentraleuropäischen Ländern vor – sie ist etwas Europäisches. Ich weiss es nicht, aber ich fürchte, dass Urgrosspeer einer der Männer war, die die Fakten für seinen helvetischen Nationalismus oder einen Europäismus gebraucht hätten. Ich frage mich das, und ich weiss, dass ich mich dies durch die Brille meiner Zeit frage und dass dies ziemlich nutzlos ist, dass das Inderweltsein damals ganz anders war, für mich schlecht nachvollziehbar, dass das Inderweltsein viel enger mit der Nationalität verknüpft war, als ich mir das heute vorstellen kann. Und trotzdem lebe ich in dieser Zeit, in der das Gespenst der Nationalismen neue Söhne sucht. Und sie auch findet.

*

Als es langsam nach Herbst roch (aber immer noch sauheiss war), schrieb ich dem Zimtschnecken-Aaron. Er schickte mir bloss ein Zitat: »Wenn du dich diesem Orte nahest, so wird es dir ergehen, wie du mir gethan hast.«

*

Farid kriegte erst eine Latte, als ich ihm sagte, er solle mich schlagen. Dann ging es schnell, für beide. Er lud mich auf ein Eis in die Cafeteria ein. Ich steckte ihm etwas Geld in die Jackentasche, ohne dass er es merkte. Er fragte mich nach meinem Text über den »family tree« und die Person, von der ich mich verabschieden müsse. Ich sagte, dass ich zu wenig über die wirklichen Geschehnisse wisse, um gut ins Schreiben zu kommen. Farid nannte mir ein Sprichwort aus seiner Heimat: »What you cannot say, you need to invent.« – »Oh, that's a saying where you come from? That's nice.« – »No«, sagte Farid. »I just invented this now.« Wir verabschiedeten uns sehr förmlich.

*

Ich bin der Spur der Blutbuche gefolgt. Ich hatte aucun plan, ich bin in den Wald der Wissenschaft gerannt, ins Unterholz der Zuchtgeschichte, der Botanik, der nationalistischen Diskurse, der Klassenkämpfe, der Sagen, der Parkkultur, bin in die Waldseele und Baumliebe *des boches* getaucht. Ich habe nichts zur Seite geräumt, sondern habe die Geister, die sich mir in den Weg gestellt haben, ins Boot geholt, in meine kleine Anti-Arche.

Die Kreise meines Schreibens schliessen sich nicht, sie sind Spiralen, sie ziehen weiter, aus dem Garten meiner Kindheit in noch frühere Zeiten und direkt in meine Gegenwart, sie ziehen von der Blutbuche in mein Begehren, sie ziehen eine weitere Schlaufe von diesem Computer zurück ins Papier, dieses ehemalige Holz, und ich frage mich, wie sehr das Schreiben meine agency ist und wie sehr die Wirkkraft beim Holz selbst liegt. Und es scheint mir, wenn ich das Blutbuchenmaterial anschaue, als wären sämtliche Autoren (alles boys) auf der Suche nach einer Mutterfigur. Alle wollen sie für sich beanspruchen, die Mutterblutbuche, für ihre Nation. Als gäbe es ein grosses Fehlen von Müttern.

Als ich einmal vor einiger Zeit (vor dem Blutbuchensommer) bei dir war, Grossmeer, um mit dir über deine Vergangenheit zu sprechen, setztest du mir deine Stammbäume vor. Du hattest den Stammbaum deines Peers und den Stammbaum deines Mannes – meines Grosspeers. »Die Linie deines Blutes«, sagtest du. Ein Stammbaum reichte bis ins 14., der andere bis ins 13. Jahrhundert zurück. Erst nachdem ich beide Stammbäume eingehend studiert hatte, fiel mir auf, dass es ja gar nicht DIE Linie meines Blutes ist. Das heisst, es ist nur die Hälfte. Der Faden der Männer. Aber ich sagte es dir natürlich nicht. Wie ich dir auch nicht sage, dass ich das hier schreibe, dass ich endlich den Pulli für dich stricke, dass ich nun alle pinken Wollfäden, die ich bisher angebraucht habe, miteinander verwebe, auch dasjenige, mit dem ich den dritten Teil angefangen habe, mit dem Blutfleck aus der Wunde am Kiefer, dieser Blutfleck, der gehört jetzt einfach dazu, ja, ich habe dich immer noch nicht besucht und bin dafür durch das Zusammennehmen der verschiedenen Fäden auf das richtige Pink gekommen, und so stricke ich hier und sage dir nichts, aber ich schreibe dies hier, schreibe, wie ich, als es »Herbst« wurde, den falschen Farid gesucht habe, den Thilo, ich schreibe, wie ich clueless durch die Agglomeration gestreift bin, durch die Orte vor den Orten, von denen ich dachte, hier könnte er sein, lachhaft orientierungslos, die Grindr-App war mein Kompass, wie ich zu Leuten trat, die ähnlich aussahen wie er, und sie fragte, ob sie einen Mann gesehen hätten, der etwa so gross sei wie sie, der nachtschwarze Haare habe und denselben piekfein ausrasierten Nacken, das heisst auch diesen Fassonschnitt, diese Fade-Frisur, dieser ähmm Dings, mit dem edgy Undercut, halt eben wie sie, und auch einen so perfekt getrimmten Bart, und der breite Hände habe und auf diesen breiten Handrücken schöne, dunkle Haare, so dicht wie ein Feld Nachtroggen vor der Ernte, sogar noch dichter als die Haare auf ihren Handrücken, und der sowieso auf dem ganzen Körper herrlich schön behaart sei und auch einen so gut trainierten Bizeps habe wie sie und Augen wie frische Teertropfen, und ob sie mir bitte, bitte, wo, Thilo, dass ich mich eher an seine dunklen Dinge, dass ich ihn aber nicht nur deswegen, also dass er auch, dass er ein Deutscher sei, also ein deutscher Akzent, vor ein paar Wochen hier gewesen, also im Wald, und es sei etwas geschehen und ich wolle, ich müsse ihm etwas ganz Wichtiges, und ich habe viele Männer gefragt und ging weiter und habe wieder gefragt und habe so lange gefragt, bis ich von ein paar Männern verprügelt wurde, bis sie mir den Kiefer gebrochen haben und ich auf der Intensivstation aufgewacht bin, sodass ich krankgeschrieben und vollgepumpt mit Schmerzmedis nach Hause kam und eben ziemlich drauf, aber endlich high genug war, um meinen Blutbuchencrap aufzuschreiben, und dass Dina und Mo mich besuchen kamen und für mich kochten und mich tadelten, weil ich so viel abgenommen hatte, und mich schliesslich fragten, ob ich meiner Familie davon erzählt hätte, und ich da endlich weinen konnte und sagte: Nein, bitte nicht, alles, nur nicht die Familie, und dass Dina und Mo mich in den Wald mitnahmen und wir ein grosses Feuer machten und darum herumtanzten und ich all diese Dinge, die da in mir sind, die da in mir wirken, hineingeschmissen habe und mich an einer Anrufung versucht habe, an einem Gegenzauber, und ich rief: O grosses Dingsda, o du All, du Alles, was da ist und nichtmehrist und nochnichtist, o du Planet, der uns hervorbringt, und du Planetenraum, o du meine Sinne übersteigendes Dingsbums, das ich anrufe, um strong zu sein:

Mach mich strong! Gib mir force!
(Irgendeine, nicht unbedingt die eine)
Hier auf meine Klaue dar. Ich bet dich an
Exorzier mir all die Stimmen aus, die mit meiner Stimme sprechen
Und mit meinem Fleisch begehren
Schliess die Blicke, die mit meinen Augen licken
Bitte gib mir eine andre Stimme
Zu bezaubern enchanten umsingen
Mein Dickicht bejodeln umspellen beklingen
Mit allen kleinen Kräften
Einen Bannkreis auszulegen
Eine Schutzwall-wall aus spoken Singing, broken Klinging
Soweit dies Singen über Betonschluchten reicht.

Doch was, wenn – weh mir, Stimme, Anstimmende, not even yet fully Beginnende –

Was, wenn ich – wie die Froschkönige im Warzen-Dickichts-Dress –
Das Zaubersprüchefassen da im Brunnen habe liegen lassen?
Bei den babyschädelgrossen Kieselsteinen, den krassen
Und um sie modert nur noch Sehrwölfisches

Aber da raffe ich, da bist du ja schon in mir
Du Superduperkraft, die Kleinzartfeines schafft
Ich raffe Horizont um uns
Ich steppe die Textur des Borstigseins zum Bannkreis Ballkleid Zebrastreifen
Ich bin das Rübergehende, das niemals ankommt
O thingie-thangie, dessen Namen ich nicht nenne, weil es alle Namen hat
Lass in meinem Schild dich führen
Reiss die Sprossen meiner Karriereleiter aus
Streue halb getrocknet Ketchup auf meine business plans
Spiess die Retterprinzen auf mit deinen rot lackierten Dornen
Zieh das Fell mir über meine Löffel
Dieses Fell, dem wir in unserer Evolution alle Haare epiliert haben
Und so wandle mich zur läufigen, hautlosen Wölfin
Und dann führe die Nacht zu meiner Stätte
Und dann in Versuchung
Denn ich will mit schon gespreizten Beinen an der grossen Buche stehen
Come on Inku-Bienen-Demon
Gimme your Mummy-Semen
Die Sporen der Nacht will ich willig empfangen
Und ausbrüten werd ich Maulesel, Getüme aus Maul, aus Howl, aus Verwesen

Und die Steine, die mensch ohne Narkose in unsre geblähten
Mägen nähen wird
Werden uns nicht in Nässe noch in Tiefe stürzen
Denn wir sind aus Tiefe
Und wir sind aus Fliessen
Und wir bringen euch 'nen Schimmelpilz
Gegen den kein Essig ankommt

4
Die Suche nach Rosmarie

Dieselben Stämme, andere Fäden

So ist auch der Angriff auf die Hexerei und das magische Weltbild zu interpretieren, das trotz aller kirchlichen Bemühungen das gesamte Mittelalter hindurch auf volkstümlicher Ebene fortbestand. Der Magie lag ein animistischer Naturbegriff zugrunde, der keine Trennung von Materie und Geist zuließ und den Kosmos somit als *lebendigen Organismus* imaginierte, bewohnt von okkulten Kräften, in dem jedes Element zu den anderen in einem Verhältnis der »Sympathie« stand. [...]
Die Ausmerzung dieser Praktiken war eine notwendige Vorbedingung der kapitalistischen Rationalisierung der Arbeit, denn die Magie erschien als unerlaubte Machtform und als Mittel, *das, was man begehrte, ohne Arbeit zu erlangen:* Sie war also praktische Arbeitsverweigerung. »Die Magie tötet die Industrie«, klagte Francis Bacon.

Silvia Federici

Holy father, we need to talk
I have a secret that I can't keep
I'm not the boy that you thought
You wanted.

Sam Smith

wir haben alles andere kennengelernt, nur uns selbst nicht. und wenn wir die weisheit der hexen wieder erlernen wollen, dann dürfen wir tatsächlich uns selbst erforschen. in uns ist alles wissen. es ist wirklich in uns. wir haben 3 millionen jahre altes wissen in unserem körper. ja, 3 millionen!

Doris Stauffer

1

Meer hat gesagt: »Vielleicht wäre es schön, wenn Grossmeer in Ostermundigen, wenn sie so nah vom Haus, wo sie aufgewachsen, wenn sie hier alt würde, im tilia-Heim«, und ich habe gesagt: »Sie ist schon alt, sie wird nichts mehr, und sie kennt noch knapp deinen Namen, Ostermundigen ist ihr nichts mehr, es ist scheissegal, wo sie gepflegt wird«, und Meer hat gesagt: »Das weißt du jetzt so«, und wir haben dich angeschaut, wie du in die neue Leere vor deinem Bett gestarrt hast, und Meer hat nichts mehr gesagt. Ich weiss nicht, ob du gemerkt hast, dass wir dich beobachteten. Du hast dich aufgerichtet, bis du königinnenlich aufrecht sassest. »Wo sind meine Geranien?«, hast du gefragt. Meer hat gesagt, leise: »Sie war schon immer eine Befehlerin.«

Das stimmt nicht. Meer hat diesen Satz anders gesagt. Auf Schweizerdeutsch gibt es neben dem Plusquamperfekt nur eine Vergangenheitsform, das Perfekt. Meer sagte: »Si isch scho immer ä Befähli gsi – Sie ist schon immer eine Befehlerin gewesen.« Wie sehr dem Schweizerdeutschen das Präteritum fehlt; diese Form, die schriftlicher, formeller, offizieller ist – und die Vergangenes beschreibt, das abgeschlossen ist. Bei uns steht jede Vergangenheit im Perfekt, ragt in die Gegenwart und ist noch nicht wirklich fertig mit uns. Wir können im Sprechen über die Vergangenheit nicht über sie verfügen.

Und diese Gegenwart hier steht im Konjunktiv, Meer spricht nur in der Möglichkeitsform: »Grossmeer könnte hier, sie wäre hier glücklich, wir müssten dies und das«. Meer will über diese Gegenwart nur als eine Möglichkeit von vielen sprechen. Ich nicht, ich möchte in ein simples Präsens kommen, ich möchte nach meinem Blutbuchensommer, der den Herbst geschluckt hat, jetzt in diesem November ankommen. Ich möchte nach dem vielen Ausweichen einfach mal bei dir sein, Grossmeer.

Rechts vor dem Eingang des Heimes wächst eine Blutpflaume. Neben der Blutpflaume steht grau auf weiss »tilia – Stiftung für Langzeitpflege« und lila auf weiss »herzlich willkommen«. Du kannst Brownies, Blackies, Whities und Nutties kaufen für sechzig Rappen. Du kannst gestalten, gemeinsam kochen, thematische Gesprächsrunden führen, dein Gedächtnis trainieren, turnen, Spiel und Spass besuchen, singen und vorlesen. Es hat eine Coiffeuse im Haus, eine kosmetische Fusspflege, eine Textiländerung und Reparaturarbeiten. Dafür bezahlst du extra. Nur die Seelsorge ist gratis und die Hörmittelberatung.

Du wirst als eine Neun eingestuft, das heisst, du kostest uns 187 Franken pro Tag. Das ist ohne Grundgebühr für Telefon, ohne Radio- und Fernsehgebühren, ohne Versicherungen, ohne Begleitung zum Arzt, ohne Brownies, Blackies, Whities, Nutties, ohne Coiffeur, ohne Schlussreinigung bei Austritt / Todesfall. (Bei Austritt / Todesfall innert sieben Tagen nach Eintritt kostet die Schlussreinigung nur 50 Prozent, aber das haben wir schon verpasst.) Und ich sage Meer: »Aber auf die Brownies kommt es wirklich nicht mehr an, sechzig Rappen pro Stück, ihre kleine Freude, wirklich, sie hat schon immer so viel Schokolade, sie hat es nur vor dir versteckt, die bezahle ich, tu nicht so knausrig, sie muss ja nicht mehr gesund leben.«

Geht mensch an der Blutpflaume vorbei, dieser Hüterin des tilia-Eingangs, so betritt mensch euren Fuchsbau und muss aufpassen. Es gibt keine Richtung in den Räumen. Die Zeit ist löchrig. Ihr bewegt euch in Spiralen hier: Du gehst von der Inhouse-Coiffeuse zum nachgebauten Inhouse-Dorfplatz zur Coiffeuse – Dorfplatz –

Schirmständer – Coiffeuse. In den Gängen sind Bilder von Bäumen in Sonnenschein, Schnee oder Herbst. Menschen, die ein Lachen haben. Und auf allen Fenstersimsen lauern Orchideen.

Von Stock zu Stock gelangt nur, wer von aussen kommt. Auf den Gängen gibt es zwar Türen, aber die führen nicht an Orte, sondern in Zeiten. Hinter jede Tür haben sie ein anderes Jahrzehnt gestellt. Hinter der Blutpflaume gibt es nur Eingänge, es gibt keine Ausgänge. Meer sagt dir Wörter, die du nicht verstehst; »Heim«, »Pfleger« und »Ergänzungsleistungen«. Ich sage dir keine Wörter, ich sage dir Blicke. Du sagst mir dein Leben, immer wieder dasselbe, es rutscht aus dir heraus, ich lese es auf, stelle es in mich hinein, wie früher. Grossmeer. Du bist nicht allein mit deiner Geschichte, ich höre dir zu, ich trage mit, ich bin eine gute Erde.

2

Ich sitze neben dir, Grossmeer, und wenn ich die Augen schliesse, höre ich deinen schweren Atem rauschen, du umgibst mich überall, vollendiglich. Und ich spüre mich kaum, selbst wenn ich meine Hände so sehr schliesse, dass keine Welt mehr in ihnen ist, keine Grossmeer mehr; ich spüre mich nicht, auch wenn ich die Hände so sehr schliesse, dass mich meine Fingernägel schneiden.

Ich sitze mit dir an der faken Bushaltestelle im tilia-Park, die nur für euch Bushaltestelle spielt. Wir sitzen unter der grossen Linde neben Herrn Füglister, der nie spricht, weil er sich so auf sein Zuhause freut. Herr Füglister macht sich jeden Morgen auf den Heimweg, sitzt den ganzen Tag hier, und wenn es dämmert, kommen sie und sagen, der Bus fahre erst morgen wieder. Herr Füglister wohnt im Zimmer neben dir. Einmal haben sie Herrn Füglister in der Bushaltestellendämmerung vergessen. Als die Pflege ihn erst spätabends in sein Zimmer führte, entschuldigte er sich, er habe wohl den Bus verpasst. Das mache nichts, haben sie gesagt. Er könne heute hier schlafen und morgen nach Hause. Ihre Stimmen waren sanft, ihre Hände bestimmt. Man sagt, ihr wärt zufrieden in diesen Dingen, die euch kennen. Die Räume und Gegenstände übernähmen das Erinnern. Man sagt Wörter, die ich nicht verstehe, man sagt WÜRDE und GEWOHNHEITEN und BLABLA. Man sagt hier nicht ich, wir, Sie, du, ihr, man sagt hier nur MAN. Ich bin immer froh, wenn ich von diesem Ort wegkomme. Allen kommt das Ich so schnell abhanden hier.

Als dich heute Morgen eine Bekannte besuchte, die du beim Seniorentennis kennengelernt hast, bist du gestürzt und aufs Kinn gefallen, und wegen der Schmerzen bist du jetzt still. Ich weiss nicht, wie ich damit umgehen soll, dass du nichts sagst, das ist nicht normal, nicht abgemacht, mein Mund steht mir überzählig im Gesicht rum. Normalerweise weiss ich, wer ich sein muss, normalerweise bin ich wieder das Kind, normalerweise heisse ich Ohr, heute heisse ich Mund.

Ein Pfleger geht vorüber und sagt: »Guten Tag, Frau Häfeli«, er hat einen breiten Gang, der MANN sagt, mit jeder Breite der Schritte neu, aber er schaut mich ein bisschen zu lange an. Oder vielleicht: *und* er schaut mich ein bisschen zu lange an. Ich trinke seinen Blick, und wir sagen: »   «, und als er vorüber ist, fragst du: »Wer war denn das?« Das sei doch Nico gewesen, dein Sohn. Ich sage das, weil du mich vor zwei Wochen für ihn gehalten hast und weil ich es nicht ertrug, für deinen toten, deinen Lieblingssohn gehalten zu werden. Meer ist noch zwei Jahre nach seinem

Tod eifersüchtig auf ihn. Du sagst: »Ach ja, das war ja Nico, er lädt nämlich meine Ferienfotos vom Handy auf den Computer, deshalb ist er hier.« Dann hältst du dir das Kinn, ich nicke.

Die Vergangenheit fährt genau so durch deine Hautlappen, wie sie durch das tilia-Heim fährt und sich überall verheddert. Ohrensessel und Nierentischchen, kackbraun und ovomaltinenorange, speckig-ledrig und resopalglänzig. Im Heim gibt es eine Metzgerei aus den Sechzigern, eine Postfiliale aus den Fünfzigern, einen Dorfplatz aus den Dreissigern, mit historisch akkuraten Brunnen, Werbungen, Autos. Die Vierziger gibt es nicht, die kehren nicht zurück, was war da schon wieder, war da was, gab es die überhaupt?

Ich schaue die Linde an und sage: »Schau, da ist ja eine Linde«, und du sagst: »Ja, da ist ja eine Linde«, und ich sage: »Schau, da ist ja die Haltestelle«, und du sagst: »Ach ja, die ist auch immer noch da, die Stelle«, und ich sage: »Schau, dort ist ja Nico«, und du sagst: »Da ist ja Nico, er lädt eben meine Fotos.« Meine Hände sind mir viel zu gross, sie sind zwei riesige Handschuhe an meinen Knochen, ich lege sie in den Schoss und dann auf die Bank und dann in deine Hände. Du streichelst sie augenblicklich, wie du meine Beine als Kind gestreichelt hast, und die Handschuhe schmelzen von meinen Händen, meine Hände sind barfuss in deinen Händen, ich muss augenblicklich anfangen, zu weinen. Damit ich sie dir wegnehmen kann, sage ich: »Schau«, nehme mein Handy, »das wollte ich dir zeigen«, und ich gehe in den Chatverlauf von mir und Meer, weil ich sicher bin, dass dort keine pikanten Bilder sind, und ich zeige dir irgendwelche Fotos, die mir Meer geschickt hat.

»Da ist unser Haus, in dem du auch aufgewachsen bist. Der Hühnerstall nach dem Sturm. Der Hühnerstall vor dem Sturm. Mein neues Ohrenringloch, entzündet.«

»Kindchen, du bist so dünn, du solltest mehr essen.«

»Deine Geranie auf meinem Fenstersims. Nico bei der Modellflugzeugmeisterschaft, 1999. Ich nach dem Coiffeur.«

»Du hast aber lange Haare, für nach dem Coiffeur. Also wir mussten noch kämpfen, um uns die Haare schneiden zu dürfen. Ich weiss nicht, warum ihr Jungen wieder lange Haare haben wollt, das ist doch unpraktisch. Ah, und da ist ja die Blutbuche.«

»Ja, die Blutbuche, dein Baum, den sie zu deiner Geburt gepflanzt haben.«

»Aber nein, das war nicht mein Baum, das war Rosmaries Baum. Kind, deine Meer hat mir gesagt, dass sie sich um dich sorgt, um deinen Körper, wie du mit ihm umspringst. Sie hat wahrscheinlich gemeint, dass du mehr essen sollst. Isst du bitte mehr? Weisst du, das ist so komisch, wir hatten nie genug zu essen, und du isst nicht genug, obwohl du genug hättest.«

»Ich esse genug. Meer hat was anderes gemeint.«

»Sag ihr nicht, dass ich dir gesagt habe, dass sie mir das gesagt hat, ja? Oh, wer ist das?«

»Das ist Alex, in Meers Küche.«

»Ach ja, stimmt.«

Grossmeer, ach Grossmeerchen, du bist ein grosses Märchen geworden, wiederholst dich, bewegst dich in Formeln, bist ein Stück Vergangenheit, das uns heimsucht, du bist ein grosses Mädchen geworden, du pinkelst in den Schirmständer, wenn mensch dich nicht aufs Klo zwingt. An den Samstagen, an denen ich dich besuche, stehe ich manchmal einfach im Türrahmen und beobachte dich. Du denkst wohl, ich sei eine*r der Pfleger*innen. Du erkennst mich zuerst nicht. Ich dich auch nicht. Du bist so sanft geworden. Du sprichst zum Kissen wie zu einem Kätzchen. Ich wollte dir noch so viel schreiben, Grossmeer, und durch das Schreiben verstehen.

Als ich dir zu schreiben begann, dachte ich, dass ich »unsere Geschichte« schreiben wollte. Es stellte sich allerdings heraus, dass Menschen wie wir keine »Geschichte« haben; nichts, was sich zu einem wohltemperierten Familienroman zusammenhämmern liesse. Und was mich sowieso mehr interessiert als »unsere Geschichte«, sind unsere Gefühle, Innerlichkeiten, das Geschichtete unseres stinknormalen Erlebens.

Ich wollte dir meine konstante Angst vor meinem Körper erzählen: Mit dem schrecklichsten Monster unterm Bett unter einer Decke zu stecken. Nur ist das keine Decke, sondern meine Haut. Eine Angst, wie wenn mensch in einer lotterigen Hütte lebt und ein Sturm kommt. Bloss kommt der Sturm nicht, sondern ist da: immer, überall, ausweglos. Manchmal das Gefühl, dass es okay ist, in dieser Hütte zu wohnen. Und manchmal, phasenweise, das Gefühl, falsch zu sein – das abgrundtiefe, alles zersetzende Grauen, bis in die hinterletzte Faser falsch zu sein in mir. Der Wunsch, mit einer sehr feinen Pinzette jede Zelle einzeln aus mir herauszuklauben und in Säure aufzulösen.

Ich wollte dir mein Erschrecken erzählen, wenn ich Meer höre. Wie sehr ihre Stimme der deinen ähnelt. Obwohl sie doch dein Gegenteil werden wollte, in allem. Manchmal nehme ich während eines Gesprächs mit Freund*innen heimlich meine Stimme auf. Meine kleine Furcht, bevor ich die Aufnahme anhöre. Meine grosse Befriedigung bei Wörtern, die ganz anders klingen als in deiner oder Meers Stimme. Meine bittere Abscheu bei Wörtern, die wie von dir oder Meer klingen. Der Beweis, dass ich nichts Eigenes bin.

Ich wollte dir schon lange sagen, dass ich damals vor vier Jahren – als ich dich ein halbes Jahr lang nicht besucht habe – in einer Klinik war, weil ich aufgehört hatte zu essen. Ich glaube, vielleicht, ja, ich wollte verschwinden. Nicht bewusst, es war keine Entscheidung, es hat sich eben so ergeben. Ich wollte nicht sterben, ich wollte nur, dass dieser Körper aufhört. Manchmal bin ich nachts aufgewacht und hatte den eiigen, süssen Geschmack von Fotzelschnitten im Mund. Dieser Geschmack schmeckte wie Trauer, wie etwas, das mensch für immer verloren hat, und er schmeckte wie ein Zuhause.

3

Wir sitzen zu dritt in der Cafeteria, du, Meer und ich. Du zeigst uns auf deinem Handy Fotos von deinem Zimmer, aus dem wir soeben gekommen sind. Ich schaue in dein Gesicht. Du fehlst. Ich schaue an deinem Gesicht vorbei in das Pflegeheimfenster; dort sitzt mein Körper, halb durchsichtig. Mein Körper sieht aus wie ich. Das tut er nicht oft. Meer fragt mich, leise, während du neben uns sitzt und über die Aussicht sprichst, die jeden Tag wechsle: »Kannst du den Lebenslauf für Grossmeers Beerdigung schreiben?«

Sie fährt wie immer ungebremst in die Kurve, muss dann viel zu spät auf die Bremse und beschleunigt danach schneckenmässig, weil in einem zu hohen Gang, sie wiederholt ihre Frage: »Kannst du den Lebenslauf für sie schreiben? Ich schaffe es nicht«, ich sage: »Brems doch bitte einfach vor der Kurve, wie ein Mensch mit Augen«, und dann sagen wir nichts mehr, bis wir bei ihr sind. Ich verfluche mich dafür, dass ich ihr nicht einfach sagen konnte, dass ich keinen Bock »auf ein Teechen« habe. Als wir bei ihr auf dem Parkplatz stehen, bewegungslos dasitzen, an die Wand vor uns starrend, sage ich: »Du bist wirklich die grausamste Tochter, die mensch sich vorstellen kann, Grossmeer ist zwar ... im Heim, aber sie kann noch lange so ...«

Meer schaut mich müde an. Sie fährt sich mit der Hand übers Gesicht. »Ich muss mich von ihr verabschieden«, sagt sie. »Solange sie noch ein bisschen da ist. Solange noch etwas da ist, von dem man Abschied nehmen. Es kann plötzlich ganz schnell. Und weisst du eigentlich, wie viel Arbeit es ist? Wenn sie dann stirbt. Wir müssen dann so viel Kacke erledigen. Es ist ja nur eine Frage der Zeit. Ich habe begonnen. Ich schaffe es nicht.«

In ihrer Wohnung ist das Licht dunkel, wir setzen uns an den Tisch, der überfüllt ist mit Ordnern, Rechnungen und Zetteln. Auf einem Blatt Papier, das sie mir gibt, steht:

<u>Rosmarie Häfeli, geborene Sägesser, 1935– ?</u>

Rosmarie Häfeli – Mädchenname Sägesser – ist am 14. November 1935 in Ostermundigen bei Bern zur Welt gekommen.

Ich lache. »Das ist alles?«

Ihr Mund wird dünn.

»Ja, das ist alles. Ich habe ja gesagt. Was soll ich denn schreiben? Etwa: Trotz den vielen Brüdern half sie viel um den Garten. Schon früh verspürte sie am Leibe, was es heisst, eine Frau zu sein. Schon früh interessierte sie die grosse Welt, sie kam aber nur bis Bümpliz? Oder: Ihr Mann lernte sie am Zwiebelenmärit kennen. Er verstarb aber leider Gottes sehr früh? Nach seinem

Tod bereiste Rosmarie den Globus, sie hat die Niagarafälle angeschaut, die Victoriafälle, die Seidenstrasse, den Machu Picchu und die Chinesische Mauer? Oder wie wäre es mit: Nach ihrer Krankheit durfte sie am – wann auch immer endlich – in die unendlichen Jagdgründe? Leider konnte sie sich an ihr Leben nicht mehr erinnern. Weil während ihr Enkelkind das Pflegepersonal durchvögelte, löste sich Rosmarie auf? Soll ich das schreiben?«

Ich schaue aus dem Fenster. »Du hast vergessen, dass ... die erste Rosmarie vergessen.« Wir schweigen uns an. Ich muss was mit den Händen machen, ich packe demonstrativ den pinken Pulli aus, er ist fast fertig, ich beginne den Ärmel anzunähen, Meer sagt gereizt: »Pack die Scheissnadeln weg, das macht mich ganz nervös.« Dann geht sie in die Küche.

Sie kommt mit einem anderen Gesicht und einem Krug Schwarztee zurück. Sie setzt sich und schweigt. Beugt sich über den Tisch, nimmt meine Hand. Ihre Hand ist kalt, ich zucke unwillkürlich zusammen. »Bitte«, sagt sie. Ich unterdrücke den Impuls, meine Hand zurückzuziehen.

»Du bist so kalt«, sage ich leise.

Meer zieht ihre Hand zurück. »Ich habe immer kalt. Wenn es nicht Sommer ist, habe ich immer kalt. Es ist, als hätte ich so eine Kälte in den Knochen, wie Eis, das ich nicht rauskriege. Alex sagt immer – also, ja, egal. Ich habe viel kalt.«

»Hattest du das schon, als ich ein Kind war, diese Kälte?«

»Ich hatte das schon immer.« Sie zieht einen Stuhl heran, legt ihre Beine darauf, zieht ein Knie zu sich. Sie schaut in ihre Leere hinein. »Einmal sind wir für einen Winterspaziergang an die Aare gegangen. Es ist schön gewesen, das Wetter meine ich, megaschön. Blau der Himmel und der Rest alles weiss. Der Aare ist das Ufer zugefroren gewesen. Ich habe mit Nico Fangis gespielt. Nur so ein bisschen auf dem Aarenrand. So bisschen auf dem Eis. Meer – also

Grossmeer – hat gesagt: ›Wenn ihr reinfällt, ich hol euch nicht, ich sag es euch gerade.‹ Peer hat nichts gesagt. Natürlich ist mir das Eis eingebrochen. Es ist nicht tief gewesen, nicht schlimm. Bin nur so bis zum Knie ins Wasser. Aber es ist so arschkalt gewesen. Ich sage dir, es ist so eiseisarschkalt gewesen. Und wir haben den Spaziergang fertiggehen müssen. Ich mit meinem Schuh voll Eiswasser. Wir haben nicht umgekehrt. Meer hat gesagt: ›Seht ihr. Das geschieht.‹ Und ich habe gefroren, so gefroren. Nur noch geschlottert. Nico hat meine Hände in seinen gewärmt. Aber es hat nichts genützt. Als wir nach Hause gekommen sind. Ich hab geschlottert, blaue Lippen. Meer hat ein warmes Bad. Als ich reinwollte, hat sie gesagt: ›Nein, du nicht. Schau mal deinen Socken.‹ Und ich hab meinen Socken angeschaut. Und das ist mein Sonntagsausflugssocken gewesen. Wir haben immer diese grauenhafte Sonntagsspaziergangsaufmache gehabt. Ich habe wollene Unterhosen müssen. Eine Schleife ins Haar. Scheissschleife. Und die Socken, im Winter: weisse, gute Wolle. Die beste, die wir vermochten. Und vom Eis, spitze Kante, ich weiss nicht. Da war ein Faden auf im Sonntagsausflugssocken. Und Meer hat gesagt: ›Du badest erst, wenn du deinen Socken geflickt hast.‹ Ich habe so … Ich habe so stark gezittert. Ich habe den Socken nicht flicken können. Ich habe den Faden nicht einfädeln können. Ging nicht. Nico hat gebadet, und er hat mir helfen wollen. Aber er hat noch nie einen Faden eingefädelt. Er hat mir auch nicht helfen können. Und sowieso. Ich weiss. Wenn ihm das geschehen wär. Er hätte den Socken nicht selber flicken gemusst, weil Buben müssen das nicht.« Sie nimmt ihren Blick aus der Leere heraus und dreht ihn zu mir.

»Das hast du mir noch nie erzählt«, sage ich.

»Aber die Kälte hatte ich schon vorher«, sagt Meer.

Ich atme laut ein und sage okay zum Lebenslauf. Dass es aber etwas Langes werden müsse.

»Wieso denn etwas Langes?«, fragt Meer.

»Na ja, Grossmeer würde sich doch nie kurz fassen, wenn ihr mal viele Leute zuhören.«

Meer kichert. Dann fragt sie, ob ich hier essen wolle. »Du könntest die Kisten mit Grossmeers Fotos und allem durchschauen, während ich koche.« Ich nicke.

»Heute kommt halt noch Alex«, fügt Meer hinzu. Ich nicke.

»Wann hast du Peer das letzte Mal gesehen?«

»Wir haben das Wochenende zusammen verbracht.«

Ich nicke zufrieden.

Ich sitze in ihrem Chaoszimmer, Meer kocht, ich bin klein, spüre Meer durch die Wände hindurch. In einer Kiste, auf der »Rosmarie / Sägessers« steht, liegen die Fotos im Wirrwarr aufeinander. Ich trage sie von oben ab. Da bist du, Grossmeer, als frische Grossmeer, mit meinem noch winzigen Ich. Du verkleidet als indigene Person Nordamerikas an einem »Umzug der Kulturen«, frisch nach dem Krieg. Du als erschöpftes Lachen mit dem noch winzigen Nico. Du als junges, verliebtes Strahlen neben einem Fahrrad in einer Moorlandschaft.

Da ist Urgrossmeer als Erntende in unserem Garten, in den noch jungen Himbeerstauden, mit einem Bündel auf dem Rücken und einem Chrättli am Bauch. Urgrossmeer als Frau, im weissen, weissen Hochzeitskleid. Urgrossmeer als Freude im neu gebauten Hühnerstall. Urgrossmeers knorrige Hand als Vergleichsgrösse neben einem langen Nagel.

Urgrosspeer als Stolz neben einem Stecken, der wohl ein Baum werden wird. (Welcher? Vielleicht die Trauerbuche?) Urgrosspeer als Mann auf dem ausgehobenen Fundament unseres Hauses.

Ururgrossmeer als Rüstende über einem Korb Erdäpfel. Ururgrossmeer als Mensch, »gesonntagt«, im besten Kleid. Ururgrossmeers frühestes Bild; sie als verschwommener Nebel.

Hinter der Kiste mit den Fotos steht eine Kiste mit »Hexen etc. Bildmaterial«. Darin sind Zeichnungen von Gefängnissen und Scheiterhaufen, Kupferstiche von Folterinstrumenten (gelbstichige, schlechte Kopien, im überteuerten Copyshop bei Meer um die Ecke gemacht). Eine junge Frau, die einem Faun ihre Geschlechtsteile zeigt. Obszöne Hexen, die sich mit Salbe einstreichen, um ein Feuer sitzen und von Nacht und Tieren umgeben sind. Und immer wieder auf Scheiterhaufen brennende Frauen, von Teufeln oder Geistlichen umringt. Mein Favorit: die Freske eines Baumes, umgeben von Frauen und Raben. In den Ästen überdimensionierte erigierte Penisse. Die schöne alte Mär von den Hexen, die Penisse stehlen, sie in Baumnestern verstecken und ihnen Hafer zum Fressen geben, damit sie nicht fliehen.

Die Erinnerung, wie ich Meer vor vier Jahren das Standardwerk zur Hexenverfolgung *Caliban und die Hexe* geschenkt habe, mischt sich mit einer anderen Erinnerung: Ich muss etwa neunzehn sein, sitze mit Meer am Strand. Wir sind zusammen in den Ferien, ich habe gerade die Matur abgeschlossen, wir haben soeben gestritten. Nach langem Schweigen sagt Meer: »Weisst du, ich komme mir oft dumm vor, ungebildet, so wie du mit mir sprichst.« Meine Antwort: »Das bist du ja auch. Ungebildet.« Dies kommt mir in den Sinn und das schlechte Gewissen, das Wissen, dass sie gerne studiert hätte und bis heute nicht studiert hat, dass sie mir mit ihrer schlecht bezahlten Arbeit ein Studium ermöglicht hat und dass das mit ein Grund ist, warum wir jetzt in zwei unterschiedlichen Welten leben. Mir fiel erst Jahre später auf, dass es eine sonderbare Konkurrenz gab zwischen mir und ihr. Dass ich nicht *für* sie studiert habe, sondern *anstelle* von ihr. Ich wusste, dass es eine sehr schwierige Entscheidung gewesen war. Ich, meine ich; ICH war eine schwierige Entscheidung für sie. Ich war ein *Unfall*. Sie wusste: Wenn sie mich bekommt, kann sie die Matur nicht abschliessen, die sie auf dem zweiten Bildungsweg angefangen hatte.

Vielleicht hat es mich deshalb immer so genervt, wenn sie unreflektierte Dinge sagte. Weil darunter meine grosse Schuld lag; *Sie ist ungebildet, weil es mich gibt.* Später hatte sie den Wunsch, Hebamme zu werden. Immer wieder gesagt, nie gemacht. Lange Zeit fand ich, dass sie sich ja doch hätte bilden können, wenn sie wirklich gewollt hätte. Aber während ich das fand, wusste ich ja noch weniger als heute, was es heisst, Kinder zu haben.

Ich setze mich an Meers übervollen Schreibtisch. Sie war schon in meiner Kindheit Hexenfanatikerin, aber dass sie all diese Hexenbilder gesammelt hat, ist neu. Da fällt mein Blick auf einen grauen Ordner im Regal: »Stammbaum«. Sonderbar, denke ich, das ist nicht einer der Stammbäume, die Grossmeer mir gezeigt hat. Kurz nachdem ich den Ordner geöffnet habe, geht die Haustür, und Alex kommt mich begrüssen. Ich sage Meer, dass ich ein andermal in die Unterlagen schauen müsse, meine Augen seien müde von der Arbeit. »Klar«, sagt sie, »du hast ja meinen Schlüssel.« Auf Alex' langen Blick hin sagt Meer: »Kim schreibt den Lebenslauf.« Alex lächelt. »Das ist lieb von dir.«

Es ist immer noch komisch, zu sehen, wenn sie sich küssen. Meer missversteht mich. Sie denkt, ich mag Alex nicht. Dabei stimmt das gar nicht. Wer so rote Haare hat, wer Meer – die doch um einiges älter ist – so entspannt Paroli bieten kann und seit Lehrabschluss in der Verwaltung arbeitet, ohne den Humor zu verlieren, der hat meinen Respekt verdient. Ich nerve mich am meisten an mir selbst, an meinem biederen Wunsch, Meer hätte nur Peer. Wir trinken eineinhalb Flaschen Roten. Wenn Alex da ist, bemühen sich beide um meine Gunst. Sie schlagen vor, wir könnten einmal alle zusammen zur Pride gehen. Ich sage, dass ich nicht zu diesem Kommerz-Zirkus ginge. Kurze Stille. Meer holt das Dessert. Migros-Budget-Brownies. Sie entschuldigt sich nicht dafür.

Ich werde um neun Uhr rausgeworfen, sie müsse morgen wieder arbeiten, »Haare, die wachsen immer, das ist nicht wie Bücher, die warten, bis man sie aufschlägt.«

4

Liebe Grossmeer. Wow. Wenn du wüsstest, was Meer für einen Aufwand betrieben hat, um deinen Lebenslauf *nicht* zu schreiben. Sie hat stattdessen einen Stammbaum geschrieben, über zweihundert Seiten. Eine Ausgrabung deiner möglichen Wurzeln. Heute, Samstag, ging ich in Meers Wohnung; ich wusste, dass sie bei dir im Heim ist. Neben der Kiste »Hexen etc. Bildmaterial« fand ich noch einen Ordner mit »Frauen in der Schweiz / Textmaterial«. Ich schnappte mir diesen und den grauen »Stammbaum«-Ordner und kopierte beide im Copyshop um die Ecke. Beim Kopieren verschaffte ich mir einen kurzen Einblick und begann zu erahnen, was Meer da geschrieben hatte.

Es ist dein Stammbaum, Grossmeer, aber jener deiner Meerseite. Ein ziemliches Flickwerk, anfangs noch auf der Schreibmaschine geschrieben, dann weitgehend von Hand, mit Korrekturen, Kommentaren auf Post-its und durchgestrichenen Stellen. Manche handschriftliche Lebensläufe sind sauber, in regelmässiger Schrift verfasst, woraus ich schliesse, dass es mindestens die zweite Fassung ist. Bei anderen Lebensläufen ist die Schrift weniger sorgfältig, sie verändert sich, wird schneller, breiter, die Endungen kaum ausgeschrieben, es gibt mehr Korrekturen. Vor allem von den früheren Lebensläufen gibt es Skizzen auf Schweizerdeutsch – vermutlich hat sie damit angefangen. Die auf der Schreibmaschine geschriebenen und sauberen Versionen sind aber alle in einem schweizerischen Hochdeutsch, so wie Meer halt schreibt, wenn sie sich Mühe gibt und Schriftsprache schreibt. Auf dem Heimweg versuchte ich, einen besseren Überblick über all das Material zu kriegen.

Ich wurde immer fassungsloser. Ich kann nicht glauben, dass Meer, meine Meer, deine Tochter, das geschrieben hat. Der Stammbaum beginnt im 14. Jahrhundert, wie der Stammbaum der Sägessers, unserer Männerlinie. Meer beginnt bei der Pest, dem »Schwarzen Tod«. Ich habe die Daten der historischen Pandemie gegoogelt – sie stimmen: Mitte 14. Jahrhundert. Sie hat tatsächlich alle Biografien von 1334 bis zu dir aufgeschrieben, die Linie unserer Frauen* nachgezeichnet, die im männlichen Familienstammbaum fehlt. Die Orte, an denen diese Ahn*innen herumgeistern, reichen von der Innerschweiz über Deutschland bis nach Florenz und Kuba. Es gibt Wörter, die ich Meer noch nie habe sagen hören: »hemdsärmelig«, »elysisch«, »Utopie«. An einer Stelle beschreibt sie zehn Seiten lang eine Abtreibung mit historischen Werkzeugen und Tinkturen, weiter hinten die Totgeburt eines Kalbs, an der die Kuh fast stirbt, unzählige Variationen von Zopfrezepten, eine kaum lesbare Vergewaltigung, eine halluzinogene Drogenszene, in der eine alte Frau durch die Zeiten und Dimensionen fliegt, und hin und wieder Illustrationen aus Silvia Federicis *Caliban und die Hexe*: eine Soldatenhure, ein Kräuterhexchen, eine Prostituierte, die zur »Wasserprobe« gezwungen wird, ein Körper, der halb Baum, halb Mensch ist, eine schwarze Sklavin, die gebrandmarkt wird, und so weiter.

Ich dachte vor vier Jahren, Meer würde *Caliban und die Hexe* nicht verstehen. Der Text ist sehr akademisch, aber es ist ein feministisch-marxistischer Klassiker über die Geschichte des weiblichen Körpers im aufkommenden industriellen Kapitalismus, und ich wusste, wie sehr Meer dieses Thema interessierte. Ein wenig schenkte ich es ihr auch, um sie teilhaben zu lassen an der universitären Bildung, die ich genoss. Ich habe nie gefragt, ob sie das Buch gelesen habe, um sie nicht in die schamvolle Position zu bringen, sagen zu müssen, dass sie es nicht verstanden habe, dass es nur »etwas für Studierte« sei. Meer hat schon während meiner Kindheit diese Hexenbücher gelesen. Allerdings waren das schlecht recherchierte historische Romane oder differenzfeministische Pamphlete, die die Frauen als den Männern überlegen propagierten, die Weiblichkeit als etwas rein Biologisches, Essenzialistisches verstanden, als exaktes Gegenteil von Männlichkeit. Auf jeden Fall dachte ich, noch als ich zu studieren anfing und mich von Meer ablösen musste, dass sie Weiblichkeit immer noch genau so verstand. Meine postjuvenile Arroganz. Die Frau, die jahrelang recherchiert, Geschichtsbücher gewälzt und Internetforen durchforstet hat, um insgeheim einen Stammbaum anzulegen, das ist nicht die Meer, die mich aufgezogen hat, nicht die Frau, der ich meinte, entkrochen zu sein. Aber mach dir selbst ein Bild, Grossmeer.

5

Die ersten vier Lebensläufe sind auf der Schreibmaschine geschrieben, korrekturlos, sauber, vermutlich oft überarbeitet.

Barbara Zürcher, geborene Staub, 1334–1380

Geboren in Brettigen. Von ihren acht Brüdern wurde Barbara nur der Fleck genannt wegen dem riesigen hässlichen Muttermal auf der Backe. Pflanzen waren ihre besten Freunde. Als sie dreizehn wurde, breitete sich der Schwarze Tod schnurstracks in Europa aus. Weil schöne Mädchen die Pest anlocken, wurde Barbaras Schwester Margreth erschlagen. Nützen tat das nichts: Alle Dorfbewohner starben geschwind an der Pest. Die Barbara überlebte ihr Dorf, weil sie vor Selbstscham immer hinter den Kühen verkrüngelt schlief. Sie musste dann ein weitab entfernten »Onkel« heiraten, ein Hans, damit Dorf und Ländereien in der Familie blieben.

Meer beschreibt eingehend die Folgen der Pest in der Region, das Leben der Barbara, die eigentlich während ihres ganzen Lebens schwanger ist.

Hans Zürcher war wütend auf Barbara, weil nur die Töchter erwachsen wurden. Von den achtzehn Schwangerschaften starben drei Buben vor, vier während der Geburt, zwei im Kindes- und einer im Erwachsenenalter. Nach einigen feuchten Sömmern sind Visionen über Barbara gekommen. Überall war die Roggenmutter; Tod und Feuer. Die Angstattacken wurden immer schlimmer. Schliesslich schloss sich Barbara ein mit einem

Sack Mutterkornpilz aus den Kornfeldern. Als sie herauskam, war sie verwandelt. Ottilia, wo ihre liebste Tochter war, erzählte sie, dass Wesen von einem fernen Planeten gekommen sind und ihr gezeigt haben, wie der gute Geist aus dem Mutterkorn zu lösen ist. Bald bemerkte Ottilia, dass die Mutter nur noch mit Pflanzen und dem Kornpilz redete.

<u>Jakobine Elsener, geborene Zürcher, 1374–1394</u>
Eine Art von Ronja Räubertochter, eine hemdsärmlige Natur. Der Jakobine ihr Leben war kurz und selbstbestimmt. Als sie zuschaute, wie der Vater Hans die Mutter Barbara anpfurrte und diese wiederum ihm an den Karren fuhr, schwor sie sich, niemals zu heiraten. Jakobine war eine Grobe und holzte gern rein. Der wachsende Wohlstand ihrer Familie aufgrund des vielen Bodens interessierte sie einen Feuchten. Sie brachte sich selbst das Fallenstellen bei, Vogelfallen vor allem, zum genauer sein: Bogenfallen und Leimruten. Stundenlang tüftelte sie mit Mistelbeeren und Harz für den besten Leim.
Aber dem Hans Elsener seine Augen. Die hat sie in ihrer Milchbüchleinrechnung nicht mitkalkuliert. Dem Hans Elsener seine Augen waren so eine elysische Sache. So grün und goldig, wie wenn man sehr weit in den Aegerisee taucht und dann von unten zur Oberfläche in die Sonnenfinger reinschaut. Neun Monate später ist Jakobine tot. Vater Hans und Ehemann Hans zerrüttet.

Magdalena Ledergerber, geborene Elsener, 1394–1469

Grossvater Hans und Vater Hans hassten Magdalena wie die Pest, weil ihre Mutter an ihr verstorben ist. Die Magdalena war streng, gottesängstig, geflissentlich. Obwohl Analphabetin, wurde sie denn Buchhalterin des Dorfes. Mit eigener Faust erfand sie ein Zeichensystem zum Organisieren und Überblick-Behalten von Vieh, Ausgaben und Einkünften, Ernte. Die Magdalena machte dadurch ziemlich Geld für die Familie.

Meer beschreibt Magdalenas »Milchbuch«, ihre akribische Dokumentation und Organisation, was mich ein bisschen an Urgrosspeers Fruchtfolgepläne erinnert. Nach Magdalena kommt noch einmal eine Barbara, allerdings in vielen Versionen, die Meer von diesem Lebenslauf geschrieben hat, was mich vermuten lässt, dass die zweite Barbara Meer lange beschäftigt hat. Hier zuerst einmal der Anfang einer schweizerdeutschen Version:

Barbara Züllig, geborene Ledergerber, 1432– unklar

dBarbara Züllig isch äuä di weisischti Frou gsi i irere Sippä. Zu irere Grosstantä Ottilia Zürcher het si es ängers Band gha aus zu irere Meer Magdalena, wo fasch zum blöd wärdä a Gott gloubt het. Scho früe het sech dBarbara für e Chrütergarte vor Urgrossmeer, der Barbara Zürchr, interessiert. Die auti Ottilia het em eloquäntä Ching aues glehrt, wo sie het gwüsst. Einisch het dOttilia die 16-järigi Barbara iz Gartehüsli gfüert. »Bisch bereit, dis Erb aztrete?«, het sie fiirlech gfragt. dBarbara het gnickt. So het dOttilia der jungä Frou verzellt, dass dBarbara senior Visione gha het, wo ire än Ängu erschinän isch u ihrä die gheimä Geischter vo de Chrüter zeigt het. Z'auererscht het der Ängu ihre zeigt, wie me us em Muetterchorn die guetä Geischter löst. Laht me zMuetterchorn chli im Wasser bloderä, chömä numä die guetä Geischter usä. Die böse blibe drin, die hei e Wasserangscht. U ä so het dOttilia e Saubi agmacht, wo sie der Barbara a dInnänarmä u unger dNasä gschtrichä het.

Meer hat sich schon immer schwergetan mit der Standardsprache, und Rechtschreibung war noch nie ihre Stärke. Manche Wörter sind bis zu vier Mal durchgestrichen und neu geschrieben, mit unterschiedlichen Stiften. Viele Wörter sind Mundartwörter, die sie vermutlich im Duden oder Schweizerdeutschen Wörterbuch nachgeschlagen und durch die »richtigen/hochdeutscheren« Wörter ersetzt hat. Zum Beispiel *der Schoos* durch »die Schürze« (eben nicht »der Schoss«) oder *der Scheichen* durch »das Bein«. Wie für viele Schweizer*innen ist für sie das Hochdeutsche das Vornehme, Gehobene, die Schul- und Bildungssprache, keine Fremd-, aber eine fremde Sprache. In der Schule hatte sie »einen Fensterplatz«, und mit knapp sechzehn Jahren musste sie die Lehre zur Coiffeuse machen.

Einmal – ich muss etwa in der sechsten Primarklasse gewesen sein – kam ich mit einem sehr gut benoteten Aufsatz nach Hause. Ich zeigte Meer den Aufsatz; sie war noch stolzer als ich und strich mir liebevoll über den Hinterkopf. Ich musste die wenigen Fehler korrigieren, die ich gemacht hatte. Bei einem Fehler hatte der Lehrer geschrieben: »Das ist ein Dialektwort. Ersetze es durch das korrekte hochdeutsche Wort.« Ich hatte geschrieben: »Sein böses Knie bravte.« Ich fragte Meer: »Was ist hochdeutsch für ›braven‹? Das ist scheinbar nicht gutes Deutsch.«

Da stand sie auf, plötzlich wütend, packte den Duden, den du ihr zur Hochzeit geschenkt hattest (er war nicht neu, sondern schon aus einem Antiquariat), und warf ihn mir an. »Schau gefälligst selbst nach, du fauler Bock!«

Ich habe das Wort nicht gefunden im Duden. Es gab nur »brav«, aber kein Verb. *Braven*, konnte ich erst später für mich selbst übersetzen, ist das berndeutsche Verb für »besser werden, gesunden, heilen«.

Hier noch die sauberste (und darum vermute ich: letzte) Version von Barbara Zülligs Lebenslauf:

Barbara Züllig, geborene Ledergerber, 1442– unklar

Die Barbara Züllig ist allentwegen schon die weiseste Frau gewesen in ihrer Sippe. Zu ihrer Grosstante Ottilia Zürcher hat sie ein engeres Band gehabt als zu ihrer eigenen Mutter Magdalena, deren ewige Gebenedeierei ihr auf den Sack ging. Schon kaum den Kinderzoggelchen entwachsen, hat sich die Barbara für den Kräutergarten von der Urgrossmutter Barbara Zürcher interessiert. Die alte Ottilia hat dem eloquenten Kind alles gelehrt, wo sie gewusst hat.

Einmal hat Ottilia die sechzehnjährige Barbara in das Gartenhäuschen geführt. »Sodelchen. Bist du bereit, dein Erbe anzutreten?«, hat sie feierlich gefragt. Die Barbara hat genickt. So hat die Ottilia der jungen Frau verzählt, dass der Barbara senior ein Engel erschienen ist und ihr die geheimen Geister der Kräutchen gezeigt hat. Zuallererst hat der Engel ihr gezeigt, wie man aus einem Mutterkorn die guten Geister rauslöst. Lässt man das Mutterkorn im heissen Wasser blodern, kommen nur die guten Geister raus. Die bösen bleiben im Pilz, die haben eine Wasserangst. Und so hat die Ottilia eine Salbe angemacht, wo sie der Barbara an Innenarme und unter die Nase gestrichen hat. Bald ist der Barbara Sturm geworden, und sie musste sich bisschen unter dem Kirschbaum hinlegen. Kurz war ihr geschmauch, dann sah sie aber das Licht im Laub wie flüssigen Bergkristall auf sie niederregnen, und ihre Füsse sind aus ihren käsigen Strümpfen geflossen, und die Haare flochten sich unter die Wurzeln des Kirschbaumes. Und wie sie so aus sich floss, hat der Baum sie charmant aufgenommen.

Auf diese trippige Erfahrung folgen zwei Seiten, auf denen Barbaras Heirat mit dem widerwärtigen Ehemann beschrieben wird. Ich stelle mir vor, wie Meer diese Seiten in ihre Schreibmaschine hackt, wie sie manchmal Wörter oder Synonyme in ihrem abgegriffenen Duden nachschlägt. Sie lässt Barbara hin und wieder auch hochdeutschisierte französische Wörter sagen, wie »sie nahm den Paraplui« (Regenschirm) oder »Barbara war eschoffiert«, was mich rührt. Es scheint, als hätte Meer Barbara eine gehobenere Sprache in den Mund gelegt, als diese sprechen konnte. Gleichzeitig schimmert aber auch durch, dass Meer als Schreibende zeigen möchte, dass sie die Sprache der »Mehrbesseren« (Schweizerdeutsch für »Blaublütige«) beherrscht. Nur ist das ja eben nicht die Sprache der Aristokratie aus Deutschland, sondern der Patrizier*innen von Bern. Ich weiss nicht, ob Meer das weiss. Das macht mich traurig. Und ich schäme mich vor Meer, dass ich das lese und zu wissen glaube und traurig bin für sie. Ich weiss, dass sie gern besser Bescheid gewusst hätte, über all das, über alles.

Nach einem Jahr Ehe hat Barbara genug, haut ab und schliesst sich einem Berufsheer an, bei dem sie als Sexarbeiterin arbeitet.

Die Barbara war nicht die Allerhübscheste, aber auch nicht die Allerhässlichste, und sie hatte allerhand Noblesse. Und sie war ziemlich intelligent, was ihr sowieso lieber gewesen ist. So war sie nicht eine von den Prostituierten gewesen mit dem meisten Zulauf. Die rangunteren Soldaten haben ziemlich genau den rangunteren Prostituierten entsprochen, und nach einer Weile hat Barbara ihren festen Platz gefunden.
Die rangobersten Huren sind auf dem Hinterkopf gelaufen vor Stolz, dass es ihnen in die Nasenlöcher regnete. Diese schönsten und grossbrüstigsten Mädchen wurden von den lautesten und männlichsten Soldaten genommen. Gott sei Dank ist die Barbara keine von denen gewesen. Weil die Soldaten ersten Ranges haben meistens auch noch im Bett ihre Männlichkeit legitimieren müssen und waren saugrob. Sie hatten vor nichts grösseren Schiss, als sich vor einer Nutte zu blamieren. Erektionsprobleme? Bankgeheimnis. Wenn nicht geschwiegen wurde, spürten die Prostituierten rasch, wie der Karren läuft. Der Barbara ihre schönsten Kolleginnen haben eben häufig über die Gewalt ihrer Soldaten lamentiert und dass sie ständig eine Eloge singen müssen über gewisse Körperteile. Nein, die Barbara war froh, keine von den obersten Prostituierten sein zu müssen.
Barbara war aber auch keine der rangunterstEN Huren, wo nur die dümmsten und schwächsten Soldaten abbekommen haben. Auch hierfür war sie froh, denn die rangunterstEN Soldaten mussten auch etwas kompensieren. Die Barbara war zufriedene Mittelfeldspielerin. Nachdem einige Jahre durch das Land gezogen waren, kannte sie die meisten Kräuterweiber zwischen der

Ostsee und dem Alpenraum. Kombiniert mit dem Wissen von Ottilia war sie eine Bibliothek. Sie half den Soldaten bei Wunden und Erektionsproblemen, sich und den anderen Prostituierten bei Verhütung und Abtreibung. Barbara hat nur einen Bub aus der Anfangszeit. Er war ein Feiner, der Clemens.

Einige durchgestrichene Seiten darüber, wie Barbara das Heer verlässt, ihrer Berufung folgt und zu einem alten Kräuterhexchen im Schwarzwald geht. Dort lernt sie lesen, schreiben und noch mehr über den weiblichen Körper. Nach dem Tod der alten Frau geht Barbara nach Frankfurt, eine Stadt, die in der Mitte des 15. Jahrhunderts in den Ausbau des Gesundheitswesens investierte. Hat Meer geschrieben. Ich google. Es stimmt.

Mit dem geerbten Ersparten der alten Hexe hat sich Barbara am Stadtrand von Frankfurt ein Gärtchen gekauft und angefangen, Heilkräuter zu verkaufen und Heilungen anzubieten. Bald hat sie sich mit ihrem Kräuterwissen einen Namen als »sage femme« elaboriert. Wenn sie mal jemandem körperlich nicht helfen konnte, dann hat sie der Person vom guten Mutterkorngeist gegeben, der Salbe von Barbara Zürcher, und sie hat den Patienten auf eine Reise nach innen begleitet. Schon bald konnte sie sich eine Praxis in der Stadtmitte leisten und eine Magd, die den Kräutergarten an ihrer statt gepflegt hat.

Mit zweiunddreißig hat Barbara drei Gärten geleitet und ist als »sage femme« den Medizinern und Hebammen der Stadt zur Seite gestanden. Sie hat sich auf schwierige Geburten und Wundheilungen spezialisiert. Die Stadtregierung hat ihre Arbeit gouttiert und unterstützt. Wo sie einer Tochter vom reichen Klaus Humbracht bei einer fünftägigen Steissgeburt das Leben gerettet hat, ist sie mit einem Haus in der vieille ville belohnt worden.

Mit zunehmendem Alter hat sie sich vermehrt der Sammlung ihres Wissens (sie schrieb ein Medizinbuch) und der Ausbildung junger Frauen gewidmet. In ihrem Haus am Stadtrand hat sie Hebammen ausgebildet. Ihr Haus in der Stadtmitte wurde inoffiziell eine Anlaufstelle für unverheiratete Frauen in »misslichen Lagen«. Die ihr verbundenen Patrizierfamilien (Humbracht u.a.) haben sie vor der Kirche in Schutz genommen. Dem Klerus war sie nämlich ein Stachel im Aug. Ihr Haus ist als Ort der Unzucht verteufelt worden. Mit dem konnte sie aber gut leben. Auf Deutsch: Sie scherte sich einen Kuhmist darum.

Mit gut vierzig wurde sie von der Humbrachtfamilie eines Nachts aus dem Bett geholt. Ein befreundeter Fürstensohn wurde von einem Eber aufgespiesst, es muss mordsmässig getätscht haben. Seine ganze linke Seite war ein Spalt. Barbara badete und säuberte ihn und betete über der bösen Wunde, nähte, was sie nähen konnte, und strich immer wieder aufs Neue ihre Heilsalbe ein, die von dem roten Wund-Mund schnell gefressen wurde. Sie wusste, dass es mehr braucht als ihre Kraft, damit der Adlige bravte. Plötzlich wachte er auf, im Fieberwahn, Barbara drückte ihn aufs Bett und sagte regentisch: »Bewege dich nicht, du musst ruhen. Du bist in Sicherheit.« Der Adlige gehorchte, entspannte sich und schaute in Barbaras Augen, die blaugelben Augen, die sie von Hans Elsener geerbt hatte, und es war, als würden sie sich wiedererkennen. Sie blieb drei Tage und drei Nächte bei dem Adligen namens Alexander und krampfte wie blöd. Als der Fürstensohn endlich über dem Berg war, ging sie raus, rannte in den Wald. Dort schrie sie, schrie die Welt an:

»Alle diese Jahre habe ich mich liegen lassen. Ich opfere mich auf, wie man es von uns erwartet. Bin eine heilende Hand ohne eigenen Körper. Ich habe mich bereit erklärt, deine Wunden zu umsorgen, du bullendreckige Welt, dich zu umküderlen und umstüdelen, und jetzt endlich sehe ich: Du bist eine einzige unheilbare Wunde! Scheibenkleister! Ich habe mein d'accord gegeben, dich zu lieben, du müffeliger Herdapfel von einem Planet. Aber weisst du eigentlich, wie gnietig das ist? Und nein, ich bin nicht mehr die Soldatenmatratze, und ich rette die reichen Hodensäcke nicht mehr. Diese Lippen haben kein dämisches Lächeln mehr im Speicher à la reserve. Man verzweifelt, wenn man dich und die strohdummen Wesen, die du gebärst, gernhaben möchte. Und irgendwann ist genug Heu unten! Sag mir, du Saustall von einem Stern, wieso darf nicht auch ich mal ein Brösmelchen Glück haben? Wenn du schon eine Welt bist, die uns arme Tropfen schikaniert, wo sie nur kann, wäre es nicht ein bisschen gerechter, wenn ich Alex, dieses weit über mir stehende Prinzlein, nicht getroffen hätte? Dieses zwanzig Jahre jüngere Schneeglöcklein, das sich im Krieg den Kopf absäbeln oder zu Hause vergiften lassen wird?«

Da stand Barbara. Es war dunkel wie in einem Kuharsch. Als Antwort kamen bloss die Waldgeräusche des Waldes.

Die Barbara ging noch ein paar Male zum Prinzen, und seine böse Wunde hat langsam gebravt. Sie hat ihn aber nicht zu schnell gesund machen wollen. Nach der langen Gesundung haben sich die beiden noch fünf Mal im Wald getroffen. Dann wurde er von seinem Vater an den englischen Hof gesandt. Auf der Hinfahrt holte er sich an der Reling einen schmutzigen Splitter, der eine Blutvergiftung auslöste, an der er starb. Barbara erfuhr davon nichts. Sein Gesicht verblasste nur nach und nach. Die Barbara behielt drei Erinnerungen von ihm in sich, bis sie unter einem Weissdorn starb: die weisse, flaumige Haut von seinem Popo unter ihrer rauen Hand. Die Art, wie er sich nach jedem Treffen auf seinem Schimmel umgedreht hat; der ängstliche Blick und dann das Erkennen: SIE IST NOCH DA! Und schliesslich das Gefühl, das sie hatte, wenn sie sich umarmten: alles, Alex, alles, für immer. Ich baue mir meine Träume auf rund um dich und male sie scharlachrot an.

Im hohen Alter hat Barbara zwei ihrer Grosskinder, den Maximilian und die Ottilia, gebeten, mit ihr auf eine letzte Reise in den Süden zu kommen. Sie wollte noch ein letztes Mal die Berge sehen. Mit einer Kutsche von s'Humbrachts sind sie losgezogen. Nach Stunden vom Schweigen waren sie mitten in einem Buchenwald. Da nahm sie die Hände ihrer Grosskinder und sagte: »Meine Lieben, es tut mir leid. Ihr seid meine Nachkommen. Tragt mein Erbe, tragt, so weit ihr kommt. Es wird wohl bald eine Zeit kommen, wo alles anders wird, und was wir aufgebaut haben, wird entschwinden. Meine lieben Kinderlis, es tut mir so leid. Denkt immer daran: Dass sich unsere Wege kreuzen, dass wir zur gleichen Zeit am gleichen Ort gewesen sind, das ist magisch, wenn man alle möglichen Orte und alle möglichen Zeiten und alle möglichen Körper zusammenrechnet. Du, Maximilian, sei nicht zu hart mit dir, du wirst genug ins harte Brot beissen. Und du, Ottilia, pack die Menschen, prügel sie notfalls mit dem Nachttopf, der Abgrund wird nicht kommen, wir sind der Abgrund. Das Licht kommt nicht erst drüben, wir sind das Licht. Der Herr hat uns nicht verlassen, er hat uns die Wahl gelassen.«

Da gab Barbara dem Kutscher ein Zeichen, er hielt mitten im Wald, und sie ist, was du gibst und was du hast, in den Wald gerannt. Der Maximilian und die Ottilia waren baff. Dann sind sie ihr nach. Aber der Wald hatte die Barbara verschlückt.

Liebe Grossmeer. Das hat alles deine Tochter geschrieben. Bist du nicht ein wenig stolz? Es ist nach zwei Uhr, meine Augen schmerzen, ich gehe noch mal über die Seiten, lese ein paar handschriftliche Kommentare wie »hie meh über Hebammen in Frankfurt« oder »Alen fragä ob me verschteit«. Ich sehe Meer vor mir, wie sie versucht, deinen Lebenslauf zu schreiben, wie sie sich die Haare nach hinten streicht, immer wieder neu zusammenbindet, wie so oft, wenn sie an einer Aufgabe verzweifelt. Und ich meine zu wissen, was sie sich gesagt hat: Sie werde endlich den Stammbaum ihrer Meere aufzeichnen. Das Material, das sie schon in meiner Kindheit zu sammeln begonnen hatte. Sie werde die Linie ihrer Vorfahrinnen nachfahren – all die Leben, die in den üblichen Familienbäumen nicht aufgezeichnet werden, sondern einfach aus dem Nichts auftauchen –, und wenn sie bei ihrer Meer ankomme, bei dir, so werde sie dein Leben endlich aufschreiben können. Und ich bin mir fast zu hundert Prozent sicher, dass Meer – bei Barbara Züllig angekommen – eine Schreibwut gepackt hat. Ich erkenne doch eine Schreibwut, wenn ich einer begegne: der nicht kalkulierbare, gleissende Knall, mit dem sich eine Welt plötzlich vor einem eröffnet, einfach so, am Schreibtisch, zwischen Dasitzen und Dasitzen. Und in Bezug auf Meers Sprache bin ich mir mittlerweile sicher, dass dieses helvetische Deutsch ein bewusster Stinkefinger für die Standardsprache ist. Ich bin sehr müde, aber ich fühle mich auf eine Weise mit Meer verbunden, die ich noch nie gefühlt habe. Ich möchte noch ein weiteres Leben lesen.

Es geht um Barbara Zülligs einzigen Sohn, Clemens Züllig. Er hilft ihr bei ihrer Arbeit, wird ihre rechte Hand, übernimmt die Verwaltung der Apotheke und alles Administrative der Hebammenausbildung, die Barbara anbietet. Mit etwa dreissig verliebt er sich in die unverheiratete Patientin Johanna, die ins Züllighaus zum Gebären kommt. Nach einigen Jahren glücklicher Beziehung mit Johanna geht er eines Abends zu seiner Meer (sie ist gerade dabei, ihr Medizinbuch mit Zeichnungen zu bebildern und getrocknete Kräuter einzukleben) und erzählt ihr von seiner Vermutung, unfruchtbar zu sein. Barbara lacht. Ob das alles sei, was ihn bedrücke. Clemens bejaht. Barbara sagt, dass sie das auch schon vermutet habe. Ihr Rat ist dieser:

»Wie du weisst, bist du ein Soldatenbalg. Ich hab dich mit siebzehn bekommen. In den ersten Monaten beim Heer habe ich noch nicht gewusst, wie der weibliche Körper funktioniert. Wir waren in der Nähe von Strasbourg, und dort lernte ich eine Kräuterfrau kennen, eine Engelmacherin. Ich bin unter einem Kastanienbaum gelegen, die Alte hat in ihrem Kessel gefuhrwerkt, und ich habe angefangen, dich um Vergebung zu bitten. Ich sagte, es tut mir leid, dass ich dich nicht bekommen kann, aber dass ich in einer Welt lebe, wo ich dir kein gutes Leben bieten kann. Krieg und Armut kann ich dir bieten. Ich machte mich bereit. Aber da habe ich gespürt, dass du es spürst. Und da habe ich es nicht tun können. Da bin ich zurück in das Soldatenlager und habe mich entschieden: Du darfst kommen, aber du wirst mein erster und letzter Goof sein. Und ich werde mich drum tun, alles Wissen über unsern Körper zu sammeln, damit ich zukünftig selbst entscheiden kann, was in mir passiert.«

Der Clemens hat sie lange und breit angeschaut. »Du sprichst wie immer in Rätseln, Mutti.« Die Barbara hat das Kinn von ihrem Sohn gepackt und gesagt: »Gibt es nicht schon genug vaterlose Kinder? Ich glaube, dass dein Samen weniger wertvoll ist als dein Vatersein.« Und so wurde der Clemens ein liebevoller Vater. Seine und der Johanna ihre Familie ist gewachsen, je mehr Frauen in »misslichen Lagen« zum Züllighaus kamen. Die Kinder, von denen sie Miteltern wurden: Adelheid, Maximilian, Hans, Maria Catharina, Verena Maria, Elisabeth, Carl, Kaspar Josef, Ottilia, Ida Agatha, Johann Peter, Johann Jordan, Clemens Adelrich, Johanna Elisa, Georg Carl, Agatha Maria, Clemens Anton, Arnulf, Balthasar, Marie, Arbogast, Adalbert, Magdalena, Kaspar Oswald, Chlodewech, Huldrich Sebastian, Elfrun, Ida Maria, Johanna Christina, Siegfried Kaspar und Barbara.

6

Eine Woche später bringt dir Meer einen Kuchen. Einfach so, ohne Geburtstag. Der Kuchen ist verziert mit Tennisbällen aus Marzipan. Du bist ein kleines Mädchen, bist ganz still vor Freude. »Woher weisst du, dass ich als Kind immer Tennis spielen wollte?«

Nicht einmal Meer findet eine gute Lüge für diese Frage. Das Foto, das sie dir mitgebracht hat, lässt sie schön in ihrer Tasche. Meer hat es vor zwei Jahren geschossen, es zeigt dich beim Seniorentennis, glücklich, stolz, verschwitzt.

Ich spreche mit dem Pfleger, der Nico ist, mein toter Onkel. Ich sage: »Wieso Türen, die bemalt sind wie Wände? Und Türen, die sich als Büchergestelle tarnen?« Nico sagt erst: »Fluchtimpulse«, dann Sätze, die mit »man« anfangen, und dann: »Die Dementen haben kein Problem mit der Demenz, nur die Umgebung.« Ich sage: »Und wieso dann die Fluchtimpulse?« Man sagt: »Verwirrung, nicht Unzufriedenheit.« Ich sage: »Eingesperrt.« Man sagt: Fachwörter. Ich sage: Gefühle.

Ich tue, was ich immer tue, wenn ich etwas nicht ertrage: Ich schlafe mit der nächstbesten Person. Die hier Nico ist. Die Ruhe, mit der er mich auf das Gästeklo im vierten Stock führt, sagt mir, dass es nicht das erste Mal ist. Ich komme, seine Eichel so tief in mir, dass ich weiss, dass er den Herzschlag am Ende meines Enddarmes spürt, spüren muss; mein Herzlein, das ich selbst nicht spüre, nur durch sein Fleisch spüre, das ich nur kurz, gerade jetzt spüre, weil es klöpfelnd und sich überschlagend auf seiner Harnröhrenmündung aufgespiesst ist.

Wir rauchen eine aus dem Fenster. Er ist so haarig, dass sich der Rauch in seiner Brust verfängt. Ich sage, dass an diesem Ort niemensch eine Persönlichkeit habe, auch die Pflegenden sprechen nie von »ich« oder »wir«, sondern nur immer von »man«, und dass mich das aufrege. Er sagt mir, dass ich meine Grossmeer sehr lieben müsse, so oft, wie ich hier sei. Ich sage nichts. »Wie ist es?«, fragt er. »Was?«, frage ich. »So zu sein wie du«, sagt er. – »Wie ist es«, frage ich, »so zu sein wie DU?« Er zuckt die Schultern. »Ganz normal. Ich bin's einfach.« – »So bin ich's auch. Einfach. Für mich ist es nichts. Nur für andere ist es etwas.«

Ich schaue ihm nach, wie er auf das Stationsbüro geht, seine weisse Pfleger*innenhose richtend, und ich sehe die Männlichkeit. Ich sehe die pure, gesamte Männlichkeit dieser Welt, die immer so tut, als wäre sie nur ein Körper, die immer so tut, als würde sie nur die Realität dieses einen Körpers formen und nicht ständig alle Realitäten, auch die der Haarlosen, Pfotigen, Schuppigen, Schleimigen, Einzelligen.

Ich bezahle dir einen Coiffeurbesuch. Du gibst haargenau vor, was für eine Frisur du möchtest. Ich sehe mich selbst im Spiegel, hinter dir. Ich denke, dass ich in diesem System immer noch am ehesten als schwul gelte. Und weil es da diese Krankheit gibt, die unter den meinigen grassiert beziehungsweise von der es die Erzählung gibt, dass sie vorwiegend unter unseren Körpern grassiere, ich aber ungeschützten Sex will, weil ich mich sonst nicht spüre, koste ich mich neunhundert Franken im Monat für PreP (Präexpositionsprophylaxe). Und weil ich in mir kein Junge bin, kostet mein Körper mich noch mal dreihundert Franken im Monat für Rasieren, Cremes, Schminke und noch mal achtzig für andere Pharmaka. Ich sehe, wie du glücklich bist über deine kurzen Haare, und ich denke, wie viel billiger ein genderfluider Körper ist als ein dementer Körper und dass wir für dieses System beide als krank gelten und trotzdem nicht tragbar sind für die Krankenkasse.

Ich führe dich auf einen Spaziergang vom Heim weg, wir treffen eine Meer mit zwei Kindern, und wir treffen einen Vorgarten mit Meerträubelchen. »Meerträubelchen«, sage ich.

»Ja, die kann man ja nicht übersehen.«

»Erinnerst du dich an die Geschichte mit dem Meerträubelchenbrot, das du nicht gegessen hast, weil du so wütend warst?«

Du schaust mich ganz erstaunt an. »Aber das war meine Meer, mit dem Meerträubelchenbrot, das ist nicht meine Geschichte.«

Ich sitze im Zug von Bern nach Zürich, lese von Barbara Zülligs Enkelin, Ottilia Züllig, die politisch aktiv war und ihren Adoptivbruder liebte, die aufgrund des Aufstiegs frauenfeindlicher Tendenzen das Züllighaus schliessen musste, die bei einem Aufstand der Seidenspinnerinnen mitmarschierte und danach nicht mehr gesehen wurde. Die nachts, wenn sie nicht schlafen konnte, das Lied sang: »Selbst im Himmel drinnen wär'n wir bloss arme Seidenspinnerinnen.«

Ich lese von Ottilia Zülligs Tochter, Maria Euphemia, der letzten Hebamme der Familie, die unter den politischen Veränderungen litt. Sie musste für die Stadt, das heisst für die Männer, die das medizinische Wissen nun an sich rissen, eine Liste führen mit schwangeren Frauen, musste Verdächtige nennen, wenn ein Kind ausgesetzt wurde, und ein Netzwerk an geheimen Informant*innen halten in ihrem Quartier, um die Frauen zu kontrollieren. Maria Euphemia hatte sich eine Arbeitskleidung schneidern lassen, mit Hosen und Taschen, da dies viel praktischer sei bei der Arbeit, wie sie sagte. Auch die Haube hindere sie bei der Arbeit, das seien bloss Scheuklappen. Ab einem gewissen Zeitpunkt legte sie diese Kleider gar nicht mehr ab und wurde bald »die Bübin« genannt. Ich lese eine grauenhafte Massenvergewaltigung, die Maria erleidet. Das heisst, ich lese sie nur stellenweise. Mir scheint, dass Meer sich vorgenommen hat, die ganze patriarchale Verachtung des weiblichen Körpers in diese Seiten zu legen. Es sind zwölf Männer, und für jeden Mann braucht Meer eine ganze Seite. Es wird akribisch beschrieben, wie Maria festgehalten wird, welche Geräusche der jeweilige Mann von sich gibt, wonach sein Penis stinkt. Es ist aus Maria Euphemias Perspektive geschrieben, mit welchen Gedanken sie sich vom Verzweifeln abhält. Mit ihrem Blick hält sie sich an einem Fliederbusch fest. Die letzten paar Männer will ich überspringen, aber dann zwinge ich mich doch, sie zu lesen: Diese Gewalt ist Teil von Meers Projekt. Da Maria Euphemia unverheiratet schwanger wird, klagt mensch sie des Beischlafs mit dem Teufel an, und so flieht Maria aus Frankfurt, das lange Jahrzehnte eine liberale Insel gewesen war, und geht nach Florenz. Sie nimmt bloss das Medizinbuch ihrer Urgrossmeer Barbara mit und ihr Kind, Catharina. In Florenz gibt sie sich als Witwe aus.

Ich lese von Catharina, die in Florenz aufwuchs, achtzehn Kinder hatte, stockkatholisch wurde und ihre Meer Maria für ihr hexerisches Tun (Abtreibungen) hasste.

Ich lese von Catharinas Tochter Raphaela, die unter Angstvorstellungen litt, die von einem zwölfköpfigen Ungeheuer verfolgt wurde.

Ich lese von Raphaelas Tochter Lucia, die Panikattacken hatte, während derer grauenhafte Vögel sie heimsuchten, die aussahen wie Menschen; die blind waren, aber alles sahen.

Ich lese von Lucias Tochter Lila, die strenggläubig war, den jungen Nachbarn durch ein Loch in der Wand beobachtete und masturbierte, dann dies beichten ging, in der Hoffnung, dass ihr Jesus Christus erscheine, und wenn nicht Jesus Christus, dann wenigstens Paulus oder ein anderer Heiliger, damit sie vor ihrer Freundin Marcella, der ständig Heilige erschienen, nicht so schlecht dastand.

Und ich lese von Lilas Tochter Claudia Bianchi und ihrer Freundin Ira. Ich bin fasziniert von Claudia, die im Gegensatz zu ihrer Meer, Grossmeer und Urgrossmeer ein sehr ungewöhnliches Leben hatte, die aus Florenz hinauskam und durch Europa zog in den Wirren des Dreissigjährigen Krieges.

Claudia Bianchi, 1596–1650

Die Claudia war praktisch jeden Tag mit der Ira Marinero zusammen. Die zwei verbrachten viel Zeit bei der Ira ihren Grosseltern, die in San Donato in Collina gewohnt haben, ein Dörfli in den Bergen um Florenz. Ihre Mütter hatten beide ein extragutes Telefon zum Grossen. Die Ausflüge zu den Grosseltern waren gedacht zum Ira und Claudia vor Unzucht zu bewahren. Weil Unzucht, die ist ja immer so viel grösser in der Stadt. Die zwei Mädchen sind gerne aufs Land, wo sie den gestrengen Augen ihrer Mütter entkommen sind. Sie liefen durch die Kastanienwälder und erzählten sich Variationen von immer derselben Geschichte. Und diese ging so:

Die Verzählerin (abwechselnd Claudia oder Ira) ist in San Donato. Es ist früh am Morgen, und alle schlafen noch, darum macht die Verzählerin einen Spaziergang allein. Sie läuft durch den Wald, kommt an einen unbekannten Bach. Sie folgt ihm flussaufwärts, und dann gelangt sie an einen Wasserfall, wo in einen Teich fällt. Neben dem Teich steht ein stämmiges Schlachtross. Die Verzählerin bleibt hinter einem Gebüsch. Und es verschlägt ihr den Atem. Weil da im Pool unter dem Wasserfall, da badet ein waschechter Ritter. Das Inbild von einem Mannsbild. Blonde lange Mähne und ein breiter Rücken, so breit, da könnte man drauf dejeunieren. Die Wirbelsäule ist von zwei erdenmächtigen Muskelsträngen umgeben, und das kühle Wasser rinnt gierig die Hügellandschaft runter. Dann dreht er sich um. Er ist so schön wie alle antiken Statuen zusammen. Jedes Mal, wo eines der Mädchen die Geschichte erzählt, wird sie bisschen länger. Zuerst taucht der Ritter unter das Wasser. Beim nächsten Erzählen taucht er gäch auf, wirft seine güldenen Haare in den Nacken, und die Tropfen benässen die Verzählerin in ihrem Versteck. Beim nächsten Mal entdeckt er die Verzählerin und wirft ihr einen gestrengen Blick zu. Er kommt auf sie zu. Dann geht ihm das Wasser nur noch bis unter den Nabel. Dann nur noch bis unter den Ansatz vom Schambein. Das Wasser glitzert irisierend an seinem Astralleib. Dann taucht die Leistenlinie über der Wasseroberfläche auf. Dann sagt der Ritter: »Du bist aber ein Lausgoof, da hinterm Busch zu sürmeln und mich auszuspienzeln. Na warte ...« Dann taucht krauses Haar aus dem Feuchten auf, bis ...

Die nächsten Sätze sind so stark durchgestrichen, dass das Papier stellenweise perforiert ist. Ich kann nur den letzten Satz entziffern: »... und da liessen sie es mordsmässig tschädärän.« Ich muss lachen, freudig, stelle mir vor, wie Meer sich selbst als »Lausgoof« fühlte beim Schreiben dieser Passage, ich stelle mir vor, wie sie sich selbst Mut zuspricht, wie sie den Blick von dir, Grossmeer, dabei spürt und wie sie dagegen anschreibt. Ich erinnere mich daran, dass sie mir mal vom »female gaze« erzählt hat, stolz, dass sie dieses feministische filmtheoretische Konzept kennt (und ich natürlich ebenso stolz). Vor etwa einem Jahr sprachen wir über ihre Jugend. Sie sagte, dass sie im Glauben aufgewachsen sei, dass Frauen keine sexuellen Bedürfnisse hätten. Dass sie lange

Zeit geglaubt habe, sie sei krank, wenn sie Männern oder Frauen im Freibad Marzili »nachgelustet« habe. Erst Anfang zwanzig, als sie mit einer Freundin zusammenwohnte und diese beim Masturbieren erwischte, sprach sie über ihre Sexualität, das erste Mal. »Du weisst nicht, wie froh ich war, als ich das Fränzi sah, eine Hand zwischen den Beinen, die andere im Mund.« Ob sie denn früher nie masturbiert habe, fragte ich. »Doch«, sagte sie, »aber eben. Man hörte ja Grauenhaftes. Man sagte, wenn man sich selbst anfasst, kriegt man Pickel, bekommt Schwindsucht, trocknet aus, es ist eine Krankheit, ansteckend, wenn man es regelmässig tut, stirbt man.« Sie habe nie zu Hause masturbiert. Sie habe immer das Gefühl gehabt, dass Grossmeer sie sehen könne. Sie habe nur im Freibad auf der Toilette masturbiert.

Wenn sich Claudia und Ira nicht solche Geschichten verzählten, spielten sie Versteckis oder kalberten herum. Einmal in ihrer Stadtwohnung fand die Claudia beim Versteckis ein sehr fettes, altes Buch. Es lag in einem Schrank weit unten und hatte eine dicke Staubschicht.

Der erste Teil war ein Herbarium: Auf einer Seite waren getrocknete Heilpflanzen, wo verbrösmeln, auf der anderen Seite war Text in einer Sprache, die die Mädchen nicht verstanden (sie konnten zwar lesen, aber nur das Bibellateinisch, das Claudias strenggläubige Mutter Lila ihnen beibrachte).

Im zweiten Teil waren grausige Zeichnungen. Klaffende Wunden, offene Brüche, Anleitungen zum Verbinden und viele Listen. Die Listen – das fanden die Mädchen durch Vergleichen raus – waren verschiedene Zusammenstellungen von den Pflanzen vom ersten Teil.

Der dritte Teil schlussendlich war der, wo die Mädchen

am meisten aufschlugen. Es waren Zeichnungen von nackten Frauen, von Kindern im Bauch, von gespreizten Beinen, von Vulvas, von Scheren, die zwischen Vulva und Popo schneiden, und viele Unerhörtheiten mehr.
Einmal, wo sie das Wochenende zu Iras Grosseltern gingen, packte Claudia heimlich das Buch ein. Die zwei Freundinnen gingen so viel sie konnten in den Kastanienwald, an den Bergbach und lasen im mysteriösen Buch. Sie versteckten es in einer verlotterten Kapelle im Kastanienwald.
An einem heissen Sommertag waren die zwei wieder am Fluss, die Nasen im Buch. Es war extremes Schwitzwetter. Sie schauten die Zeichnung von einem Kind an, wo queer im Bauch liegt. Sie waren sechzehn. Plötzlich schloss Ira das Buch, zog sich aus, bis auf ihre nackte Haut, und sprang in den Bach. »Komm auch, du kleiner Schisshaas!«, rufte die Ira, aber die Claudia sass nur stumpf da. Sie redeten nicht mehr an diesem Tag. Am Abend, bei den Grosseltern im Haus, brach die Claudia zusammen, und sie grännte drei Tage durch und schrie in einem einzigen Tobsuchtsanfall. Sie raufte sich alle Haare aus und tat wie ein lötiger Zottel. Wo ihre Mutter Lila mit einem Pfarrer kam, wusste der Gottesmann schnell, was Sache war: Der Leibhaftige höchstselbst hatte von dem jungen, schönen Mädchen Besitz ergriffen. Aber alle Exorzismen halfen nicht. Wo man die Claudia in eine Kutsche brachte, war ihr letztes Wort, bevor sie stumm wurde: »Ordnung!«
Die Claudia ist in verschiedene Institutionen gekommen, alles Geistliches natürlich. Nach sechs Jahren brach sie aus und wanderte gegen Norden, durch die Wirren vom Dreissigjährigen Krieg. Schlussendlich ist

sie in einem Armenhaus in Bayern gelandet. Dort hat sie lang mit Bettlern, Nutten, Sodomiten, Mördern und Deserteuren gelebt. Sie ist stumm gewesen.
An einem warmen Aprilabend im Jahr 1646 verzählt ihr einer von den geistlichen Betreuern von den Landschaften, die ihm im Traum begegnen. Er verzählt Claudia viel, weil sie so gut zuhört. Die schönste Landschaft, wo er je gesehen habe, sei ein See im Schwarzwald gewesen. Was die schönste Landschaft gewesen sei, wo sie je gesehen habe? Die Claudia ist da aufgestanden und hat dem Mann gesagt, dass die schönste Landschaft, wo sie je gesehen habe, der Ira Marinero ihre Haut war, der Ira ihre sechzehnjährigen Oberschenkel, wo im Bergbach stehen, der Ira ihre Brüste im Schweiss von diesem Augusttag. Das sei das Schönste und Schlimmste gewesen, was sie je gesehen habe, weil so nah und so unerreichbar. Der Geistliche hat sie angestarrt. Ihre Stimme war wegen ihrem vierunddreissigjährigen Schweigen eher ein Quietschen als eine Stimme. Er ist aus dem Trakt gerannt, hat die Tür offen gelassen, lief zum Zuchtmeister im Häuschen vor dem Armenhaus und heepte: »Sie spricht! Die Stumme spricht!« Wo sie zurückkommen, ist die Stumme schon über alle Berge gewesen.

7

– Hallo?
– Ich bins.
– Oh. Du. Ich bin gerade extrem gestresst, musste heute zwei Schichten übernehmen, weil Jacqueline wieder mal »Mi-

gräne« hatte, und dann ist auch noch meine Lieblingstondeuse kaputtgegangen, und dann hab ich noch die Rechnungen für Grossmeer gemacht, so teuer. Das Deprimierende: Selbst wenn ich mehr arbeite, verdiene ich nicht genug für Grossmeers Scheiss, und vom Haus, da kommt so wenig Miete, das deckt nicht mal die Reparaturen.

– Ich denke, ich komme am Samstag nicht zu Grossmeer. Ich muss mich mal ein Wochenende ausruhen.
– Okay. Klar, verstehe, der Weg von Zürich nach Ostermundigen ist weit ...
– Bin jetzt jedes Wochenende gekommen.
– ... auch wenn die eigene Grossmeer im Sterben liegt ... Liegt es daran, dass du den Pfleger nicht sehen willst?
– Welchen Pfleger?
– Bist du verliebt? ... Wieso bist du immer so empfindlich?
– Wir haben einfach Sex. Aber das weisst du ja. Hör auf.
– Er hat gestern nach dir gefragt. Und letzte Woche auch schon.
– Was hat er gefragt?
– Ich seh doch, wie ihr euch anschaut. So seh ich dich sonst nicht.
– Das ist sexuelle Anziehung, Meer, ich hoffe sehr, dass du mich sonst nicht so siehst. Außerdem ist er kurdischstämmig und ein Pfleger, es käme eh nicht gut.
– Was heisst denn das jetzt? Das ist rassistisch und ... Dings ... was du mir an der letzten Osterfeier ...
– Klassistisch?
– Genau, klassisch. Wieso kannst du nicht mit einem kurdischen Pfleger?
– Was ich meinte, war nicht, dass ich nicht mit ihm als Kurde ... Du hast recht, ja. Scheissrassistisch, sorry. Das Ganze erinnert mich einfach an Fabrizio. Ich kann nicht noch einmal einem erwachsenen Mann die Hand halten, wenn er sich bei

seiner machistischen, deckskonservativen Familie outet, und dann, wenn es dann auch noch jemensch »wie ich« ist, di*er dann kommt, bricht das grosse Unheil aus. Ich möchte ja auch gar nicht auf Nationalität achten, aber ich brauche einfach jemenschen, der diese Themen kennt, der … Ich muss mich bisschen schützen. Ich bin halt – »speziell«.

– Wieso weisst du, dass seine Familie Machos sind?
– Ich … Ja, das weiss ich nicht, das nehme ich an. Es tut mir leid.
– Ist das der Grund, warum du dich von Fabrizio getrennt hast?
– Er hat sich von mir getrennt.
– Das hat er mir anders erzählt.
– Ah. Ihr trefft euch also noch zum Kaffee?
– Nein, wir haben uns mal am Bahnhof. Da hab ich ihm einfach gesagt, dass ich es schad fand, dass er sich getrennt hat, dass ich ihn immer mochte, nicht wie Peer. Und dann hat er gesagt – ist ihm ziemlich nahe –, hat gesagt, dass doch du.
– Dass doch ich. Ma, hör mal. Als ich für den Lebenslauf von Grossmeer in deinem Büro war. Ich habe den Stammbaum gefunden.
– Ja.
– Also, nicht den Stammbaum von Sägessers. Deinen Stammbaum, den du … geschrieben hast, im grauen Ordner … Ich habe ihn gelesen, also ich lese ihn.
– Hör mal, ich bin so müde und muss morgen den Salon aufmachen. Wir können am Samstag reden.
– Ma, ich …
– Hör mal, ich muss mir heute noch die Haare färben, das macht sonst keine Gattung, eine Coiffeuse mit drei Fingerbreit Ansätzen, weisst du, ich kann nicht einfach irgendwie zur Arbeit.
– Ja. Haare warten nicht. Gute Nacht.

8

Ich stehe am offenen Fenster. Die Buche rauscht. Ein weiches metallisches Rauschen, wie tausend Blättchen Alufolie. Wenn ich die Augen schliesse, klingt es, als stünde ich an einem Ufer, als stünde ich weit weg von hier. Vor mir liegt das Leben von Ira Marinero. Der erste Teil ist in sauberer Handschrift, wohl eine abgeschriebene Version. Der zweite Teil ist stark korrigiert, stärker als Claudia Bianchis Leben.

Ira Marinero, 1596–unklar

Als die Ira ein paar Wochen nach dem Zusammenbruch von der Claudia Bianchi von ihrer Mutter Marcella Marinero beim Packen verwischt wird und die Mutter fragt, wo sie hinwill, hat die Ira gesagt, dass sie Claudia aus Mariazell, dem Kloster für Wahnsinnige, befreien will. Dass sie übrigens Claudia sehr fest liebt. Darauf musste sich die Ira bei einer Schulfreundin verstecken, weil ihre Mutter ihr die Sittenschmier der Stadt auf den Hals gejagt hat. Du hast Angst vor Schande, dachte sich Ira, und Schand sollst du haben, Mutter. So ist es gekommen, dass sich die Ira beim Büro für Anständigkeit eine Lizenz zur Prostitution beantragt hat.

Das Büro für Anständigkeit – l'Ufficio dell'Onestà – ist im Jahr 1403 in Florenz gegründet worden. Wie überall in Europa sind die Bevölkerungszahlen nach dem Schwarzen Tod eingebrochen und am Boden geblieben. Dazu hinzu hat sich die Homosexualität ausgebreitet wie eine zweite Pest. Das Büro für Anständigkeit war eine Überwachungs- und Durchsetzungskommission, die sich zum Ziel gesetzt hat, das Volk zu vermehren und darum die Homosexualität zu beenden. Sie haben Infoveranstaltungen organisiert, wo man vorgeführt hat, wie man ein guter Mann oder eine schöne Frau ist. (Das stimmt übrigens alles!) Als Frau durfte man nicht zu laut lachen oder zu breit laufen oder einem Mann direkt in die Augen lugen, und als Mann sollte man nicht öffentlich grännen und grundsätzlich einfach möglichst viele Kinder ervatern.

Meer, Meer, denke ich und lache in mein Zimmer hinein, du bist ja ein richtiges Recherchetier geworden. Ich überfliege einige Seiten darüber, dass aufgrund des Onestà unverheiratete Männer über dreissig höher besteuert wurden und Frauen, die viele Kinder gebaren, Geschenke kriegten, wie zum Beispiel eine Salami oder eine halbe Sau (je nachdem, wie viele Kinder).

Das Büro für Anständigkeit hat auch immer mehr die Unterstützung und die Kontrolle von den öffentlichen Freudenhäusern unter die Fittiche genommen. Der Gedanke dahinter ist allweg gewesen, dass sich junge Männer nicht gegenseitig nehmen, wenn sie leichteren Zugang zu Frauen haben. Die Bordelle sind also wichtige Institutionen geworden zur Förderung von der sozialen Ordnung, das heisst von der Zwangsheterosexualität. Das ist so weit gegangen, dass die Buben zum sechzehnten Geburtstag einen Gratisbesuch im Bordell geschenkt kriegten vom Onestà.
Zurück zur Ira. Sie hat gar nicht daran gedacht, als Prostituierte zu schaffen. Weil sie lesen, schreiben und rechnen konnte (wenigstens etwas hat ihre Mutter ihr beigebracht), hat sie schnell als Buchhalterin in einem Puff schaffen können. Sie trug stolz die

gelbe Armbinde, die sie als Prostituierte auszeichnete. Und sie stellte sicher, mit der Hurenbinde von einer Freundin von ihrer Mutter gesehen zu werden. Rache ist eben süss.

Die Arbeit war ganz delektabel. Iras jüngste Schwester hat ihr heimlich das verbotene Buch aus der Kapelle in den Bergen gebracht, und so hat Ira mit der Hilfe von diesem mysteriösen, fremdländischen Buch den Prostituierten geholfen, wo viele gesundheitliche Probleme hatten. Besondrigs die Elvira, ein sehr junges Mädchen aus Nordafrika, hat sie ins Herz geschlossen. Die Ira hat alles gespart, aber es hat trotzdem drei Jahre gedauert, bis sie sich eine Reise nach Mariazell leisten konnte. Wo sie endlich dort angekommen ist und nach der Claudia gefragt hat, hat sie erfahren, dass die Claudia vor ein paar Monaten ausgebüxt ist. Ira war so wütend, dass sie sich einen Zahn ausbiss. Wie in Trance ging sie in die Kutsche und fuhr wieder nach Florenz zurück.

Schon auf dem Rückweg nach Florenz begann Ira, Gedichte zu schreiben, in denen sie das Universum fragte, wo Claudia sei, welcher Fuchs sie zuletzt gesehen habe oder welches Moos ihre Gebeine überwachse. Die Zeit verging. Als Ira Elvira eine böse Kopfwunde verarztete, die ihr ein Freier in der Hitze des Gefechts geschlagen hatte, fragte diese, ob es stimme, dass Ira schreiben könne. Ira bejahte. Elvira war kurz andächtig still und hat dann, wo Ira fertig war mit Verbinden, völlig zusammenhangslos gesagt: »Wenn ich schreiben könnte, würde ich mein Leben aufschreiben.« Die Ira hat nichts gesagt, aber gedacht: Ich kann zwar schreiben, aber habe kein Leben, das ich aufschreiben möchte. Das Waschen von Verhütungsschwämmchen und eine doofe Rache ist mein Leben. Was ist das Schreiben an mich verschwendet!

Einmal im Jahr 1630, wo die Pest noch mal rumging, hat die Ira am Rand von den für die Prostituierten erlaubten Strassen ihre Mutter gesehen, die alte Marcella Marinero, mit einer Pestbeule auf der Hand. Das Mütterchen hat seinen Arthrose-Rücken aufgerichtet und von der anderen Strassenseite her gesagt: »Kindli, ich möchte dich umarmen, aber ich bin krank. Es tut mir leid. Willst du nicht die grausige Binde ablegen und heimkommen, in das rechte Leben?« Die Ira hat sich umgedreht und ist zu ihren Frauen zurück. Das erste Mal in ihrem Leben hat sie sich wo zugehörig gefühlt. Wo sie der Elvira ein Kind abtreiben sollte, hat die Elvira gefragt, ob es nicht ein anderes Mittel als die Zange gibt. Das tut immer so verdammt weh. Die Ira hat in ihrem verbotenen Buch schon einen Sud gefunden gehabt, wo sie bisher noch nicht zum Ausprobieren getraut hat, weil sie zwei Kräuter davon nicht kannte. Alle anderen Pflanzen hat sie von den Bildern her bestimmen können.

Meer beschreibt, wie der Sud das Kind Elviras zwar tötete, es aber nicht herauskam. Es folgt eine zehnseitige Ausführung, wie Ira doch noch mit der Zange das Kind herauskratzen musste. Mir wird schlecht. Es ist eine unglaubliche Strapaze, die Elvira nur geschwächt überlebt. Als sie das nächste Mal schwanger wird, möchte sie nicht mehr abtreiben. Elvira stirbt bei der Geburt dieses Kindes, das überlebt. Ira weint drei Tage lang. Sie nimmt sich Elviras Kind an.

Nachdem ihre Freundin gestorben war, fasste Ira den Entschluss, Elviras Leben aufzuschreiben. Als sie sich hinsetzte, merkte sie obzwar, dass sie fast nichts über Elvira wusste, obwohl sie ihr nächster Mensch gewesen war. Elvira hatte ihr kaum etwas verzählt, und Ira hatte kaum je nachgefragt. Sie hatten sich einfach nebeneinander durch den Alltag gekämpft. Was habe ich für ein Leben geführt?, dachte Ira. Ich habe mich ja in Stein verwandelt. Das Einzige, woran sie sich erinnerte, waren Elviras Witze. Elvira machte immer die flächsten Witze, die Ira saudoof fand, pervers, primitiv, aber nicht primitiver als die anderen Prostituiertenwitze, die sie doch oft zum Lachen brachten. Sie schrieb Elviras Witze auf. Und weil sie sich nicht an Elviras Leben erinnerte, begann sie, die Leben der Prostituierten aufzuschreiben. Sie dokumentierte sieben Jahre lang alles, fragte die Frauen nach ihrem Leben vor der Prostitution und nach ihren Träumen. Als sie einmal spätabends in die Küche ging – sie wollte sich eigentlich nur ein Stück Brot holen, sie hatte ihre Hurenbiografien dabei und wollte auf der Ofenbank daran arbeiten –, fragte eine blutjunge Neulingin, was sie da in der Hand hälte. Die Ira antwortete: Das gesammelte Verschwinden der florentinischen Lilien. Nach längerem Betteln der jungen Prostituierten öffnete Ira ihr Buch. Sie las nur die Lieblingswitze vor, alles andere deprimierte sie zu fest. Immer mehr Nutten setzten sich dazu, bis am Schluss fast die ganze Besatzung in der Küche sass.

»Cupida Assatanatos Lieblingswitz: Was sagt ein Leprakranker zur Nutte? Lass stecken, ich komme morgen wieder.«

»Stella Reginas Lieblingswitz: Kommt ein Terrone ins Puff. Sagt er: Ich hab einen zerbrochenen Scudo. Sagt der Zuhälter: Dafür kannst du es dir selber machen. Geht der Terrone und kommt nach zehn Minuten wieder. Fragt der Zuhälter: Was willst du denn jetzt schon wieder? Sagt der Terrone: Bezahlen.«

»Gloria Golosas Lieblingswitz: Ein Studierter kaufte sich neue Hosen, aber sie waren zu eng. Also rasierte er sich die Beine.«

»Maria Rossis Lieblingswitz: Treffen sich zwei Päpste.«

»Fica Fichissimas Lieblingswitze:
Wollte ein Bordell für Soldaten ohne Beine aufmachen, aber das Motto SPRITZEN IM SITZEN kam nicht so gut an.
Wollte ein Karussell neben dem Bordell eröffnen, aber das Motto KOTZEN STATT FOTZEN kam nicht so gut an.
Wollte ein Bordell neben einem Hühnerstall aufmachen, aber das Motto FICKEN STATT PICKEN kam nicht so gut an.
Wollte ein Bordell für Leprakranke aufmachen, aber das Motto LIEBER RAMMELN ALS VERGAMMELN kam nicht so gut an.
Wollte ein Puff neben einem Leprahaus eröffnen, aber das Motto LIEBER PIMMELN ALS VERSCHIMMELN kam nicht so gut an.«

Fica Fichissima war der Name, wo sich die Elvira gegeben hatte für ihre Freier. Die Huren schlugen sich auf die Schenkel und grölten noch, als Ira auf die Strasse trat. Sie hatte nicht gelacht. Sie blieb unschlüssig mitten auf der Strasse stehen. Die Ira drückte die Leben ihrer liebsten Schlampen an die Brust, an ihre achtundvierzigjährige Brust, es war 1644 und kalt, und sie starrte in den Himmel, und sie verstand endlich das Wort »himmeltraurig«, weil sie eine Traurigkeit hatte, wo nicht Platz hatte auf der Erde. Sie war wieder jung, sie stand in dem eiskalten Bergbach und sah Claudia, die regungslos am Ufer sitzt, unerreichbar. Ira ging in ihr Zimmer, das Kind von Elvira wartete. Ira hatte es Elvira getauft. Dann packte sie ihre Siebensachen, legte die gelbe Schleife ab, nahm die kleine Elvira an der Hand und verliess Florenz.

Ich atme durch. Ich lese, wie Ira zu Fuss nach San Donato in Collina geht, in das leer stehende Haus ihrer verstorbenen Grosseltern, und wie sie sich dort einrichtet. Sie zieht das Kind allein auf. Ihr Brot verdient sie als Heilerin mit dem Wissen aus dem verbotenen Buch. Eines Tages fällt ein Gespenst in ihren Garten, ohne Zähne, ohne Haare, mit nur einem verlumpten Leibchen an. Es umarmt Ira und sagt:

»Ira, ich bins, Claudia, ich habe dich gesucht, Ira, ich wollte zu dir, und so bin ich los, aber um mich herum hat dieser Krieg gelodert. Ich bin immer in der Nacht gelüffen, damit ich unsichtbar bleibe, damit ich nicht wieder ins Armenhaus komme. Ich redete mit dem Mond, ich habe ihm alles erzählt, was ich von mir und von der Welt wusste, ich bin durch die Sümpfe, ich habe Rohrkolben gegessen und schlafende Fische, ich bin nur selten durch die Dörfer, habe Kleider von den Wöschleinen geklaut und die Rüben aus den Gärten gezogen, ich ging durch die Felder Europas, wo ich Gänseblümchen und Löwenzahn und Sauerampfer ass, ich ging in die Wälder, was meine Schlafzimmer waren, wo ich Beeren und Wurzeln ass. Und überall Krieg. Ich bin nach Norden, nach Westen, nach Süden, Osten, überall dieser Krieg. Ich habe Berge gesehen, Ira, Berge von Leichen. Ich habe ein Wehschreien gehört, eine Mööggerei und Päägerei, und ich höre es noch immer. Ich habe Menschen gesehen, die den Sterbenden noch vor ihrem Tod die Kleider geklaut haben, sie haben die Ringe von den Fingern zogen, bevor die Todesstarre eingesetzt hat. Und ich habe das Gleiche gemacht. Ich habe das Gesicht von unserer Erde gesehen – es ist eine grausige Fratze. Ich habe gesehen, wie der Krieg der Erde die Haut aufschlitzt, ich habe die Gedärme von der Erde gesehen. Wir leben auf einem Grab, und die Früchte, wo wir essen, die wachsen aus unseren Toten. Hier, diese Schwalbenbrosche ist für dich, Ira. Ein Böhme gab sie mir im Sterben, als ich über das Schlachtfeld strich. Ich sollte sie seinem Sohn bringen, aber er konnte mir nicht mehr sagen, wie der hiess. Wie der Mond an die Erde gebunden ist und der Mensch an den Körper, so bin ich, Claudia, an dich gebunden, Ira Marinero.«

9

Liebe Grossmeer. Wie ich dies schreibe, sitze ich neben dir. Vor einer halben Stunde habe ich dir endlich den pinken Pulli gegeben. Du sagtest, als Mädchen habest du immer Pink und Rosa anziehen müssen. Du seist kein Mädchen mehr. Du legtest ihn sorgfältig, aber bestimmt auf das Fensterbrett. Dann hast du dich ins Bett gelegt und bist demonstrativ eingeschlafen. Ich musste lächeln. Es ist wieder Samstag, es ist schön, also draussen, ich sitze im Sessel neben dem Fenster, du liegst im Bett und schnärchelst. Ich denke mir, dass ich dir das hier eigentlich sagen könnte. Es gäbe die Möglichkeit, jetzt, zu sprechen, ich könnte dir sagen, dass ich dich vermisse, mehr, als ich dich kenne. Ich könnte dir die Liste sagen von den Dingen, die von dir bleiben werden. Ich habe sie letzte Woche geschrieben. Aber sie ist viel zu lang. Ich könnte dir eine Auswahl der Wörter sagen, die von dir bleiben werden.

Kömerle für »einkaufen«

Küechli für »Lausbub« (»Du bist ein Küechli!«)

Gsunntiget für »gesonntagt, sich in Schale geworfen, Sonntagskleider angezogen«

Abläschälä für »jemenschem einen Gegenstand auf charmante Art und Weise abschwatzen« (»Oh, das ist aber schön, wo hast du das her? Schade, kann mensch das nicht mehr kaufen. Brauchst du es oft?«)

Meertrübeli

Diese Wörter sind immer schon da gewesen, Anwesende, Zeuginnen meines Daseins, verborgene Horte im ansonsten transparenten Körper. Küechli, Fotzelschnittä, Granium, Grr, an, in, um mich. Damals, als ich ein Fremdkörper unter euch unfremden, heimischen Körpern war; damals, als ich eine Pflanze war, waren diese Wörter schon alt; sie waren schon lange vor dir hier. Aber nun haben sie begonnen, zu verschwinden. Niemensch sagt mehr kömerle oder abläschälä. Meer sagt manchmal noch abläschälä, sie sagt es gespielt, ein Theater, wie mensch ein Bonbon – ein Täfeli – im Mund umdreht, sie sagt es, glaube ich, weil es mit wenigen schönen Erinnerungen an dich verknüpft ist, weil du der etwas besser gestellten Nachbarin mal eine Keksdose abgläschälät hast und du Meer dabei liebevoll gestreichelt hast.

Ich bin kein*e Sprachpurist*in, will kein Sprachzerfallbuhu. Ich will diese Wörter nur bewahren, weil sie von dir kommen, weil sie aus dir gekommen sind, auf Spinnenbeinchen aus deinem Mund getreten sind und in mich geschnaakt sind, flitz hopps schwupps. Es fühlt sich an, als hätten die Wörter mich gesehen, meine fernen Lande, als hätten sie die Zonen durchquert, die ich nicht aussprechen kann, vor dir und Meer immer noch verstecke, weil ich fürchte, dass euer Blick sie zerreissen würde. Aber weil sie mich gesehen haben, die Wörter, weiss ich, dass sie auch dich gesehen haben, und auch Meer. Sie waren in dir und mit ihnen konntest du dir etwas von deinem Eigenen sagen, fassen, bezeichnen. Und Meer und mir geht es gleich; deshalb benutzen wir diese Wörter noch. Und obwohl die Wörter von einem »Innen« kommen und in ein »Aussen« gehen, zerren sie doch das Bezeichnete, diese unsere unsichtbaren Gegenden nicht ins Offene. Sie halten für jede von uns ihre eigenen geheimen Gegenden geschützt. Und ich weiss nicht, wieso, aber das finde ich so tröstlich und so schön und so traurig, dass ich weinen muss, hier, jetzt, neben dir. Ich bin dir nie näher als dort, wo ich in diesen Wörtern bin.

Ich könnte dir sagen, dass ich Nico vor einer halben Stunde nach seinem Namen gefragt habe. Er hat mit dem Sperma in meinem Bauchnabel gespielt, ein kleiner weisser See, ich bin halb gelegen, halb gesessen, auf dem Wickeltisch im Klo, und Nico hat gesagt: »Ardan«. Und er hat nach meinem gefragt, und ich habe ihm meinen gesagt. Ich könnte versuchen, dir zu sagen, wie ich »Ardan« sagte und wie Ardan gelächelt hat. Dass ich »Da, Ardan, da« sagte, nur um seinen Namen zu sagen, und auf das Sperma zeigte, das langsam über meinen Bauch lief, und wie Ardan meine Tropfen auf seiner Hand sammelte. Ich könnte dir erzählen, dass wir uns angeschaut haben, während er noch in mir war, während er langsam weich wurde, dass sein Glied sich anfühlte, als würde es sich verwandeln, von seiner hölzernen Härte zu Honig ausschmelzen, dass Ardan mir in die Hüftknochen troff und dann – so gemächlich, wie ein Sonnenfleck durch einen vollgestellten Keller wandert – in die Oberschenkel. Ich könnte dir sagen, dass ich nach seinem Coming-out gefragt habe, ob das schwierig gewesen sei, und dass er antwortete (ohne Kommentar, dass dies eine fucking weirde Frage sei in diesem Moment, was es ja echt war), dass das Coming-out überhaupt nicht schwierig gewesen sei, dass sein Vater selbst »nicht normal« sei, dass das einer der Gründe sei, warum sie hierhergekommen seien, und dann könnte ich sagen, dass er mich gefragt habe, ob wir einmal zusammen was essen gehen, dass er sofort hinzugefügt habe: »Nichts Grosses, wir können auch nur Take-away, am Bahnhof der gute Thailänder, schön dekoriert, mit echten Orchideen, nicht teuer.« Ich habe Nein gesagt, und er hat nicht nachgefragt, wieso Nein, und ich habe nicht gesagt, dass ich voller Eingänge bin, dass ich wie das Pflegeheim tausend Eingangstüren habe, aber keinen einzigen Ausgang, dass ich vollgestellt bin, dass mein Körper immer noch nicht ganz meiner ist und dass da also kein Platz mehr für ihn bei mir ist.

Ich könnte dir beim besten Willen nicht sagen, wie rabiat Nico sich aus mir herausgezogen hat, wie ich meinen Spermasee mit Klopapier abgetrocknet habe, wie Nico seine Hose hochgezogen hat, wie er sich eine andere Körpersprache und ein anderes Gesicht angezogen und mir meine Unterhose, die am Boden lag, gereicht hat. Wie diese Geste, das Unterhose-Reichen, sich erniedrigender angefühlt hat in ihrer Zärtlichkeit als all die Male, wo ich, ohne es zu wollen, bei einem Sexdate geschlagen, gewürgt, ins Gesicht gejizt, angespuckt und beschimpft worden bin.

Aber nein, Grossmeer, diese Dinge lassen sich nicht sagen, nicht in der gesprochenen Sprache, nicht in der Meersprache. Ich habe es nie gelernt, das Sagen, ich habe nur das Zuhören gelernt, das Schauen und das Reden, das den Dingen, um die es geht, ausweicht.

10

Liebe Grossmeer. Du bist zwar aufgewacht, nachdem ich dir das alles nicht gesagt habe, aber ich möchte dir diesen Moment trotzdem noch einmal schreiben, weil du ihn ja sowieso vergisst.

Während ich über Ardan schrieb, hast du immer lauter geschnarcht, bis du von deinem eigenen Schnarchen aufgewacht bist. Etwas vorwurfsvoll hast du dich umgeschaut. Als du mich gesehen hast, sagtest du: »Kim, Liebes, wo bin ich hier?« Ich wusste sofort, dass das ein heller Moment ist, dass du bei dir bist, wie selten das ist, ich habe mein Notizbuch weggelegt und gesagt: »Im Pflegeheim, Grossmeer«, und du hast dich aufgerichtet, ein zweites Kissen hinter deinen Rücken gestopft. »Ach ja. Bist du schon lange hier? Du glaubst nicht, was ich geträumt habe, mir war, ich läge hier, im Bett, und meine Meer steht da, vor mir, riesig, und sie fragt: Wo hast du meinen Kirsch versteckt? Ich weiss, dass du es warst, rücks raus, sonst prügle ich es aus dir raus.« Ich sagte: »Oh nein, ein Albtraum.« Und du sagtest: »Ach, nein, es war schön, meine Meer zu sehen. Und du, wie lange bist du schon hier? Deine Haare sind aber lang geworden. Sind die gefärbt? Wir haben sie immer gefärbt.« Ich nehme den Haargummi heraus, die Haare fallen mir über die Schultern. »Nein, sie sind nicht gefärbt. Aber ich habe etwas Haarausfall, schau.« Du schaust mich überrascht an. »Tatsächlich? Das hast du in dem Fall von deinem Grosspeer geerbt. Der hatte mit dreissig schon eine Glatze, so was überspringt ja immer eine Generation.«

Ich setze mich zu dir aufs Bett, ich bin immer erstaunt, wie weich es ist, mensch versinkt regelrecht. Wegen meinem Gewicht schiesst du ein wenig in die Höhe und rutschst unfreiwillig in meine Nähe. »Grossmeer«, frage ich, »wieso, denkst du, bist du am selben Tag wie die erste Rosmarie auf die Welt gekommen?« Du lachst. »Kindchen. Deine Fragerei immer.« Du fährst mir über die Haare. So vorsichtig, wie du kannst, wie einem Kätzchen. Du wirkst zufrieden. Deine Haut erinnert sich an deine ständige Handarbeit, sie hört nicht auf, sich zu schützen, Hornhaut aus sich zu machen. In einer Hautfurche bleibt eine meiner Strähnen hängen. Du merkst es zu spät, willst deine Hand ablegen und reisst an meinen Haaren. »Oh, Entschuldigung. Meine Pranken. Ach, Mädchenhaare.« Ich seufze. »Ich weiss, Grossmeer. Du wolltest immer zwei Söhne.« Du schaust mich streng an. »Ja weisst du, das war auch eine andere Zeit. Ein Mädchen war teuer. Mitgift. Die konnten nicht arbeiten.« Ich schüttle den Kopf. »Aber das war doch gar nicht mehr so, als Meer jung war. Sie wollte ja arbeiten, und sie konnte arbeiten, bis sie mich gekriegt hat.« Du lachst etwas abschätzig. »Ja, als Coiffeuse. Nico hat etwas aus sich gemacht. Nico hat es in der Bank« – ich unterbreche dich: »Nico hat sich zu Tode gesoffen« –, »Nico hat es in der Bank weit gebracht.«

Ich lege mich ganz zu dir aufs Bett, mache mich so schmal und lang wie möglich, lege meinen Arm um dich. Du hältst meinen Arm, dein Daumen zuckt nervös darüber, wie er über meine Beine zuckte, wenn ich als Kind auf deinem Schoss sass. »Grossmeer, ich kann mich ja so schlecht an meine Kindheit erinnern. Ich habe nachgelesen; wenn etwas Schlimmes passiert, dann weigert sich manchmal das Gehirn, sich an irgendwas aus dieser Zeit zu erinnern. Ich frage mich, ob in meiner Kindheit etwas Schlimmes passiert ist. Weisst du. Ich träume immer vom Hühnerstall. Ich bin zu klein, um die Türklinke.« Du lachst, ungläubig, fast mitleidig. »Kindli. Du hattest doch eine so behütete Kindheit wie nur irgend möglich.« Du redest von den Geranien. Ich versuche, an nichts zu denken. Ich stelle mir einen vollkommen leeren See vor. Schwimmen. Treiben. Trinken. Meers Ohrenring, der alle Farben, die es gibt, in Wellen an die Wand wirft. Blutbuche. Meine Zehen in der Erde des Gartens. Meine Haut ist Sand, Sand, der abgetragen wird. Plötzlich du, meine Haare in deiner Hand: »Das ist schön, so.« Ich richte mich auf, schaue dich an, du schaust mich an, du lächelst.

11

- Hallo.
- Oh, hallo, du, ich bin wahnsinnig müde, Jacqueline hatte einen Arthroseanfall und konnte nach einer Stunde keine Schere mehr heben, ich musste also für zwei krampfen, am Nachmittag ist dann ihre Tochter gekommen, aber du weisst ja, hat ihre Ausbildung in Deutschland, na ja, auf jeden Fall haben wir die Steuererklärung auch immer noch nicht gemacht, du weisst ja, wie ich das liebe, ist ja nicht meine Aufgabe, aber bleibt dann doch immer wieder an mir hängen und so, jaja, und dir?

– Mir geht's. Ich wollte dich fragen wegen dem Stammbaum, Ma.
– Ach, da haben wir doch schon vor zwei Wochen drüber geredet.
– Nein, Ma, wir haben eben vor zwei Wochen *nicht* darüber geredet ... Geht es überhaupt um Grossmeers Lebenslauf? War der Lebenslauf nicht ein Vorwand, damit ich den Stammbaum lese?
– Wird das ein Verhör hier, oder was, hallo, sind da die Bullen im Hintergrund?
– Meer. Du wolltest doch im Grund, dass ich diesen Stammbaum lese. Oder?
– Ich wollte vielleicht schon ... Ich arbeite, weisst du, seit sechzehn. Ich habe, als ich Au-pair war in Fribourg, mit siebzehn, ich hatte einen Tag frei im Monat, und einmal bin ich nach Villarvolard gegangen, und da hab ich das erste Mal von Catherine Repond gelesen, und seither habe ich begonnen, mich mit Hexen auseinanderzusetzen. Und dass da seit Jahrhunderten ein Krieg herrscht gegen uns. Danke übrigens für den *Caliban*, das hat mir viel geholfen! Und weisst du, ich schätze deine Meinung sehr hoch. Du bist ja ein richtiger Studierter geworden. Eine, Sternchen. Entschuldigung. Du, was anderes. Der Pfleger war diese Woche so kurz angebunden, im Vergleich, sonst hat er immer geplaudert ... Es geht mich ja nichts an! Ich habe nur noch mal nachgedacht und mache mir einfach Sorgen um dich. Seit ... Fabrizio isolierst du dich so, scheint mir. Du hast doch früher so viel unternommen. Bist doch an Konzerte und Lesungen und so. Du hast von deinen Freunden erzählt, Dina, Mo, was machen die so?
– Ich arbeite jetzt halt und gehe jeden Samstag zu meiner Grossmeer.

- Was bedrückt dich denn? ... Fabrizio hätte doch. Dich gewollt.
- Also Meer, schau, ich sag dir, was mit Fabrizio war, und dann ist ein für alle Mal Schluss mit dem Thema, ja? Ich habe mich von Fabrizio getrennt, weil ich eine offene Beziehung wollte, weil ich rumficken wollte, weil ich das ... mein Körper braucht das, okay? Und Fabrizio wollte eine biedere bürgerliche Beziehung, mit zwei identischen Nachttischchen in einer Neubauwohnung, einem Labrador, und er sprach in »Wir«-Sätzen, okay? Und er wollte schon mit mir sein, aber er wollte auch mit seiner Familie sein, und ich und sein Peer, das ging nicht in einem Raum. Er hat sich geweigert, mir in die Augen zu schauen. Sonst noch was?
- Nein.
- Gut. Du warst doch müde. Dein Bettchen ruft.

12

<u>Sofia Ferrari, 1666–unklar</u>

»Ich bin die Sofia Ferrari, meine Mutter hiess Elvira, und meine Grossmütter hiessen: Elvira Innominata, Ira Marinero und Claudia Bianchi. Mein Grossvater war die Stadt Florenz. Meine Mutter hiess Elvira wie eine ihrer Mütter, und sie war so arm, dass sie sich nicht einmal einen Nachnamen leisten konnte. Ihre erste Mutter Elvira Innominata starb am grossen Kopf meiner Mutter. Elviras zweite Mutter, Claudia Bianchi, starb im Jahr 1650; nachdem sie und Ira vier Jahre zusammengelebt hatten, sind Hexenhasser gekommen und wollten die beiden Frauen festnehmen. Weil Claudia krank war, hatte sie mit der Ira abgemacht, dass Claudia – falls die Siechen kommen – sich als

Hexe bekennen würde, die Ira vercharmiert hatte, und einen Teufelsanfall vortäuschen. Ira würde derweil mit Elvira fliehen.

Ira floh zu den Lombardischen Armen, einer Gruppe von Waldensern, protestantische Spinner, die im Piemont lebten. Sie musste alles zurücklassen, was ihr lieb war: Claudia, das mysteriöse Buch mit dem Hexenwissen und Das gesammelte Verschwinden der florentinischen Lilien. Sie konnte einzig ihre Tochter Elvira mitnehmen und die Brosche, die der sterbende Böhme der Claudia vermacht hatte. Ira und Elvira lebten in Arbeitsgemeinschaften, in denen alles Hab und Gut geteilt wurde. 1655, als meine Mutter Elvira achtzehn war, wurde ein Grossteil der Waldenser im Piemont runtergemetzelt, sie flohen ins Chisonetal, aber der König Louis XIV. vertrieb sie auch von da. Elvira heiratete 1660 meinen Vater, Luigi Ferrari, sie verliessen die Waldenser, da sie genug hatten von dem gestrengen Leben dieser Weltverbesserer, und liessen sich in Lausanne nieder. Und so ist es zu mir gekommen.

Ich werde nichts zu meinem Leben in eure Gwundernasen reiben, ich gehöre nur mir, nur mir und Elsbeth. Ich werde mich für mich behalten, weil ihr mich ausgezogen und am ganzen Körper rasiert habt, weil der Teufel in den Haaren sitzen soll, weil ihr mir die Fuss- und Fingernägel ausgerissen habt, weil ihr mich tagelang nicht schlafen liesset, weil ihr mein ›Teufelsorgan‹ abgeschnitten habt, weil ihr mich mit immer schwereren Gewichten an den Füssen aufgehängt habt, sodass es mir die Schultern auskugelte, um aus mir ein Geständnis zu pressen. Aber, ich bin nicht eure Hexe. Ich kann das Wetter nicht beeinflussen

oder Mäuseplagen machen, eure Milch versauern und den Käse vermaden. Mein Mensblut war nie giftig.
Ihr klagt mich vielerlei an, und nichtsem davon bin ich schuldig. Kein Alb und kein Teufel ist je in meinen Körper gedrungen. Das, was ihr ›Hexensalbe‹ oder ›Flugsalbe‹ nennt, ist kein Hexenwerk. Es ist ein einfacher Sud, wo aus dem Pilz des Mutterkorns gewonnen wird. Ein Rezept meiner Mutter. Man fliegt damit nicht zum Blocksberg, sondern man fliegt seelisch. Den Hilfesuchenden, wo zu mir gekommen sind, habe ich diese Substanz gegeben: Ich habe sie nicht verzaubert. Und die Blutbuche, wo ich jetzt dran hänge, ist einfach eine Laune der Natur. Ich habe unter ihr niemals Kinder gemordet, sondern mich einfach ihr hingegeben. Wieso? Bäume sind die besseren Zuhörer.
Ich werde mich nicht länger verteidigen als nötig, denn ich weiss schon, dass meine Worte keine Wirkung auf euch haben werden, ihr fertigen Lumpenhunde. Mein Scheiterhaufen brennt schon. Ich weiss, meine Verteidigung ist vergeblich. Aber sie wird nicht umensonst gewesen sein. Was man sagt, kann nicht ungesagt werden. Schallwellen reisen auf ewig durch das All. Hier kräbeln eure Flammen meine Füsse, hier ende ich, die Hexe Sofia Ferrari von Lausanne. Ja, ich habe Magie versucht: Ich habe versucht, eure gewaltvolle Welt zu verändern. Verbrennt mich. Was ich versuchte, wird an einer anderen Stelle auflodern. Ich selbst habe keine Kinder, aber meine Hündin wird meine Linie weitertragen. Sie ist eine Bastardin, eine zottelige Mischlingin, ihr Blut ist ein Gemisch aus Strassenkötern, Wölfen und anderen Herumtreiberinnen. Sie hebt meine Geschichte; sie hat mich ihr ganzes Leben lang jeden

Morgen wachgeleckt, das Leben in uns hat sich gegenseitig angesteckt, und in eben diesem Moment trägt sie mein Erbe über die Hügel, gen Osten, weg von dieser hasserfüllten Gegend.«

13

Als ich am Abend von der Arbeit komme, freue ich mich schon, setze mich sofort aufs Bett und lese weiter im Stammbaum. Zum ersten Mal bin ich enttäuscht. Meer fährt fort mit einer Selma Schwarz im Raum Zürich um 1720, die einen Klumpfuss hat und deren einziges Talent das Backen ist. Einziger Lichtblick in ihrem Leben: der zugelaufene Hund, der die Schwalbenbrosche bringt. Die nächsten Leben, die Meer beschreibt, sind ereignisarm und handeln von Bäuerinnen im Zürcher Säuliamt. Bloss ein Leben sticht heraus: Emma Zurbuchen, der mit sechzehn Jahren ein Bart wächst. Ansonsten wird der Bäuerinnenalltag beschrieben, das Putzen, Kochen, Waschen, Pflanzen, Ernten, Kindergebären, Kinder-zu-Grabe-Tragen. Und jeden Winter die Angst vor dem Verhungern und Verfrieren. Ich sage mir, dem muss auch Rechnung getragen werden. Allerdings merke ich, wie sehr ich mir etwas Ausserordentliches wünsche, wie schnell die gewöhnlichen Leben mich langweilen. Ich denke, dass Meer wollte, dass es langweilig wirkt, weil sie selbst es als langweilig empfindet. Und es trotzdem aufschreiben wollte. Die Zopfrezepte werden von Meer an Tochter weitergegeben, minimal verändert, und sie retten schliesslich die Familie vorm Verhungern: Ein Landadliger kommt auf den Geschmack und kauft regelmässig das Brot. Und da ist immer die Brosche, die Claudia Bianchi einem böhmischen Gefreiten abgenommen hatte, die von Mutter zu Tochter weitergereicht wird.

Das erste Leben, dem Meer wieder mehr Ausserordentlichkeit erlaubt, ist jenes von Johanna Zurbuchen.

Johanna Zurbuchen, 1774–1851

Ihre Mutter lässt die Johanna mit drei Monaten in einen Bottich von kochender Milch fallen. Ein Bruder rettet die Johanna. »Es wäre ein Muul weniger gewesen«, grännt die Mutter. Die Johanna überlebt, ganzkörperlich vernarbt. Mit vierzehn Wintern verlässt sie den Bauernhof und geht zu Fuss nach Zürich. Sie nimmt ein frisches Hemdchen, ihre Haube und die Schwalbenbrosche von ihrer Grossmutter. Auf der Suche nach einer Arbeit kommt ihr zugut, dass der Hans Kaspar Escher-Keller gerade Konkurs gegangen ist und fast die gesamte Stadt Zürich mit in den Abgrund zieht. s'Eschers – eine der einflussreichsten Familien – nehmen jede Arbeitskraft an, wo von ausserhalb kommt und den stadtweiten Hass auf die Familie nicht mitbekommen hat. Die Johanna kennt sich gut in der Küche aus, vor allem in der Backstube. s'Eschers finden ihre Züpfe super, und so erfreut sie sich bald einer gesicherten Anstellung als Backmeisterin.

Der Heinrich Escher will den Ruf von seiner Familie aufbessern. (Sein Grossvater hat einer Magd ein Kind gemacht und ist mit ihr durchgebrannt, und sein Vater hat eben ganz unlautere Sachen in Finanzdingen gemacht.) Heinrich spekuliert mit Land und kauft 1803 die Plantage Buen Retiro auf Kuba. Seine Brüder Ferdinand und Friedrich werden vom Chefbruder Heinrich dorthin gesendet, zum die Plantage verwalten. Das Personal wächst und hat bald achtzig Feld- und fünf Haussklaven. Wie alle guten urchigen Schweizer packt die beiden Eschers aber bald das Heimweh. Und so schickt der Chefbruder Heinrich, das schlaue Füchsli, die Johanna hinunter, um traditionelle Gerichte zu kochen: Rösti mit Spiegelei, Blutwurst mit Geschwellten, Züri Gschnetzeltes und natürlich Züpfe.

Das erste Mal, wo die Johanna den Michel-André sieht, denkt sie, das ist ihr Spiegelbild. Der Michel-André ist gross, seine Haut dunkel, und er ist eine einzige Narbe. Aber nicht von der Milch wie sie, sondern von der Peitsche. Sie verbringen das schönste Jahr von beiden ihrem Leben zusammen. Kurze Nächte, lange, viel zu lange Tage, vom Krampfen der kaputte Rücken, geheime Treffen unter Palmen, Versprechen in einer eigenen Sprache, eine Sauce aus Kolonial-Französisch und Schweizerdeutsch. Und dann wird die Johanna – mittlerweile dreiundvierzig – schwanger. Und der Michel-André wird von einer Schlange gebissen. Er stirbt auf der Stelle. Der Ferdinand Escher, wo von allem weiss natürlich, aber die Züpfenmeisterin nicht hat heimschicken wollen, lässt die Johanna schweren Herzens zurück in die Schweiz. Sie begrabt mit angeren Sklaven noch den Michel-André und legt ihm die Schwalbenbrosche ins Grab. Auf der Rückreise steht sie an der Reling, sie grännt, und alle ihre Haare fallen ihr ins Meer.

Zurück in der Schweiz bringt sie ein Mädchen auf die Welt, die Michelle, ein kleines, nervöses Wesen mit wachen Augen und einem übermässigen Haarwuchs wie die Grossmeer Emma. Die Johanna schafft bis zu ihrem Tod bei s'Eschers und wird von ihnen beschützt vor den Anschuldigungen, ein Kind des Teufels überkommen zu haben.

Zwischen den Blättern finde ich ein Dokument, auf dem gross und fett »MyHeritageDNA« steht. Die Wörter »Mesoamerikaner«, »Westafrika« und »Italiener« stechen mir ins Auge. Ich lege es sofort wieder weg.

<u>Michelle Gfeller, geborene Zurbuchen, 1818–1841</u>

Nicht bereit, vom Küchenpersonal ständig als »Monster« betitelt zu werden, zieht die Michelle früh in die Welt hinaus. Sie finanziert sich, indem sie ihre eingelegten Barthaare an Männer verkauft, wo zu wenig Bart- oder Kopfbehaarung haben. Sie wird eine Hauptattraktion in einer frühen Freekshow, lässt sich auf eine kurze Ehe mit einem besondrigs haarlosen Mann ein, gebärt zwei Kinder, wo sie zu ihrer Meer Johanna nach Zürich bringt. Sie macht sich auf nach Berlin zum Schauspielerin werden, aber sie kommt nie dort an.

14

Ich gehe aus dem Pflegeheim, fliehe vor dir und Meer, eurem Streit, gehe ziellos umher, gebe mir 'ne Ladung Ostermundigen, und plötzlich hat mich mein alter Umweg, der Nachhauseweg vom Kindergarten, den ich zu immer grösseren Schlaufen band, um möglichst nicht heimzukommen. Ich habe mich nicht erinnert, aber meine Beine wissen: Jetzt kommt diese Welle, da ist die raue Stelle, dann ging ich immer rechts unterm Zaun durch. Ich stehe vor unserem alten Haus. Ich war nicht mehr hier seit fast zwanzig Jahren. Das Klischee: Dass das Haus viel kleiner ist als in der Erinnerung. Ich stelle mir vor, wie mein Urgrosspeer das Haus gebaut hat, den Keller ausgehoben, Pläne gezeichnet hat, monatelang, die Bretter zugesägt, wie er jeden Tag Hemd und Hosen durchgeschwitzt hat, sein einziges Hemd und seine einzigen Hosen. Eigentlich kann ich es mir nicht vorstellen.

Die jetzigen Mieter*innen lassen den Garten wuchern, er schäumt über den Zaun. Und da ist auch die Blutbuche, gross, dunkel. Ich habe mich, ohne es zu wissen, vor diesem Moment gefürchtet. Oft sah ich mich zurückgehen, an den Ort, wo es angefangen, wo ich angefangen habe. Ich habe mir eine dramatische Szene vorgestellt. Die Heimkehr. Wie sich das Haus öffnet, der Garten bebt, die Blutbuche geht auf, umfasst mich. Dass der Ort offenbart, woran ich mich nicht erinnern kann. Jetzt stehe ich hier, und da ist ein Haus, um's Haus der Garten, und im Garten steht die Blutbuche. That's it. Die Dinge sind stumm. Ich drehe mich um.

Als ich zurückkomme, streitet ihr immer noch, du und Meer. Meers Gesicht ist rot gefleckt, sie wirft dir vor, dass du ihr damals den Teddybären nicht geflickt habest, ihren Lieblingsteddy, dass du sie sogar ausgelacht habest, als sie um seinen abgefallenen Kopf weinte; du sagst, dass der völlig hinüber gewesen sei, unflickbar, mehr Fetzen als Teddybär. Ich drehe gleich wieder um, gehe zur Bushaltestelle, zur richtigen, und lese weiter.

15

Ida und Dorothea Gfeller, 1841–unklar

Die Zwillinge wachsen im Haushalt von s'Eschers im Belvoir in Zürich Enge auf, sehen sich tupfengleich, aber sind so unterschiedlich wie eine Kuhhaut von der anderen. Mit dem Aufstieg von Alfred Escher (dem Fiselchen vom alten Heinrich) zu einem von den wichtigsten Männern von der Schweiz, wachst auch sein

Haushalt. So werden die zwei Mädchen mit der Arbeit im Haus gross. Die pragmatische Ida krampft bei ihrer Grossmutter Johanna in der Küche. Die empathische Dorothea ist zuerst Zimmermädchen und schaut ab 1858 zum neugeborenen Töchterli vom Alfred Escher, der Lydia Escher. Spätestens wo die Lydia mit sechsen ihre Mutter verliert, wird die Dorothea zu einer zweiten Mutter für die zukünftige Millionärserbin. Ida heiratet einen Schuhmacher aus Bern, zieht dorthin und ist seither mit Gebären und Haushalt beschäftigt, was sie ziemlich anschneckelt.

Die Dorothea bleibt Tag und Nacht bei der Lydia. Obzwar das junge Nobelkind viele andere Erzieherinnen hat, wo ihr vornehme Sachen beibringen. Dorothea aber tut der Lydia die Haare strählen, das Korsett schnüren und die Tränen trocknen. Das Lydia, das herzige Lydiäli wachst zu einer intelligenten, forschen jungen Dame hin, wo sich in den grossbürgerlichen Kreisen facilement bewegen kann.

Im Jahr 1883 ist dann genug gefreigeistet. Lydia muss den Friedrich Welti heiraten, das Fiselchen vom mächtigen Bundesrat Emil Welti. Wegen der Heirat mit der reichen Escherfamilie wird dem Friedrich seine Karriere katapultiert, er startet voll durch, wird ein Manager, steigt gross in die Versicherungsbranche ein und wird Kunstmäzen. Das Interesse für die Kunst teilt er mit seiner Lydia. Diese kümmert aber zu Hause vor sich hin. Sie will über Kunst reden, über Politik und Gesellschaft, will das Land verändern. Statt dem hockt sie daheim und darf entscheiden, welche Farbe die Geranien sollen haben und welcher Fisch heute Abend serviert wird. Auch die Impotenz von ihrem Mann belastet sie, nicht weil sie wahnsinnig gern Sex mit ihm gehabt hätte, sondern weil der Friedrich ihr die Schuld in die Schuhe schiebt. Das küschelt die Lydia aber nur in Dorotheas Ohren. Niemand sonst weiss das. Auf einer Soirée im Hause lernt die Lydia einen Schulkollegen vom Friedrich kennen, den Karl Stauffer-Bern. Er ist charmant, er ist lustig, er malt, bildhauert und dichtet, er ist der erste Mann, wo Lydia für voll nimmt.

Weil der Friedrich den Druck, endlich einen Stammhalter zu zeugen, nicht mehr verträgt, ziehen die beiden 1889 nach Florenz. Die Dorothea kommt selbstverständlich mit. Vom eigenen Körper verhöhnt, ladet der Friedrich den Karl ein, damit er wenigstens jemanden zum Saufen hat. Oft geht er auf Arbeitsreisen und belässt seine Gattin in der Obhut vom Karl. Die Bediensteten – allen voran die Dorothea – observieren die Affäre von Lydia und Karl mit gefalteten Händen, gesenkten Köpfen und zufriedenem Lächeln. Sie sagen nichts. Ausser einem überehrgeizigen Stallburschen, ein fertiger Tubel, wo dem Herr Friedrich schreibt. Dieser kommt sofort zurück. Aber das Liebespaar ist schon nach Rom. Die grossbürgerlichen Kreise in ganz Zentraleuropa sind indigniert.

Es dauert aber nicht lang, und die lange Hand vom Vater Bundesrat Emil Welti reisst die zwei Turteltäubchen auf einer Piazza mitten in Rom auseinander. Der Karl kommt ins Gefängnis und die Lydia in die Irrenanstalt. Der Dorothea ist Sturm vor Sorge. Die Diagnose für Lydia ist: »Systematischer Wahnsinn«. Der Karl wird festgehalten mit der Anschuldigung »Vergewaltigung einer Geisteskranken«.

Die beiden werden von ihren Familien zurück in die Schweiz geholt. Der Friedrich stimmt der Scheidung mit Lydia zu, vorausgesetzt, er sackt 1,2 Millionen Franken von Lydias Erbe ein (das war damals ein Staatsschatz). Erst nach der Unterzeichnung aber erfahrt Lydia, dass sie den Karl, ihren Seelenmenschen, nie wiedersehen darf. Zu gross wäre die Schmach für den Friedrich. Der Karl bringt sich in Florenz mit dem Schlafmittel Chloralhydrat um. Er ist dreiunddreissig. Im Dezember findet die Dorothea die Lydia auf dem Boden in der Küche. Der Gashahn ist offen. Bevor sie sich das Leben nimmt, hat sie die Gottfried-Keller-Stiftung gegründet zur Förderung der Kunst und der »Selbstständigmachung des weiblichen Geschlechtes«.

Die Dorothea geht 1892 auf Bern zur Ida, ihrer Zwillingsschwester, wo ausserhalb der Stadt in einer winzigen Wohnung mit sieben von ihren zwölf Kindern lebt, verwitwet. Am Abend, wo die Dorothea aufkreuzt, sitzen die zwei Schwestern in der verlumpten Küche. Ihre Rücken krumm wie Bohnenpflanzen, wo niemand hochbindet. Sie schweigen, bis die Ida ihre Schwester ansodet: »Wir haben gekrampft, während du im Palast die Haar von deiner Prinzessin gepützelt hast. Musst nicht meinen, dass du's hier so gut haben wirst. Hier muss man schaffen zum Fressen.«

Endlich ist Meers Stammbaum in Bern angekommen. Wie er umkreist und wiederholt und noch immer nicht bei der Wunde angekommen ist, erinnert mich an die Endlosschlaufe deines Satzes: »Die erste Rosmarie war so schön, alle liebten sie.« Und dass du so oft zu deinem Satz zurückkehrst, erinnert mich an die Vorstellung im Schamanismus, dass sich in einem traumatischen Moment ein Teil der Seele abspaltet. Der Geist wende sich jedoch immer wieder dem Trauma zu – als wäre dort ein Splitter, den es zu reintegrieren gilt. Dies deckt sich auch mit Beobachtungen der modernen Psychologie. Wenn ein Trauma getriggert wird, also irgendetwas die Betroffenen an die Situation erinnert (noch so kleine Dinge wie Gerüche, Farben, Wörter), betäubt sich ihr Körpersystem selbst. Sie spüren Arme oder Beine nicht mehr, berichten davon, »aus ihrem Körper zu fallen«, werden ohnmächtig – alles, um nicht erneut denselben Schmerz zu erfahren. Die Situation, die nie ganz erzählt werden kann, die sich nicht in die eigene Lebenserzählung einweben lässt, ist gleichzeitig überall und nirgends, sie mischt sich stets ein, aber ist nie verfügbar, füllt alles auf und ist immer leer.

Was ich sagen möchte, Grossmeer: Da ist eine Leere, und ich weiss nicht, ob es die meine ist. Vielleicht ist diese Leere ein Erbstück, vielleicht ist es eine leere Stelle, die weitergereicht wird, in die jede wieder ihr eignes hinein verliert. Ein Loch, an dem jede Generation ihre eigenen Fäden ins Leere webt. Ich meine das nicht feinstofflich-psychologisch, sondern ganz konkret. Mich gibt es auch nur, weil die erste Rosmarie gestorben ist. Und wie viel Fehlen gibt es von noch früher. Und vielleicht ist dieser ganze Text, diese ganze Schreibbewegung ein Platzhalter, das Erschaffen eines Ortes, an dem diese Leere endlich einen Raum bekommt. Kein Text, sondern ein Platz , auf dem steht: »Hier ist etwas, das sich nicht sagen lässt.« Was nicht dasselbe ist wie schweigen. Wir brauchen Sätze, um von unseren Traumata *nicht sprechen* zu können. Ich habe mein Leben lang gemeint, ich müsse unsere Leeren auffüllen, tragen, ertragen, weitertragen. Die Aufgabe meiner Familie, unserer ganzen Kultur, unsere ganze Kultur. Ich dachte, ich sei ein Ersatzkörper, in dem sich die fehlenden, die zu früh gestorbenen, die geopferten Leben ausleben können. Es war stets ein Verrat, daran zu denken, diese Aufgabe aufzugeben. Es war sowieso immer alles ein Verrat, ein Verrat an dir, an euch Meeren, unserem Sein. Schon »Johannisbeere« zu sagen statt »Meertrübeli« ist ein Verrat. Zu schreiben ist ein Verrat, über euch zu schreiben ein doppelter, auf Hochdeutsch zu schreiben ein bodenloser.

Derrida sagt, dass Sprache über Abwesenheit funktioniere. Das Wort »Buche« bedeutet nur Buche, weil andere Bedeutungen abwesend sind, weil es nicht Birke, nicht Buch, nicht Bauch, nicht Blut, nicht nichts und nicht alles bedeutet. Schreiben bedeutet demgemäss, das Fehlende neu zu arrangieren. Und Schrift bedeutet sowieso auch immer die Abwesenheit der Schreibenden. Wenn ich wirklich da wäre, wenn ich bei dir sein könnte, müsste ich dir ja keinen Brief schreiben. Aber auch diese Derrida'sche Gewissheit löst sich auf im Tosen der Sprachmeer, im Gewitter der Zungen, denn das schweizerdeutsche Wort *Buch* bedeutet »Bauch«, aber auch »Buche«, wie die »Buch am Irchel«. Im Bauch der Sprache wird alles verdaut, und mensch muss, wenn mensch Füsse benutzen will, Hände haben, die nicht Ich heissen.

Ich habe, Grossmeer, dieses Schreiben mit der Absicht begonnen, an einem Heilzauber zu wirken, an einem kleinen Wirken zu hexen; den wundlosen Schmerzen eine Wunde zu geben; dem Verschwundenen, dem Überwundenen – aber nicht Vergangenen – einen Mund zu geben, ein »Und«, ein »Es-war-so-UND-ich-lebe«, »Die-Irma-ist-verschwunden-UND-sie-ist-jetzt-hier«. Ich begann diese Texte mit der Absicht, mit ihnen einen Hexenkessel zu bauen, der verschiedenste care-magic enthält. Ich wollte heilen, ohne ein »Heil« anzustreben, ohne eine ursprüngliche Ganzheit, eine Reinheit zu suchen. Vielleicht ist »Heilung« das falsche Wort, vielleicht geht es um eine Vernarbung; darum, dass das Gewebe eigene, neue, sichtbare Nähte knüpft. Denn ich will nicht, dass das Gewebe spurlos zusammenwächst. Dass das, was fehlt, ohne Fehlen verschwindet. Ich strebe keinen Punkt an, der einen Satz abschliesst, sondern ein Semikolon, das sagt: »Hier ist eine Grenze, aber es geht weiter«, das den Satz weiterfliessen und doch zwischen seinen zwei Zeichen eine leere Stelle lässt; ich möchte diese schmale Spirale, auf der ich mich um das Loch im Zentrum bewege, weiterführen.

Schreiben ist für Derrida *pharmakeia*, Pharmazie: das Verwalten eines *pharmakon,* einer Substanz, die sowohl Gift, Droge, bösartig sein kann als auch ein Heilmittel, eine Arznei, heilsam. *Pharmakeia* ist aber ebenso – das habe ich kürzlich herausgefunden – ein altes Wort für »Hexerei«, für das Praktizieren mit Stoffen, die beides können: Wunden schlagen und heilen. Es ist alles verknüpft, Grossmeer, untrennbar, und doch ist der Faden der Hexen zerschnitten, und wir müssen ihn neu aufnehmen und von den Toten lernen; zuhören, hexen, schreiben, um den Baum mit den gestohlenen Penissen tanzen, fabulieren, weben. Wir müssen Netze knüpfen, die uns in der Welt halten: in dieser, in eurer und in jenen, die noch möglich sein können.

16

Meer hat mich am Donnerstag angerufen und gesagt, deine Lage habe sich verschlechtert. Ich besuche dich also wieder, heute, am Samstag, Meer kommt erst etwas später, ich betrete dein Zimmer, du liest oder tust zumindest so, schaust mich an und sagst: »Guten Tag.« Du erkennst mich nicht. Ich setze mich zu dir, gebe dir die Tafel Schokolade, die ich mitgebracht habe, stelle mich vor: »Ich bin dein Enkelkind«; ich stelle mich mehrmals vor, und du bittest mich, immer bestimmter, dein Zimmer zu verlassen, du nehmest keine Geschenke von Fremden an. Als du mich nach fünf Minuten immer noch nicht erkennst und ich mich nicht bewege, wirst du wütend, beschimpfst mich. Ich lege die Schokolade auf deinen Tisch und verlasse den Raum. Ich gehe auf die Station, frage nach Ardan, er sagt, er habe keine Zeit, ich greife ihm zwischen die Beine und sage, dass ich ihm einen blasen wolle, er sagt, dass er kein Spielzeug sei. Spielzeug, Spielzeug. Du hast mir Nahrungsmittel aus Plastik in Miniaturform geschenkt und mit mir »Verkäuferli« gespielt. Einmal, als ich bei dir war, hab ich Kochen gespielt. Mitten im Spiel brach etwas zusammen. Ich hielt die Plastikesswaren und weinte: »Aber das sind ja alles gar keine echten Dinge! Das ist ja alles falsch.« Spielzeug. Ich erinnere mich noch an das Gefühl, als wäre ich aus einer Verzauberung erwacht. Ich wusste, ich hatte mir selbst etwas vorgespielt. Ich sass auf deinem Schoss, du hast mich getröstet. Deine rauen Hände an meinen Wangen, sie glänzten von meinen Tränen und Rotz. Du hast sie nicht geputzt, bis ich aufhörte zu weinen. Nur noch die Kastanien funktionierten als magische Spielsachen, die alles werden konnten.

Einige Zeit später geschah dann auch die Entzauberung der Kastanien, ich erinnere mich jetzt endlich an die Situation: Ich hatte die Kastanien mit nach Hause genommen, ich hatte zwar keine Kindertöpfe, aber Meer liess mich ihre Pfannen benutzen. Und da – in den Erwachsenentöpfen? Unter den Augen von Meer? – verschwand wie beim Migros-Spielzeug urplötzlich das Leben aus den Kastanien, und ich realisierte, dass da nur langweilige Kastanien waren. Da wusste ich, wie mensch erwachsen wird. Ich weinte und ging zu Meer. Sie gab mir ein Taschentuch, sagte, sie habe keine Zeit, sie müsse Wäsche waschen. Als ich nicht aufhörte, fuhr sie mich an, sagte: »Reiss dich zusammen, du hast schon die ganze Nacht geschrien, ich bin müde.« Da habe ich aufgehört zu weinen und habe angefangen mit meinem Hass auf Meer – ein stiller, winziger, verborgener Hass, den ich tief in mir versteckt hielt; ein Stück Eis unter einer Falltür. Ich nahm es heimlich hervor, im Hühnerstall, in der Blutbuche, wenn ich wütend auf sie war, ich wendete das Eis in den Händen, es war edelsteinschön und grausam, wie eine Handvoll Winternacht. Es war dies mein Geheimnis; mein Geheimnis war, dass ich nicht mein ganzes Wesen Meer und dir gab, dass ich etwas hielt, was nur mir gehörte, was nur ich war. Wenn ich spürte, dass Meer oder du schlechte Laune hattet, wenn ich meinen Körper öffnete und verliess, um bei euch zu sein, weil ihr jemenschen brauchtet, der nur für euch da war, dann tat ich das im Wissen, dass ich dieses Eisstück hatte unter der Falltür. Ich war meine Kindheit lang damit beschäftigt, dies vor Meer zu verstecken, ihr die Liebe zu geben, die du ihr nie gegeben hast, und ich wusste, sie darf meinen Hass auf sie nicht sehen, sonst stirbt sie. Sie hat mich gemacht, damit jemensch sie bedingungslos liebt. Und wenn sie stirbt, dann sterbe ich auch. Ich musste Meer am Leben halten mit meinem winzigen Leben.

Jetzt sitze ich allein in der Metzgerei des tilia, in dem ihr »Hausfrau« und »Einkaufen« spielt, wie »man« mir sagt. Das Fleisch aus Plastik glänzt mich an. Ein Stück ausgelagertes Körpergedächtnis. Ich frage mich, wo in meinem Körper die Migros-Produkte-Erinnerungen und die Kastanien-Erinnerungen archiviert waren, denn sie sind ja immer da gewesen, ich hatte nur keinen Zugriff auf sie. Ich frage mich, wo in deinem Körper deine Erinnerungen sind. Wo ich bin in deinem Körper. Ich habe mich vor dem jetzigen Moment gefürchtet, Grossmeer, dem Moment, wo du mich gar nicht mehr erkennst. Ich habe mich darauf vorbereitet, diese ganze Zeit habe ich an diesem Du geschrieben, damit mir etwas von dir bleibt.

Meer simst mir, sie sei im Heim, wo ich sei. Wir treffen uns, ich erzähle ihr, dass du mich nicht mehr erkannt hast. Meer bittet eine Pflegerin, mitzukommen. Die Pflegerin sagt: »Das ist Ihre Tochter, Frau Häfeli, sie war gestern noch hier.« Und Meer sagt: »Ich bin deine Tochter, Ma, ich war gestern noch hier. Ich bin's.« Du wirst nervös, du beteuerst, dass deine Tochter tot sei, du habest nur noch einen Sohn. Meer sagt: »Nein, dein Sohn ist seit zwei Jahren tot, ich bin dein noch lebendes Kind, ich bin es.« Du beginnst, heftig zu atmen, sagst nichts mehr, die Pflegerin fasst Meer am Handgelenk und sagt: »Nein, Frau Häfeli, Sie haben natürlich recht, wir haben uns geirrt.« Meers Augen flackern. »Ja, stimmt, stimmt, Entschuldigung, du hast nur einen Sohn, macht nichts, macht nichts.« Du reisst die Augen auf, »Ja wo ist er denn?« Da kommt Ardan herein, mit einem Tablett voller Tabletten, »Nico«, du breitest deine Arme aus, »mein Sohn«, deine Hände sind feucht von Meers Tränen, ich halte Meers Hände, meine Hände sind leer.

17

Ich stehe im Bad, sehe in den Spiegel, schminke mich ab, schaue auf die Wattepads, darauf die kleine, dunkle Wolke, die auf meinen Wimpern lag und sie schön gemacht hat. Ich schaue in mein Gesicht, mein nacktes Gesicht, ich sehe deine Nase, ich sehe Meers Augen. Ich sehe Peers Kiefer. Einer hat einmal gesagt, bevor er mir ins Gesicht gespritzt hat, dass ich eigentlich ein schöner Mann wäre. Er hat es als echtes Kompliment gemeint. Nachdem er gekommen und gegangen war, habe ich auch vor dem

Badezimmerspiegel gestanden, mir das Sperma ausgewaschen, das sich in kleinen Klümpchen an meinen Augenbrauen festgeklammert hat. Ich habe meinem Spiegelbild gesagt, dass Schönheit nicht geschlechtlich sei, dass es eine Schönheit jenseits von Männlichkeit und Weiblichkeit gebe. Ich habe es sehr oft und sehr lange gesagt. Ich sehe das Foto von dir, schwanger, mit Bartschatten. Ich sehe dich im Hochzeitskleid. Ich sehe dich im Hochzeitskleid in einem Fluss, tot, davontreiben. Ich sehe dich, umgeben von Orchideen, ich sehe Meer in einer Ritterrüstung einen Berg hinaufgehen, ich sehe mich in der Nacht stehen. Ich gehe in mein Schlafzimmer, richte das Kissen und lese die letzten Leben.

Bei diesen Biografien meine ich zu spüren, dass Meer schon an dich denkt. Oder dass sie den Frauen zu nahe ist, sogar Fotos von ihnen gesehen hat. Sie weicht noch einmal gewaltig aus, eine letzte Anstrengung, scheint mir, um nicht bei dir anzukommen. Bei meiner Ururgrossmeer, Johanna Schmied, 1868–1915, stehen Geburtsdatum, Hochzeit, Tod. Dann seitenlange Beschreibungen, wie dic Arbeit in der Seidenspinnerei ist, haargenau recherchierte Arbeitsabläufe. Was Johanna zu essen hatte (vor allem Erdäpfel, Brennnesseln, Bohnen, Kohl), was sie nie gegessen hat (eine Orange, ein Filet und Schokolade, obwohl eine Tochter in der Schokoladenfabrik gearbeitet hat). Die Leben ihrer zwölf Kinder, von denen vier vor der Volljährigkeit starben. Dass Johanna sich sehr für Insekten interessierte, besonders für die Mauerwespen in ihrem Innenhof, mehr als für die Kinder.

Ähnlich bei Rosmarie Aeschi, 1884–1944, meiner Ururgrossmeer. Hier hat Meer das Arbeiten in der Schokoladenfabrik in der Berner Matte recherchiert, sie hat ausgerechnet, wie viele Kalorien Rosmarie verbraucht hat, während sie zum Mittagessen (ein Teller Suppe) nach Hause ging, den ganzen Weg von der

Schokoladenfabrik in die Länggasse. Dass es sich kalorientechnisch nicht gelohnt hat, offensichtlich, dass Rosmarie auf dem Weg mehr verbraucht, als sie durch das Süppchen gekriegt hat. Meer beschreibt die Alkoholsucht des Mannes, vor der Rosmarie in die Religion flüchtet. Sie ist die Erste in ihrer Familie, die eine Orange zu essen bekommt, an Weihnachten 1922. Rosmarie Aeschis Frauenbärtchen.

Der Lebenslauf meiner Urgrossmeer ist von Hand geschrieben, aber nur in Listenform.

Ida Sägesser, geborene Aeschi, 1900–1989

- Frühste Kindheitserinnerung: der Geruch von frisch geschälten Herdapfeln (erdig, saftig, herb) und ein Bild: die langen, bleichen Bänder aus Herdapfelhaut, wo von den dreckigen Händen von ihrer Mutter hinunterlampen, in eine Schüssel, zum weiterverbraucht werden (ja nichts vergeuden!)
- Das letzte Freudelchen: ein Gläschen Kirsch. Vergisst aber häufig, ob sie schon ein Gläsli gehabt hat und drum recht einen an der Lampe hat, wenn ihre Tochter, die Rosmarie, nach ihr lugt und den Kirsch wegnimmt. Die Irma, ihr Grosskind, lässt ihr den Schnaps immer
- Der letzte Triumph: dass sie merkt, dass die Rosmarie ihr den Kirsch verdünnt. Dass sie, die Ida, sich selbst einen neuen Kirschvorrat im Spülkasten vom WC versteckt, wo die Rosmarie nie finden wird
- Was ihr am meisten Scham macht: dass ihr letztes und schönstes Kind, die Irma, mit sechzehn unverheiratet schwanger wird und nach Hindelbank ins Frauengefängnis kommt

- Was ihr am meisten Angst bereitet: dass ihre Kinder nicht gläubig genug sind, um in den Himmel zu kommen
- Ihr grösstes Geheimnis (das aber alle wissen): dass sie manchmal, wenn der Mann ausser Haus ist, seine Kleider anzieht. Sich im Spiegel anschaut und sich so schön findet, dass sie fast vergeht
- Was ihr am meisten zum Schaffen macht: dass ihre erste Tochter, die Rosmarie, mit neunen …
- Was ihr am meisten Freude macht: dass ihre zweite Tochter, die zweite Rosmarie, genau am gleichen Tag auf die Welt kommt wie die erste Rosmarie: am 14. November, sechzehn Jahre später

Rosmarie Sägesser, 1919–1928 (Die erste Rosmarie)

Die Rosmarie ist erdenschön und hat ein erdenschönes Lachen, und alle haben sie gern. Sie hat unglaublich blonde Haare, wie ein Kornfeld vor der Ernte, und eine Haut wie Alabaster. Sie kommt am 14. November 1919 auf die Welt. Mit neunen wird die Rosmarie aber krank. Einen Doktor kann man sich nicht leisten. Der Nachbar, wo einem Doktor der Bruder ist und drum ein kleines Etwas versteht von Medizin, sagt, es sei nichts Schlimmes, nur eine hundsmiese Grippe. Die Grippe wird aber schlimmer und schlimmer, und die Rosmarie kann vor lauter Husten kaum mehr atmen. Da verkauft die Ida ihren Ehering und schickt nach einem Doktor. Er gibt eine Medizin. Die Mutter Ida sitzt am Bett, gibt der Rosmarie die Medizin und sagt: »Jetzt wird alles gut.« Danach geht sie in die Küche zum Hühnersuppe machen. Wo die Ida zurück in das Kinderzimmer kommt, liegt die Rosmarie erstickt da.

Zehn Monate später, 1929, bekommt die Ida ein Kind, wo leider keine Tochter ist, sondern ein Sohn, wo sie Robert tauft. Im Jahr darauf, 1930, bekommt die Ida noch ein Kind, wo leider keine Tochter ist, sondern ein Sohn, wo sie Phillip tauft. Im Jahr darauf, 1931, bekommt die Ida noch ein Kind, wo leider keine Tochter ist, sondern ein Sohn, wo sie Benoit tauft. Im Jahr darauf, 1932, bekommt die Ida noch ein Kind, wo leider keine Tochter ist, sondern ein Sohn, wo sie Moritz tauft. Im Jahr darauf, 1933, bekommt die Ida noch ein Kind, wo leider keine Tochter ist, sondern tot. Im Jahr darauf, 1934, bekommt die Ida noch ein Kind, wo leider keine Tochter ist, sondern ein Sohn, wo sie Hans-Peter tauft.

Im Jahr darauf, 1935, bekommt die Ida endlich ein Mädchen, wo sie sich so fest gewünscht hat. Das Mädchen heisst Rosmarie. Sie sollte Ende Dezember auf die Welt kommen, aber sie kommt am 14. November auf die Welt. Drei Jahre später bekommt die Ida noch mal ein Mädchen, wo Irma heisst.

Rosmarie Häfeli, geborene Sägesser, 1935–
(zweite Rosmarie)

- Geboren: 14. November 1935
- Ausbildung zur Krankenschwester
- Lernt ihren Mann am Zwiebelmarkt kennen
- Hat zwei Kinder, Irma und dann Nicolas, den sie immer bevorzugt hat
- Geht gerne reisen
- Singt ab 1975 im Damenchor
- Beginnt wieder zu arbeiten ab 1980, was ungewöhnlich ist

– Verliert Mann und Mutter im selben Jahr, beide ohne Vorwarnung
– Geht mehr arbeiten & leistet sich vermehrt Reisen in exotische Länder
– Grosse Freude am Enkelkind Kim, kümmert sich oft darum
– Erfüllt sich nach der Pensionierung endlich den grossen Kindheitswunsch und spielt Tennis, dreimal die Woche, solange es die Gesundheit erlaubt
– Starke Demenz, wie ihre Mutter Ida
– Vergisst als Erstes in der Demenz die Religion. Wahrscheinlich vergisst sie die Religion extra, endlich hat sie eine Entschuldigung, die von ihrer Mutter aufgedrückte Religion wegzukehren

Ich halte das letzte Blatt in der Hand, mit deinem Leben, Grossmeer. Es ist mit der Schreibmaschine geschrieben, die Ränder sind abgewetzt, ich vermute, dass Meer es oft in die Maschine eingespannt und dann wieder herausgezogen hat. Da hörst du also auf, denke ich, nach dem Tennis. Und dann kommt Meer und dann komme ich, und in mir hört die Linie auf. Ich denke zurück an Clemens Züllig, den Sohn von Barbara Züllig, der keine Kinder bekommen konnte. Aber ich bin nicht wie er. Ich kümmere mich nicht um Menschen, die mich brauchen. Ich habe dich erst besucht, als du angefangen hast zu verschwinden.

18

– Alex Garibaldi am Apparat?
– Ah, oh, hallo, Alex, du bist bei Irma?
– Hallo, Kim – Irma ist gerade unter der Dusche, sollte gleich fertig sein ... Wie geht's dir?
– Ja. Pff. Ich nehme an, Meer hat dir erzählt?
– Ja, es tut mir sehr leid. Das war wirklich eine schwierige Situation letzten Samstag. Aber ich habe das Gefühl, dass Irma auf eine Art auch erleichtert ist, dass Rosmarie jetzt – dass der letzte Schub jetzt halt endlich eingetroffen ist.
– Verstehe.
– Für dich nicht so? ... Ah, da ist Irma ja schon. Büsi, Kim ist am Telefon. Tschüss, Kim.
– Hallo, Kim?
– Hallo, Ma. Hör mal, ich bin ziemlich müde, es war saustreng im Archiv, in einem Raum stimmte der Temperaturregler nicht und ein paar Hundert Ordner haben zu schimmeln angefangen, alle tschüss. Ich bin endlich am Lebenslauf für Grossmeer und möchte wissen wegen Irma, also deiner Tante. Hast du je nach ihr geforscht?
– Nein, da kann ich dir nichts mehr sagen, als ich dir schon gesagt habe.
– Aber du –
– Kim, du hattest mich schon gefragt, und ich habe dir alles gesagt, was ich weiss.
– Okay okay, kein Grund, laut zu werden.
– Ich werde nicht laut, ich stehe für mich ein.
– Warum musst du denn so vehement für dich einstehen?
– Kim, hast du den Stammbaum jetzt fertig?
– Ich frage noch mal: War das mit Grossmeers Lebenslauf nur eine Finte? Du wolltest gar nicht, dass ich den schreibe, oder?

Du hast mich nur in deinen Chaosraum geschickt, damit ich den Stammbaum finde?

– Nein, ich kann einfach diesen Lebenslauf nicht schreiben. Und wenn du in anderen Leuten Zimmer rumschnüffelst, musst du bisschen vorsichtiger sein. Der Ordner war am falschen Ort reingestellt. Jetzt sag schon, was du findest, wenn du ihn schon gelesen hast.
– Also es ist. Bin schon beeindruckt. Es ist crazy. Es ist super. Du hast das alles?
– Danke. Ja, klar.
– Aber … das mit der DNA hat mich wahnsinnig irritiert.
– Aber es ist nicht erfunden!
– Eben das. Dass du diesen DNA-Test gemacht hast.
– Na ja, ich wollte eben herausfinden. Wissen, woher wir kommen.
– Und weisst du jetzt, woher wir kommen?
– Ja, also wir haben viel italienisches, ein bisschen afrikanisches –
– Das sagt doch nichts aus!
– Wieso reagierst du so sensibel?
– Welche Leute argumentieren denn mit Blut- oder Verwandtschaftslogik? Es ist faschistisch, Meer, diese Faszination für das eigene Blut, für den eigenen Stammbaum, das ist doch pure faschistoide Ideologie, dass einen Menschen das bestimmt.
– Aber es bestimmt ja die Frauen nicht, dass sie afrikanisches Blut haben, in meinem Text? Es ist einfach so, dass sie das haben. Also wir, dass wir das haben. Du hast das Blut ja auch.
– Ja, das bestreite ich ja auch nicht. Nur diese pseudowissenschaftliche Untermauerung – die hat dein Text doch nicht nötig.
– Für dich, Monsieur, ist es einfach schwer vorstellbar, dass du

nicht so einfach – wart schnell. Was ist, Alex, ich bin ... jaja, fang schon mal an. Die Orecchiette. Nein, nimm die Zucchini, die wird sonst. Also, Kim: Ich bin halt nicht eine Studierte, weisst du? Du redest manchmal zu hoch für mich.

– Sag mal, wohnt Alex jetzt eigentlich bei dir?
– Wieso meinst du?
– Sie ist ja ständig bei dir.
– Ja. Sie ist hier. Ja also, sie wohnt hier.
– Okay. Danke, dass du mir das sagst.
– Wieso sollte ich dir das sagen?
– Wieso solltest du mir das nicht sagen?
– Du sagst mir auch nicht alles.
– Du weisst, mit wem ich momentan *keinen* Sex habe und wieso ich mich von Fabrizio getrennt habe. Mir scheint nicht, dass ich besonders viel verheimliche. Wieso ist sie zu dir gezogen? Sie ist doch erst vor einem halben Jahr umgezogen.
– Kim, Liebes. Also, ich wollte dir das nicht am Telefon ... Alex ist schwanger.
– Was?! Wieso?
– Wie »wieso«? Kein »wieso«, sie ist es. Sie ist jünger, es geht gut, dem Kind.
– Von wem?
– Ja, nicht von mir, natürlich.
– Und wieso zieht sie dann nicht zum Kindesvater?
– Da ist kein Vater. Wir wollen das Kind zusammen. Ja. Wir wollen zusammen ein Kind.
– In deinem Alter?
– Also hör mal. Ich bin vierundfünfzig. Männer machen das ständig, da sagt keine Sau was. Ich war einfach jung, als du kamst.
– Ich dachte, du magst Kinder nicht.
– Wer sagt das?

– Grossmeer. Und Peer.

– …

– Dass du eine zweite Familie.

– Kim, Schatz, das ist jetzt doof am Telefon. Aber hör mir zu –

– Nein. Wir sollten ein andermal.

– Kim, es ist doch ganz was anderes als mit Peer und dir.

– Wir sollten uns jetzt beide beruhigen und ein andermal.

– Also ich bin ruhig. Ich könnte jetzt darüber reden, ich habe dieses Video geschaut, das du mir geschickt hast, ich würde nur in Ich-Botschaften –

– Okay, *ich* kann jetzt nicht.

– Okay … Und wegen dem Lebenslauf, meinst du, du könntest ihn bis –

19

Liebe Grossmeer. Wir sitzen an der falschen Bushaltestelle, neben Herrn Füglister, Ardan ist soeben ins Wohnhaus gegangen. Er und ich haben dich hierhergeführt, wir haben uns neben Herrn Füglister hingesetzt, es war etwas eng, aber ich bin ja schmal. Ardan war wieder Nico für dich, und das wollte ich ausnutzen.

Nachdem du uns einige Minuten von deinen Geranien erzählt hast, habe ich Ardan zugenickt, er hat deine Hand genommen und dich gefragt: »Ich habe eine Frage, die mir wichtig ist. Kannst du mir sagen, wie das damals war mit Irma und ihrem Kind?« Du hast etwas verwirrt in die Linde geschaut, deine Lippen haben sich stumm bewegt, und erst in dem Moment habe ich erkannt, dass die Frage, die ich Ardan gegeben habe, unklar ist. Irma, das könnte deine Schwester sein oder Meer, deine Tochter. Beides Irmas, bei beiden diese Sache mit Kindern, die schwierig war.

»Nico«, hast du gesagt, »das ist schon so lange her, weisst du, wie lange das schon ... Ich habe Irma gesagt: Treib nicht ab. Weisst du, Nico, sie war schwach. Sie hat nicht den Anschein gemacht, aber sie war ein ganz zartes Pflänzchen, eigentlich, innen. Ich habe gewusst, wenn sie abtreibt oder es versucht, dann verfolgt sie das das ganze Leben. Sogar ich, als ich es damals, hat es mich völlig. Deshalb habe ich gesagt: Tu es nicht. Ich wusste, sie verkraftet das schlechter als ich.« Ardan hat mich fragend angeschaut, ich habe genickt. Er sagte, dass er Tee hole. Du wolltest nicht, dass er geht, da habe ich gesagt: »Erzählen Sie mir von Ihren Geranien, Sie haben doch Geranien auf Ihrem Balkon.« Du hast Ardan losgelassen und von deinen Geranien erzählt, wie du sie wässerst, wenn du auf Reisen gehst, und du gehest oft auf Reisen, letztes Jahr seist du auf der alten Seidenstrasse gewesen, und als Nächstes wollest du in den Iran, Geranien gehörten zu den Starkzehrern, die hätten immer Hunger, am besten seien die Düngerkegel von Gesal, die hielten sechs Monate.

Jetzt sitzen wir hier, ich, du, Herr Füglister. Herr Füglister erzählt von seiner Frau, die bestimmt schon auf ihn warte, du erzählst weiter von deinen Geranien, ich sitze neben euch und tippe dies in mein Smartphone. Ich ertrage es nicht, mit euch zu sprechen, ich ertrage es nur, hier zu sitzen, so nahe bei dir, weil ich schreibe. Es dunkelt langsam ein, bald wird wohl jemensch kommen, um euch ins Haus zu holen, vermutlich Ardan. Mein Oberschenkel berührt deinen Oberschenkel, das gibt mir Wärme. Ich werde hier sitzen und dir schreiben, solange ich kann, ich werde sitzen, bis ich im Dunkeln sitze.

Ich wollte dir noch erzählen, dass ich einmal nach Bern gekommen bin, allein, um für meinen Text zu »recherchieren«. Ich habe Orte besucht, die noch in mir präsent sind. Ich war im Tierpark

Dählhölzli, bei den Wölfen, Tomatenfröschen und den Eisfüchsen. Ich war am Bahnhof Ostermundigen. Ich war im Mattenquartier, bei der alten Schokoladenfabrik, wo Rosmarie Aeschi gearbeitet hat. Ich habe dir nicht gesagt, dass ich in Bern bin.

Ich wollte dir noch sagen, dass Meer mich bat, deinen Lebenslauf zu schreiben, und ich wollte dir sagen, dass ich das nicht tun werde. Es ist ihre Aufgabe, und ich kann sie nicht übernehmen. Ich wollte dir aber von Meers Stammbaum erzählen, in dem sie dich und sich einzureihen versucht in eine uralte Linie von Frauen, Meeren, Heroinnen. Ich habe beobachtet, wie Meer dir ausgewichen ist, jahrhundertelang, wie sie jede Fährte wahrnahm, um noch etwas länger nicht zu dir zu kommen. Wie mich Meers Text berührt hat, obwohl ich ihn schlecht finden wollte, und wie ich erst durch Meer als Spiegel merkte, wie auch ich dir schreibend ausgewichen bin, und nun denke ich, dass das Ausweichen vielleicht die einzige Bewegung ist, in der mensch dir nahekommen kann.

Ich wollte dir sagen, wie viel du für mich bist, wie oft ich an dich denke, ich wollte dir sagen, dass du für mich eine evolutionäre Grenze bezeichnest, Grossmeer, wie die Eisfüchse mit ihrem über Hunderte Generationen entwickelten Fell für den Winter bis minus fünfzig Grad, das sie in unserer Zeit zu einem Fremdkörper macht – unsere Zeit, die manche Leute »Anthropozän« nennen, andere »Kapitalozän« und wieder andere »Chthuluzän«. Das Körperwissen, das für Generationen wichtig war, die lange, zittrige Linie, geht in dir zu Ende. Das in den Körpern getragene Wissen, wie im Winter Wäsche zu waschen ist, ohne dass die Finger abfrieren; wie die Fenster mit Zeitungspapier zu putzen sind; wie Dinge zu flicken sind, die schon x-fach zerbrochen, gestopft, zerbeult und verlöchert sind; wie zu schlafen ist, obwohl es so kalt ist, dass die Pisse im Nachttopf fast augenblicklich gefriert; wie es ein Huhn zu schlachten gilt, das ein Lieblingshuhn ist; wie der gesamte geschlachtete Körper zu verwerten ist, Innereien, Knochen, Federn, Hirn; wie das Singen trotz Hunger möglich ist; wie Kinder ohne PDA zu gebären sind; wie eigene Kinder zu Grabe zu tragen sind; wie dem Weinen auszuweichen ist, immer, weil das Wasser im Körper sonst überhandnimmt, »übermannt«, wie dem Weinen auszuweichen ist, wenn es am schlimmsten ist; wie es eine Entschuldigungstrauer zu finden gilt, wie zum Beispiel über den Tod des Lieblingshuhns; wie der Glaube an etwas ausserhalb seiner Selbst trägt; wie es weiterzumachen gilt, nicht für sich oder um etwas zu erreichen, sondern, ja, vielleicht für die Familie.

Ich bin vor einiger Zeit auf der Suche nach Erinnerungen ziellos durch Bern gezogen, gschtrielet, Meersprache. Und dann habe ich dich gesehen, du standest auf der anderen Strassenseite der Länggasse, ich bin stehen geblieben, erstarrt, Schweissausbruch. Was sage ich? Ich habe nichts zu meiner Entschuldigung zu sagen. Ich wusste, du würdest einen Wutanfall kriegen, ich wusste, ich war schuld, schuld an deinem Unglück, deiner Einsamkeit, schuld schuld schuld. »Wieso kommst du mich nicht besuchen, wenn du in Bern bist?« Ich weiss, dass ich versagt habe; den Grund, weshalb es mich gibt, habe ich nicht erfüllt. Deine weissen Haare, fein wie Weissschimmel. Deine prankigen Hände, um die Einkaufstasche geklammert. Dein strenger Blick. Du hast mich nicht erkannt. Ich habe dir nachgeschaut, dieser gewöhnlichen alten Frau, auf dem Weg zum Einkaufen, zum Kömmerle, mit einem etwas schwerfälligen Gang, die rechte Schulter bei jedem zweiten Schritt etwas tiefer.

5
Coming full spiral

Water, water, take me where I cannot walk me.

If it's possible to say that in the queer and trans culture we fuck better and more, this is, on the one hand, because we have removed sexuality from the domain of reproduction, and above all because we have freed ourselves from gender domination. I'm not saying that the queer and trans-feminist culture avoids all forms of violence. There is no sexuality without a shadowy side. But the shadowy side (inequality and violence) does not have to predominate and predetermine all sexuality.
Representatives, women and men, of the old sexual regime, come to grips with your shadowy side and have fun with it, and let us bury our dead. Enjoy your aesthetics of domination, but don't try to turn your style into a law. And let us fuck with our own politics of desire, without men and without women, without penises and without vaginas, without hatchets, and without guns.

Paul B. Preciado

Everywhere we turn for comfort or for healing, we are met by the approved guardians of a knowledge that alienates us from our bodies and our souls. The smoke of the burned Witches still hangs in our nostrils; most of all, it reminds us to see ourselves as separated, isolated units in competition with each other, alienated, powerless, and alone.

Starhawk

Love hurts.

Nazareth

*Dear Grandma,**

we came from the north. We came yesterday, by bike, crossing the pass of the Lucomagno. Dina had gone ahead by car. I didn't think I would make it all the way up, but I did. When we reached the highest point it started raining, like, a lot. The water was so dense we had to go superslow. The rain fell in threads. I laughed loud, Mo laughed louder. After some time we stopped and decided to call Dina to come and get us by car. The rain slowed us down too much, we wouldn't make it before sundown otherwise. She picked us up saying she had had two beers already and had only been waiting for our call and was glad we called before her third beer.

After showering and drying and aperoing, Mo insisted on putting on nail polish, as a ritual of beginning our time here in Ticino, instead of blood siblinghood. It was shimmery and turquoise and amazing, it was called METALLIC MERMAID. I refused. Mo kept pushing me, begging cutely, then annoyingly. I don't put on nail polish anymore. Not because I wouldn't want it. I would want to. After pushing me too far, I told Mo hysterically: »I don't put on nail polish, because heterosexual men like you – who fancy themselves to be feminist and left and ›on the right side‹ – have started putting it on, in order to show your alliance. But by doing this you have claimed nail polish for yourself, in the same naïve and arrogant way you claim everything, all the time, always, with the best intentions.« Obviously the party was over after that. We ate pasta in silence and went to our rooms.

* Die Übersetzung dieses Teils finden Sie am Ende des Buches.

At two in the morning I still couldn't sleep. I heard someone going to the toilet. I went to the door and opened it, in this very moment Dina also opened her door across the hallway and Mo was walking up from the toilet downstairs. We had a martini on the roof and I made a big apologetic speech. »I'm just jealous. You know, when I was younger I wished so much to put on nail polish but I never dared to, and even now – as I've been in my ... emm ... process for three years – I am still afraid, every single day. Not when I get dressed or put on make-up, not as long as I am in my apartment, but as soon as I open my door and enter ›the world‹. I am sorry, Mo, I am jealous of the heterosexual men who wear nail polish simply as a political sign but who are not afraid of getting beaten and insulted and spit upon, those guys like you who are not afraid because you haven't experienced a life of daily, ongoing violence, of micro- and macroaggressions. And you know what gets me the most? It's that I have to be scared to wear nail polish, and you not. Because you can just take it off and be safe. But me, us, we cannot take ›these things‹ off. Because it isn't about what we wear, but about who we are. At least that's what this world teaches us.« Mo listened quietly. After I ran out of words he said: »What made you think that I am not scared?«

I am always scared. I am still scared of you, Grandma, scared of what you will do when you read all of this. Which is why I am writing these letters in English, the language I taught myself by reading Harry Potter *and watching* Lord of the Rings *as a teenager, the language of my sex-dates, the language that has other eyes than my mother tongue, the language in which I did not inherit your eyes and your mothers' and your mother's mother's eyes, the language in which I don't feel watched, the language that feels like a space of my own, no matter how incorrect, the language that you don't really understand.*

Dear Grandma,

I'm writing these letters in the valley of Blenio, in the north of Ticino, in an old chocolate factory that doesn't run anymore, in the highest room, a room of my own. I share it with spiders, though, and the wind that carries the river in, a pidgeon and some moldy fungi that thrive in the cracks of the wall. I guess I should say: It is a room of our own, but none of us owns it. I took some time off work to write these letters to you and to finally finish this project. I'm here with my two writer friends Dina and Mo. Dina writes about her mother, her dying grandfather and about her body, not bearing children. Mo writes about his father and how to not become his father, how by all means not to become his father. He, however, will soon be a father himself. I feel like the three of us are working on the same text. Just with different bodies. We talk about everything but the content of our texts. In the morning I walk through the forest, to the river close by, coming directly from the glacier. It's icy cold. The first time we went to the river, Mo just undressed and jumped into the river. I never would have thought that it's something one can actually do, to swim in a river that cold. But now I go every morning before I start writing, it is so vivifying, Mo sometimes joins, we scream-giggle from the cold and after bathing we stand naked in the river bed, red skinned from the cold, and he explains the ecosystem growing here (as in an earlier life he was a natural-scientist-something): the lilacs, that are always the first to grow after an avalanche, the algae on the stones and other stuff I forgot. Dina sleeps late, reads gender theory or Bourdieu in bed, smokes out of the window, waves when we get back, smiling about us two »crazy« ones. I really love the three of us. Sometimes we meet for a coffee or cook together, but mostly we are in our rooms or roam the forests on our own. At least once a day I take my mountain bike and rush down the valley and I try not to think about you. It only works when I go superfast, so fast that my eyes cry.

Yesterday I talked to Dina about bodies and body-memory and she reminded me of Annie Ernaux's late work Mémoire de fille. *We then talked about Ernaux's work as a body of shame, and that shame is the most accurate force of memory. Shameful experiences are tattooed in our minds, they outlive in unequalled precision all other memories. The memory of the »fille«, which Ernaux writes down over sixty years later, is the memory of shame.*

I realize that I, too, am a body of shame, a whole archive of it. But that is not the text I am writing here. I shall have to write my book of shame some other time. This text is my book of fear. Fear stores situations equally »intensely« in our minds, I believe, but with a different quality. Whereas shame is a high-definition-hyperrealistic archivist, there is no clarity or precision to my memories of fear. On the contrary, fear records rather blurry moods than precise images. I feel like fear works with my whole body, not with one single sense. I remember with some sort of blind exactness the feeling of fear, all throughout my childhood, like some deep water I regularly woke up in, but I hardly remember exactly what I saw, heard, smelt, felt or tasted.

While writing this text, Grandma, I realize that fear deletes what it records. It's like when you look into the sun, and then you can't see precisely what you just saw. Actually your notseeing, your blindness takes exactly the shape of what you just saw. It's a negation: On this spot would be what was too bright for you to see, your eyes say.

I was so afraid of throwing down one of these holy boxes of yours, the Truckli. I was afraid of being alone with you. I was afraid of the first Rosmarie, I felt her in your apartment. My fear was an element, it was omnipresent. I was so afraid that I followed Farid's advice. I invented part four of this text. I wrote you into the home for demented people, although you still live at home, although you still know who I am. But you are at the beginning of dementia, like your Mum. Maybe »inventing« is not the right word. Because I did not invent what you are to me, I didn't add anything to the relationship between you and Mum, I did not invent Alex, I did not invent the baby. I did not invent Ardan, he was a nurse in the clinic that I was in. So actually, I did not invent part four. I just shifted things that happened or will happen into the presence of this text. Maybe this is what autofiction means: to drive through the realm of reality with one's own tempo, focus and mode. Me, I just went faster: I shifted you into the home for demented, where you will most probably have to go. I did this to be able to write. I needed a space – not even a fictional one, the tilia exists – where I could talk directly to you, a »you« that isn't really here. Maybe this is, what is inherently queer about autofiction: to start writing from a reality that repeats the fiction that we don't exist. To start writing from a reality that isn't real to us, that puts us in the realm of fiction. To produce ourselves through writing, to invent literary spaces that are other, hyperreal, utterly needed realities. Maybe this is, why so many of us write »autofiction«: because we are still stories, because we aren't real bodies yet. And that's why still, after four parts of this text, it wasn't enough for me. There were still things I could not say in German.

Dear Grandma,

when I can't write, I do the same here in Ticino as I do at home: I go on Grindr. There are surprisingly many guys in this valley on Grindr. I have to think of Max Frisch's Der Mensch erscheint im Holozän. *He writes about a remote valley in Ticino. I remember only one passage from this book, where he describes the young men of the valley. The narrator says, that since the youngsters have motorbikes, they can get out of the valley after working in the forests and therefore Sodomy amongst each other decreased dramatically. I love the image of old Max, making sociological studies about analsex in the rural south.*

The first evening Mo gave me two theoretical texts that he had been pressing me to read for a long time. He says he knows that I will »love« them. One of them is from Ursula K. Le Guin, this famous science fiction writer that I should have read, for obvious reasons, and I always manage to pretend to have read, because I read the Wikipedia-article of the post-gender novel The Left Hand of Darkness *ten times. However: science fiction. Hmm. So, I did some Grindr instead. Apparently, fresh meat is rare here. Tourists just pass through, I suspect. Most of the guys texted me some creative lines like: »Sei turista? Posso mostrarti l'ospitalità della nostra valle?« There was a guy a bit further up in the valley, around forty, who texted me a very cheesy text, about the moon, the earth, and my body. I snuck away, we met late at night, »up by the big chestnut tree where the two rivers meet«, as he had texted me. It was not a joke, the chestnut tree was huge and very old. The guy did me very tenderly. His name is Cesare. His arms are full of tribal tattoos and he wears loads of trashy eso-rings with stones in all shades of red. After we did it, he took me to his place on his Vespa (blue), he even had a second helmet (with peace signs). He has pigs and hens, he grows bio tea (of course bio), and he's a shaman. We talked for a bit and he asked me to stay, but I didn't want Mo and Dina to know I was gone. However, the next evening we met again under the chestnut tree. This time I penetrated him. We went to his place, again on his motorbike, and then I stayed the night.*

In the morning he had been up already, had looked after his animals and watered his plants. We had breakfast together. I never sleep well at someone else's place after fucking. He told me that he saw that my body was unusually heavy with others, that I was carrying. I said yes, someone that is dear to me will soon fall into dementia, is basically slowly dying. He shook his head. He said the person I was carrying had been dead for quite some time. I was irritated. He asked me how I stood on the earth (I suspect he translated something word by word from the Italian). I said quite okay. He just listened, without judging, which irritated me, I then said, that I was of course still waiting to really arrive, here, that I still don't know what I am here for, but then, who does in my age, or at least my generation? He smiled at me with the most tender, toxic-positivity-annoying smile and said, that at thirty, or whatever my age was, it was okay to slowly arrive on this planet. I broke into tears, ridiculously loud and uncontrolled and I told him about you. He then repeated, that he didn't think it was about someone who is still alive. »Who then?« I asked aggressively. He shrugged. He could do a ritual to try and see whom I was carrying, if I wanted to. Only if I wanted to. I said maybe.

When I got back, it was midmorning. Dina and Mo weren't there. Mo had left some print-out on my doorstep. First I was annoyed, I thought it was the theoretical texts again which he had already given to me. But then I saw that it was a part of his manuscript.

I went to bed, started reading. It was super atmospheric, the late 90s and early 2000s oozed out of it, after the first page I put on some Backstreet Boys and Britney (only ironically, of course!), and from there YouTube and Mo's text took me down into the rabbit hole. I read the loneliness and desperation of a childhood in the suburbs of a provincial town in the 90s. Of endless Sunday afternoons in the emptiness of the Swiss middleclass.

Dina knocks. »Are you back?« she asks. »Are you back, baby?« I ask. »We went out of the valley to buy wine and more nail polish«, Dina explains, »and I wonder where you might have been, oh most elusive bird of the night?« – »Does Mo know I didn't sleep here?« – »I didn't tell him.« – »Thanks.«

Dear Grandma,

today it's been five days since I fucked Cesare. I was so agitated I couldn't write, although I jerked off in the shower in the morning, and at some point I just shut my laptop, threw the notebook on the bed and started masturbating at the table. Of course, this was the moment Dina entered my room without knocking, wanting to complain about a journalistic text she has to write.

Ten minutes later I made two coffees and found her in the garden behind the factory. Weird silence, loud laughter. »Sorry, I wasn't able to write and had to let out some tension.« Mo came into the garden, approaching us like a beaten puppy. »Can't write today. Mää.« – »Neither can we«, Dina said, and: »I caught Kim jerking off.« – »What? Kim! Atrocious!« I stammered: »Do you peops never jerk off when you can't write?« Mo said: »No. Never. I'm dead afterwards. All energy gone. I don't even have sex in the evening, if I want to have a good writing flow the next day.« Dina laughed pityingly and added: »As you know, my boy never wants as much sex as me, so I always jerk off, to calm down, to activate, to get inspired.« We talked a bit about the link between orgasm and energy curves, the difference between male and female orgasms and if there is a non-binary orgasm, linked to different hormone levels, and if this discussion was reducing sexuality solely to hormones.

As we were sitting in the garden, the cicadas going wild, the two of them talking, I realized that I perceive them as rivals. Part of me hopes that they continue writing, because I like their work, and I do think it's good. And exactly because of these reasons, another part of me hopes they will fail. So we won't have to apply for the same grants, the same prizes, the same funding. There is this sneaky, capitalist voice inside me that says that they won't try hard enough, because they have other things to be fulfilled with. Mo a kid and Dina her many friends, her journalism.

Some while ago I had dinner with Dina and her boyfriend. We had red wine and selfmade tiramisu and weed on the balcony and talks about us, society, work. We talked about not having kids (Dina and her boy for freedom reasons, me for obvious other reasons). We had a lot of fun analyzing us and we even managed to push away the typical self-loathing of not doing something more meaningful with our privileges as 30-ish, well educated central Europeans. We defined our generation as the apolitical self-fulfillers between the boomer generation and gen Z; we are the generation that hopes that they're not as content with patriarchal Capitalism as their parents and not as discontent with it as the generation after them (watching the politicized climate youth with some jealousy, however). In the end my typical »I'll stay to clean the dishes«, and their polite »No, of course not«.

Shortly after this, Dina sent me a text, saying how nice it had been, without wanting to be too bourgeoisly polite. Then she sent me a quote from the documentarian novel Het Bureau *by J. J. Voskuil about the career of a folklorist in the Netherlands of the Fifties and Sixties. The partner of the main character asks him: »Who would identify with their work? If you do something like that, you have to be sick.« Dina added: »The proof that work once was not our soul's destiny!«*

We were raised at the end of the 20th century, in the short period of the »end of history«, with the belief (and expectation) that we could become everything. But the end of history has ended, war and violence never really left, only left the self-image of »the West«. But still, I grew up in an apolitical time of hypercapitalist neoliberalism, and our goal was trying to make »it« as individuals. And in that goal, I am purely a child of my generation. And this is the place that I am writing you from, Grandma. The place that we have in common: to be common.

When I think of your life, I think of hardship, I think of no bread, and then hard bread. I think of Sunday walks in white Sunday-dresses. I think of the armies of housewives whose main activity was rearranging and fixing the blankets and covers and clothes. I think of half of society who wasn't payed for their work. I think of your pride, when you tell me how – after the kids were grown – you insisted on going to work, how you found work as a secretary, how my grandfather said: »Fine, go to work, I don't care, but don't think I'll touch the broom. And food is on the table at 12 and 6 o'clock sharp.« How you had to hurry from office to cook, how you took this gladly on you. I think of the feelings of you housewives. Of the enormous identification you must have had with your household. Of feeling like your house is your body. An untidy corner, seen by a guest, must have been like a slap in the face; all the shame and fear of not being clean enough, perfect enough, white enough. I think of having to maintain an image of a »good family«. A good family is an ordinary family. Ordinary meaning: belonging to an order. The order.

When I think of your life, I think of a life lived for others, for your husband, for »society«: for the people visiting and saying: »You have a nice apartment, your kids are well educated, you are valuable members of this thing we got there, this so-called society.«

When I think of your life, Grandma, I think of the burden to have to be a good girl. I see with Mum, how much her life is trying to not be a good girl anymore. How much it is trying to be free of what a girl should do and can't do. A girl doesn't have to study. A girl will marry and have kids. A girl is faithful. A girl doesn't want things. A girl has to be content with what she gets. A girl is not loud. A girl is a girl. A girl is – above all else – pretty.

I wanted to write about you, Grandma, because your life is inside of me. And it will die when I die. I am your end. But I won't let you die. Cuz this is textile magic: weaving presence from absence. However, texts aren't just sparkly magic. In all the different cultures where forms of writing were invented independently of each other, the earliest forms of scripture were always records of debts. How much did you give me, how much did I promise in return? That's why I think that literature and guilt are indivisibly interconnected. But – I also believe the forms of writing which in-

terest me have always been those that don't want to be what they have to be. Texts that undermine their primary intention, projects that want to get free of their debts, writing that searches exit doors out of writing.

And still – writing in High-German, writing in English means I am betraying Mum and you, means I change class, I refuse the language of my ancestors, I refuse the farmer language that does not have fixed grammar rules, that exists only in spoken form.

I'm sorry for all the times I didn't visit you. I'm sorry that I can't stand you much longer than a few hours. When writing, Grandma, I am with you. I wanted to thank you for not giving a fuck about my gender. For cooking vegetarian for me (»But eating Fondue every day can't be good, can it?«). For this one time I was playing with the chestnuts as a four-year-old and they lost their magic and you listened to me and tried consoling me, but you couldn't do anything and you just held me.

Dear Grandma,

I didn't tell you about the talk I had with Mum. THE talk. We went for a walk and I asked her, I said, I needed to know, finally, that this time she must talk to me about »it«. Her body was crouching, like a hedgehog before it rolls itself in. »You need to know, you need to understand me. It was such a different time. Like on a different planet. When the women were too old to carry children the doctors would take away their uterus. They said for preventative cancer-care. They took it out also of Grandma. After the operation, I went to visit her. She was extremely vulnerable. She hugged me for a very long time. I sat by her bed and held her hand. She fell asleep soon, and I watched the other women in her room, I saw on the shield at the end of their bed, that they had had the same operation. Everyone was whispering. But it didn't feel like they whispered to not disturb the other patients, but because they didn't dare to use their voices. There was a feeling like the room was filled with something huge, pushing us all to the floor. I couldn't stand it, I left the room and walked the hallways, I walked for a long time, until I realized that this whole entire floor was filled with women who had their uterus cut out. I looked into a few rooms, and they were all lying there, women »after their best age«, and all of these barely moving bodies were like one big dying body. The men in white had taken out its center. And they had replaced the organ that produces bodies with an organ that produces sadness. When I went back to Grandma's room, I understood. The women were not relieved of their uterus to prevent cancer, but to make them understand that they were now officially useless. Making and taking care of children had been their sole purpose. Now that we, their children, were finishing our apprenticeships, we could take care of our own. And so the mothers were of no use anymore. Their bodies were scraped out like a confiture glass. And that's when I swore myself, I would never, never, just become such a body. Shortly after that I enrolled for the Matur for grown-ups. My parents didn't pay one single cent, because a daughter didn't have to get education. I was financing myself fully, going to school part-time in the morning and working late shifts, six days a week. And then I got pregnant. And I had to decide.« We stopped walking.

»Did you try?«

»No.«

»Did you want to?«

»It was such a tough decision, darling, you cannot imagine how it is. Everything was going so well, and all of a sudden –«
»Did you want to?«
»There was a day. Yes. I had an appointment.« Waves of trembling shook her.
»I know I wasn't perfect, but I did try my best«, mum said.
»I know.«
»After all, you are the person I love the most in this world.«
»I know, Ma.«

*

Dear Mum,

we had this talk some time ago. We had it before I even started writing this book. I've been thinking about it all along while writing this. Am I allowed to write this? Isn't it your story? Or isn't the question »Whose story is this?« much more complicated? Aren't we all interlinked in our stories, aren't our stories a Matryoshka, aren't you in my belly, Mum, and Grandma is in yours and so forth and so on? And then who gives birth to whom here?

I am writing this with a cheap roller tip pen and every here and there, when I'm stuck in a sentence, I let it rest on the paper, and the paper is active, it sucks up the ink, it sucked up the ink on the word »belly«, and while I watched the ink spot grow, I said the words I have for you, I whispered »Meer« and »Grossmeer«, »Meer« and »Grossmeer« and on and on, I carried on these words deep in my mouth, like I would carry a baby close to my skin, and I realized that these letters have a mouth with which they say their sound, like all letters do, but my letters have a secret, second mouth, with which they whisper: Despite the odds, I live.

And while carrying these words I realized that maybe that's the closest I will ever get to giving birth, and maybe that is good, because I know that I could never do what you have done, Meer and Grossmeer, no, I could never raise a child, I would go mad in the first few sleepless nights. And here is what I do instead:

I break the circle of children who kill their parents in order to be free, to become themselves. I don't kill my parents. I am giving birth to my mothers.

Dear Grandma,

it is two in the morning and I wanted to write to you about today. Dina's boyfriend came to Ticino for one night, the two drama queens are spending their night in a hotel, probably fighting over their relationship model. He wants to have an open relationship and fuck boys, she is theoretically okay with it, but is hurt by the way he told her, obviously being insecure if this is the beginning of the ending, he says no way, he loves her but is suffocating in this hetero-monogamous-biscuit mold, etc.

Anyway, me and Mo had the evening to ourselves. We wrote, and when we couldn't write anymore, we ate tons of the porcini we found. It was new moon and I said we should do a bathing ritual to welcome the new moon-circle (which would have been too esoteric for Dina). At last, we landed drunk on the couch, huddled together, still cold from the water, and Mo showed me the cooking show of Snoop Dogg and Martha Stewart, we watched them make green coated brownies (because green is environmental), then we watched them mashing potatoes, talking about Snoop Doggs own vocabulary, that neither his kids nor he himself understand, then they talked about Snoop Doggs new Christmas album. Then I'd laughed enough, closed the computer and said: »I read your text.« I cleared my throat. »You actually never told me how your dad died.« Mo laughed weirdly, saying: »Really? I never told you? Okay. I'm gonna tell you right this second.« He told me that his father, one Tuesday afternoon when Mo's brother Nik came home early (Mo and his mother weren't there), shot Nik and then himself. Mo's mother found them. »It was the early 2000s. I was nineteen. Neither me nor she got counceling afterwards. They cleaned up our house, we had a funeral, and then we continued.« I asked, if he had any idea, why his father killed Mo's brother. I didn't add »… and left you alive?« Mo said: »Oh, my brother was his favourite son. I guess Dad thought he was doing Nik a favour. To not leave him in this horrible place.«

I never told you, Grandma, that Mum went to a shaman herself, because she needed to know, how she came into being. Because Mum had always been afraid as a kid that you wanted to kill her. The shaman told Mum after the ritual that you had not been married when you got pregnant with her. At the time unmarried pregnancies – especially for poor women – were still extremely shameful and could even lead to imprisonment, which wasn't usual anymore, but still done, if civilians reported the »criminals« to the police. You were a farmer girl and didn't know any doctors who would abort, and anyway could never have paid it. You tried to abort Mum with a knitting needle, you experienced immense pain, and when it didn't work, got married very quickly. At least, that is, what Mums shaman told her. Mum finished saying: »Now I finally know, why I've always been so afraid of needles.«

I have been afraid to write about this also, because I was afraid that pro-life, conservative Christians could use this as an argument for their cause. They could say: See, unborn children can feel fear, can feel their mothers wish to kill them. But here is what I say to them: Yes, maybe a very sensitive foetus can feel something like that, not in a hocus-pocus kind of way, but simply because it shares the same blood and hormone circle with the parent body. But that is not an argument against abortion, but against unprofessional abortion. Because there will always be abortions.

Me, of course, I am glad that Mum didn't abort me. But she had the choice, she chose me, and I think the only reason, why I can deal with this sometimes insanely shitty life, is because in the end, Mum said YES to me, even though it was a difficult YES. And I am not saying that her thinking of aborting me scarred me for life. It did scar me, yes. But not for life. Because I have loads of life, I have streams of life around my here-ness that are unscarred, unscared, untamed and hyperfabulous, I have gushes of life that fucking love it here, I love this stupid species, I love this weird planet, I love this absurd body, I love all of this crap with all of the wicked woods of all of my hearts.

Dear Grandma,

yesterday after lunch, we dug out a pool by the riverbank, with our bare hands. I write »with our bare hands« not without pride. It makes me feel like a real person. Like someone with hands. Or someone in hands. Now there is a round »cold pot«, big enough for two of us to lie inside, although it's not like we can stay much longer than a minute in the icy water. When digging, the water completely numbed my fingers. I had small cuts from the sharp stones. It's a nice reminder of us, digging out a pool. With our bare hands. Afterwards, Mo put nail polish on all of our hands, we giggled like schoolgirls. While comparing which nail has the most even polish, Mum called. I didn't pick up. I called her later, I asked how Alex was, she said good, then added: moody and hungry, baby's fine. She told me that you fell over a carpet in your apartment, it's nothing bad, your knee hurts, but you are quite confused. She talked about homes for elderly people that she was checking. »I don't want her to live in a crappy place.« I didn't say anything, I was licking the small cuts on my finger. Then she thanked me for the pink sweater and said that she never liked pink, because she had to like it, but now she found a liking. »I love the mix of different threads you made.«

A few months ago I won a small literary price for a text. I had handed in the very beginning of this text, the prologue about bringing the box of Lindt & Sprüngli to you. I didn't tell you that I won something, but you knew. Mum must have told you. She had read it in the newspaper. »You won a price, I hear«, you told me on the phone. »You know I still haven't read any of your texts. I would really like to read something. Because I am proud of you, you know.« I changed the subject.

What I could not write in German is that my interest in writing about you isn't purely artistic, isn't simply psychopoetic. I don't just write about you, because I can't help it; I write about you because I'm quite certain that it results in the best texts I can write at the moment. It's the most efficient way for me to climb up the ladder. Literature is – apart from being a bourgeois branch of art – one of the few capitalist games where my hypersensitivity and fear are useful. Whoever denies the socioeconomic aspects of writing (however precarious they may be), whoever says literature is purely about the aesthetic expression of unspeakable depths is a rich kid that I wanna punch. What I want to say: I use you in order to swim out of the muddy class where I was born into, to swim to the shore. A shore.

Am I horrible? I guess. Am I the only one who thinks like this? I don't think so. The only difference between you and me is education; it's simply that I was born in a time, where the educational system is flexible enough to let someone like me study. If I hadn't studied, I would not have been able to write this text. I couldn't have earned enough to take this time off unpaid.

If we have a generational task, I think it is this: to start looking under the obvious wounds at the hidden ones, inherited ones (as so many of my friends do). And to let the traumata of our families finally gush out, a mixed up flood of puke and poo and jizz and blood and squirt and tears. To cut the bloodline and not pass this shit on any longer.

After writing this last paragraph, I felt very bad, and I felt relieved. I had wanted to tell you these things since I won the price with the prologue. After writing this paragraph, I went to knock on Dina's door and on Mo's door, it was late afternoon, I asked them if they were up for a drink. We got wasted pretty early on white wine, Mo made a risotto with the porcini we had collected, Dina told us about the book she was reading from Sheila Heti, who writes about her decision not to have kids, we listened to Knöppel, a Swissgerman punk musician, and I was very touchy, I kept embracing Mo and Dina. When opening the third bottle of

Pinot grigio, Dina asked the question that I had wanted to ask us for a long time: »What are we to each other?« I laughed, then said: »I feel like in kindergarten, we play family.« Mo, putting a big spoon of Mascarpone and then a whole Gorgonzola in the Risotto, asked: »And who plays the kid?« Me and Dina answered simultaneously: »Me!«

Dear Grandma,

this morning I came back from the shaman Cesare, after we did the ritual he had proposed. He played the drum and chanted. I was lying on a mat between huge crystals. My whole body started shaking and I sweat like a pig. To finish the ritual he put a singing bowl on my chest and put a small Labradorite stone in my wet palm. He said he saw my ghosts, that I am carrying quite a load of ancestors that want something from me. All of them didn't get to live in some way, by death or trauma. When I was born, they felt their chance to come into a new life through my body, because I have been very open, very penetrable from the start. And that I had let them, I absorbed them in my body. One ghost was very dominant, he said, but there were others, much older ones. It didn't surprise me at all what he said. It surprised me, that it didn't surprise me. »The dominant one, she will take control if you let her«, Cesare said. I nodded, kissed him on the cheek and left. I walked home through the forest, and it felt very alive, and we talked silently, the forest and me.

After moving out of my parents' place, I moved around a lot, six times in three years. With every move I had more notebooks.

I collected them. My goal was to write about »it all«, about masculinity and discipline and violence and competition-society, about what it means to be alive at the brink of the third millennium in this body. Only after the sixth moving I stopped buying more notebooks and confessed to myself: I didn't write a single line about all of that. I had the longing to write, but I didn't know how. I kept the notebooks empty, in the way you kept your boxes empty.

I walked around a big rock and saw the chocolate factory appear in the already warm morning light, under the heavy shadows of the mountains. From afar I saw Mo and Dina having coffee on the doorstep, they looked like a painting, they waved and I didn't wave, I pressed the fingernails into my hand like one presses the shutter button of a camera.

Dina said that Mo had said that I still haven't read »The Carrier Bag Theory of Fiction« by Ursula K. Le Guin. And if this was true? And if yes, how could I walk so peacefully? I sighed loudly, then moaned: »If it's that amazing, then why don't you make a resumé for me?«

Dina cleared her throat, got up and held an improv-lecture-performance that blew me away. Apparently, Le Guin proposes a different way of looking at early humans than the one of the big hunter-hero-meat-eater-stories. Namely the carrier bag theory of evolution. Meat, she writes, was not the main dish of early humans. Nay, nay. Believe it or not, our ancestors mostly ate vegetables, roots, berries. Things one collects. And rather than weapons, phallic knives, the earliest objects probably were containers, carrier bags, nets: something where you could keep your food. Keep it from becoming wet or eaten by other animals. An object, whith which you can carry your carefully collected veggie-snack back home and store it, also. So this is the collecting-veggies-and-storing-them-kind-of-narrative. A story told in this manner doesn't have a one-way direction, a clear goal, one central conflict, a hero. Rather, it holds things. Like berries in a bag. They don't have one clear order. This way of telling stories gives things a space to be, to be kept, to be sheltered, to be shared, to be passed down, to come to life. »A novel is a medicine bundle«, Le Guin says, »holding things in a particular, powerful relation to one another and to us.«

I went up into my room and read Le Guin's text right away and the other text that Mo had been urging me to read: »Hydrofeminism« by Astrida Neimanis. Neimanis writes that in order to survive on land, our ancestors had to bring H2O with them, and so they actually incorporated the ocean. We became evolutionary carrier bags of water. And the carrier bag way of narrating, I would say, is to put static things into flowing relations, in no specific hierarchy.

Me, I have always felt this waterness of my existence. I am a fluidity, my body resonates, I am in constant, deep resonation with you, with the past, with the ghosts you didn't bury, with the feelings you didn't live. Neimanis calls life on land the hypersea, a name to connect us to our roots, a word to name the interconnected way of life that has carried the sea onto the earth, in truckli called bodies. The hypersea. I feel like it is just another word for »Grossmeer«.

In most European languages one differentiates between a being and its body. One talks of having *a beautiful, thin, small, fat, ugly body – not of* being *a body, the old Greek-Roman-Christian notion* mens sana in corpore sano. *For me this body-and-mind-dualism has always been painfully true, although I never believed it: I never was my body. It was too this or that, but never »me«. Of course, the body isn't just a box we carry ourselves in. To be a body, to be here, is to be water, 75 percent, but also, it's a constant practise. Writing this I have come into resonation with my languages, our bodies, and all the ancestors that made both bodies and languages. And of course, I don't mean »ancestors« in a biological way. Virginia Woolf is as much my mother as you are, the hypersea.*

I take one of the notebooks, I go out, back into the forest, I walk fast, the mountains eat the sun already, I hear Dina and Mo in the garden, I lie down under one of the old chestnut trees and I want to write down Cesare's ritual and what he said, psychologizing me: »You are a carrier. You know that, and not only you. But you alone cannot heal everybody, you need to decide what to carry and how. And you need to find better ways to get rid of the rest.« He said much more, but enough of ghosts and past, I will not write about this here. I open the first page of the notebook and I write: »DIE SUCHE NACH IRMA«. And I realize, that I had already started looking for Irma some time ago. I had written my friend Leo, who is historian, if she knows anything about the women's jail of Hindelbank and what became of former inmates, and she had said yes, she'd actually had a seminar about it, and sent me some documents. I crossed out what I had written on the first page and wrote: »DAS FINDEN VON IRMA«. Then I went to my mails, opened the document Leo had sent me. The first page was this:

Hausordnung für die Weiberarbeitsanstalt in Bern

1. Morgens um 5 Uhr im Winter (vom 1.Oktober bis 1.Mai) und um 4 1/2 Uhr im Sommer (vom 1.Mai bis 1. Oktober) sollen sämtliche Gefangenen durch ein Glokensignal geweckt werden.
2. Beginn der Arbeiten nach dem Gebet, 3/4 Stund nach dem Aufstehen.
3. Morgenessen um 7 Uhr, nachher Arbeit bis 12 Uhr.
4. Mittagessen um 12 Uhr, Wiederbeginn der Arbeit um 1/2 1 Uhr.
5. Spazieren bei schönem Wetter von 2 bis 2 1/2 Uhr.
6. Um 4 Uhr Nachmittags Pause von 15 Minuten zum Genuss des Vesperbrodes, dann wieder Arbeit.
7. Um 7 Uhr Nachtessen.
8. Um 8 Uhr Gebet und sodann Bezug der Schlafzimmer.
9. An Sonntagen wird erst um 6 Uhr Morgens geweckt, und sofort nach dem Morgengebet gefrühstükt, ebenso ist um 6 1/2 Uhr Nachtessen und um 7 1/2 Uhr Schlafengehen.
10. Das Abwaschen der Teller und Serwissen findet der Rangordnung nach statt und wechselt alle Wochen.
11. Ebenso findet das tägliche Reinigen der Zimmer dem Range nach statt, mit wöchentlichem Wechsel.
12. An den Wochentagen kann nach dem Nachtessen nur vorgelesen werden. An den Sonntagen kann jede Gefangene selbst lesen und ist am Abend das Vorlesen untersagt.
13. An Sonntagen gehen alle Gefangenen in die Predigt, und zwar die Katholiken Morgens 1/4 vor 8 Uhr und die Reformierten um 9 Uhr.
14. Die Kehrordnung für die Benutzung des Abtrittes findet täglich 6 mal statt, 3 mal Vormittags und 3 mal Nachmittags.
15. Wer in der Zwischenzeit auf den Abtritt zu gehen genöthigt ist, muss die Erlaubniss der Aufseherin nachsuchen.
16. Die Aufseherinnen sind beauftragt, dafür zu sorgen, dass obige Vorschriften genau befolgt werden. Ebenso werden Wachtmeister und Verwalter, so wie die Frau des Verwalters nachsehen, dass obige Vorschriften pünktlich durchgeführt werden. Ausnahmen sind bloss in besonderen Fällen und nur mit Genehmigung des Verwalters zulässig.

Bern, den 2 Januar 1889.

Eingesehen und genehmigt
der Direktor der Polizei

Sig. Stockmar

Der Verwalter der Strafanstalt

J. Blumenstein

Dear Grandma,

yesterday we sat in the garden. I had shown some parts of this text to Dina and Mo. Dina asked me if I had thought about publishing it. I reacted very weirdly, even for my standards. I said »Yes« and »No« a couple of times and then left the garden.

A bit later I was making bread for us, and a quote from Jean Genet came into my mind, which Annie Ernaux uses in La place. *It goes something like: »Writing is the last way out when one has betrayed.« To me, this isn't true. To me, writing isn't a way out of betrayal, but it is the betrayal. Because I write about the things that we mustn't say. The unwritten rule: to never talk about feelings. How one truly feels about the others.*

You, Grandma, had to replace your sister. Then Mum had to replace you, you filled yourself into her, because you couldn't be you. Then Mum filled herself in me. I was the next in line. I don't think this started with you, it started way before your life; I think this is our whole culture, this is patriarchy, it is Hamlet*: to carry the tasks of your parents. To be loyal to your blood, to your family, means to not lead your own life. To be loyal is to carry the Truckli of the parents, to empty oneself and put oneself into one's child. And foremost, to be loyal means to be silent about all of this, this curse; to name it is to break it, and that is why I am betraying you. Because you endured your whole life to be a replacement, and you were silent about it. I was meant to be Rosmarie number four, or Johanna number twelve, or Barbara number thirty. But I cannot be the next one, I cannot continue the silence, because I will not have kids. There will be no one to live in my stead. My belly will not fill with life, it is only full of blood.*

I was doing some research about Hindelbank, when Dina came knocking. She has boy troubles. I was glad. About the interruption, not her troubles. »Did you know«, I asked Dina, »that only in 1978 there were a handful cantons who fought their right to handle abortions against the restrictive Swiss national laws? And that the law we have now – to abort without punishment until the twelfth week – only exists since 2001?« Of course, Dina knew.

Me and Dina lay in bed, her head on my belly. »So, how is your sex ... emm ... topic?«, she asked.
»Which of my sex topics do you mean?«, I asked. Dina was super uncomfortable.
»Your sex addiction?«
»It's not an addiction, it's not pathological, I just have a high libido«, I said.
»Oh, I'm sorry, I thought, emm. And then yesterday, when you came home ...«
»How are your boyfriend troubles?«, I interrupted. She talked and I listened, stroking her hair, that is always shiny and dense and beautiful, and I am always jealous of it. From time to time I asked something. When I realized that I was stroking her the way you were stroking me as a child, I stopped doing it. Dina stopped talking, lifted her head, looking at me, and said: »Please don't stop.« I continued and then she continued.

After some time Mo came in, he was in a very different energy, he had smoked some weed earlier, he wasn't stoned anymore, but didn't see the point in feeling miserable. He jumped on the bed and convinced us that the only right thing right now was to go collect porcini on the mountain slopes. And he was right, of course, as always. He lectured in his biology teacher tone on the symbiotic relationship between porcini mushrooms and the fir trees.

The trees get stuff, nitrogen or micro-something, and the mushrooms get photosynthesized sugar in return. Me and Dina listened, well-behaved children that we are, and at least I stopped thinking about what I had been thinking about before. I'm not sure Dina did. We climbed the mountain silently.

We climbed higher and higher, it was very steep and we found tons of porcinis. At some point we were in a competition who finds the best, freshest, I felt like a fox in a chicken den. Suddenly we came to the tree limit, we went a bit further up, then I shrieked, I pointed down, there was the river, our river, a tiny, shiny, silvery snake, and I was very certain that I was able to see our pool, but Dina and Mo said no, they smiled condescendingly. »The pool is much too small for us to see from here.« I said: »Okay, if you think so.« But I know I was right, bitches. On the way down Dina found a thistle that she gave me because it was pretty and I like pretty things and I wondered why I don't see her and Mo more often in my everyday life.

I went back to reading about Hindelbank. I read how the imprisonment was about »educating« the women, and they were even more severly »educated« if they did small »things«, »auszumerzende Verhaltensweisen«, such as:
Unreinlichkeit
Unordnung
Platzwechsel ohne Erlaubnis
Schwätzereien
Verschleppung und Entwendung von Gegenständen
Gefährliche Verbindungen

Ungehorsam
Räsonieren
Fluchen
Unflätereien
Neckereien
Bubereien
Trägheit
Stoffbeschädigung
Entweichungsversuch
Entweichung
Tätlichkeit gegen Aufseher
Zornesausbrüche

The historian wrote that this list got longer and longer over the years. They were forbidden to talk and write, except for special talking and writing times.

Dear Grandma,

When I had Dina on my belly and stroked her hair, I remembered once again how much I hated being held by you. By your big, rough worker's hands. Your skin felt like it had been one single wound and there was this coarse crust all covering it up, never healing. Your hand was always somewhere on my body – my arm, my thigh, my belly – and it was moving. Always, nervously, stroking. Like a cat's tail.

I suddenly remembered that one time, around two years ago, when I asked you (once again) about the first Rosmarie, you re-

peated your loop, like always, but then you suddenly said: »I remember Mum at Christmases. She would talk of nothing else. Always the first Rosmarie. The heaviness. Everything. It was as if all the objects had doubled their weight. I wished that I could empty all objects in our apartment, so that they weren't so heavy. And I kind of owe her, the first Rosmarie, no? If she had lived, I wouldn't be here, wouldn't I?« And your hands, when you told me about these Christmases. You were holding your own hands, as if you were cold. Restless, ceaseless, almost hysterically caressing. Only now while caressing Dina do I get what this is. You have always been trying to console yourself, to warm yourself, to desperately make things good. I am sorry, Grandma, I didn't understand as a child. As I didn't feel a difference between your body and mine, you didn't feel a difference between my body and yours, and that's why you caressed me so much: You were subconsciously trying to soothe yourself. How arrogant of me to hate your caressing. It was not meant for me.

And then a flood, another memory: One time when I was at yours, asking about the first Rosmarie, you suddenly said: »Did I ever show her to you?« I looked at you puzzled. You led me into your bedroom. You opened the cupboard where you held all these clothes that I had worn playing our girl-game. I realized, that these are Rosmarie's clothes, all of them. Without a grain of dust, clean. From behind some skirts you produced a large photography of the first Rosmarie in an oval frame. Black and white. A pale girl, maybe six years old. A controlled gaze. She really looks like Mum, especially the eyes. I understood then and there, why you never liked Mum, why you always preferred Nico, because she reminds you so much of the first Rosmarie. I thought: Now your anger must come. The eighty year old anger with this Überschwester supersister goddess. I didn't really look at the picture, I looked at you, looking at the picture. You said, softly, tenderly even, more to the picture than to me: »Look how pretty she is. Isn't she the prettiest girl?«

I don't know why I remember these things now. It feels like your »Rosmarie loop« is so dominant, that it even deletes memories in me that differ from it. Which reminds me of Dad's story, the story of his best friends, and how important it is to change one's story, in order to own it. He changed it, dramatically, the last time he told it. He started, like always, with his two best friends, Bruno and Hans, coming on the morning of the first of August to ask him, if he will join them. They would go on »their« route. Dad said he doesn't quite remember why he didn't go. In the evening, their parents knocked on the door. »They didn't come back. You have to go look for them.« He said that when they got there, he already knew, because there were freshly fallen stones. Then they found Bruno. Bruno's body, only a few bloody rags left of it, and the shattered scull. Dad said, like always, that at first he thought: Ah, there are Peter his clothes. Until he saw, that these were not only his clothes, but Bruno's remains. And then, further above, there was Hans. He was buried till the hip. He was unconscious, but alive. They dug him out. One leg he had lost completely, but the heavy rocks had hindered too much loss of blood.

Dear Grandma,

this is the last letter I will write to you. I'm still in Ticino. This morning was the first time that Dina came swimming, too. Tomorrow we are going home. I have already begun to think about how I'll remember these days in the future. The pool, the cold, cold water, the shaman, Dina and Mo. You know I still don't know, I cannot – just – live. I still talk to the flowers on the side of my roads as if they knew better than me.

Today after lunch I went to the river on my own, I walked up the river bed, far up, I was pre-nostalgic, I wanted to go further up to get a new memory, not linked to Dina and Mo. A memory that was just mine. I had to climb around two waterfalls. I was completely naked. I finally reached a big waterfall I could not climb, so I stopped. I yelled. I couldn't hear myself, the waterfall was so loud. But I felt it, my voice, roaring in my chest and it connected with the water, falling, and I connected with my body, calling. I walked down again. It felt good to be outside, to be this region of skin, to feel my voice rather than to hear it, and then I saw a few lichens on the stones under my feet, and I remembered what Mo had said about lichens; namely that they consist of symbiotic relationships between fungi and algae, that as lichens they can do what neither fungi nor algae can do, and I thought, that these algae, like us, must have come from the sea, and now they live on trees, in relationships with fungi, so tightly, that they have given up being algae completely, that they are no longer themselves, but something entirely new. I thought about how to say goodbye, how to stop being an old form and how to take on a new way of being. In order to talk to you, I had to find a way to let you disappear, first in the home for demented and then in a language that is not linked to you. I needed to do that, so I could love you, because I love you, but I can only love you, when I can write about you, and I can only write about you, when I am in a body of my own. I can only love you from afar. I went under the waterfall, dived under the water, it was all swirls and curls around me, and the last phone call with Mum ran through my head, the phone call, where she finally said, what I had suspected: that Irma was probably impregnated by her own father, Urgrosspeer, that Mum suspects the chicken hut, that she knows that your mother had called the police, that Urgrossmeer gave her own daughter to the Frauenstrafanstalt Hindelbank, that Urgrossmeer had told Mum, because Mum asked her straight up, because Mum had felt it, and that Urgrossmeer told her to never tell anyone. And I didn't wonder anymore why you had named Mum Irma, why you had given your daughter (who looks like your dead older sister) the name of your younger sister who disappeared. I got out of the water and I thought of Irma and that she probably still lives. I imagined her roaming this country. I imagined her hating her own family, that she never wanted to get back in touch with you again. I imagined she doesn't want to be found. Or at least – not by you, who didn't do anything, who kept silent.

I wanted this to be an homage to you. Because to me you are not the second Rosmarie, you are the Rosmarie that lived. I thought again of Ulysses, who isn't able to return home, not really. To me, the Odyssey *was never the story of a hero, but the story of someone who survived the war of men, the* Iliad, *but being so traumatized, that the way home wasn't possible. He is someone else, when he gets home, and his home has changed, too. The circle I wanted to draw is more of a spiral. The ending line misses the starting line.*

I got back, through the river bed, downstream. I produced the apple I had brought, sat down, washed it in the river and cut it with the pocket knife Dad had given me. It was sour. Then I went in »our« pool. There, naked, shivering in the water, I was a fish, I was an awareness, I lay on the round pebbles looking at the sky and I could feel the reflection of the sky on the surface and I am a fragment of the sky and I see nothing but the blueness of the universe that is only blue in our eyes – did you know that the eye consists of ninety nine percent water? – and I would do anything to get up and take the softness of the water with me, like a fabric, like a starlight bright fuckingly epoch-making awesome postgender illuminated flowing dress, and walk the world in this wafting, swaying skin of water and light and universe, and then I hear them, Dina and Mo, they jump through the forest, yelling, throwing stones, stomping on the ground and hitting their chest like crazy people, and they yell but the river is louder, so much louder, and then we are all children, even Mo, who is always more of a dad, not in an annoying way, but in a very grown-up kind of way, he is the reasonable one with the nature stuff, Dina is the funny one with the politics and I am the melancholic one with the grandmother. But not now; now I am the wild one, now I throw water at them and Dina gets undressed and Mo doesn't even bother, he jumps into the pool fully dressed and I laugh really loudly, hysterically almost, just so I don't have to cry, because I miss us already, because I know that tomorrow we are going home and we will be the reasonable one again, and the funny one, and the melancholic one, and I will have many sex-dates and a lot of work and no one to get wasted with Pinot grigio a bit too early in the evening, and no one to write to about what I cannot say.

My mother tongue is talking. My father tongue is silence. And my own tongue are tongues, and my tongues are dripping, dropping, blurring, streaming, rooting, flowing.

Quellen

1. Teil:

Utz Trem, Kathrin: »Catillon, eine Freiburger Hexe (1663–1731)«. Staatsarchiv des Kantons Freiburg, März 2009.

»Catillon the witch«: URL: https://www.fribourgregion.ch/en/la-gruyere/tales-and-legends/catillon-the-witch/ (1.4.2022).

3. Teil:

Hase, Andreas: *Bäume. Tief verwurzelt.* Stuttgart, 2018.

Jäggi, Jakob: »Die Blutbuche zu Buch am Irchel«. In: Naturforschende Gesellschaft (Hg.): *Neujahrsblatt.* Zürich, 1894.

Kellner, Ursula: »Landschaftsbilder. Einfluss auf die Gestaltungen von Landschaft bei Heinrich Friedrich Wiepking (1891–1973)«. Hannover, 2016.

Lutze, Günther: »Zur Geschichte und Kultur der Blutbuchen«. In: *Mittheilungen des Thüringischen Botanischen Vereins* (1892), S. 28–33.

Nagel, Hanna: »Zur Kultivierung und Verbreitung der Blutbuche aus dem Fürstentum Schwarzburg-Sondershausen«. In: *Sondershäuser Heimatecho* Jg. 29 Nr. 12 (2018), S. 25 f.

Urmi, E.: »Aus dem Leben der Buche«. In: *Briefe aus dem Botanischen Garten Zürich*, Jg. 23 Nr. 6 (1989).

»Waldwildnis Possen: Mutterblutbuche soll mehr in den Fokus gerückt werden«. In: *Kyffhäuser Nachrichten*, 5.7.2017.

Wimmer, Clemens Alexander: »Geschichte der Blutbuche«. In: *Beiträge zur Gehölzkunde* (1997), S. 71–81.

Wiepking, Heinrich Friedrich: *Umgang mit Bäumen*. Basel, München, 1963.

4. Teil:

Derrida, Jacques: »Plato's Pharmacy«. In: Derrida, Jacques: *Dissemination*. Chicago, 1981, S. 67 ff.
Fässler, Hans: »Die kubanische Plantage der Familie Escher«. In: *WOZ – die Wochenzeitung* Nr. 28 vom 13. 07. 2017.
Federici, Silvia: *Caliban und die Hexe. Frauen, der Körper und die ursprüngliche Akkumulation*. Wien, 2017.
Wottreng, Willi: *Die Millionärin und der Maler. Die Tragödie Lydia Welti-Escher und Karl Stauffer-Bern*. Zürich, 2005.

5. Teil:

Ernaux, Annie: *Mémoire de fille*. Paris, 2016.
Ernaux, Annie: *La place*. Paris, 1983.
Le Guin, Ursula K.: »The Carrier Bag Theory of Fiction«. In: Le Guin, Ursula K: *Dancing at the Edge of the World*. New York, 1989, S. 165 ff.
Neimanis, Astrida: »Hydrofeminism: Or, On Becoming a Body of Water«. In: Gunkel, Henriette / Nigianni, Chrysanthi / Söderbäck, Fanny (Hg.): *Undutiful Daughters: Mobilizing Future Concepts, Bodies and Subjectivities in Feminist Thought and Practice*. New York, 2012.
Voskuil, Johannes Jacobus: *Schmutzige Hände. Das Büro* 2. Berlin, 2014.
100 Jahre Hindelbank: »Festschrift – 100 Jahre Hindelbank.« https://swisscovery.slsp.ch/discovery/fulldisplay?docid=alma9910621537997055 01&context=L&vid=41SLSP_NETWORK:VU1_UNION&search_scope=DN_and_CI&adaptor=Local%20Search%20Engine&tab=41SLSP_NETWORK&query=any,contains,100%20jahre%20hindelbank&offset=0

Danksagung

Ich danke:
(in alphabetischer Reihenfolge)

Andrea für den Spätzliblitz
Andrej für die Öle und den Platz in deinem Dorf, Alte
Angela fürs Verteidigen der Lebensläufe
Anthea für die Sofazuflucht
Alok Vaid-Menon for that beautiful hair
Birgit fürs Belächeln klassischer Romane
Caro für das Selbstgestrickte und alle deine Farben
Catherine für die stetige Expertise 24/7
Cédric fürs Speedminton und deine unsäglich starken Schultern
Daria für den Volvo (R.I.P.) und den Mönchsbart
Deleuze & Guattari pour devenir ma bande de loups
Dilan für die Mondrituale and all that Glitter, baby
Dominique für die Geheimschriftpostkarten und die Bannkreise
Donna Haraway for them fabulous fabulations
Doris Stauffer für den Lebkuchen
Fabian für das Consulting-Abo
Friederike für Walsers Waldgenauigkeit
Gerhard Dönig für alles Blutbuchenwissen
Harry Styles for unpoping the labels
Ines für die Einführungskurse »Hexen für Unruhige«, Teil 1 und 2
Jelena für den käsigsten aller Käse
Lena for your fire, 'cuz I see fä-ä-äier ounli mit dir
Leonie für alle Taxifahrten, in meine Kirchberghölle und in den Flumsihimmel
Lorenz für Stein und Ski und jeden Zacken meiner Kufen

Manuel für das Süssgras
Marlies für die Frauenmänteli und den Pfammpfapfen
Meike fürs Nichtgeradebiegen
Michel Foucault pour ton fouet
Michi für die Parmigiana und das Puzzlen
Nicole für die Lustwandlerei
Paul B. Preciado por dejarme mamar tu pene sin falo
Regina für Rittersporn und Nachtkerze und jede Taste meines Klaviers
Rupaul for the shablam
Ruth Schw. für das Zugbier
Ruth Stad. for the passion for jewellery
Salome für deinen Moscato, der so süss & so entspannt prickelt, wie sonst nix
Salomé fürs Mitweben Mitspinnen Mittanzen
Sam Smith for all those diamonds
Sandro für die noch kommenden Ruderstunden
Sebastian für die Schminktutorials und das Dabeibleiben
Silvia Federici für die Enthegungen
Starhawk for giving me ground to dream my darkest, my earthliest magic yet
Virginia Woolf for helping me swim in the unswimmable, and to root in mid air
Thekla für die Délices und das Caramelglacé
And Théo for everything, almost always.

5. In die volle Spirale kommen

Wasser, Wasser, nimm mich, wo ich mich nicht hinbringen kann.

Wenn mensch sagen kann, dass wir in der Queer- und Trans-Kultur besser und mehr ficken, dann liegt das zum einen daran, dass wir die Sexualität aus dem Bereich der Reproduktion herausgenommen haben, aber vor allem auch daran, dass wir uns von der Geschlechterherrschaft befreit haben. Ich will damit nicht sagen, dass die queere und trans-feministische Kultur jede Form von Gewalt vermeidet. Es gibt keine Sexualität ohne eine Schattenseite. Aber die Schattenseite (Ungleichheit und Gewalt) muss nicht die gesamte Sexualität dominieren und bestimmen.
Vertreter des alten Sexualregimes: Setzt euch mit euren Schattenseiten auseinander und habt Spaß daran, und lasst uns unsere Toten begraben. Genießt eure Ästhetik der Herrschaft, aber versucht nicht, euren Stil in ein Gesetz zu verwandeln. Und lasst uns mit unseren eigenen Politiken des Begehrens ficken, ohne Männer und ohne Frauen, ohne Penisse und ohne Vaginas, ohne Äxte und ohne Knarren.

Paul B. Preciado

Überall, wo wir Trost oder Heilung suchen, treffen wir auf die bewährten Hüter eines Wissens, das uns von unserem Körper und unserer Seele entfremdet. Der Rauch der verbrannten Hexen hängt uns noch in der Nase, vor allem aber erinnert er uns daran, dass wir uns als getrennte, isolierte Einheiten sehen, die miteinander konkurrieren, entfremdet, machtlos und allein.

Starhawk

Liebe tut weh.

Nazareth

Liebe Grossmutter,

wir kamen aus dem Norden. Wir sind gestern mit dem Fahrrad über den Lukmanierpass gekommen. Dina war mit dem Auto vorausgefahren. Ich hätte nicht gedacht, dass ich es bis ganz nach oben schaffen würde, aber ich habe es geschafft. Als wir den höchsten Punkt erreichten, fing es an zu regnen, und zwar sehr stark. Das Wasser war so dicht, dass wir superlangsam gehen mussten. Der Regen fiel in Fäden. Ich habe laut gelacht, Mo hat noch lauter gelacht. Nach einiger Zeit hielten wir an und beschlossen, Dina anzurufen, damit sie uns mit dem Auto abholen kommt. Der Regen verlangsamte uns zu sehr, wir würden es sonst nicht vor Sonnenuntergang schaffen. Sie holte uns ab und sagte, sie habe schon zwei Bier getrunken und nur auf unseren Anruf gewartet und sei froh, dass wir vor ihrem dritten Bier angerufen hätten.

Nach dem Duschen und Abtrocknen bestand Mo darauf, statt eine Blutsgeschwisterschaft Nagellack aufzutragen, als Eröffnungsritual unserer Zeit hier im Tessin. Der Nagellack war schimmernd und türkis und wunderschön und hieß METALLIC MERMAID. Ich weigerte mich. Mo drängte mich immer wieder, bettelte erst süss, dann ärgerlich. Ich trage keinen Nagellack mehr auf. Nicht, weil ich es nicht will. Ich würde es gerne tun. Nachdem er mich zu weit getrieben hatte, sagte ich Mo hysterisch: »Ich trage keinen Nagellack mehr auf, weil heterosexuelle Männer wie du – die sich feministisch und links und ›auf der richtigen Seite‹ wähnen – angefangen haben, ihn aufzutragen, um euer Bündnis zu zeigen. Aber damit habt ihr den Nagellack für euch beansprucht, in der gleichen naiven und arroganten Art und Weise, wie ihr alles, ständig, immer, mit den besten Absichten beansprucht.« Danach war die Party natürlich vorbei. Wir aßen schweigend unsere Nudeln und gingen auf unsere Zimmer.

Um zwei Uhr morgens konnte ich immer noch nicht schlafen. Ich hörte jemanden auf die Toilette gehen. Ich ging zur Tür und öffnete sie, in diesem Moment öffnete auch Dina ihre Tür auf der anderen Seite des Flurs, und Mo kam von der Toilette im Erdgeschoss hoch. Wir tranken einen Martini auf dem Dach, und ich hielt eine große Entschuldigungsrede. »Ich bin nur eifersüchtig. Weißt du, als ich jünger war, habe ich mir so sehr gewünscht, Nagellack aufzutragen, aber ich habe mich nie getraut, und selbst jetzt – wo ich seit drei Jahren in meinem … ähm … Prozess bin – habe ich immer noch Angst, jeden fucking Tag. Nicht, wenn ich

mich anziehe oder schminke, nicht, solange ich in meiner Wohnung bin, sondern sobald ich meine Tür öffne und ›die Welt‹ betrete. Tut mir leid, Mo, ich bin neidisch auf die heterosexuellen Männer, die Nagellack nur als politisches Zeichen tragen, die aber keine Angst davor haben, geschlagen, beleidigt und bespuckt zu werden; auf Typen wie dich, die keine Angst haben, weil sie kein Leben mit alltäglicher, ständiger Gewalt, mit Mikro- und Makroaggressionen erleben. Und weißt du, was mich am meisten aufregt? Dass ich Angst haben muss, Nagellack zu tragen, und du nicht. Denn du kannst ihn einfach abnehmen und bist safe. Aber ich, wir, wir können ›diese Dinge‹ nicht abnehmen. Denn es geht nicht darum, was wir *tragen*, sondern darum, wer wir *sind*. Zumindest ist es das, was die Welt uns lehrt.« Mo hörte schweigend zu. Als mir die Worte ausgingen, sagte er: »Wie kommst du darauf, dass ich keine Angst habe?«

Ich habe immer Angst. Ich habe immer noch Angst vor dir, Großmutter, Angst davor, was du tun wirst, wenn du das alles liest. Deshalb schreibe ich diese Briefe auf Englisch, die Sprache, die ich mir selbst beigebracht habe, als ich als Teenager *Harry Potter* gelesen und *Herr der Ringe* gesehen habe; die Sprache meiner Sexdates; die Sprache, die andere Augen hat als meine Muttersprache, die Sprache, in der ich nicht deine Augen und die Augen deiner Mutter und der Mutter deiner Mutter geerbt habe; die Sprache, in der ich mich nicht beobachtet fühle; die Sprache, die sich wie ein eigener Raum anfühlt, egal, wie falsch ich sie schreibe; die Sprache, die du nicht wirklich verstehst.

Liebe Großmutter,

ich schreibe diese Briefe im Bleniotal, im Norden des Tessins, in einer alten Schokoladenfabrik, die nicht mehr in Betrieb ist, im obersten Zimmer, einem »room of my own«. Ich teile das Zimmer allerdings mit Spinnen und dem Wind, der den Fluss hereinträgt, einer Taube und einigen Schimmelpilzen, die in den Ritzen der Wand gedeihen. Ich denke, ich sollte sagen: Es ist ein »room of our own«, aber keine* von uns ist die Besitzer*in. Ich habe mir eine Auszeit von der Arbeit genommen, um diese Briefe an dich zu schreiben und um dieses Projekt endlich zu beenden. Ich bin hier mit meinen beiden Schreibfreund*innen Dina und Mo. Dina schreibt über ihre Mutter, ihren sterbenden Großvater und über ihren Körper, darüber, keine Kinder zu gebären. Mo

schreibt über seinen Vater und wie man *nicht* sein Vater wird, wie man auf keinen Fall sein Vater wird. Er wird jedoch bald selbst Vater werden. Ich habe das Gefühl, dass wir drei an demselben Text arbeiten. Nur mit unterschiedlichen Körpern. Wir reden über alles, nur nicht über den Inhalt unserer Texte. Morgens laufe ich durch den Wald, zum nahe gelegenen Fluss, der direkt vom Gletscher kommt. Er ist eiskalt. Als wir das erste Mal am Fluss waren, hat Mo sich einfach ausgezogen und ist in den Fluss gesprungen. Ich hätte nie gedacht, dass man das tatsächlich tun kann, in einem so kalten Fluss schwimmen. Aber jetzt mache ich es jeden Morgen, bevor ich mit dem Schreiben anfange, es ist so belebend, Mo macht manchmal mit, wir schreien-giggeln vor Kälte, und nach dem Baden stehen wir nackt im Flussbett, gerötet von der Kälte, und er erklärt mir das Ökosystem, das hier wächst (in einem früheren Leben war er Naturwissenschaftler-irgendwas): den Flieder, der immer als Erstes nach einer Lawine wächst, die Algen auf den Steinen und anderes, was ich vergessen habe. Dina schläft lange, liest im Bett Gender-Theorie oder Bourdieu, raucht aus dem Fenster heraus, winkt, wenn wir zurückkommen, und lächelt über uns zwei »Verrückte«. Ich liebe uns drei wirklich. Manchmal treffen wir uns auf einen Kaffee oder kochen zusammen, aber meistens sind wir in unseren Zimmern oder streifen allein durch die Wälder. Mindestens einmal am Tag fahre ich mit dem Mountainbike in das Tal hinunter und versuche, nicht an dich zu denken. Das klappt nur, wenn ich superschnell fahre; so schnell, dass mir die Augen tränen.

Gestern habe ich mit Dina über Körper und Körpererinnerung gesprochen, und sie hat mich an Annie Ernaux' Spätwerk *Mémoire de fille* erinnert. Wir sprachen dann über Ernaux' Werk als einen Körper der Scham und darüber, dass Scham die genaueste Kraft der Erinnerung ist. Schamhafte Erfahrungen sind in unser Gedächtnis eintätowiert, sie überdauern mit unerreichter Präzision alle anderen Erinnerungen. Die Erinnerung an die »fille«, die Ernaux über sechzig Jahre später niederschreibt, ist die Erinnerung an die Scham.

Mir ist klar, dass auch ich ein Körper der Scham bin, ein ganzes Archiv davon. Aber das ist nicht der Text, den ich hier schreibe. Ich werde mein Buch der Scham ein anderes Mal schreiben müssen. Dieser Text ist mein Buch der Angst. Die Angst speichert Situationen ebenso »intensiv« in unseren Köpfen, glaube ich, aber in einer anderen Qualität. Während die Scham ein hochauflösender, hyperrealistischer Archivar

ist, gibt es in meinen Erinnerungen an die Angst keine Klarheit oder Präzision. Im Gegenteil, die Angst speichert eher verschwommene Stimmungen als genaue Bilder. Ich habe das Gefühl, die Angst arbeitet mit meinem ganzen Körper, nicht mit einem einzigen Sinn. Ich erinnere mich mit einer Art blinder Exaktheit an das Gefühl der Angst während meiner gesamten Kindheit, wie an ein tiefes Wasser, in dem ich regelmäßig aufgewacht bin, aber ich erinnere mich kaum daran, was ich genau gesehen, gehört, gerochen, gefühlt oder geschmeckt habe.

Während ich diesen Text schreibe, Großmutter, wird mir klar, dass die Angst das löscht, was sie aufzeichnet. Es ist, wie wenn du in die Sonne schaust und dann nicht mehr genau sehen kannst, was du gerade gesehen hast. Eigentlich nimmt das Nichtsehen, die Blindheit genau die Form dessen an, was man gerade gesehen hat. Es ist eine Negation: An dieser Stelle wäre das, was für dich zu hell war, um es zu sehen, sagen deine Augen.

Ich hatte solche Angst, eine deiner heiligen Kisten, der Truckli, hinunterzuwerfen. Ich hatte Angst, mit dir allein zu sein. Ich hatte Angst vor der ersten Rosmarie, ich habe sie in deiner Wohnung gespürt. Meine Angst war ein Element, sie war allgegenwärtig. Ich hatte solche Angst, dass ich Farids Rat befolgte. Ich erfand den vierten Teil dieses Textes. Ich habe dich in das Heim für Demenzkranke geschrieben, obwohl du noch zu Hause wohnst, obwohl du noch weißt, wer ich bin. Aber du stehst am Anfang der Demenz, wie deine Mutter. »Erfinden« ist vielleicht nicht das richtige Wort. Denn ich habe nicht erfunden, was du für mich bist, ich habe nichts zu der Beziehung zwischen dir und Mutter hinzugefügt, ich habe Alex nicht erfunden, ich habe das Baby nicht erfunden. Ich habe Ardan nicht erfunden, er war ein Krankenpfleger in der Klinik, in der ich war. Also habe ich den vierten Teil eigentlich nicht erfunden. Ich habe nur die Dinge, die geschehen sind oder geschehen werden, in das Präsens dieses Textes verschoben. Vielleicht ist es das, was »Autofiktion« bedeutet: mit eigenem Tempo, eigenem Fokus und eigenem Modus durch die Wirklichkeit zu fahren. Ich bin einfach schneller gefahren: Ich habe dich in das Heim für Demenzkranke verlegt, wo du höchstwahrscheinlich hingehen wirst. Ich tat dies, um schreiben zu können. Ich brauchte einen Raum – nicht einmal einen fiktiven, die tilia existiert –, in dem ich direkt mit dir sprechen konnte, mit einem »Du«, das nicht wirklich hier ist. Vielleicht ist es das, was an der Autofiktion von Natur aus queer ist: ausgehend von einer Reali-

tät zu schreiben, die die Geschichte wiederholt, dass es uns nicht gibt. Ausgehend von einer Realität zu schreiben, die für uns nicht real ist, die uns in den Bereich der Fiktion versetzt. Uns selbst durch das Schreiben zu produzieren, literarische Räume zu erfinden, die andere, hyperreale, absolut notwendige Realitäten sind. Vielleicht ist das der Grund, warum so viele von uns »Autofiktion« schreiben: Weil wir immer noch Geschichten sind, weil wir noch keine echten Körper sind. Und deshalb war es mir auch nach vier Teilen dieses Textes noch nicht genug. Es gab immer noch Dinge, die ich auf Deutsch nicht sagen konnte.

Liebe Grossmutter,

wenn ich nicht schreiben kann, mache ich hier im Tessin dasselbe wie zu Hause: Ich gehe auf Grindr. Es gibt erstaunlich viele Männer in diesem Tal auf Grindr. Ich muss an Max Frischs *Der Mensch erscheint im Holozän* denken. Er schreibt über ein abgelegenes Tal im Tessin. Ich erinnere mich nur an eine Passage aus diesem Buch, wo er die jungen Männer des Tals beschreibt. Der Erzähler sagt, dass die Youngsters, seit sie Motorräder haben, nach der Arbeit in den Wäldern aus dem Tal herauskommen können und deshalb die Sodomie untereinander drastisch zurückgegangen ist. Ich liebe das Bild des alten Max, der soziologische Studien über Analsex im ländlichen Süden macht.

Am ersten Abend gab mir Mo zwei theoretische Texte, die er mir seit Langem ans Herz gelegt hatte. Er sagte, er wisse, dass ich sie »lieben« würde. Einer davon ist von Ursula K. Le Guin, dieser berühmten Science-Fiction-Autorin, die ich aus offensichtlichen Gründen hätte lesen müssen und von der ich immer so tue, als hätte ich sie gelesen, weil ich den Wikipedia-Artikel über den Post-Gender-Roman *Die linke Hand der Dunkelheit* zehnmal gelesen habe. Wie auch immer: Science-Fiction. Hmm. Also habe ich stattdessen ein bisschen Grindr ausprobiert. Offenbar ist Frischfleisch hier selten. Touristen sind nur auf der Durchreise, vermute ich. Die meisten Jungs schrieben mir ein paar kreative Sätze wie: »Sei turista? Posso mostrarti l'ospitalità della nostra valle?« Es gab einen Typen, der etwas weiter oben im Tal wohnte, um die vierzig, der mir eine sehr kitschige SMS über den Mond, die Erde und meinen Körper schrieb. Ich schlich mich davon, wir trafen uns spät in der Nacht »oben beim großen Kastanienbaum, wo die beiden Flüsse zusammenlaufen«, wie er mir geschrieben hatte; es war kein

Witz, der Kastanienbaum war riesig und sehr alt. Der Typ hat mich sehr zärtlich getan. Sein Name ist Cesare. Seine Arme sind voller Tribal-Tattoos, und er trägt eine Menge kitschiger Eso-Ringe mit Steinen in allen Rottönen. Nachdem wir es getan hatten, nahm er mich auf seiner Vespa (blau) mit zu sich nach Hause, er hatte sogar einen zweiten Helm dabei (mit Friedenszeichen). Er hat Schweine und Hühner, er baut Bio-Tee an (natürlich Bio), und er ist Schamane. Wir unterhielten uns eine Weile, und er bat mich, zu bleiben, aber ich wollte nicht, dass Mo und Dina erfuhren, dass ich weg war. Aber am nächsten Abend trafen wir uns wieder unter dem Kastanienbaum. Diesmal drang ich in ihn ein. Wir fuhren zu ihm nach Hause, wieder mit dem Motorrad, und dann blieb ich über Nacht.

Am Morgen war er schon aufgestanden, hatte sich um seine Tiere gekümmert und seine Pflanzen gegossen. Wir haben zusammen gefrühstückt. Ich schlafe nach dem Ficken nie gut in der Wohnung eines anderen. Er sagte mir, er habe gesehen, dass mein Körper ungewöhnlich schwer sei, dass ich andere mit mir herumtrüge. Ich sagte: Ja, jemand, der mir lieb ist, wird bald dement werden, im Grunde langsam sterben. Er schüttelte den Kopf. Er sagte, die Person, die ich trüge, sei schon seit einiger Zeit tot. Ich war irritiert. Er fragte mich, wie ich auf der Erde stünde (ich vermute, er hat etwas Wort für Wort aus dem Italienischen übersetzt). Ich sagte, ganz okay. Er hörte einfach zu, ohne zu urteilen, was mich irritierte, ich sagte dann, dass ich natürlich immer noch darauf warte, hier wirklich anzukommen, dass ich immer noch nicht weiß, wozu ich hier bin, aber wer hat das schon in meinem Alter oder zumindest in meiner Generation? Er lächelte mich mit dem zärtlichsten, giftig-positiv-ärgerlichen Lächeln an und sagte, dass es mit dreißig, oder was auch immer mein Alter sei, in Ordnung wäre, langsam auf diesem Planeten anzukommen. Ich brach in Tränen aus, lächerlich laut und unkontrolliert, und ich erzählte ihm von dir. Er wiederholte daraufhin, dass er nicht glaube, dass es um jemanden gehe, der noch am Leben sei. »Um wen dann?«, fragte ich aggressiv. Er zuckte mit den Schultern. Er könnte ein Ritual durchführen, um herauszufinden, wen ich in mir trug, wenn ich das wollte. Nur wenn ich es wollte. Ich sagte, vielleicht.

Als ich zurückkam, war es mitten am Vormittag. Dina und Mo waren nicht da. Mo hatte mir einen Ausdruck vor die Tür gelegt. Erst ärgerte ich mich, weil ich dachte, es wären wieder die theoretischen Texte, die er mir schon gegeben hatte. Aber dann sah ich, dass es ein Teil seines

Manuskripts war. Ich ging ins Bett und begann zu lesen. Es war super atmosphärisch, die späten 90er- und frühen 2000er-Jahre quollen heraus, nach der ersten Seite legte ich etwas Backstreet Boys und Britney auf (natürlich nur ironisch!), und von da an führten mich YouTube und Mo's Text hinunter in den Kaninchenbau. Ich las von der Einsamkeit und Verzweiflung einer Kindheit in den Vororten einer Provinzstadt in den 90er-Jahren. Von endlosen Sonntagnachmittagen in der Leere des Schweizer Mittelstandes.

Dina klopft. »Bist du wieder da?«, fragt sie. – »Bist du wieder da, Baby?«, frage ich. – »Wir sind aus dem Tal gefahren, um Wein und mehr Nagellack zu kaufen«, erklärt Dina, »und ich frage mich, wo du wohl warst, oh schwer fassbarer Vogel der Nacht?« – »Weiß Mo, dass ich nicht hier geschlafen habe?« – »Ich habe es ihm nicht gesagt.« – »Danke.«

Liebe Oma,

heute ist es fünf Tage her, dass ich Cesare gefickt habe. Ich war so aufgewühlt, dass ich nicht schreiben konnte, obwohl ich mir morgens unter der Dusche einen runtergeholt habe, und irgendwann habe ich einfach meinen Laptop zugeklappt, das Notebook auf das Bett geworfen und angefangen, am Tisch zu masturbieren. Das war natürlich der Moment, in dem Dina, ohne anzuklopfen, mein Zimmer betrat, um sich über einen journalistischen Text zu beschweren, den sie schreiben muss.

Zehn Minuten später machte ich zwei Kaffee und fand sie im Garten hinter der Fabrik. Seltsame Stille, lautes Lachen. »Tut mir leid, ich konnte nicht schreiben und musste etwas Spannung ablassen.« Mo kam in den Garten und kam auf uns zu wie ein geschlagenes Hündchen. »Kann heute nicht schreiben. Mää.« – »Wir auch nicht«, sagte Dina, und: »Ich habe Kim beim Wichsen erwischt.« – »Was? Kim! Grauenhaft!« – Ich stammelte: »Holt ihr euch nie einen runter, wenn ihr nicht schreiben könnt?« Mo sagte: »Nein. Nie. Danach bin ich tot. Alle Energie ist weg. Ich habe nicht einmal abends Sex, wenn ich am nächsten Tag einen guten Schreibfluss haben will.« Dina lachte mitleidig und fügte hinzu: »Wie du weißt, will mein boy nie so viel Sex wie ich, also wichse ich immer, um mich zu beruhigen, um mich zu aktivieren, um inspiriert zu werden.« Wir sprachen ein wenig über den Zusammenhang zwischen Orgasmus und Energiekurven, den Unterschied zwi-

schen männlichen und weiblichen Orgasmen und darüber, ob es einen nichtbinären Orgasmus gibt, der mit unterschiedlichen Hormonspiegeln zusammenhängt, und ob diese Diskussion die Sexualität nur auf Hormone reduziert.

Als wir im Garten saßen, die Zikaden wild zirpten und die beiden sich unterhielten, wurde mir klar, dass ich sie als Rivalen wahrnehme. Ein Teil von mir hofft, dass sie weiterschreiben, denn ich mag ihre Arbeit und finde sie gut. Und genau aus diesen Gründen hofft ein anderer Teil von mir, dass sie scheitern werden. Damit wir uns nicht um dieselben Stipendien, dieselben Preise, dieselben Fördermittel bewerben müssen. Da ist diese heimtückische, kapitalistische Stimme in mir, die sagt, dass sie sich nicht genug anstrengen werden, weil sie andere Dinge haben, die sie erfüllen. Mo ein Kind und Dina ihre vielen Freunde, ihren Journalismus.

Vor einiger Zeit habe ich mit Dina und ihrem Freund zu Abend gegessen. Wir hatten Rotwein und selbstgemachtes Tiramisu und kifften auf dem Balkon und redeten über uns, die Gesellschaft, die Arbeit. Wir sprachen darüber, keine Kinder zu haben (Dina und ihr Freund aus Gründen der Freiheit, ich aus offensichtlichen anderen Gründen). Wir hatten eine Menge Spaß dabei, uns zu analysieren, und wir schafften es sogar, den typischen Selbsthass darüber zu verdrängen, dass wir mit unseren Privilegien als gut ausgebildete Mitteleuropäer um die dreißig nichts Sinnvolleres anfangen konnten. Wir definierten unsere Generation als die unpolitischen Selbsterfüller zwischen der Boomer-Generation und der Gen Z; wir sind die Generation, die hofft, dass sie nicht so zufrieden mit dem patriarchalen Kapitalismus ist wie ihre Eltern und nicht so unzufrieden damit ist wie die Generation nach ihnen (wobei wir die politisierte Klima-Jugend mit etwas Neid beobachten). Am Ende mein typisches »Ich bleibe zum Abwaschen«, und ihr höfliches »Nein, natürlich nicht«.

Kurz darauf schickte mir Dina eine SMS, in der sie mir mitteilte, wie schön es gewesen sei, ohne dabei zu spießig höflich sein zu wollen. Dann schickte sie mir ein Zitat aus dem dokumentarischen Roman *Het Bureau* von J. J. Voskuil über die Karriere eines Volkskundlers in den Niederlanden der 50er- und 60er-Jahre. Die Partnerin der Hauptfigur fragt diese: »Wer würde sich denn mit seiner Arbeit identifizieren? Wenn man so etwas macht, muss man krank sein.« Dina fügte

hinzu: »Der Beweis, dass Arbeit einst nicht die Bestimmung unserer Seele war!«

Wir sind am Ende des 20. Jahrhunderts, in der kurzen Zeit des »Endes der Geschichte«, mit dem Glauben (und der Erwartung) aufgewachsen, dass wir alles werden können. Aber das Ende der Geschichte ist vorbei, Krieg und Gewalt sind nie wirklich verschwunden, nur das Selbstbild des »Westens« ist geblieben. Dennoch wuchs ich in einer unpolitischen Zeit des hyperkapitalistischen Neoliberalismus auf, und unser Ziel war der Versuch, »es« als Individuen zu schaffen. Und in diesem Ziel bin ich einfach ein Kind meiner Generation. Und das ist der Ort, von dem aus ich dir schreibe, Großmutter. Der Ort, den wir gemeinsam haben: gewöhnlich zu sein.

Wenn ich an dein Leben denke, denke ich an Entbehrungen, ich denke an kein Brot und dann an hartes Brot. Ich denke an Sonntagsspaziergänge in weißen Sonntagskleidern. Ich denke an die Heerscharen von Hausfrauen, deren Hauptbeschäftigung darin bestand, die Decken und Kleider neu zu ordnen und zu flicken. Ich denke an die Hälfte der Gesellschaft, die für ihre Arbeit nicht entlohnt wurde. Ich denke an deinen Stolz, wenn du mir erzählst, wie du – nachdem die Kinder groß waren – darauf bestanden hast, arbeiten zu gehen, wie du eine Arbeit als Sekretärin gefunden hast, wie mein Großvater sagte: »Gut, geh arbeiten, es ist mir egal, aber glaub nicht, dass ich den Besen anfassen werde. Und um Punkt 12 und 18 Uhr steht das Essen auf dem Tisch.« Wie du vom Büro zum Kochen eilen musstest, wie du das gerne auf dich genommen hast. Ich denke an die Gefühle von euch Hausfrauen. An die enorme Identifikation, die ihr mit eurem Haushalt gehabt haben müsst. An das Gefühl, dass euer Haus euer Körper ist. Eine unaufgeräumte Ecke, von einem Gast gesehen, muss wie ein Schlag ins Gesicht gewesen sein; all die Scham und die Angst, nicht sauber genug, perfekt genug, weiß genug zu sein. Ich denke an den Zwang, das Bild einer »guten Familie« aufrechterhalten zu müssen. Eine gute Familie ist eine gewöhnliche Familie. »Gewöhnlich« bedeutet: zu einer Ordnung gehörend. *Der* Ordnung.

Wenn ich an dein Leben denke, denke ich an ein Leben, das für andere gelebt wurde, für deinen Mann, für die »Gesellschaft«: für die Leute, die dich besuchen und sagen: »Du hast eine schöne Wohnung, deine

Kinder sind gut erzogen, du bist ein wertvolles Mitglied dieser Sache, die wir da haben, dieser sogenannten Gesellschaft.«

Wenn ich an dein Leben denke, Oma, dann denke ich an die Last, ein gutes Mädchen sein zu müssen. Ich sehe bei Mama, wie sehr ihr Leben darauf ausgerichtet ist, kein braves Mädchen mehr zu sein. Wie sehr sie versucht, frei zu sein von dem, was ein *Mädchen tun und nicht tun darf. Ein Mädchen muss nicht studieren. Ein Mädchen wird heiraten und Kinder haben. Ein Mädchen ist treu. Ein Mädchen will nicht Sachen. Ein Mädchen soll mit dem zufrieden sein, was sie bekommt. Ein Mädchen ist nicht laut. Ein Mädchen ist ein Mädchen. Ein Mädchen ist – vor allem anderen – hübsch.*

Ich wollte über dich schreiben, Großmutter, weil dein Leben in mir ist. Und es wird sterben, wenn ich sterbe. Ich bin dein Ende. Aber ich werde dich nicht sterben lassen. Denn das ist textile Magie: aus Abwesenheit Anwesenheit weben. Doch Schreiben ist nicht nur glitzernde Magie. In all den verschiedenen Kulturen, in denen unabhängig voneinander Schriftarten erfunden wurden, waren die frühesten Formen der Schrift immer Aufzeichnungen von Schulden. Wie viel hast du mir gegeben, wie viel habe ich im Gegenzug versprochen? Deshalb glaube ich, dass Literatur und Schuld untrennbar miteinander verbunden sind. Aber – ich glaube auch, dass die Formen des Schreibens, die mich interessieren, immer jene waren, die nicht sein wollen, was sie sein müssen. Texte, die ihre primäre Intention unterlaufen, Projekte, die sich von ihren Schulden befreien wollen, Arten des Schreibens, die Ausgänge aus dem Schreiben suchen.

Und trotzdem – Hochdeutsch schreiben, Englisch schreiben heißt, ich verrate Mutti und dich, heißt, ich wechsle die Klasse, ich verweigere die Sprache meiner Vorfahren, ich verweigere die Bauernsprache, die keine festen Grammatikregeln hat, die nur in gesprochener Form existiert.

Es tut mir leid, dass ich dich so oft nicht besucht habe. Es tut mir leid, dass ich dich nicht viel länger als ein paar Stunden ertragen kann. Wenn ich schreibe, Großmutter, bin ich bei dir. Ich wollte dir dafür danken, dass du dich einen Dreck um mein Geschlecht scherst. Dafür, dass du für mich vegetarisch gekocht hast (»Aber jeden Tag Fondue essen, das kann doch nicht gut sein, oder?«). Für dieses eine Mal, als ich als Vierjährige mit den Kastanien spielte und sie ihren Zauber verloren

und du mir zugehört und versucht hast, mich zu trösten, aber du konntest nichts tun und hast mich einfach nur gehalten.

Liebe Großmutter,

ich habe dir nicht von dem Gespräch erzählt, das ich mit Mutter hatte. DAS Gespräch. Wir gingen spazieren, und ich fragte sie, ich sagte, ich müsse endlich wissen, dass sie dieses Mal mit mir über »es« reden müsse. Ihr Körper kauerte sich zusammen, wie ein Igel, bevor er sich einrollt. »Du musst wissen, du musst mich verstehen. Es war eine ganz andere Zeit. Wie auf einem anderen Planeten. Wenn die Frauen zu alt waren, um Kinder auszutragen, nahmen ihnen die Ärzte die Gebärmutter weg. Sie sagten, zur Krebsvorbeugung. Auch bei Oma haben sie sie herausgenommen. Nach der Operation besuchte ich sie. Sie war sehr verletzlich. Sie umarmte mich sehr lange. Ich saß an ihrem Bett und hielt ihre Hand. Sie schlief bald ein, und ich beobachtete die anderen Frauen in ihrem Zimmer, ich sah auf dem Schild am Ende ihres Bettes, dass sie die gleiche Operation hinter sich hatten. Alle flüsterten miteinander. Aber es kam mir nicht so vor, als flüsterten sie, um die anderen Patienten nicht zu stören, sondern weil sie sich nicht trauten, ihre Stimme zu benutzen. Man hatte das Gefühl, dass der Raum mit etwas Riesigem gefüllt war, das uns alle zu Boden drückte. Ich hielt es nicht mehr aus, verließ den Raum und ging durch die Gänge, ich ging lange, bis ich merkte, dass die ganze Etage mit Frauen gefüllt war, denen die Gebärmutter herausgeschnitten worden war. Ich schaute in ein paar Zimmer, und da lagen sie alle, Frauen »im besten Alter«, und all diese sich kaum bewegenden Körper waren wie ein großer sterbender Körper. Die Männer in Weiß hatten das Zentrum dieses sterbenden Körpers herausgenommen. Und sie hatten das Organ, das Körper produziert, durch ein Organ ersetzt, das Traurigkeit produziert. Als ich zurück in Großmutters Zimmer ging, verstand ich. Man hatte den Frauen nicht die Gebärmutter entfernt, um Krebs vorzubeugen, sondern um ihnen klarzumachen, dass sie nun offiziell nutzlos waren. Kinder zu zeugen und für sie zu sorgen, war ihr einziger Zweck gewesen. Jetzt, da wir, ihre Kinder, unsere Ausbildung beendet hatten, konnten wir uns um uns selbst kümmern. Und so waren die Mütter nicht mehr zu gebrauchen. Ihre Körper wurden ausgekratzt wie ein Konfitüreglas. Und da habe ich mir geschworen: Ich werde nie, nie, einfach so ein Körper. Kurz darauf meldete ich mich für die Matura für Erwachsene an. Meine El-

tern zahlten keinen einzigen Rappen, denn eine Tochter musste nicht zur Schule gehen. Ich finanzierte mich voll und ganz selbst, ging morgens in Teilzeit zur Schule und arbeitete sechs Tage die Woche in Spätschichten. Und dann wurde ich schwanger. Und ich musste mich entscheiden.« Wir hielten inne.

»Hast du es versucht?«

»Nein.«

»Wolltest du es tun?«

»Es war eine so schwere Entscheidung, Liebling, du kannst dir nicht vorstellen, wie es ist. Alles lief so gut, und plötzlich –«

»Wolltest du es tun?«

»Es gab einen Tag. Ja. Ich hatte einen Termin.« Eine Welle des Zitterns schüttelte sie.

»Ich weiß, dass ich nicht perfekt war, aber ich habe mein Bestes gegeben«, sagte die Mutter.

»Ich weiß.«

»Immerhin bist du der Mensch, den ich am meisten auf dieser Welt liebe.«

»Ich weiß, Mama.«

*

Liebe Mum,

wir hatten dieses Gespräch schon vor einiger Zeit. Wir hatten es schon, bevor ich überhaupt angefangen habe, dieses Buch zu schreiben. Ich habe die ganze Zeit darüber nachgedacht, während ich dieses Buch schrieb. Darf ich das schreiben? Ist es nicht deine Geschichte? Oder ist die Frage »Wessen Geschichte ist das?« nicht viel komplizierter? Sind wir nicht alle in unseren Geschichten miteinander verwoben, sind unsere Geschichten nicht eine Matrjoschka, bist du nicht in meinem Bauch, Mama, und Oma ist in deinem und so weiter und so weiter? Und wer gebiert hier eigentlich wen?

Ich schreibe das mit einem billigen Tintenroller, und hier und da, wenn ich in einem Satz feststecke, lasse ich ihn auf dem Papier ruhen, und das Papier ist aktiv, es saugt die Tinte auf, es saugt die Tinte bei »Bauch« auf, und während ich den Tintenfleck wachsen sah, sagte ich die Wörter, die ich für euch habe, ich flüsterte »Meer« und »Großmeer«, »Meer« und

»Grossmeer« und immer weiter, ich trug diese Wörter tief in meinem Mund, wie ich ein Baby dicht an meiner Haut tragen würde, und ich erkannte, dass diese Buchstaben einen Mund haben, mit dem sie ihren Klang aussprechen, wie alle Buchstaben, aber meine Buchstaben haben einen geheimen, zweiten Mund, mit dem sie flüstern: Ich lebe, trotz aller Widrigkeiten. Und während ich diese Worte in mir trug, wurde mir klar, dass ich auf diese Weise vielleicht dem Gebären am nächsten komme, und vielleicht ist das auch gut so, denn ich weiß, dass ich niemals das tun könnte, was ihr getan habt, Meer und Großmeer, nein, ich könnte niemals ein Kind großziehen, ich würde in den ersten schlaflosen Nächten verrückt werden. Und stattdessen tue ich Folgendes:

Ich durchbreche den Kreis der Kinder, die ihre Eltern umbringen, um frei zu sein, um sich selbst zu werden. Ich töte meine Eltern nicht. Ich bringe meine Mütter zur Welt.

Liebe Großmutter,

es ist zwei Uhr morgens, und ich wollte dir vom heutigen Tag erzählen. Dinas Freund ist für eine Nacht ins Tessin gekommen, die beiden Dramaqueens verbringen die Nacht in einem Hotel und streiten sich wohl über ihr Beziehungsmodell. Er will eine offene Beziehung führen und mit Jungs ficken, sie ist theoretisch damit einverstanden, ist aber verletzt durch die Art und Weise, wie er es ihr gesagt hat, offensichtlich unsicher, ob das der Anfang vom Ende ist, er sagt, auf keinen Fall, er liebt sie, erstickt aber in dieser hetero-monogamen Keksform usw.

Wie auch immer, Mo und ich hatten den Abend für uns. Wir haben geschrieben, und als wir nicht mehr schreiben konnten, haben wir tonnenweise Steinpilze gegessen, die wir gefunden hatten. Es war Neumond, und ich sagte, wir sollten ein Baderitual machen, um den neuen Mondzyklus zu begrüßen (was Dina zu esoterisch gewesen wäre). Schließlich landeten wir betrunken auf der Couch, zusammengekauert, noch kalt vom Wasser, und Mo zeigte mir die Kochsendung von Snoop Dogg und Martha Stewart, wir sahen ihnen zu, wie sie grün glasierte Brownies machten (weil grün umweltfreundlich ist), dann sahen wir ihnen zu, wie sie Kartoffeln stampften und über Snoop Doggs eigenen Wortschatz sprachen, den weder seine Kinder noch er selbst verstehen,

dann sprachen sie über Snoop Doggs neues Weihnachtsalbum. Dann hatte ich genug gelacht, klappte den Computer zu und sagte: »Ich habe deinen Text gelesen.« Ich räusperte mich. »Du hast mir eigentlich nie erzählt, wie dein Vater gestorben ist.« Mo lachte seltsam und sagte: »Wirklich? Ich habe es dir nie erzählt? Okay, dann erzähle ich es dir jetzt gleich.« Er erzählte mir, dass sein Vater an einem Dienstagnachmittag, als Mos Bruder Nik früher nach Hause kam (Mo und seine Mutter waren nicht da), erst Nik und dann sich selbst erschoss. Mos Mutter hatte sie gefunden. »Es war in den frühen 2000er-Jahren. Ich war neunzehn Jahre alt. Weder ich noch sie haben danach eine Therapie in Anspruch genommen. Sie räumten unser Haus auf, wir hatten eine Beerdigung, und dann machten wir weiter.« Ich fragte ihn, ob er eine Ahnung habe, warum sein Vater den Bruder getötet habe. Ich fügte nicht hinzu: »... und dich am Leben gelassen hat?« Mo sagte: »Oh, mein Bruder war sein Lieblingssohn. Ich schätze, Papa dachte, er würde Nik einen Gefallen tun. Dass er ihn nicht an diesem schrecklichen Ort zurücklassen würde.«

Ich habe dir nie erzählt, Oma, dass Mama selbst zu einem Schamanen gegangen ist, weil sie wissen wollte, wie sie entstanden ist. Denn Mama hatte immer Angst als Kind, dass du sie umbringen wolltest. Der Schamane erzählte Mama nach dem Ritual, dass du nicht verheiratet warst, als du mit ihr schwanger wurdest. Damals waren unverheiratete Schwangerschaften – vor allem bei armen Frauen – noch sehr schändlich und konnten sogar zu Gefängnisstrafen führen, was zwar nicht mehr üblich war, aber immer noch gemacht wurde, wenn Zivilisten die »Verbrecher« bei der Polizei anzeigten. Du warst ein Bauernmädchen und kanntest keine Ärzte, die abtreiben würden, und hättest es sowieso nicht bezahlen können. Du hast versucht, Mama mit einer Stricknadel abzutreiben, hattest große Schmerzen, und als es nicht geklappt hat, hast du schnell geheiratet. Zumindest hat Mamas Schamane ihr das erzählt. Mum sagte zum Schluss: »Jetzt weiß ich endlich, warum ich immer solche Angst vor Nadeln hatte.«

Ich hatte auch Angst, über diese Dinge zu schreiben, weil ich befürchtete, dass konservative Christen, die »pro life« eintreten, dies als Argument für ihre Sache nutzen könnten. Sie könnten sagen: Seht ihr, ein ungeborenes Kind kann Angst empfinden, es kann spüren, dass seine Mutter es töten will. Aber ich sage ihnen Folgendes: Ja, vielleicht kann ein sehr sensibler Fötus so etwas fühlen, nicht in einer Art Hokuspokus,

sondern einfach, weil er im gleichen Blut- und Hormonkreislauf ist wie der Körper des Elternteils. Aber das ist kein Argument gegen Abtreibung, sondern gegen unprofessionelle Abtreibung. Denn Abtreibungen wird es immer geben.

Ich selbst bin natürlich froh, dass meine Mutter mich nicht abgetrieben hat. Aber sie hatte die Wahl, sie hat sich für mich entschieden, und ich glaube, der einzige Grund, warum ich mit diesem manchmal wahnsinnig beschissenen Leben zurechtkomme, ist, dass meine Mutter am Ende JA zu mir gesagt hat, auch wenn es ein schwieriges JA war. Und ich sage nicht, dass ihre Überlegung, mich abzutreiben, mich für mein Leben gezeichnet hat. Es hat mich gezeichnet, ja. Aber nicht für das Leben. Denn ich habe jede Menge Leben, ich habe Lebensströme um mein Hiersein herum, die unvernarbt, unbesorgt, ungezähmt und hyperfabelhaft sind, ich habe Lebensströme, die es hier verdammt noch mal lieben, ich liebe diese dumme Spezies, ich liebe diesen seltsamen Planeten, ich liebe diesen absurden Körper, ich liebe diesen ganzen Mist mit dem ganzen bösen Holz all meiner Herzen.

Liebe Großmutter,

gestern nach dem Mittagessen haben wir am Flussufer mit unseren bloßen Händen ein Becken ausgehoben. Ich schreibe »mit unseren bloßen Händen« nicht ohne Stolz. Es gibt mir das Gefühl, ein richtiger Mensch zu sein. Wie jemand mit Händen. Oder jemand *in* Händen. Jetzt gibt es einen runden »Kältetopf«, der groß genug ist, dass zwei von uns darin liegen können, obwohl wir nicht viel länger als eine Minute im eiskalten Wasser bleiben können. Beim Graben hat das Wasser meine Finger völlig betäubt. Ich hatte kleine Schnitte von den scharfkantigen Steinen. Das ist eine schöne Erinnerung, wie wir einen Pool ausgehoben haben. Mit unseren bloßen Händen. Danach hat Mo uns alle mit Nagellack eingeschmiert, und wir haben gekichert wie Schulmädchen. Während wir verglichen, welcher Nagel am gleichmäßigsten lackiert ist, rief Mama an. Ich habe nicht abgenommen. Ich habe sie später angerufen und gefragt, wie es Alex geht, sie sagte, *gut*, dann fügte sie hinzu: *Sie ist launisch und hungrig, dem Baby geht's gut.* Sie erzählte mir, dass du in deiner Wohnung über einen Teppich gefallen bist, es ist nichts Schlimmes, dein Knie tut weh, aber du bist ziemlich verwirrt. Sie erzählte mir von Altersheimen, die sie gerade überprüft. »Ich will nicht,

dass sie in einem miesen Heim lebt.« Ich sagte nichts, sondern leckte mir die kleinen Schnitte an meinem Finger. Dann bedankte sie sich für den rosa Pullover und sagte, dass sie rosa nie mochte, weil sie es mögen musste, aber jetzt fand sie Gefallen daran. »Mir gefällt der Mix aus verschiedenen Fäden, den du gemacht hast.«

Vor ein paar Monaten habe ich einen kleinen Literaturpreis für einen Text gewonnen. Ich hatte den Anfang dieses Textes eingereicht, den Prolog, wie ich dir die Box Lindt & Sprüngli brachte. Ich habe dir nicht gesagt, dass ich etwas gewonnen habe, aber du wusstest es. Mutti muss es dir gesagt haben. Sie hatte es in der Zeitung gelesen. »Du hast einen Preis gewonnen, habe ich gehört«, hast du mir am Telefon gesagt. »Du weißt, dass ich noch keinen deiner Texte gelesen habe. Ich würde wirklich gerne etwas lesen. Denn ich bin stolz auf dich, weißt du.« Ich wechselte das Thema.

Was ich nicht auf Deutsch schreiben konnte, ist, dass mein Interesse, über dich zu schreiben, nicht rein künstlerischer Natur ist, nicht einfach psychopoetisch. Ich schreibe nicht nur über dich, weil ich nicht anders kann; ich schreibe über dich, weil ich ganz sicher bin, dass es die besten Texte ergibt, die ich im Moment schreiben kann. Das ist für mich der effizienteste Weg, um die Karriereleiter hinaufzuklettern. Die Literatur ist – abgesehen davon, dass sie ein bürgerlicher Zweig der Kunst ist – eines der wenigen kapitalistischen Spiele, bei denen meine Überempfindlichkeit und meine Angst nützlich sind. Wer die sozioökonomischen Aspekte des Schreibens leugnet (so prekär sie auch sein mögen), wer sagt, dass es in der Literatur nur um den ästhetischen Ausdruck unsagbarer Abgründe geht, ist ein reiches Kind, das ich schlagen möchte. Was ich sagen will: Ich benutze dich, um aus der schlammigen Klasse herauszuschwimmen, in die ich hineingeboren wurde, um ans Ufer zu schwimmen. An ein Ufer.

Bin ich furchtbar? Ich denke schon. Bin ich der Einzige, der so denkt? Nein, ich glaube nicht. Der einzige Unterschied zwischen dir und mir ist die Bildung; es ist einfach so, dass ich in einer Zeit geboren wurde, in der das Bildungssystem flexibel genug ist, um jemanden wie mich studieren zu lassen. Wenn ich nicht studiert hätte, wäre ich nicht in der Lage gewesen, diesen Text zu schreiben. Ich hätte nicht genug verdienen können, um mir diese Zeit unbezahlt freizunehmen.

Wenn wir eine Generationenaufgabe haben, dann, denke ich, ist es diese: unter den offensichtlichen Wunden nach den verborgenen, den vererbten Wunden zu suchen (wie es so viele meiner Freunde tun). Und die Traumata unserer Familien endlich heraussprudeln zu lassen, eine gemischte Flut aus Kotze und Kacke und Sperma und Blut und Spritzer und Tränen. Die Blutlinie zu durchtrennen und diese Scheiße nicht mehr weiterzugeben.

Nachdem ich diesen letzten Absatz geschrieben hatte, fühlte ich mich sehr schlecht, und ich fühlte mich erleichtert. Ich wollte dir diese Dinge sagen, seit ich den Preis mit dem Prolog gewonnen hatte. Nachdem ich diesen Absatz geschrieben hatte, klopfte ich an Dinas und Mos Tür, es war später Nachmittag, und ich fragte sie, ob sie Lust auf einen Drink hätten. Wir betranken uns ziemlich früh mit Weißwein, Mo machte ein Risotto mit den Steinpilzen, die wir gesammelt hatten, Dina erzählte uns von dem Buch, das sie gerade las, von Sheila Heti, die über ihre Entscheidung schreibt, keine Kinder zu haben, wir hörten Knöppel, einen schweizerischen Punkmusiker, und ich war sehr empfindlich, ich umarmte Mo und Dina immer wieder. Als wir die dritte Flasche Pinot grigio öffneten, stellte Dina die Frage, die ich uns schon lange hatte stellen wollen: »Was sind wir füreinander?« Ich lachte und sagte dann: »Ich fühle mich wie im Kindergarten, wir spielen Familie.« Mo, der einen großen Löffel Mascarpone und dann einen ganzen Gorgonzola in das Risotto gab, fragte: »Und wer spielt das Kind?« Ich und Dina antworteten gleichzeitig: »Ich!«

Liebe Oma,

heute Morgen kam ich von dem Schamanen Cesare zurück, nachdem wir das Ritual durchgeführt hatten, das er vorgeschlagen hatte. Er hat die Trommel gespielt und gesungen. Ich lag auf einer Matte zwischen riesigen Kristallen. Mein ganzer Körper begann zu zittern, und ich schwitzte wie ein Schwein. Zum Abschluss des Rituals stellte er eine Klangschale auf meine Brust und legte einen kleinen Labradoritstein in meine nasse Handfläche. Er sagte, dass er meine Geister gesehen hat, dass ich eine ziemliche Last von Ahnen mit mir herumtrage, die etwas von mir wollen. Alle von ihnen konnten auf irgendeine Weise nicht leben, durch Tod oder Trauma. Als ich geboren wurde, witterten sie ihre Chance, durch meinen Körper in ein neues Leben zu kommen,

denn ich war von Anfang an sehr offen, sehr durchlässig. Und weil ich sie zugelassen habe, habe ich sie in meinem Körper absorbiert. Ein Geist war sehr dominant, sagte er, aber es gab auch andere, viel ältere. Es hat mich überhaupt nicht überrascht, was er sagte. Es überraschte mich, dass es mich nicht überraschte. »Die Dominante, sie wird die Kontrolle übernehmen, wenn du sie lässt«, sagte Cesare. Ich nickte, küsste ihn auf die Wange und ging. Ich ging durch den Wald nach Hause, der sich sehr lebendig anfühlte, und wir sprachen leise miteinander, der Wald und ich.

Nachdem ich bei meinen Eltern ausgezogen war, zog ich viel um, sechs Mal in drei Jahren. Bei jedem Umzug hatte ich mehr Notizbücher. Ich sammelte sie. Mein Ziel war es, über »all das« zu schreiben, über Männlichkeit und Disziplin und Gewalt und die Wettbewerbsgesellschaft, darüber, was es bedeutet, an der Schwelle zum dritten Jahrtausend in diesem Körper lebendig zu sein. Erst nach dem sechsten Umzug hörte ich auf, weitere Notizbücher zu kaufen, und gestand mir ein: Ich habe keine einzige Zeile über all das geschrieben. Ich hatte die Sehnsucht zu schreiben, aber ich wusste nicht, wie. Ich ließ die Hefte leer, so wie du deine Kisten leer lässt.

Ich ging um einen großen Felsen herum und sah die Schokoladenfabrik im bereits warmen Morgenlicht unter den schweren Schatten der Berge auftauchen. Von Weitem sah ich Mo und Dina auf der Türschwelle Kaffee trinken, sie sahen aus wie ein Gemälde, sie winkten und ich winkte nicht, ich drückte die Fingernägel in meine Hand, wie man den Auslöser einer Kamera drückt.

Dina sagte, Mo habe gesagt, ich hätte »The Carrier Bag Theory of Fiction« von Ursula K. Le Guin noch nicht gelesen. Und ob das stimmte? Und wenn ja, wie konnte ich dann so friedlich gehen? Ich seufzte laut, dann stöhnte ich: »Wenn es so toll ist, warum schreibst du dann nicht eine Zusammenfassung für mich?«

Dina räusperte sich, stand auf und hielt eine Improvisationsvorlesung, die mich umgehauen hat. Anscheinend schlägt Le Guin eine andere Sichtweise auf den frühen Menschen vor als die der großen Jäger-Helden-Fleischfresser-Geschichten. Nämlich die Tragetaschen-Theorie der Evolution. Fleisch, schreibt sie, war nicht die Hauptspeise der frühen Menschen. Nein, nein, nein. Ob Sie es glauben oder nicht, unsere Vor-

fahren aßen hauptsächlich Gemüse, Wurzeln, Beeren. Dinge, die man sammelt. Und anstelle von Waffen, phallischen Messern, waren die frühesten Gegenstände wahrscheinlich Behälter, Tragetaschen, Netze: etwas, wo man sein Essen aufbewahren konnte. Damit es nicht nass oder von anderen Tieren gefressen wurde. Ein Objekt, in dem man seinen sorgfältig gesammelten Veggie-Snack nach Hause tragen und auch aufbewahren konnte. Das ist also eine Art von Gemüse-sammeln-und-aufbewahren-Erzählung. Eine Geschichte, die auf diese Weise erzählt wird, ist keine Einbahnstraße, hat kein klares Ziel, keinen zentralen Konflikt, keinen Helden. Vielmehr enthält sie Dinge. Wie Beeren in einer Tüte. Sie haben keine klare Ordnung. Diese Art, Geschichten zu erzählen, gibt den Dingen einen Raum, um zu sein, um aufbewahrt zu werden, um geschützt zu werden, um geteilt zu werden, um weitergegeben zu werden, um zum Leben zu erwachen. »Ein Roman ist ein Medizinbündel«, sagt Le Guin, »das die Dinge in einer besonderen, kraftvollen Beziehung zueinander und zu uns hält.«

Ich ging in mein Zimmer und las sofort Le Guins Text und den anderen Text, den Mo mir ans Herz gelegt hatte: »Hydrofeminism« von Astrida Neimanis. Neimanis schreibt, dass unsere Vorfahren, um an Land überleben zu können, H2O mitbringen mussten und sich deshalb das Meer einverleibt haben. Wir wurden zu evolutionären Tragetaschen des Wassers. Und die Tragetaschen-Erzählweise, würde ich sagen, besteht darin, statische Dinge in fließende Beziehungen zu setzen, ohne eine bestimmte Hierarchie.

Ich selbst habe diese Wasserhaftigkeit meiner Existenz immer gespürt. Ich bin eine Flüssigkeit, mein Körper schwingt, ich bin in ständiger, tiefer Resonanz mit dir, mit der Vergangenheit, mit den Geistern, die du nicht begraben hast, mit den Gefühlen, die du nicht gelebt hast. Neimanis nennt das Leben an Land »*hypersea*«, ein Ausdruck, der uns mit unseren Wurzeln verbindet, ein Wort, das die vernetzte Lebensweise benennt, die das Meer auf die Erde getragen hat, in Truckli, die »Körper« genannt werden. *Hypersea*. Ich habe das Gefühl, es ist nur ein anderes Wort für »Großmeer«.

In den meisten europäischen Sprachen wird zwischen einem Wesen und seinem Körper unterschieden. Man spricht davon, einen schönen, dünnen, kleinen, dicken, hässlichen Körper zu *haben* – nicht davon, ein Körper zu *sein*, die alte griechisch-römisch-christliche Vorstellung

mens sana in corpore sano. Für mich war dieser Körper-Geist-Dualismus immer schmerzlich wahr, obwohl ich nie daran geglaubt habe: Ich war nie mein Körper. Er war zu sehr dieses oder jenes, aber niemals »ich«. Natürlich ist der Körper nicht nur eine Kiste, in der wir uns selbst tragen. Ein Körper zu sein, hier zu sein, heißt, Wasser zu sein, fünfundsiebzig Prozent, aber es ist auch eine ständige Übung. Während ich dies schreibe, bin ich in Resonanz mit meinen Sprachen, unseren Körpern und all den Vorfahren, die sowohl Körper als auch Sprachen geschaffen haben. Und natürlich meine ich »Vorfahren« nicht im biologischen Sinne. Virginia Woolf ist genauso meine Mutter wie du, die *hypersea*.

Ich nehme eines der Notizbücher, ich gehe hinaus, zurück in den Wald, ich laufe schnell, die Berge fressen schon die Sonne, ich höre Dina und Mo im Garten, ich lege mich unter einen der alten Kastanienbäume und will Cesares Ritual aufschreiben und was er sagte, mich psychologisierend: »Du bist ein Träger. Das weißt du, und nicht nur du. Aber du allein kannst nicht alle heilen, du musst entscheiden, was du tragen willst und wie. Und du musst bessere Wege finden, um den Rest loszuwerden.« Er sagte noch viel mehr, aber genug der Geister und der Vergangenheit, darüber will ich hier nicht schreiben. Ich schlage die erste Seite des Notizbuches auf und schreibe: »DIE SUCHE NACH IRMA«. Und mir wird klar, dass ich mich schon vor einiger Zeit auf die Suche nach Irma gemacht habe. Ich hatte meine Freundin Leo, die Historikerin ist, angeschrieben, ob sie etwas über das Frauengefängnis Hindelbank weiß und was aus den ehemaligen Insassinnen geworden ist, und sie hatte bejaht, sie hatte tatsächlich ein Seminar darüber gehabt und schickte mir einige Unterlagen. Ich strich durch, was ich auf der ersten Seite geschrieben hatte, und schrieb: »DAS FINDEN VON IRMA«. Dann ging ich zu meinen Mails und öffnete das Dokument, das Leo mir geschickt hatte. Auf der ersten Seite stand dies:

Hausordnung für die Weiberarbeitsanstalt in Bern

1. Morgens um 5 Uhr im Winter (vom 1.Oktober bis 1.Mai) und um 4 1/2 Uhr im Sommer (vom 1.Mai bis 1. Oktober) sollen sämtliche Gefangenen durch ein Glokensignal geweckt werden.
2. Beginn der Arbeiten nach dem Gebet, 3/4 Stund nach dem Aufstehen.
3. Morgenessen um 7 Uhr, nachher Arbeit bis 12 Uhr.
4. Mittagessen um 12 Uhr, Wiederbeginn der Arbeit um 1/2 1 Uhr.
5. Spazieren bei schönem Wetter von 2 bis 2 1/2 Uhr.
6. Um 4 Uhr Nachmittags Pause von 15 Minuten zum Genuss des Vesperbrodes, dann wieder Arbeit.
7. Um 7 Uhr Nachtessen.
8. Um 8 Uhr Gebet und sodann Bezug der Schlafzimmer.
9. An Sonntagen wird erst um 6 Uhr Morgens geweckt, und sofort nach dem Morgengebet gefrühstükt, ebenso ist um 6 1/2 Uhr Nachtessen und um 7 1/2 Uhr Schlafengehen.
10. Das Abwaschen der Teller und Serwissen findet der Rangordnung nach statt und wechselt alle Wochen.
11. Ebenso findet das tägliche Reinigen der Zimmer dem Range nach statt, mit wöchentlichem Wechsel.
12. An den Wochentagen kann nach dem Nachtessen nur vorgelesen werden. An den Sonntagen kann jede Gefangene selbst lesen und ist am Abend das Vorlesen untersagt.
13. An Sonntagen gehen alle Gefangenen in die Predigt, und zwar die Katholiken Morgens 1/4 vor 8 Uhr und die Reformierten um 9 Uhr.
14. Die Kehrordnung für die Benutzung des Abtrittes findet täglich 6 mal statt, 3 mal Vormittags und 3 mal Nachmittags.
15. Wer in der Zwischenzeit auf den Abtritt zu gehen genöthigt ist, muss die Erlaubniss der Aufseherin nachsuchen.
16. Die Aufseherinnen sind beauftragt, dafür zu sorgen, dass obige Vorschriften genau befolgt werden. Ebenso werden Wachtmeister und Verwalter, so wie die Frau des Verwalters nachsehen, dass obige Vorschriften pünktlich durchgeführt werden. Ausnahmen sind bloss in besonderen Fällen und nur mit Genehmigung des Verwalters zulässig.

Bern, den 2 Januar 1889.

Eingesehen und genehmigt
der Direktor der Polizei
Sig. Stockmar

Der Verwalter der Strafanstalt
J. Blumenstein

Liebe Großmutter,

gestern haben wir im Garten gesessen. Ich hatte Dina und Mo einige Teile dieses Textes gezeigt. Dina fragte mich, ob ich daran gedacht habe, ihn zu veröffentlichen. Ich habe sehr seltsam reagiert, selbst für meine Verhältnisse. Ich sagte ein paarmal »Ja« und »Nein« und verließ dann den Garten.

Etwas später habe ich Brot für uns gebacken, und da kam mir ein Zitat von Jean Genet in den Sinn, das Annie Ernaux in *La place* verwendet. Es lautet in etwa so: »Das Schreiben ist der letzte Ausweg, wenn man betrogen hat.« Für mich ist das nicht wahr. Für mich ist das Schreiben kein Ausweg aus dem Verrat, sondern es *ist* der Verrat. Denn ich schreibe über die Dinge, die wir nicht sagen dürfen. Die ungeschriebene Regel: niemals über Gefühle zu sprechen. Was man wirklich für die anderen fühlt.

Du, Großmutter, musstest deine Schwester ersetzen. Dann musste Mama dich ersetzen, du hast dich in sie gefüllt, weil du nicht du selbst sein konntest. Dann füllte sich Mama in mich. Ich war die Nächste in der Reihe. Ich glaube nicht, dass das mit dir angefangen hat, das hat schon lange vor deinem Leben angefangen; ich glaube, das ist unsere ganze Kultur, das ist das Patriarchat, das ist *Hamlet*: die Aufgaben der Eltern zu übernehmen. Seinem Blut, seiner Familie gegenüber loyal zu sein, bedeutet, sein eigenes Leben nicht zu führen. Loyal zu sein, bedeutet, das Truckli der Eltern zu tragen, sich selbst zu entleeren und sich in sein Kind hineinzugießen. Und vor allem heißt loyal sein, zu all dem zu schweigen, zu diesem Fluch; ihn zu benennen, heißt, ihn zu brechen, und das ist der Grund, warum ich dich verrate. Denn du hast dein ganzes Leben lang ertragen, ein Ersatz zu sein, und du hast darüber geschwiegen. Ich hätte Rosmarie Nummer vier sein sollen oder Johanna Nummer zwölf oder Barbara Nummer dreißig. Aber ich kann nicht die Nächste sein, ich kann das Schweigen nicht fortsetzen, denn ich werde keine Kinder haben. Es wird niemanden geben, der an meiner Stelle leben wird. Mein Bauch wird sich nicht mit Leben füllen, er ist nur mit Blut gefüllt.

Ich recherchierte gerade über Hindelbank, als Dina anklopfte. Sie hatte Probleme mit ihrem boy. Ich war froh. Über die Unterbrechung, nicht über ihre Probleme. »Wusstest du«, fragte ich Dina, »dass es erst 1978

eine Handvoll Kantone gab, die ihr Recht auf Abtreibung gegen die restriktiven nationalen Gesetze der Schweiz durchsetzten? Und dass das Gesetz, das wir jetzt haben – straffrei bis zur zwölften Woche abtreiben zu dürfen –, erst seit 2001 existiert?« Natürlich, Dina wusste es.

Ich und Dina lagen im Bett, ihr Kopf auf meinem Bauch. »Also, wie ist dein Sex … ähm … Thema?«, fragte sie.
»Welches meiner Sex-Themen meinst du?«, fragte ich. Dina fühlte sich superunwohl.
»Deine Sexsucht?«
»Es ist keine Sucht, es ist nicht pathologisch, ich habe nur eine ausgeprägte Libido«, sagte ich.
»Oh, tut mir leid, ich dachte, hm. Und dann gestern, als du nach Hause kamst …«
»Wie geht es deinem boy?«, unterbrach ich sie. Sie redete, und ich hörte zu, streichelte ihr Haar, das immer glänzt und dicht und schön ist, und ich bin immer neidisch darauf. Von Zeit zu Zeit fragte ich etwas. Als ich merkte, dass ich sie so streichelte, wie du mich als Kind gestreichelt hast, hörte ich damit auf. Dina hörte auf, zu reden, hob ihren Kopf, sah mich an und sagte: »Bitte hör nicht auf.« Ich machte weiter, und dann machte sie weiter.

Nach einiger Zeit kam Mo herein, er war in einer ganz anderen Energie, er hatte vorhin etwas Gras geraucht, er war nicht mehr stoned, sah aber keinen Sinn darin, sich elend zu fühlen. Er sprang aufs Bett und überzeugte uns davon, dass das einzig Richtige im Moment sei, Steinpilze an den Berghängen zu sammeln. Und er hatte natürlich recht, wie immer. Er belehrte uns in seinem Biologielehrer-Ton über die symbiotische Beziehung zwischen Steinpilzen und Tannenbäumen. Die Bäume bekommen etwas, Stickstoff oder irgendetwas anderes, und die Pilze erhalten im Gegenzug fotosynthetisierten Zucker. Dina und ich hörten zu, brave Kinder, die wir sind, und zumindest ich hörte auf, über das nachzudenken, worüber ich vorher nachgedacht hatte. Ich bin mir nicht sicher, ob Dina das tat. Wir stiegen schweigend den Berg hinauf.

Wir kletterten höher und höher, es war sehr steil und wir fanden tonnenweise Steinpilze. Irgendwann waren wir in einem Wettbewerb, wer die besten, frischesten findet, ich kam mir vor wie ein Fuchs im Hühnerstall. Plötzlich kamen wir an die Baumgrenze, wir gingen noch ein Stück weiter hoch, dann kreischte ich, ich zeigte nach unten, da war

der Fluss, unser Fluss, eine winzige, silbrig glänzende Schlange, und ich war mir sehr sicher, dass ich unseren Pool sehen konnte, aber Dina und Mo sagten Nein, sie lächelten herablassend. »Der Pool ist viel zu klein, als dass wir ihn von hier aus sehen könnten.« Ich sagte: »Okay, wenn ihr meint.« Aber ich weiß, dass ich recht hatte, ihr Schlampen. Auf dem Weg nach unten fand Dina eine Distel, die sie mir schenkte, weil sie hübsch war und ich hübsche Dinge mag, und ich fragte mich, warum ich sie und Mo nicht öfter in meinem Alltag sehe.

Ich ging zurück und las über Hindelbank. Ich las, dass es bei der Inhaftierung darum ging, die Frauen zu »erziehen«, und sie wurden noch strenger »erzogen«, wenn sie kleine »Dinge« taten, »auszumerzende Verhaltensweisen«, wie zum Beispiel:
Unreinlichkeit
Unordnung
Platzwechsel ohne Erlaubnis
Schwätzereien
Verschleppung und Entwendung von Gegenständen
Gefährliche Verbindungen
Ungehorsam
Räsonieren
Fluchen
Unflätereien
Neckereien
Bubereien
Trägheit
Stoffbeschädigung
Entweichungsversuch
Entweichung
Tätlichkeit gegen Aufseher
Zornesausbrüche

Der Historiker schrieb, dass diese Liste im Laufe der Jahre immer länger wurde. Es war ihnen verboten, zu sprechen und zu schreiben, außer zu besonderen Sprech- und Schreibzeiten.

Liebe Oma,

als ich Dina auf dem Bauch hatte und ihr die Haare streichelte, fiel mir wieder ein, wie sehr ich es hasste, von dir gehalten zu werden. Von deinen großen, rauen Arbeiterhänden. Deine Haut fühlte sich an wie eine einzige Wunde, die mit einer groben Kruste überzogen war, die nie verheilte. Deine Hand war immer irgendwo auf meinem Körper – auf meinem Arm, meinem Schenkel, meinem Bauch –, und sie bewegte sich. Immer, nervös, streichelnd. Wie der Schwanz einer Katze.

Plötzlich erinnerte ich mich an das eine Mal vor etwa zwei Jahren, als ich dich (wieder einmal) nach der ersten Rosmarie fragte; du hast deine Schleife wiederholt, wie immer, aber dann hast du plötzlich gesagt: »Ich erinnere mich an die Weihnachtsfeiern mit meiner Mutter. Sie hat von nichts anderem gesprochen. Immer von der ersten Rosmarie. Die Schwere. Alles. Es war, als ob alle Gegenstände ihr Gewicht verdoppelt hätten. Ich wünschte, ich könnte alle Gegenstände in unserer Wohnung ausleeren, damit sie nicht mehr so schwer wären. Und irgendwie stehe ich in der Schuld der ersten Rosmarie, oder? Wenn sie gelebt hätte, wäre ich jetzt nicht hier, oder?« Und deine Hände, als du mir von diesen Weihnachtsfeiern erzählt hast. Du hast deine eigenen Hände gehalten, als ob sie kalt wären. Rastlos, unaufhörlich, fast hysterisch streichelnd. Erst jetzt, wo ich Dina streichle, verstehe ich, was das ist. Du hast immer versucht, dich zu trösten, dich zu wärmen, verzweifelt alles gut zu machen. Es tut mir leid, Oma, ich habe das als Kind nicht verstanden. So wie ich keinen Unterschied zwischen deinem und meinem Körper gespürt habe, hast du keinen Unterschied zwischen meinem und deinem Körper gespürt, und deshalb hast du mich so sehr gestreichelt: Du hast unbewusst versucht, dich selbst zu beruhigen. Wie arrogant von mir, dein Streicheln zu hassen. Es war nicht für mich bestimmt.

Und dann eine Flut, eine andere Erinnerung: Als ich einmal bei dir war und dich nach der ersten Rosmarie fragte, sagtest du plötzlich: »Habe ich sie dir jemals gezeigt?« Ich schaute dich verwirrt an. Du hast mich in dein Schlafzimmer geführt. Du hast den Schrank geöffnet, in dem du all diese Kleider aufbewahrt hast, die ich bei unserem Mädchenspiel getragen hatte. Mir wurde klar, dass dies Rosmaries Kleider waren, alle. Ohne ein Staubkorn, sauber. Hinter einigen Röcken hast du eine große Fotografie der ersten Rosmarie in einem ovalen Rahmen hervorgeholt. Schwarz und weiß. Ein blasses Mädchen, vielleicht sechs Jahre alt. Ein

kontrollierter Blick. Sie sieht wirklich aus wie Mama, vor allem die Augen. Da habe ich verstanden, warum du Mama nie gemocht hast, warum du Nico immer bevorzugt hast, weil sie dich so sehr an die erste Rosmarie erinnert hat. Ich dachte: Jetzt muss deine Wut kommen. Die achtzigjährige Wut auf diese Überschwester-Supergeschwister-Göttin. Ich habe nicht wirklich auf das Bild geschaut, ich habe dich angeschaut, wie du das Bild angeschaut hast. Du sagtest, leise, zärtlich sogar, mehr zu dem Bild als zu mir: »Schau, wie hübsch sie ist. Ist sie nicht das hübscheste Mädchen?«

Ich weiß nicht, warum ich mich jetzt an diese Dinge erinnere. Ich habe das Gefühl, dass deine »Rosmarie-Schleife« so dominant ist, dass sie sogar Erinnerungen in mir löscht, die davon abweichen. Das erinnert mich an die Geschichte meines Vaters, die Geschichte seiner besten Freunde, und wie wichtig es ist, seine Geschichte zu ändern, um sie sich zu eigen zu machen. Als er sie das letzte Mal erzählte, änderte er sie dramatisch. Er begann wie immer damit, dass seine beiden besten Freunde, Bruno und Hans, am Morgen des ersten August zu ihm kamen und ihn fragten, ob er sie begleiten würde. Sie würden auf »ihrer« Route gehen. Papa sagt, er wisse nicht mehr genau, warum er nicht mitgegangen sei. Am Abend klopften die Eltern an die Tür. »Sie sind nicht zurückgekommen. Ihr müsst sie suchen gehen.« Als sie dort ankamen, habe er es schon gewusst, weil dort frisch gefallene Steine lagen. Dann fanden sie Peter. Peter, seinen Körper, von dem nur noch ein paar blutige Fetzen übrig waren, und den zertrümmerten Schädel. Papa sagte, wie immer, dass er zuerst dachte: Ah, da sind ja die Kleider von Bruno. Bis er sah, dass es nicht nur seine Kleider waren, sondern Brunos Reste. Und dann, weiter oben, war da Hans. Er war bis zur Hüfte eingegraben. Er war bewusstlos, aber er lebte noch. Sie gruben ihn aus. Ein Bein hatte er ganz verloren, aber die schweren Felsen hatten einen zu großen Blutverlust verhindert.

Liebe Oma,

dies ist der letzte Brief, den ich dir schreiben werde. Ich bin immer noch im Tessin. Heute Morgen war auch Dina zum ersten Mal schwimmen. Morgen werden wir nach Hause fahren. Ich habe schon angefangen, darüber nachzudenken, wie ich mich in Zukunft an diese Tage erinnern werde. Der Pool, das kalte, kalte Wasser, der Schamane, Dina und Mo.

Weißt du, ich weiß es immer noch nicht, ich kann nicht – einfach – leben. Ich rede immer noch mit den Blumen am Straßenrand, als ob sie es besser wüssten als ich.

Heute bin ich nach dem Mittagessen allein zum Fluss gegangen, ich bin das Flussbett hinaufgelaufen, weit hinauf, ich war pränostalgisch, ich wollte weiter hinauf, um eine neue Erinnerung zu bekommen, die nichts mit Dina und Mo zu tun hat. Eine Erinnerung, die nur mir gehört. Ich musste um zwei Wasserfälle herumklettern. Ich war völlig nackt. Schließlich erreichte ich einen großen Wasserfall, den ich nicht mehr erklimmen konnte, also blieb ich stehen. Ich habe geschrien. Ich konnte mich selbst nicht hören, so laut war der Wasserfall. Aber ich spürte meine Stimme, die in meiner Brust dröhnte, und sie verband sich mit dem Wasser, das fiel, und ich verband mich mit meinem Körper, der rief. Ich ging wieder hinunter. Es fühlte sich gut an, draußen zu sein, diese Region aus Haut zu sein, meine Stimme zu spüren, anstatt sie zu hören, und dann sah ich ein paar Flechten auf den Steinen unter meinen Füßen, und ich erinnerte mich daran, was Mo über Flechten gesagt hatte, nämlich, dass es sich um symbiotische Beziehungen zwischen Pilzen und Algen handelt, dass sie als Flechten das können, was weder Pilze noch Algen können, und ich dachte, dass diese Algen wie wir aus dem Meer gekommen sein müssen, und jetzt leben sie auf Bäumen, in so engen Beziehungen mit Pilzen, dass sie völlig aufgegeben haben, Algen zu sein, dass sie nicht mehr sie selbst sind, sondern etwas ganz Neues. Ich habe darüber nachgedacht, wie man sich verabschieden kann, wie man aufhört, eine alte Form zu sein, und wie man eine neue Art des Seins annimmt. Um mit dir sprechen zu können, musste ich einen Weg finden, dich verschwinden zu lassen, zuerst im Heim für Demenzkranke und dann in einer Sprache, die nichts mit dir zu tun hat. Ich musste das tun, damit ich dich lieben kann, denn ich liebe dich, aber ich kann dich nur lieben, wenn ich über dich schreiben kann, und ich kann nur über dich schreiben, wenn ich in einem eigenen Körper bin. Ich kann dich nur aus der Ferne lieben. Ich ging unter den Wasserfall, tauchte unter, alles um mich herum war wirbelnd und kräuselnd, und das letzte Telefonat mit Mum ging mir durch den Kopf, das Telefonat, in dem sie endlich sagte, was ich vermutet hatte: dass Irma wahrscheinlich von ihrem eigenen Vater, Urgrosspeer, geschwängert wurde, dass Mutter den Hühnerstall vermutet, dass sie weiß, dass deine Mutter die Polizei gerufen hat, dass Urgrossmeer ihre eigene Tochter in die Frauenstrafanstalt Hindelbank gegeben hat, dass Urgrossmeer es

Mutter gesagt hatte, weil Mutter sie geradeheraus gefragt hatte, weil Mutter es gefühlt hat, und dass Urgrossmeer ihr sagte, sie dürfe es nie jemandem sagen. Und ich fragte mich nicht mehr, warum du Mama Irma genannt hast, warum du deiner Tochter (die aussieht wie deine tote ältere Schwester) den Namen deiner jüngeren Schwester gegeben hast, die verschwunden ist. Ich stieg aus dem Wasser und dachte an Irma und daran, dass sie wahrscheinlich noch lebt. Ich stellte mir vor, wie sie durch dieses Land streift. Ich stellte mir vor, dass sie ihre eigene Familie hasst, dass sie nie wieder mit dir in Kontakt treten will. Ich stellte mir vor, dass sie nicht gefunden werden will. Zumindest nicht von dir, die nichts getan hat, die geschwiegen hat.

Ich wollte, dass dies eine Hommage an dich ist. Denn für mich bist du nicht die zweite Rosmarie, du bist die Rosmarie, die lebt. Ich dachte wieder an Odysseus, der nicht nach Hause zurückkehren kann, nicht wirklich. Für mich war die *Odyssee* nie die Geschichte eines Helden, sondern die Geschichte von jemandem, der den Krieg der Männer, die *Ilias*, überlebt hat, aber so traumatisiert war, dass der Weg nach Hause nicht möglich war. Er ist ein anderer Mensch, als er nach Hause kommt, und auch sein Zuhause ist verändert. Der Kreis, den ich zeichnen wollte, ist eher eine Spirale. Die Endlinie verfehlt die Startlinie.

Ich kam zurück, durch das Flussbett, flussabwärts. Ich holte den Apfel, den ich mitgebracht hatte, setzte mich hin, wusch ihn im Fluss und schnitt ihn mit dem Taschenmesser, das Papa mir gegeben hatte. Er war sauer. Dann ging ich in »unseren« Pool. Dort lag ich nackt und zitternd im Wasser, ich war ein Fisch, ich war ein Bewusstsein, ich lag auf den runden Kieselsteinen und schaute in den Himmel und ich konnte die Spiegelung des Himmels auf der Oberfläche spüren und ich war ein Fragment des Himmels und ich sah nichts als das Blau des Universums, das nur in unseren Augen blau ist – wusstest du, dass das Auge zu neunundneunzig Prozent aus Wasser besteht? –, und ich würde alles tun, um aufzustehen und die Weichheit des Wassers mit mir zu nehmen, wie einen Stoff, wie einen sternenlichthellen-fuckingly-epochemachenden-genialen-überwältigenden-postgendermäßig-leuchtenden-fließenden Dress, und in dieser wehenden, schwankenden Haut aus Wasser und Licht und Universum durch die Welt zu gehen, und dann höre ich sie, Dina und Mo, sie springen durch den Wald, schreien, werfen Steine, stampfen auf den Boden und schlagen sich an die Brust wie Verrückte, und sie schreien, aber der Fluss ist lauter, so viel lauter, und

dann sind wir alle Kinder, sogar Mo, der immer mehr ein Papa ist, nicht auf eine nervige Art, sondern auf eine sehr erwachsene Art, er ist der Vernünftige mit dem Naturkram, Dina ist die Lustige mit der Politik, und ich bin die Melancholische mit der Großmutter. Aber jetzt nicht mehr; jetzt bin ich die Wilde, jetzt werfe ich Wasser auf sie, und Dina zieht sich aus, und Mo macht sich gar nicht erst die Mühe, er springt voll angezogen in den Pool, und ich lache ganz laut, fast hysterisch, nur damit ich nicht weinen muss, weil ich uns jetzt schon vermisse, weil ich weiß, dass wir morgen nach Hause fahren und wir wieder der Vernünftige sein werden und die Lustige und die Melancholische, und ich werde viele Sex-Dates haben und viel Arbeit und niemanden, der sich abends ein bisschen zu früh mit Pinot grigio betrinkt, und niemanden, dem ich schreibe, was ich nicht sagen kann.

Meine Muttersprache ist das Reden. Meine Vatersprache ist das Schweigen. Und meine eigene Sprache sind Zungen, und meine Zungen tropfen, tröpfeln, verschwimmen, strömen, wurzeln, fließen.

Diese Briefe wurden übersetzt mit www.DeepL.com/Translator (kostenlose Version)